Todos juntos

F☀SF☀R☀

VILMA ARÊAS

Todos juntos

(1976-2023)

Organização e apresentação
SAMUEL TITAN JR.

11 APRESENTAÇÃO
Samuel Titan Jr.

TIGRÃO (2023)
17 Tigrão
37 Anfíbia
42 Estrela do mar
45 Perdas e partilhas
48 Correspondências
52 Lições de dialética
56 O menino e o pai do menino
58 Que vista linda!
61 Nó de marinheiro, chapéu-panamá
63 Alma
68 Vestidos de palha
71 Nos braços de Morfeu
76 Ponto de mira
82 Instruções de voo
84 O anjo

UM BEIJO POR MÊS (2018)

90 Como se fosse eu

95 Curtas

97 Instantâneo (4)

100 As bocetinhas de Picasso

102 A entrevista

108 Instantâneo (2)

110 Na rua

113 De nove anos

117 Instantâneo (3)

119 Rio corrente

123 Maurício Segall

125 Instantâneo (1)

127 Diário de Lisboa — verão de 1968

130 Minúsculas

133 Na rua

136 Instantâneo da desmedida

140 O rastro dos ratos

VENTO SUL (2011)

1. MATRIZES

163 Thereza

167 República Velha

172 Linhas e trilhos

178 Zeca e Dedeco

183 O rio

188 Encontro

2. CONTRACANTO

193 À queima-roupa

195 Persistência da memória

197 Habitar

200 Caçadas

203 Canto noturno de peixes

3. PLANOS PARALELOS

207 Lugar-comum

209 Nem todos os gatos

213 A dialética dos vampiros

218 No fundo do rubi

223 Fulana

4. "GAROA, SAI DOS MEUS OLHOS"

229 A letra Z

233 Paixão de Lia

237 Sister 1982

241 O vivo o morto: anotações de uma etnógrafa

TROUXA FROUXA (2000)

251 Furo na mácula

252 Boquinha

255 Dudu

256 Cromo

257 Os benfeitores

259 Amor

260 Algaravia

263 Olha

264 Cromo

265 Dudu

267 Ele

268 Nós

270 Sonho

271 Solo

274 Pássaro.doc

276 Cromo

277 Rol

280 Real virtual

282 Sujos e malvados

285 Cartinhas

289 Ema

292 Cromo

293 Dudu

294 Ele

295 Grupos de família
298 Putas da Estação da Luz
299 Amor
300 Cromo
301 Dudu
303 Godard
304 Acervo
309 Cromo
311 Praia

A TERCEIRA PERNA (1992)
315 Prefácio

1.
321 Estudo à ponta-seca
323 Sobre os espelhos
326 Vivamente domingo
328 De cacos de buracos
330 A regra do jogo
332 Retrato de Nise da Silveira
334 Entremez
338 *Gruppo di famiglia*

2.
345 Os ratos
347 Gritos e sussurros
349 Recuerdo de Bertoldo
350 Quadrilha
353 Projeto Rondon
354 Rosa-chá
356 O rosto do herói

3.
363 Nu feminino
364 Romeu e Julieta nas águas (furtadas)
368 Sobrenatural
370 Intencionalmente grená

372 Boi boiada
376 Aranha-clara
380 Dó de peito
382 Crayon e grafite
385 Seda pura

AOS TRANCOS E RELÂMPAGOS (1988)
393 Prefácio

PARTIDAS (1976)
481 Prólogo
483 A — de adocicada (a memória)
486 B — de biografia notável
487 C — de coração (hipótese do Chico)
489 D — de Duarte Cabral de Mello
491 E — de estatística elementar
494 F — de feitiço da fábula
496 G — de Gigi (a nota sol)
498 H — de hera (uma vez)
501 I — de íris ou espectro solar, digo, exemplar, dos cristalinos
da Marlene
502 J — de jiboia de mocotó
504 K — de know-how
507 L — de loo, um jogo
509 M — de medida
511 N — de nacional (o hímen)
513 O — de origem (Fernanda)
516 P — de Pedra, a educação pela
518 Q — de quatro (cantos)
521 R — de Roberto (Fernando)
525 S — de sucessão infinitamente oscilante
527 T — de teorema
530 U — de um mil novecentos e setenta e três
534 V — de vaticínio

536 x — de xeque-mate
539 w — de weekend
542 y — [Mat. = símbolo da segunda quantidade incógnita]
545 z — de Zenão, o método e um modelo de requerimento
548 Epílogo

553 NOTA SOBRE OS TEXTOS
554 CRÉDITOS DAS IMAGENS

Apresentação

Este livro começou a nascer de modo extemporâneo. Digo "extemporâneo" para dizer "súbito" ou "repentino", como atesta o *Houaiss*, porque juro que não premeditei o bote. Tínhamos visto uma exposição, acho que morna; fomos tomar um café para aquecer o ânimo; o café não ajudou, estava queimado; e, nisso, me veio essa à cabeça: "Sabe, Vilma, no fundo você é uma escritora meio secreta". Ela olhou assim, entre surpresa e desconfiada. Tive que inventar rápido alguma explicação. Disse que a professora de literatura na Unicamp deixava a escritora um pouco para escanteio. Que lá se iam quase cinquenta anos desde o primeiro livro, esgotado, e que os seguintes, lançados por uma editora aqui, outra acolá, andavam sumidos. Que a aversão (admirável porque sincera) a se vender no mercado podia acabar virando uma cortina de fumaça. Enfim, improvisei, me empolguei e quando dei por mim, estava dizendo: "Devíamos juntar todos os seus livros num volume só!". E ela: "Será?".

Ela duvidou, eu duvidei junto, mas arriscamos. Ainda bem: aqui estão os livros de ficção que a autora foi plantando ao longo da vida — agora todos juntos. Os seis que se conheciam, mas não se encontravam, e mais um, inédito: *Tigrão*, escrito nos dois últimos anos, à sombra de um tirano *de cuyo nombre no quiero acordarme*, e dedicado a resgatar, pela memória e pela ficção, um episódio vivido em outros tempos, também sombrios. Na história que dá título à nova coletânea quase toda inédita, o encontro de dois detentos — um prisioneiro político e um antigo membro dos esquadrões da morte — serve de pedra de toque para que Vilma interrogue essas coisas insondáveis que são a violência e a amizade. *Tigrão* puxa a fila, que termina com o primeiro, *Partidas*. Invertemos, pois, a cronologia, com seu convite implícito a passar do menos para o mais, da juventude à maturidade — cada coisa no seu lugar, tudo a seu tempo, bem arrumado e portanto contido, detido.

Não foi por capricho. Ou não só. É que, justamente, a ficção de Vilma Arêas é extemporânea também em outro sentido, por avessa às muitas formas de disciplina temporal que nos espreitam e assediam. À obrigação de publicar regularmente, em primeiro lugar: Vilma deixou correr um intervalo de doze anos entre o primeiro e o segundo livro. Mas também à expectativa que faria dela uma escritora de seu tempo, de sua geração ou de alguma coisa do (ou de) gênero. Avessa, não por último, à disciplina cumulativa e *rangée* do romance, com sua maquinaria de causas, efeitos, desfechos, explorada até o talo pela indústria editorial. Na contramão de tudo isso, Vilma preferiu escrever "aos trancos e relâmpagos", como já avisava no título de seu segundo livro, preferindo formas breves e velozes, mais aptas a acompanhar os requebros — os cômicos e os trágicos — disso que, para o gasto da conversa, vamos chamar de vida. Porque é disso que se trata, de tentar tocar nesse *wild heart of life*, inconcluso e lancinante, de que falavam Joyce e Clarice, muito mais que de representar qualquer coisa que seja, em especial essas que vêm empacotadas em maiúsculas: a História ou o Feminino, o Inconsciente ou o Real, sem esquecer da Literatura Brasileira. Mas devagar com o andor, porque também não se trata aqui de uma escrita do imediato ou do íntimo, feita só de flashes epifânicos e vertigens introspectivas. Ao contrário, Vilma embaralha em seus contos todas as cartas, as velhas e as novas, que a tradição desse gênero lhe pôs nas mãos, e vai da anedota cômica ao episódio rememorado, do retrato de perfil ao esquete dialogado com ecos de Martins Pena, do fragmento à história mais amarrada, da quase-crônica à quase-novela — quando não lhes apaga todas as fronteiras e nos deixa entregues, sem etiqueta nem muleta, à graça insólita ou à pungência idem de suas histórias. Por esse caminho todo seu, Vilma pregou uma bela peça a seu tempo e chegou vivinha da silva ao nosso, com um sorriso que nunca saberemos se é o de quem já viu de tudo ou se é, ainda, o de uma moça que acaba de chegar no pedaço. Em uma das ficções reunidas aqui, lemos que não havia como saber se Nise da Silveira tinha dezessete ou setenta anos. Pois bem, vale para a nossa autora também. Mas basta, já falei demais: agora é com Vilma Arêas e com vocês.

SAMUEL TITAN JR.

Tigrão
(2023)

Tigrão

... lutar contra o tempo e contra a morte através da escrita — luta que só é possível se morte e tempo forem reconhecidos, e ditos, em toda a sua força de esquecimento...

Jeanne Marie Gagnebin

Estou aqui para contar uma história que aconteceu anos atrás. Por muito tempo eu a evitei e tentei esquecê-la, talvez porque ela seja difícil de compreender por seu inacabamento e ausência de dados. Talvez pelo sentimento de ingratidão que ela acabou suscitando. Mesmo assim a história se impôs com a distância, quando parecemos ver melhor o que passou. Foi aí que comecei a pensar em Tigrão.

Melhor dizendo, em Fabrício e Tigrão. Ambos os nomes são codinomes, apelidos de guerra atribuídos a homens com vida e posição política opostas. Mas, em certo momento, inesperadamente se encontraram. Talvez por terem escolhido caminhos diferentes, fora da norma e da possibilidade de compreensão, como as paralelas, que só podem se encontrar no infinito. Talvez o encontro se deva à situação do espaço partilhado na vizinhança das celas, também provocado pela disposição do temperamento de Fabrício para acolher pessoas. Menos do ponto de vista psicológico e mais pelo respeito aos princípios básicos dos relacionamentos.

Outra contradição existe na posição inversa da minha relação com cada um deles. De Fabrício eu conhecia o que supunha ser possível conhecer de alguém, pois éramos companheiros, amantes não oficiais, por livre escolha. Por isso não posso evitar trechos de nossa vida comum no relato. Já de Tigrão eu não conhecia quase nada, salvo a casualidade de ambos estarem presos no mesmo lugar e na mesma ocasião. Além disso, ouvi breves explicações de Fabrício sobre ele, assisti à inesperada cena que os aproximou, e ouvi de Tigrão, numa madrugada, uma ordem aflita e peremptória — a que só pude obedecer — e que salvou a vida de meu companheiro.

De qualquer modo, quando penso no que aconteceu, parece que sou tomada por sobressaltos que dissolvem as diferenças dos tempos e o foco das lembranças. Estas passam a flutuar, sustentadas pela imaginação, único modo de conseguir alcançar a realidade possível de nossa história. Único jeito de tornar o invisível visível.

Outra dificuldade é que os instantes de dor, prazer, medo ou revolta não estão aqui no momento que escrevo. Não estão aqui. Por isso são irredutivelmente anacrônicos, pelo tempo irrecuperável entre mim e eles.

Não existe mistério nesta afirmação. Quando Modesto Carone, retomando *Molloy*, escreve em *Por trás dos vidros*, "É tarde e a chuva bate nos vidros. Não era tarde. Não estava chovendo", é disto que fala. Existe o instante em que as coisas acontecem, em seguida sua transformação em texto, e por fim a leitura dele por várias pessoas, que nunca concordam inteiramente quanto ao que veem ou leem. Neste percurso, coisas são achadas e perdidas, tempo e espaço são desdobrados. Sempre que falamos deles, estamos separados, encaixados em momentos variados que podem se aproximar do devaneio e da ficção. Sem esquecer que a palavra *ficção*, se formos rigorosos, tem sentido paradoxal: o de *fiar*, produzir uma fibra, um tecido de qualquer natureza, e também o de *inventar*, *fingir*.

Esse caminho não tem volta.

✳

A história é curta, mesmo assim deu a Fabrício mais oito anos de vida. Foi nesse momento que ela entrou também em minha vida, ecoando no presente e no passado, incorporando detalhes perdidos na memória. Talvez por isso ela também começasse a se repetir, de forma tão insistente, por tantos anos. Mesmo assim a necessidade de falar dos dois não é nítida. Fantasia de convívio com pessoas ausentes, definitivamente perdidas? Aposta absurda num tempo parado, contra as evidências do bom senso? Difícil decidir, porque as duas alternativas parecem uma só.

O fato é que um dia comecei a contar a história a quem chegasse perto, como se revisitasse seus personagens, como se lhes desse um abraço apertado, com certo desgosto e, contraditoriamente, com uma alegria radiante. Sem saber disso, desse fervor, e animados pela narrativa, de vez em quando amigos me perguntavam, como se fosse muito natural:

— Quando você vai escrever a história de Tigrão?

Eu caía na realidade e dizia que era muito difícil, que não estava pronta, que era uma história simples e ao mesmo tempo muito complicada, com dados inesperados. Além disso, eu não a entendia bem, ficava indecisa, porque era ambígua, com o ponto central entre clareza e obscuridade, passado e presente, estupidez e bondade. Sim, bondade, palavra fora de moda, às vezes equivocada, mas que se opõe à famosa banalidade do mal. Este é o fulcro do relato.

✴

Estou convencida de que essa lembrança nublada se deva também à minha situação de visitante de um preso político, o que exige obediência a normas e regulamentos a respeito do proibido c do permitido, da tranquilidade e do perigo, regras duras que desorientam a organização da vida. Uma ameaça sempre pairava sobre nossas cabeças, perturbando o bom senso que hoje, recordando, se contamina com uma espécie de matéria informe, tendendo à ambiguidade.

Com tudo isso, o relato tem de ser fraturado e seco, sem flutuar em metáforas, cuja função pode ser a de amparar golpes de todo lado, afastando o confronto que a história pode nos oferecer.

Para a tarefa seria também fundamental o impossível: conversar com Fabrício, comparar detalhes, interpretar e reinterpretar passagens, ligações com seu percurso e com minha história, no que tinham de particular. Melhor do que ninguém, ele poderia me ajudar a acertar o alvo. O consolo da afirmativa "errar é humano" não ajuda e não evita equívocos.

✳

Infelizmente todos desapareceram. Em primeiro lugar Fabrício, embora nem essa ordem seja indiscutível, porque o contato com Tigrão foi também perdido, como um anel num areal. Estaria ainda vivo? Estará vivo? Era ele quem era, quem parecia ser, quem dizia que era? Este ponto não é pacífico e nele se apoiam suas versões dos fatos. Eu queria motivos, pormenores de interpretação e você então, amigo Dudu, se fechava em copas, desconversava.

✳

Passou o tempo, Dudu mudou de emprego e de cidade. Por minha parte, eu continuava a querer pormenores que me fizessem entender a história, minha e de Fabrício, com Tigrão. Fiz um convite a meu amigo para um almoço e nos encontramos num restaurante simpático em Copacabana, junto ao mar.

Após alguns momentos retomei o assunto e pedi que você me dissesse mais alguma coisa sobre o policial que se tornou nosso amigo. Como sempre, você se calou por muito tempo. Mas de repente — quem pode entender? — começou a falar, com jeito um pouco agressivo.

De saída afirmou que era impossível a informação de que Tigrão tivesse matado apenas seis pessoas. Tínhamos que levar em conta o poder que ele demonstrou o tempo todo, nos caminhos paralegais.

— Seis pessoas? Isso até eu, Neném. Matar seis pessoas não dá poder a ninguém, é coisa que qualquer policial na labuta pode fazer, porque não significa nada, é coisa de bicho manso, domesticado, não de um tigre, ainda mais no aumentativo. Ele deve ter matado umas sessenta pessoas. Pelo menos. Era do Esquadrão da Morte, não se esqueça. Um cara quente.

Meu peito se apertou como se eu tivesse recebido um golpe.

— Sessenta? Não acredito.

— Claro, a média é mais ou menos esta, para os que estão no topo. Daí o apelido de bicho bravo para esconder o verdadeiro nome. Tigrão é elogio e ao mesmo tempo máscara, para proteger o cara que não tem medo, que mata na tranquilidade, talvez até com prazer.

Acho que você percebeu meu abalo e abrandou o tom.

— Mas vou te dar uma colher de chá: isto é o que normalmente acontece, mas não posso jurar que foi assim mesmo que aconteceu, com todos os ff e rr.

As palavras se cobriram com uma sombra de amargura.

— Lembra o nome de um dos torturadores do Salinas em *Retrato calado*?

— Não me lembro.

— É justamente Tigrão.

— Acho que é diferente.

— Sim, é diferente porque não se trata do mesmo cara. Deve ser outro bicho bravo.

A conversa estava me enervando. Propus novo encontro, desta vez no Amarelinho da Cinelândia, e você foi direto ao assunto.

— Parece até que você nasceu ontem, Neném. Lembra quem era o censor de *Um bonde chamado desejo* em Brasília? Também não? O que é que você anda fazendo na vida? Passeando no bosque? Pois o nome era Leão. E o do general, diretor do Departamento da Polícia Federal, encarregado da censura? Façanha... esqueci o primeiro nome. É aquele que chamou Tônia Carrero e Odete Lara de vagabundas. O nome é Leão, o bichão, que exigiu o corte das palavras "gorila", "vaca" e "galinha" no texto da peça. Claro, o bando do poder só aceita bicho grande, bichão.

Resolvi reagir.

— Gorila também é um bichão.

Mas acho que você nem ouviu.

— Foi um escândalo, cara. Até Chacrinha e Nelson Rodrigues participaram da greve em protesto contra esses animais. Pense bem!

Fui ficando impaciente.

— Mas isso foi em torno de 68, pós-AI-5. E Leão e Façanha eram mesmo sobrenomes.

— Você tem razão nisso, pelo menos quanto ao Façanha, que aliás devia ser Façanhudo, vai lá procurar no dicionário. É, foi em torno de 68, bem atrás de nosso ombro, faz pouquíssimo tempo, nem dez anos.

Você se inclinou para diante e me olhou bem de perto.

— Estamos falando agora de Tigrão, um cara que tinha ou tem o pedigree da violência. Preso aqui no Rio, tinha influência em todas as delegacias. Podia ameaçar como fez, ninguém tinha coragem de mentir para ele, porque a vingança seria tremenda. Além disso, também tinha influência no DOI-Codi de São Paulo. É mole? É muito mesmo, é um currículo de dar inveja. Se tivesse matado seis, ninguém ia dar bola, deixa de ser boba.

De repente ficou sério.

— E será que ele estava mesmo preso?

— Como assim?

— Será que não estava plantado, se fingindo de amigo para descobrir outros fatos suspeitos?

— Credo, você é desconfiado demais! É porque não viu a gente conversando junto, a camaradagem que rolava. Não acredito que ele tivesse sido plantado. Quanto à influência, sim, pode ser estranho tanto poder nas mãos de um cara, mesmo policial. Também fiquei desconfiada. Mas ele estava preso, não estava? Temos uma tradição que vira e mexe transforma o poder paralelo em oficial, com o maior cinismo. Tigrão pode não ter dito tudo, mas, de qualquer modo, salvou Fabrício, gostava dele. Moveu os pauzinhos, telefonou, ameaçou, exigiu e a coisa funcionou. Pra mim basta.

Fiz uma pausa porque ia tocar no ponto realmente difícil.

— Mas por que será que largamos ele de mão? Será que a prisão instala um sentimento de igualdade entre presos? Afinal estão numa mesma situação, situação difícil. Mas quando eles voltam ao mundo, a situação os recoloca nas classes a que pertencem? Cada um em seu lugar? É horrível pensar assim.

Você parecia surpreso com meu discurso. Mas eu também estava assustada com o que tinha acabado de pensar. Resolvi colocar um ponto-final na discussão, retornando ao meu argumento.

— Acho que ele se sentiu grato a Fabrício, porque foi o primeiro que o encarou naturalmente, como uma pessoa comum. Conversou, brincou com ele. Mas depois, o que fizemos? Fabrício saiu da cadeia, ficamos felicíssimos e riscamos Tigrão de nossa vida. Nunca mais o procuramos. Nem pensamos mais nele. Acho que temos culpa, sim, de esquecer aquela amizade, depois de tudo o que ele fez. Viramos a página, acabou-se a história.

— Está bem, não adianta falar com você, é romântica e teimosa como o quê. Mas digo ainda uma coisa. Esquece isto de culpa. A culpa é um veneno negro, que torna a vida amarga. Para o Tigrão não era nada prudente ser amigo do peito de um comunista. Ele se arriscou, sabe?

✳

Não sei o que Fabrício acharia, mas eu fui ficando cada vez mais amargurada com a história. Pena que meu companheiro tenha ido tão cedo, depois de tanto sofrimento, sem ter a chance de escolher coisa alguma.

✳

O câncer que o matou aos quarenta e oito anos começou no pulmão. Segundo o médico, poderia ser uma consequência das torturas, porque ele sempre dizia que, uma vez no porão, o melhor era ser espancado na roda.

Mas o pior era o afogamento. Para ele era mais grave do que o pau de arara e outras variações. Passava sempre muito mal no afogamento, talvez porque fosse um fumante de carteirinha. Tinha que apanhar na cara para voltar a si, às vezes eles ficavam assustados.

Depois da prisão queixava-se também da falta de memória, que atribuía às sessões de choques elétricos e à permanência na "geladeira".

— E isso tudo porque não pegaram mesmo pesado comigo — dizia. Não sou uma peça importante na resistência. Na verdade, sou e sempre fui apenas um intelectual de esquerda, nunca dei um tiro.

— Mas você escreveu livros, todos eles apontando problemas e soluções democráticas para o Brasil.

— Mas eram assuntos pesquisados, a princípio para serem lidos em jornais, não tive a intenção de escrever livros acadêmicos. E eles não são mesmo livros acadêmicos. Talvez tenha ficado muito frustrado com a expulsão no último ano do curso de filosofia. Cortou minha vida. Virei jornalista. O que vale é que gostei da profissão inesperada. Nada como trabalhar numa redação, todo mundo junto, aquele barulho de conversas e de máquinas. É muito estimulante.

＊

Antes de ir para o hospital, ele só conseguia dormir num colchão de água, porque qualquer atrito, por menor que fosse, abria sua pele, sangrava.

Quando acordava, me chamava. Eu atendia, ele se concentrava e, depois de longos minutos, conseguia se sentar. Eu o ajudava a se levantar, abraçando sua cintura, ele com os braços ao redor de meu pescoço.

Ficávamos muito tempo abraçados, concentrados. Me lembro sempre. Depois ele pedia.

— Agora me deixa.

Eu o deixava, angustiada, temendo uma queda. Ele ia sozinho, lentamente, até o banheiro. Então me chamava para eu apertar a pasta de dentes, pois não tinha mais força para isso.

＊

Na véspera ele dispensou quem insistia em nos fazer companhia no hospital. Negou todos os oferecimentos, e eu é que fiquei desanimada, de puro cansaço.

A surpresa foi que ele se levantou e, mal o pessoal saiu, foi para o banheiro. Fez a barba, voltou, e me perguntou sorrindo, com certa ironia.

— Estou bonito?

Em seguida passou a juntar as camas, aparentemente sem muito esforço. Nesse ponto eu já estava chegando à conclusão de que sua melhora não tinha volta. Logo se deitou a meu lado e uniu fortemente nossas mãos. Depois disse:

— A noite é assim como eu gosto: eu, você e mais ninguém.

Dormi logo, achando que por algum milagre ele estava ótimo e que não iria morrer tão cedo.

No entanto, não foi o que aconteceu. Toda aquela movimentação, interpretada por mim como melhora definitiva, era o que popularmente chamam de "visita da saúde", soube depois. Isto é, o esforço do corpo para reunir suas últimas forças, tentativa apaixonada e frustrada de permanecer vivo. Tudo fugiu do controle. Ele ainda disse, numa voz irreconhecível:

— Não chore. Obrigado por todos esses anos.

Foram suas últimas palavras.

✳

Eu tinha dezoito anos quando vi Fabrício pela primeira vez. Ele vinha andando calmamente ao lado de uma colega, pela calçada da Livraria Francesa, junto à Faculdade de Filosofia. Conversavam em voz baixa. Ele era alto, magro, de óculos, cabelo bem liso.

Reparei em tudo, mas tudo é confuso, não sei, alguma coisa nele me impressionou, seriedade, concentração, sei lá. Senti uma grande curiosidade misturada com um grande alvoroço, que não entendi bem.

Fui andando atrás deles, olhando admirada para o rapaz, como se ele fosse uma espécie de paisagem.

— Uma paisagem?

— É, por que não? Um bonde chamado desejo, ou uma paisagem chamada desejo. Mas só hoje é que sei disso, antes não entendia. Era coisa de sentir, não de explicar. Mas comecei a investigar quem era ele. Descobri que fazia o curso de filosofia, se chamava Fabrício. Era ligado ao PCB e pertencia ao círculo dos alunos preferidos de um professor campista, jovem e talentoso, pouco depois expulso pelo golpe de 1964.

Em seguida fiz de tudo para me aproximar de Fabrício, mas ele foi de uma indiferença franca e absoluta. No segundo ano fui eleita representante de turma e passei a assistir às sessões da política estudantil. Aprendi muito. Fabrício estava sempre presente. Uma tarde, numa sessão que ele secretariava, antes de começar a discussão, não me contive e desci as escadas do anfiteatro, cheguei até a mesa, junto de Fabrício. Ele me olhou tranquilo, como era seu jeito. Eu abri a mão e sussurrei:

— Aceita um dropes de hortelã?

Ele pegou a bala sem parecer surpreso e disse, também sussurrando:

— Muito obrigado.

Voltei para o meu lugar e fiquei dias interpretando aquele diálogo sussurrante. Afinal ele não era tão inacessível, aceitara o dropes, dissera não apenas "obrigado", mas "muito obrigado". Já era alguma coisa, não era? Contudo, apesar dos meus contínuos esforços, nada mais aconteceu.

Vinte anos depois, num encontro também casual, mas que se estendeu mais do que esperávamos, perguntei a Fabrício se ele se lembrava da história do dropes.

Ele riu.

— Claro que sim. Um presente inesquecível.

— Mas você entendeu? Por que não fez nada? Não era o dropes que eu estava oferecendo.

— Você me acha idiota? Entendi perfeitamente. Mas estava ocupado com outros assuntos, aliás, como você, agora.

Aqui sorriu, parecendo estar se divertindo muito.

— Entendi, achei até deliciosamente inocente, mas não podia me meter com uma "douda" daquelas. Os tempos eram bicudos.

O "douda" era para brincar com minhas leituras de literatura portuguesa. E os tempos bicudos ficaram provados com sua expulsão da faculdade no último ano do curso de filosofia. Era considerado um adepto do amor livre, uma má influência para as garotas e um esquerdista inveterado.

Fabrício nunca se conformou com o ocorrido e quinze anos depois ainda tentou se reintegrar em outra faculdade, para se formar, talvez ser professor. Mas o novo pedido foi também rejeitado.

Ele sumiu do mapa. Saiu do país. Desapareceu durante anos.

✳

Quando vi o homem grande, alto e corpulento, andando pelo pátio do quartel de cara fechada, sem se comunicar com ninguém, achei estranho. Era domingo, dia de visita, as celas eram abertas, as famílias abraçavam seus parentes ou filhos ali detidos. O almoço era providenciado por nós, as famílias dos detentos, e almoçávamos nas mesas dentro das celas. Depois íamos para as varandas que eram abertas e ficávamos contentes. Crianças, filhos ou netos, corriam no pátio ao ar livre. Parecia até que a vida estava normal.

E o que fazia aquele homem emburrado, envolvido num pano largo e comprido, como uma capa, que flutuava à medida que seus passos duros o levavam de um lado para outro? Ele não estava passeando, parecia não se esquecer de que estava preso. Não olhava para ninguém. Também ninguém olhava para ele, nem mesmo seus dois companheiros de cela.

Perguntei a Fabrício: "Quem é?". Ele sorriu antes de responder.

— Tigrão.

— E isso é nome?

Ele não explicou o nome, mas o homem. Que era do Esquadrão da Morte. Que ninguém conversava com ele, talvez nem mesmo seus companheiros de cela, dois alucinados pela abstinência da droga.

— Nossa! Do Esquadrão? Não sabia que eles podiam ser presos! E como foi?

— Nós, presos, não sabemos com certeza, mas dizem que ele estava numa quebrada, bebendo e discutindo com um companheiro. Tigrão dizia, "matei seis". O outro replicava, "cinco". "Seis", "cinco". Não saíam disso. Lá pelas tantas ia passando um desconhecido do outro lado da rua. Tigrão tirou o revólver, mirou e atirou. O homem caiu morto. "Agora então são seis", afirmou Tigrão tranquilamente. Não se sabe como, houve uma testemunha que também ia passando, talvez um jornalista, que documentou o crime. Tigrão acabou aqui no quartel.

✳

A prisão para Fabrício só viria depois do AI-5, após a destruição da resistência armada pelos golpistas. Nesse momento, após tortura e prisão, Fabrício se transformou em "marginado", assim citado pela Divisão de Informações do Dops, da Secretaria da Segurança Pública, ao examinar suas publicações em jornais e revistas. Mas, como uma resposta ao abuso, seus textos foram editados, a partir de 1976, a convite de uma grande editora carioca.

✳

O Quartel Regimento Marechal Caetano de Faria, sede do Batalhão de Polícia de Choque, era um quartel e presídio do Rio de Janeiro onde ficavam os prisioneiros que já tinham passado pela tortura, mas que não tinham sido marcados para morrer, por fuzilamento, ou com o cérebro esmagado na Cadeira do Dragão, arrastados por jipes ou carros, ou mortos por espancamento; ou ainda algemados e atirados, vivos ou não, de um helicóptero direto no mar. Quanto aos poupados, o plano podia não ser matar, mas às vezes os torturadores não resistiam ao impulso de ir até o fim. Podíamos pensar que o stress enloquecia. Ou talvez tivessem demasiada confiança no médico que cumpria um papel especial. Chamado no sufoco, ele examinava a vítima, podia pedir que parassem um pouco ou dizer: "Podem continuar que ele (ou ela) aguenta".

Talvez houvesse também descaso pelas condições físicas do torturado, antes de começar a refrega.

O fato é que muitos desaparecimentos — alguns nunca resolvidos e outros descobertos mais tarde em cemitérios clandestinos — faziam parte da chamada "faxina social" incentivada pelos golpistas, intensificados após o AI-5.

Quando o preso era muito conhecido e acabava morrendo, tinham que inventar uma história para disfarçar a própria truculência. Então armavam uma narrativa ou cena de suicídio ou desastre. Foi o que aconteceu, entre muitos outros, com Anísio Teixeira, o extraordinário pedagogo baiano. Ele dizia que se o Brasil não implantasse um sistema público de educação, universal e gratuito, a democracia seria...

—... uma "mistificação inominável". Também decorei as palavras. E hoje vemos o que aconteceu com o país. Mas você não quer mudar um pouco de assunto? Todo mundo sabe disso.

— Todo mundo sabe? Até parece!

✳

O Quartel tinha três grandes celas, a primeira, à entrada do pátio, era a do Esquadrão da Morte, organização paramilitar criada depois do AI-5 que executou pelo menos o dobro do número oficialmente reconhecido de vítimas; hoje essa organização renasceu sob o nome de Milícia, celebrada e premiada publicamente por alguns governantes.

A cela do meio, superlotada, era a dos políticos, ou militantes contra a ditadura, onde estava Fabrício.

Por último, a cela dos Mata-Mendigos, como eram conhecidos os policiais que pegaram prisão perpétua por afogar mendigos no Rio de Janeiro a mando do governador do estado. Tinham que matar, diziam, era gente muito suja, enfeava as ruas, humilhando os cariocas diante dos visitantes ou turistas.

No quartel, a aparência do grupo dos Mata-Mendigos era deprimente, como se aceitassem ser inferiores, assassinos declarados, segundo a voz geral. Eu observava sempre um deles brincando com os netos, nas visitas dos domingos.

Um dia falei com Fabrício.

— Vou conversar com aquele ali.

— Pode ir, mas devagar, viu?

Me aproximei, brinquei um pouco com as crianças e de repente perguntei baixinho.

— Como você teve coragem de afogar aqueles miseráveis?

Ele tomou susto, estremeceu, baixou a cabeça e por fim murmurou.

— Os "homi" mandaram.

Me afastei envergonhada. Não devia ter humilhado um homem tão derrotado e tão pacífico que infelizmente aprendera a cumprir ordens sem discussão.

*

O problema de Tigrão é que acontecera com ele o impossível, isto é, o abandono das mulheres. Quando um homem é preso, a mãe, a mulher, a amante, a irmã, a filha etc. não o largam sozinho lá dentro. Estão sempre rentes. Os homens fazem encomendas, elas cumprem as ordens, levam recados, trazem roupa e comida.

Mas se essa disponibilidade não ocorre, ao lado da falta que o encarcerado sente, existe também a humilhação. Eu mesma ouvi na cela dos políticos alguns comentários.

— Coisa boa ele não é, para as mulheres nunca aparecerem.

Sei que você acha que isso é uma prova de que ele foi plantado.

— Claro. É estranhíssimo que ninguém o visitasse. Um cara com tanto poder, não se compreende o abandono. Quem levava cigarros para ele? Como ele podia se comunicar com tanta facilidade pelo telefone do quartel?

*

Ele não ouviu, ou não entendeu. Mas quando passou pela segunda vez, Fabrício se levantou.

— Ei, Tigrão, olha aqui.

Ele parou, mais perplexo do que qualquer outra coisa.

Mas Fabrício estava sorrindo, muito à vontade, e brincou.

— Estão dizendo que você é do Esquadrão da Morte, Tigrão, mas eu não acredito.

O homem esperou, o rosto contraído, bravo.

Fabrício continuava a sorrir.

— Você deve ser um árabe, com esse manto.

Fez uma pausa e continuou.

— Acho que você deve ser um árabe rico. Deve ter um poço de petróleo escondido, bem longe daqui.

Outra pausa, sem deixar de sorrir.

— Com toda essa riqueza, pra que você está aqui? Pra nos humilhar?

Eu ia acompanhando, um pouco tensa, a transformação no rosto de Tigrão, da contração expectante a uma espera e tentativa de entender, até um súbito relaxamento, entregue ao jogo de Fabrício. Agora ria desafogado.

— Árabe, né? Poço de petróleo, hein? Não tem mais o que fazer?

— Eu, não. Não tenho nada o que fazer. E você também não.

A essa altura os dois já riam juntos.

Logo fui incluída na relação dos dois, participava das conversas, ganhava artesanato feito por Tigrão.

✳

Houve um momento na espera do julgamento em que até paramos de conversar com os companheiros presos. Só fazíamos esperar. Como Fabrício, numa primeira fase, já fora julgado culpado e retornara ao Caetano de Faria, achávamos que não fazia sentido ele ser devolvido à cela mais uma vez por um segundo tribunal. Mas quem poderia ter certeza? Viver na corda bamba era nosso destino. Terrível era sair no final da visita e deixar meu companheiro lá. Mesmo assim o tempo corria e criava a rotina, os hábitos aprofundavam os conhecimentos uns dos outros, tudo estranhamente natural dentro da espera.

Um momento excepcional foi quando Fabrício pediu permissão ao Capitão da PM para que algumas pessoas da família e filhos de presos participassem da festinha de dois anos de nosso filho, aliás, gerado naquele mesmo quartel. Levei um bolo e docinhos, as crianças brincaram, foi mesmo muito bom.

✳

Às cinco da manhã o telefone tocou. Eu já estava acordada e reconheci a voz de Tigrão, que foi direto ao assunto, rápido e rasteiro, do jeito dele.

— Bem cedo chegou um carro aqui no quartel e sequestrou Fabrício.

Tomei um choque.

— Sequestrou?

— Primeiro ouve, não fica interrompendo. Era um carro chapa fria, conheço de longe. Não se esqueça que sou um policial. Já telefonei pra todas as delegacias da cidade. Me identifiquei e falei com todos, um por um. "Chegou aí um cara chamado Fabrício C.? Acho bom ir logo desembuchando. Esse cara é meu amigo, já sofreu muito e quem encostar um dedo nele, basta um, eu mato. E vocês sabem que eu mato. Não vou ficar aqui a vida toda e tenho meus recursos." Bom, eles ficaram mortos de medo, bando de bunda-mole. "O que é isso, seu Tigrão, não chegou aqui ninguém com esse nome, juro por tudo quanto é mais sagrado."

Eu já estava sentindo falta de ar, mas obedeci e fiquei quieta. Ele continuou:

— O negócio é o seguinte. Tenho um cara importante no DOI-Codi de São Paulo. Liguei pra ele, fiz a mesma pergunta e ele me disse que estavam esperando por Fabrício, sim. Então pegue você um ônibus imediatamente e vá para São Paulo. E não beba, com a desculpa de que está nervosa. Você precisa ficar esperta, com tudo em cima. O céu tá nublado, tá ligada? Te passo agora o telefone do meu contato, você vai se encontrar com ele. Isso é bom pra mostrar que estamos aqui organizados e que somos realmente amigos. Vai logo, não enrole. Ele já sabe o seu nome, está no aguardo da chamada.

Passou nome, telefone e desligou.

Segurando a ansiedade e sem entender direito o plano do encontro proposto, esperei um pouco e telefonei para o advogado, que tomou um susto, não sabia de nada. O juiz também estava completamente inocente. Então Tigrão estava certo. Era um sequestro. Como era possível que os encarregados e guardiães de um prisioneiro político, os responsáveis por sua segurança, não soubessem de seu paradeiro, estando ele cumprindo pena num quartel? Como não sabiam de seu sequestro? E como os caras do quartel entregaram o preso, num carro chapa fria que eles deviam reconhecer? Isso só podia acontecer no Brasil. Ainda fiquei um tempão fora de foco, sem conseguir agir. Só pensava que os minutos estavam correndo e que eu precisava obedecer às ordens de Tigrão. Depois consegui arrumar as coisas em casa, um apoio para as crianças, o aviso à faculdade de que eu ia faltar, e um apelo aos amigos. Duas horas depois estava na rodoviária, tomando o primeiro ônibus para São Paulo. Avião, nem pensar. Cadê a grana?

Não havia ninguém a meu lado no ônibus. Primeiro escrevi uma carta para Fabrício explicando o que Tigrão me contara. Depois tomei um relaxante e dormi. Mas sonhei com aquelas mesmas coisas e dúvidas, misturando os tempos, querendo absurdamente encontrar uma solução para tanta ameaça, uma estratégia para escapar. A estratégia não precisava ser direta, podia ser alusiva, mas com o efeito de algo direto. Melhor: podia ser de qualquer jeito, mas conduzindo ao resultado esperado. Melhor ainda... e o sonho me levou a um entardecer à saída de um cinema no Flamengo, quando subitamente Fabrício me abraçou e disse alto, sorrindo: "Vou te dar um beijo estalado feito um ovo".

✳

Liguei para o contato de Tigrão e nos encontramos numa padaria de Perdizes com mesinhas para lanches. Ele parecia um investigador de filme, com capa bege e cinto fechado na cintura. Seriíssimo. Qualquer coisa que eu perguntava, ele dizia:

— Se acalme, não se afobe, que não vai acontecer nada com seu Fabrício.

— Mas como é que o senhor sabe?

— Ele é amigo de Tigrão.

Não houve, portanto, uma conversa, pois a única resposta que ele dava era exatamente a mesma. Não consegui arrancar dele nenhum esclarecimento. Minhas perguntas sobre a razão de terem sequestrado Fabrício, se eu podia vê-lo, se ele estava bem, a tudo isso ele nem respondia, ficava mudo. Por fim entreguei-lhe a carta que havia escrito e pedi que a levasse a meu marido. Estava deprimida.

— Sei que o senhor não vai entregar, porque nunca ninguém antes entregou, mas vou lhe dar assim mesmo.

— Fique tranquila que vou entregar.

Guardou a carta e nos despedimos.

Tomei um táxi para a estação e outro ônibus para o Rio. Que coisa louca tudo aquilo, que coisa incontrolável. Me senti separada do que acontecia. Separada de mim mesma.

✳

Levaram dez dias para devolver Fabrício, o que provocou em todos nós a maior angústia e expectativa. Menos em Tigrão, que andava pelo pátio calado e não se expunha por razões óbvias. Mas às vezes nos dizia, em voz baixa:

— Eles não são loucos de prejudicar um amigo meu.

Nosso maior medo era o DOI-Codi mandar o preso assinar a soltura e depois liquidar com ele. "Olha aqui, já soltamos ele, aqui está o documento."

Muitas vezes isso acontecia.

Felizmente Tigrão tinha razão. Um belo dia um carro parou no pátio, dois policiais saltaram e, em seguida, Fabrício. Corremos para ele no maior alvoroço. As perguntas podiam ser resumidas numa única frase:

— O que aconteceu?

A resposta dele também não tinha variação.

— Não aconteceu nada.

Mas disse que, ao receber a carta escrita no ônibus, seu ânimo subiu a perder de vista.

— A perder de vista, é?

— Sim, levado por você.

Rimos, felizes.

Só então entendi a razão de nunca entregarem as cartas que eu escrevia para Fabrício, com tanta angústia, na época da incomunicabilidade. Claro, não queriam que o preso ficasse de ânimo alto e, sim, arrasado, quando seria mais fácil o controle, apoiado em seu sentimento de solidão.

Tigrão continuava meio calado, sem se expor. Não falou do amigo no DOI-Codi, de quem não sabíamos nem o nome, nem de suas relações no mundo em que vivia. Compreendíamos a situação e nada perguntamos. Mesmo assim ele disse um dia para Fabrício:

— Eles me devem muitas coisas.

As relações voltaram ao ponto de partida, Tigrão sempre muito atencioso com Fabrício e comigo. Caímos de novo na rotina. O juiz e o advogado nunca verdadeiramente se pronunciaram sobre o sequestro.

Faltavam alguns meses para o julgamento de Fabrício. Mal me lembro desse tempo, me sentia estranha, desmemoriada. Exausta. Então me lembrei um dia de Lewis Carroll, um de meus autores preferidos até hoje, que em *Through the Looking-Glass* fez a Rainha Branca perguntar se a nossa memória operava em dois sentidos.

— Tenho certeza de que a *minha* só opera em um — disse Alice. — Não posso me lembrar das coisas que ainda não aconteceram.

— Memória pobre essa que só opera para trás — observou a Rainha.

Então entendi que eu só queria me lembrar de seis meses depois, quando Fabrício saísse do quartel. Mas queria me lembrar desse futuro *agora*. Queria apagar o tempo presente, com quartéis, prisões, vigilância, perigos, até mesmo Tigrão, que salvou Fabrício talvez da morte, como testemunha única que foi de seu sequestro.

Você, Dudu, que me acompanhou na viagem deste texto, me disse um dia:

— É perfeitamente compreensível que você só queira se lembrar do futuro que ainda não aconteceu, porque o presente está tão cheio de horrores e segredos como um livro fechado, ou em branco. Por que sequestraram Fabrício? Se o quisessem acarear com outro preso, por que simplesmente não exigiram legalmente sua presença? Qual o problema? Queriam passar fogo nele? E quem é realmente Tigrão? É claro que ele protegeu Fabrício, mas por quê?

— Já falei mais de mil vezes. Porque Fabrício agiu com ele naturalmente. Não se horrorizou por ele ser do Esquadrão da Morte, viu que estava péssimo, quis aliviar a barra dele. Talvez ele quisesse mudar de vida, minhas filhas viram Fabrício dando aulas de matemática e português para ele fazer o supletivo. Além do mais, não tenho a pretensão de saber exatamente como se entrelaçaram, tão fortemente, a brandura e a crueldade de pessoas e circunstâncias. Talvez por isso essa história me emocione e também me exaspere.

Poderia também ter respondido: esta não é uma história tradicional de errância, provações e final suficientemente resolvido, inclusive porque os personagens estavam encarcerados. É melhor deixá-los assim, suspensos no texto e no tempo. A viagem de cada um era invisível, dolorosa, inalcançável. Suas provações também eram de outra natureza. Não faziam a ferida se fechar numa cicatriz que protegesse a memória. Não, a ferida continua aberta, e dela o sangue flui ainda.

Anfíbia

Apesar da hora, resolveu pernoitar na casa da Ruiva. A viagem tinha sido longa. Precisava descansar e cumprir o trato no final da jornada.

A Ruiva custou a atender. Tinha olhos amargos.

A sala estava às escuras e uma luz baça escorria da janela de vidro.

— Quanto tempo? — a mulher perguntou.

— Só esta noite, disse.

— Ainda bem, a outra retrucou, vou ter de deslocar a funcionária.

— Não precisa.

— Não seja tola.

Pouco depois uma garota passou estremunhada abraçada a uma trouxa, possivelmente com travesseiro e lençol. A Ruiva chutou alguns trastes e lhe deu um lugar no fundo da sala, entre a estante e o biombo de papel pintado.

A funcionária tropeçou nas malas e na mesa de centro, coberta de roupas espalhadas. Desapareceu atrás do biombo.

A recém-chegada ocupou o quarto minúsculo depois da cozinha. Antes de se acomodar na cama de vento, olhou à volta para se assegurar de que estava sozinha. Só então retirou o envelope da mochila para colocá-lo em segurança debaixo do travesseiro.

Desde o começo ouviu o ruído seco, intermitente, vindo da cozinha. Como bicadas. Talvez batidas com o nó dos dedos. Parecia código em língua estrangeira. Não conseguiu dormir. A escuridão era fria. Com a luz da manhã, descobriu sobre uma prateleira da cozinha uma tartaruga, que dava cabeçadas nas paredes transparentes de um aquário. Agora estava sobre a pedra, apoiada nas pernas tortas, meio corpo fora d'água, o pescoço enrugado de velha, olhos miúdos e vazios. Um risco vertical na cara de cobra. Estaria ferida? Seria cega? Tirou um caderno da mochila, escreveu: estará ferida? Cega? Ou simplesmente sem saída? Interrompeu a escrita: o que é que eu tenho com isso?

Agora o bicho deslizava com as nadadeiras em gancho, como bumerangues, emitindo um gorgolejar de afogado. Esbarrava no vidro, voltava.

A empregada já tinha feito café, mas não estava à vista.

Fixou o ponteiro dos segundos, que se movia a olho nu. A data tinha sido marcada, mas não a hora. O lugar, conhecia. Entre em contato dia 22 à noite ou 23 pela manhã — disseram. Contara nos dedos: treze dias e treze noites. Talvez catorze. Haveria tempo de evitar transtornos maiores. Haveria? De qualquer modo a aflição afrouxou a corda no pescoço. Pôde então perceber a luz coada pelos caixilhos da janela.

A tartaruga recomeçou o programa de se atirar contra o vidro. Entrou na sala, viu a estante de livros. Esticou o braço e colheu um deles ao acaso.

Pavese: *Verrà la morte e avrà i tuoi occhi*.

Como se fosse uma senha, só então ouviu outra vez a chuva que caía ininterruptamente desde o dia anterior. Àquela altura já devia ter roído com seus dentes finos as ruas e os caminhos. Mas não podia se distrair, talvez já fosse hora. Pegou o celular na bolsa, digitou o número, coração batendo. Linha ocupada, que chamasse dentro de alguns minutos. Conferiu o número. Digitou outra vez. Linha ocupada. Esperou. Outra vez. Linha ocupada.

Subiu, acomodou-se no sofá, ergueu-se de súbito esbarrando nos móveis, rosto colado na janela fosca. Nuvens escuras. Depois viu: a tartaruga mergulhava, se arrastava na areia, emergia, esticava o pescoço na direção da luz. Parecia louca. Abriu o caderno, escreveu o título.

A Ruiva já se tinha levantado, os cabelos arrepanhados num coque no alto da cabeça. Espiou por cima de seu ombro e leu o título.

— Anfíbia? Venha tomar café. O que é que você está escrevendo?

Indicou a tartaruga com o queixo.

— Mas as tartarugas não são anfíbias, são répteis.

Risadinha.

— É um réptil quelônio aquático. Elas não têm dentes, são como os anjos.

— Ou como as vaginas.

— Venha comer, o pão está quente.

Viu então o livro aberto.

— Sabe o que ele disse? Qualquer pessoa tem um bom motivo para se matar.

A Ruiva deu de ombros. Quando se afastou, ela tentou outras vezes. Linha ocupada. Chamou outros números para testar: funcionavam. Chamou a central telefônica. Claro, havia problemas, mas não podiam fazer nada, só se o usuário reclamasse.

Insônia acompanhada de tartaruga e Pavese. A chuva como ruído de passos.

Contra todas as regras, resolveu não abortar a tarefa. Saiu. Vaivém compulsivo antes de alcançar a gare. Apesar do frio, tinha sede. Insistia em chamar. Linha ocupada. Atravessou com olhos cegos o campo, o túnel, o caminho dos subúrbios com seus muros baixos de pedra. Quem sabe tinha havido uma avaria no carro. Isso ou qualquer outra coisa. Não devia insistir, seria inaceitável aquela intromissão, poderia colocar tudo a perder.

Escreveu no caderno: tentar o caminho inverso para entender o sentido inicial. Quer dizer, voltar ao ponto de partida: se esconder, fechar os olhos, adormecer.

Quando o ônibus parou na rodoviária, se lembrou do rio rolando no escuro, dos pés descalços, do vulto à espera no verão passado.

Escreveu o bilhete dentro do táxi que sacolejava, sovado pelo vento e pela chuva. Tinha os dedos rígidos. Talvez ele estivesse em casa lendo sossegadamente junto da lareira, o gato aos pés. Mas o carro vermelho não estava no largo e a esquina avançava escura, com um deserto no meio. Passou a mão molhada na porta molhada, nos ladrilhos do muro, experimentou o puxador retorcido, que resistiu. O coração batendo como a água com seu bicho dentro. O gato surgiu encharcado, olhos fixos nos seus. Antes que fizesse qualquer gesto, desapareceu. Contra todas as regras, resolveu deixar o bilhete debaixo da porta. Descobriu uma frincha, os dedos se ferindo no umbral de pedra.

Jamais será encontrado — pensou — às escuras. Jamais. Perdeu a cabeça e espalhou outros bilhetes em toda a extensão da porta, avisando que tinha uma encomenda a entregar. Até as dezoito horas estarei no bar da estação, escreveu. Se eu não estiver à vista etc. etc. etc.

Era o cúmulo. Não passava de uma diletante naquele mundo de especialistas.

Da janela do bar passou a perscrutar os carros vermelhos que giravam na rotatória. Desapareciam.

Esta cidade está cheia de carros vermelhos, escreveu no caderno. Está completamente cheia de carros vermelhos.

Participou ao Grandão no bar, virando as páginas do jornal que não conseguia ler:

— Não posso me concentrar, esta cidade está cheia de carros vermelhos. É impossível. Completamente impossível.

Ele convidou.

— Quer tomar um trago?

Na esperança de se aquecer, caminhou pelo saguão varrido a cada momento pelo vento gelado, cheio de velhos pousados nos bancos de pedra, curvados como urubus.

Escreveu: acho indecente a impotência que se exibe como curiosidade.

Os jovens atiravam para o ar as pernas e as vozes altas, a fumaça dos cigarros. Os ônibus chegavam e partiam além do vidro embaçado, como sonâmbulos. Passeava pelas lojinhas da estação olhando muito os objetos para empurrar o tempo, para o tempo passar.

Muitos anos depois concluiu que a angústia continuava viva, bastava pensar naquela espera. E talvez nunca tivesse se afastado realmente daquele lugar suspenso, embora a ele tivesse dado as costas.

Mas naquele momento escrevia, cheia de esperanças: como nos sonhos, nada é permanente, também não se sabe que forma as coisas assumem no esquecimento.

Escureceu.

Não encontrando saída viável, tomou outro táxi rumo ao largo. Observava pelo vidro da janela a paisagem baça, os canteiros encharcados das rotundas.

Diante da casa mais uma vez, levou um choque ao verificar que todos os bilhetes haviam desaparecido. Arrancados talvez. Mas por quem? Tragados pelo mau tempo? Improvável. De relance viu num sobrado uma pessoa numa janela que se fechou. Uma criança deu um grito e desapareceu.

Vencer a paralisia, saltar do carro, correr para a casa exigiu esforço sobre-humano. Inútil, pensou depois, como se a casa estivesse no fundo de uma cisterna. A água cantava nas canaletas. Experimentou com obstinação o trinco, bateu na porta com as mãos abertas, tocou a campainha insistentemente com uma esperança louca. Outra vez julgou ouvir ruído de passos. A água corria por seu rosto, quem sabe lágrimas. De novo escreveu bilhetes, de novo espalhou-os sobre a porta, enxugando a madeira com a manga ensopada do casaco.

Partiu sem olhar para trás.

Estrela do mar

Pensando em Heloisa

A única prova material que tenho da existência dela é uma boca de batom colada num livro, à guisa de dedicatória. O resto são nuvens. Mesmo assim inventei um nome para ela, retirado de um poema de Trakl, num livro de sua estante. Eram versos que falavam de uma chuva opaca e de aranhas buscando abrigo no coração de um mortal — tudo à luz de estrelas esfaceladas.

Pode soar falso, mas o poema estava assinalado com um marcador de livros, e me pareceu uma autodefinição pressentida. Pois sua alegria ecoava apelos maldisfarçados, e ela era quebradiça como as estrelas que o mar atira na areia e deixa por ali. Seres de vida breve.

A princípio achou que o nome inventado fosse ironia — quem sou eu, é isso?, perguntou inquieta; depois disse que parecia um desafio. Não era. Mas eu me calei. Também não era urgente explicar que ela não pertencia à terra, e como o céu está muito longe, era uma estrela do mar. Cheia de braços para abraçar com força, conforme gostava. E, claro, a pique de se quebrar.

Quanto ao desafio teatral, nem pensei nisso. Ela tinha talento, mas completa ausência de nervos. Para sua arte esse traço era fatal. Além disso, possuía convicções éticas inabaláveis e qualquer pessoa de juízo concordará que essas ideias são incompatíveis com projetos de sucesso e dinheiro. Ao contrário, cria obstáculos em série que ninguém perdoa.

Soube disso quando assisti a seu último espetáculo no teatrinho de variedades da Álvaro Alvim, contracenando com Grande Otelo.

O contraste do talentoso ator cômico e negro com aquela mulher longa e dourada era uma das chaves da hilaridade nervosa do público, que antes bebia e conversava espalhado nas mesinhas da plateia. Lá pelas tantas uma cortina baixava, uma música sugestiva soava, aparecia um braço vestido com uma luva preta de cetim. Na sequência uma perna extraordinariamente torneada, metida numa meia rendada, se enroscava nas franjas da cortina. Os homens desacompanhados começavam a assobiar, os outros disfarçavam como podiam. Mas qualquer um concordaria que a visão daquela mulher deslumbrante, metida num biquíni de lamê, cabelos soltos, toda iluminada, era de cortar o fôlego.

Depois de uma dança inquietante, o final do quadro exigia que ela passeasse entre as mesinhas, que escolhesse um espectador qualquer e que se sentasse no colo dele, representando um breve número de falsa sedução.

Embora achasse graça, pois tinha muito senso de humor, ela ficava tensa com o número, pelo que poderia acontecer. Já havia me contado várias ocorrências. Uns recusavam o papel, para eles invisível, e tentavam agarrá-la pra valer. Outros ficavam de pau duro. Havia também aqueles que sussurravam obscenidades em seu ouvido. Em suma, foram poucos os que entendiam que também faziam parte do jogo teatral, com sua personagem entre inocência e sensualidade, mas ao mesmo tempo imaginária, portanto, fora do alcance.

No dia em que fui ao espetáculo fiquei pensando com os meus botões se ainda poderia haver surpresas naquilo. De repente, silêncio. Ouvi a música, surgiu a mão enluvada, depois a perna, os homens uivaram, começou a dança. No momento aprazado ela desceu os degraus do palco, passeou entre as mesinhas, por fim sentou-se repentinamente nas pernas de um homem jovem e magro, de aparência tranquila. Esses traços certamente lhe inspiraram confiança. Mas o personagem eleito, antes de se levantar abruptamente e abandonar a sala, atirou a dançarina ao chão, cuspiu no rosto dela e disse, possesso, aos gritos: sua puta.

Passado o primeiro minuto de perplexidade e consternação, em meio a um silêncio mortal, ela se levantou sem enxugar o rosto, sentou-se e fez o número com a cadeira vazia, contracenando com alguém invisível. Foi arrepiante e naquele momento dramático ela se revelou uma verdadeira atriz. Os aplausos foram estrondosos saudando a estrela que nascia do sofrimento, como em geral acontece.

Esperei à saída, conforme o combinado, e minha amiga não se demorou, pois veio direto do palco, sem ter mudado a roupa nem tirado a maquilagem. Os carros paravam atravancando a rua, com homens debruçados nas portas, entre risos e assobios.

— Pelo menos conheço alguém que para o trânsito de verdade —, eu disse tentando brincar.

Mas ela começou a chorar. As lágrimas abriam sulcos no rosto pintado, como feridas. Sentou-se no meu velho fusca e disse, ardente: quero morrer. Quando os soluços abrandaram, também disse que ia beber muito, até cair, limpar aquele escarro, que de seu rosto tinha escorregado até o peito, estragando sua noite. Minha noite não, explicitou dolorosa, minha vida.

Mesmo assim achei que tudo ia passar e que ela oferecia uma segunda opção para a ocorrência desagradável. Sugeri então irmos relaxar no silêncio da praia, ao encontro daquele vento que jamais parava de soprar. Ela não disse nada e tomei o silêncio por concordância. Dirigi então o carro para o Arpoador. Ficamos horas ali sentadas na areia, ouvindo o mar batendo nas pedras. Estava bravo àquela noite, e as ondas atiravam arcos brancos de espuma no ar.

— Bate com toda a razão —, observei.

Hoje penso que a frase simples que ela disse ao entrar no carro era verdadeira. Talvez a ideia da morte tenha sido levada em consideração naquele exato momento. Foi ali que aranhas invisíveis começaram a se alojar em seu coração para o último ato, que nos desesperou tempos depois, quando tudo parecia resolvido.

Com as duas mãos, à beira do palco e iluminada como a lua num céu deserto, ela puxou para si a cortina da chuva opaca anunciada no poema, pondo fim ao espetáculo definitivamente.

Perdas e partilhas

Para Rogério

Os irmãos eram apenas dois, mesmo assim depois da morte da mãe entraram em disputa pelo único objeto de valor da casa, já que não havia herança em dinheiro.

O objeto era o que chamavam de pequeno candelabro. Parecia de cobre, ou estanho, ou coisa parecida. Não entendiam nada de metais.

O irmão ponderou que ele é que devia ficar com o candelabro, porque o pai prendia papéis com ele.

— Ah —, disse a irmã com uma risadinha —, os homens e só os homens é que prendem papéis?

Foi se animando.

— Só eles é que têm papéis? E acham que a função de candelabros é prender papéis?

— Como você é implicante, não é nada disso. É que eu gostava muito de papai, me lembro dele...

— E da mamãe você não gostava? Por falar nisso, o que fazia ela com um objeto tão versátil?

— Desisto — disse o irmão —, era só uma lembrança. Papai gostava.

— Como é que eu nunca vi este candelabro prendendo papéis? Imagine só. Acho que é melhor abrir logo o jogo. Você quer é ficar com ele.

— Já disse que desisto.

— Além do mais isto parece um candeeiro, que ainda é menor que um candelabro. Com boa vontade, parece até um castiçal.

Tempos passados, ao visitar a irmã, ele perguntou pelo candelabro, ou castiçal, ou candeeiro.

— O quê?

— É, aquele que papai usava para prender papéis.

— Que história é essa? Não sei de nada disso. Pura invenção sua. Candelabro, ou castiçal, ou candeeiro! Como é que eu vou saber? Mas que coisa!

Por acaso, certo dia o irmão topou com um camelô, desses que expõem seus trecos em cima de um plástico, na calçada a nossos pés, e viu um outro castiçal, ou candeeiro, ou candelabro quase igual ao do pai. Comprou na hora. O preço, uma ninharia, pagou até mais, para espanto do homem.

Depois comentou comigo:

— O cara não sabia o que vendia, nem eu o que comprava.

Pois bem, esse irmão é um grande amigo meu. Um dia perdeu as forças, adoeceu e não houve diagnóstico possível, porque os médicos não desconfiaram que ele era alérgico a certo medicamento banal, a quem ninguém no mundo era alérgico. Mas quando ele perdeu um olho é que entenderam que a moléstia que ele tinha era realmente a terrível granulomatose de Wegener.

Eu não sabia o que era, e ele esclareceu.

— Wegener é aquele canalha que foi um dos participantes do projeto das câmaras de gás de Hitler. Só por isso eu deveria ter morrido, não deveria ter aceitado o tratamento. De pura revolta.

— De revolta?

— Sim, uma justa revolta.

No hospital foi um corre-corre, uma aflição. Ele se curou depois de meses, mas perdeu mesmo um dos olhos.

Fiquei superchateada. Eu estava fora do Brasil e lhe enviei de longe um livro com uma cartinha e uma dedicatória.

Eu já estava de volta em casa, quando recebi um telefonema seu, agitadíssimo. Que adorava o livro que eu tinha enviado, embora adorasse mais a cartinha. Naquele momento estava se preparando para reler o livro, quando percebeu que havia perdido a cartinha. Tinha procurado em todos os lugares, até nos improváveis, dentro da privada, debaixo da cama, na geladeira. Nada.

— Moro numa casa em que tudo voa — insistiu —, os papéis saem batendo asas pelas janelas, pela abertura das portas, se arrastam pelo assoalho. Isso quando não são os macaquinhos que entram pela janela e roubam tudo quanto é troço.

Tinha olhado também debaixo do fogão, esquecendo que só tinha um olho e procurou justamente com o olho cego. Meteu a cabeça não sabia onde, se machucou.

— Você não pode me escrever de novo a cartinha?

— Outra cartinha?

— Não, a *mesma* cartinha — frisou — adoro ela, não posso ficar sem ela.

— Mas eu não me lembro mais como era exatamente.

— Então era mentira?

— Não, claro que não, como você pode pensar uma coisa dessas?

— Então qual é o problema? Por favor.

Foi a minha vez de ficar tensa. Como atender ao pedido? Não me lembrava das palavras da cartinha. Tive a ideia de pedir que ele relesse a dedicatória, quem sabe...?

Ele concordou, mas no próximo instante um grito soou do outro lado.

Fiquei bem assustada.

— O que foi? O que foi? Por favor, diga logo.

Mas ele ria às gargalhadas e achei que desta vez tinha surtado. Antes que eu continuasse a falar, apavorada, ele parou de rir.

— Achei a cartinha. Ela estava dentro do livro. Comecei a virar as páginas e de repente ela caiu no chão.

Eu é que caí sentada na primeira cadeira.

Ele explicou.

— Desculpe, é que ela não estava no lugar de sempre, no começo do livro, e sim no meio das páginas.

Fiz uma pausa para me controlar e depois pedi.

— Guarde bem essa cartinha, se possível dentro de um cofre. Por favor.

— Deixa comigo. Sou muito bom nessa história de guardar. Pode deixar comigo.

— Acredito em você, como não? Um beijo.

— Outro.

Correspondências

(A)

Anteontem nasceu Luana, minha sobrinha-neta e primeira neta do meu irmão Vicente. Ele, preso no leito da UTI, estava ansioso para recebê-la. Achava que se fosse homem seria também Vicente. Achou maravilhosa a ideia de Luana em breve fazer parte da família.

Infelizmente não houve tempo para nada. Chorei quando recebi a notícia, a cabeça cheia de dor e coisas vagas, sem contornos. Eram insuportáveis as duas sensações, fortes e opostas: a alegria pela chegada de Luana e a dor da perda de meu irmão.

Fui então às seis horas da manhã tomar café com Gisa, que sai às sete e meia para o trabalho. Voltei para casa meio às cegas, com o coração apertado e muito comovida.

Foi então que levei o maior tombo da paróquia. Caí e não procurei me levantar. Fiquei no chão, cara afundada na poeira das pedras, chorando.

Pessoas correram, me levantaram apesar de meus protestos, me sentaram numa calçadinha, me deram água com açúcar, perguntaram se eu queria chamar alguém, se eu estava tonta, se a dor era muita, se eu queria que me levassem para casa. Quem sabe para o hospital. Só faltaram me dar um leitinho e mudar minhas fraldas. Foi pena não terem me oferecido colo. É disso que precisamos em situações de humilhação. Cair é quase tão vexaminoso quanto apanhar na rua.

Mas eu não quis nada, calei o grito, tratei de me afastar mancando. Passei o dia botando gelo na mão e na perna. Hoje estou bem melhor.

Me lembro de Vicente falando em várias ocasiões, com sua risadinha trocista, que eu sou uma vaca premiada, de tanta saúde. E eu respondia chateada, achando que era mais injúria que elogio:

— Vaca pode ser, mas premiada é outra coisa.

Ele ficava irritado, afirmando que eu não tinha senso de humor.

E eu sempre dizia:

— Você é que começou.

Irmãos não envelhecem um para o outro. Ficam crianças para sempre.

É isso aí. Acho que por essa porta do tombo vou sair dessa dor de perder Vicente. Sair também do remorso. De quê? Não sei. Talvez de continuar viva.

Entrou pela perna do pato, saiu pela perna do pinto. Quem quiser que conte cinco.

(B)

Enquanto tricota e o novelo de lã vai dando saltinhos, Betinha conversa com o marido morto, assim que ele aparece na televisão. Por isso não perde o *Jornal Nacional* por nada deste mundo.

— Olha que voz linda ele tem. Aliás, sempre teve.

Risadinha.

— Desde mocinho, quando nos conhecemos.

Também interpreta o celular do neto como a caixinha de rapé do pai, e procura inutilmente os fósforos para acender o fogão.

— Esta casa não tem mais fósforos? Como querem que eu fique calma?

Aponta um retrato recente.

— Quem é essa aí?

— Você, mamãe.

— Eu não, está louca?

Vai ao quarto, volta com o retrato de casamento, os noivos abraçados e sorridentes, ela com o cabelo ruivo embrulhado no véu.

— Eu sou esta aqui.

Passado um tempo, pergunta à filha.

— Quem é a senhora?

— Sou Roberta.

O rosto se ilumina.

— Ah, conheci uma Roberta tempos atrás.

A filha abraça a mãe, às lágrimas.

— Mas sou eu, mamãe, sou Roberta, sua filha.

Ela olha a mulher soluçando com um risinho disfarçado, como se pensasse:

— Essa aí está louca de pedra.

Não adianta insistir. Betinha só se entende mesmo com Janete, amiga da mesma idade, que por sua vez conversa com o falecido na praia, ouvindo a voz que se mistura ao som das ondas, batendo na areia.

(C)

Quinta-feira, 5 de agosto de 2010, 17h45

Querida Vilma,

Li e reli os contos — muito bons! Excepcionais. Excepcional "Encontro".

Então era pura neura sua dificuldade. As histórias estão saindo certeiras de seu bojo.

Não há nada desnecessário e vieram sopradas por um ventinho de poesia. Viva! Sobre o título "Butique Espiritual", te confesso que continuo incapaz de uma afirmação. Acho que não gosto muito, mas a opinião sai sem convicção. O beijo mais carinhoso.

Clara

Que bom, Clara, fico mais animada. Pra frente, cambada! Oba!

Quanto ao título também vou pensar mais, mas acho muito engraçado. Era como eu me referia ao cemitério onde tia Marinela adorava passear e... surrupiava qualquer trocinho quebrado nas sepulturas. Me deu até uma cabeça de anjo que estava caída e que guardo até hoje. Tia Isabel dizia: "Marinela, você é uma cristã. São coisas dos mortos".

Ao que ela respondia: "Os mortos não se incomodam. Eles não ligam mais pra nada".

Que tal?

Beijinho.

Você sabe que parece que ligam sim? Sempre gostei dos cemitérios no fundo dos adros das igrejas de Ouro Preto, e sempre me preveniram que não tirasse nada de lá.

Pois quando filmava *O Aleijadinho*, em Sabará, com Pedrinho de Moraes como fotógrafo, Joaquim e ele deram uma volta no cemiterinho da Igreja do Ó. Pedro viu e gostou de uma imagem pequena, depositada em cima de um túmulo e pegou pra levar.

Daí a pouco foram filmar o teto da igreja, pintado creio que pelo Ataíde, os dois no alto de uma grua, sentados numa tábua e equilibrados cada um de seu lado. Pedro, com a máquina fotográfica na mão, se inclina, pergunta a Joaquim se o ângulo estava bom e os dois desabam de altura vertiginosa. Não morreram e Pedrinho foi, no dia seguinte, devolver a santinha pra dona, no cemitério.

Histórias mineiras.

Lições de dialética

1.

Juju e Tuti eram duas primas muito amigas. Tuti era faladeira, Juju, muito calada, mas para todos os problemas descobria um método infalível de resolução.

Sempre passavam juntas as férias de fim de ano, na praia onde a família tinha uma casa grande junto ao mar. E era no mar que ambas pensavam, mal abriam os olhos pela manhã. Havia só um problema: tinham de rezar o terço antes da corrida para o mergulho na água fria, que não parava de se mexer, com aquele convite das ondas quando se quebram.

A ideia era de Dindinha, prima muito religiosa da avó, que também veraneava em Gargaú.

A cena era assim: um quarto meio vazio, com uma cama alta onde estavam sentadas Juju e Tuti, balançando as pernas. Cada uma com seu terço na mão.

— Primeiro, rezem o terço — dizia Dindinha.

Pausa.

— Depois podem ir para a praia.

Ela saía, fechando a porta, e ia cuidar da casa. Confiava nas meninas que nem pensavam em mentir. Seria um pecado e tanto. Mas acontecia o seguinte: Juju não demorava nada na reza, enquanto Tuti ficava enrolada um tempão. Ela estava ainda no primeiro pacotinho de contas e Juju já se levantava feliz da vida, se enfiava no maiô e corria para a praia.

Tuti ficava perplexa e cheia de inveja. Era uma infinidade de contas, ela já contara uma a uma. Seriam mais de mil? Se não fossem, pareciam. Como assim? É que não podia haver um tédio mais profundo. E como entender que Juju acabasse tão depressa?

Um dia se encheu de coragem e perguntou à prima.

— Você pula as contas quando reza, Juju?

Dois olhos arregalados e surpresos se viraram para Tuti.

— Claro que não, que ideia. É pecado.

— Mas como é que você faz para acabar tão depressa?

Juju se acalmou, olhou para Tuti.

— Você não se lembra quando estudamos para que servem as aspas, nas aulas de gramática?

— Aspas? Sim, para não repetir...

Juju sorriu.

— Isso mesmo. Para não repetir. Para economizar tempo.

— Mas o que é que tem isso com a história do rosário?

— Ora, eu rezo um padre-nosso, uma ave-maria, depois puxo as aspas. Vou passando as contas e dizendo baixinho: o que eu já disse, o que eu já disse, o que eu já disse.

Fez uma pausa.

— Acaba logo.

— O que eu já disse?

— Sim, num instante acaba o terço. E sem pecado.

Tuti estava deslumbrada.

— Sem pecado! Que ideia genial!

Saíram as duas rindo, correndo para a praia, repetindo entre risos.

— Sem pecado, sem pecado, sem pecado, o que eu já disse, o que eu já disse, o que eu já disse.

2.

O mesmo acontecia na confissão. Era outro e ao mesmo tempo o mesmo problema. Tuti se enrolava completamente, ficava nervosa, não entendia. Às perguntas do padre, "desobedeceu a pai e mãe? Fez coisa feia? Brigou em casa?" etc., não conseguia responder, se enrolava, nunca entendia direito, o padre ficava repetindo as mesmas perguntas, meio impaciente. Depois dava uma penitência comprida, que ela cumpria revoltada.

Juju, por seu turno, não demorava nada no confessionário, pegava uma penitência minúscula e ia embora.

Tuti não teve remédio, senão perguntar de novo como a prima resolvia aquele constrangimento, aquela chatice.

— Exatamente como a história do terço —, Juju explicou depois de uma pausa, olhando pra os lados. — Isto é, mais ou menos. É e não é.

— É e não é?

Juju abaixou o tom da voz.

— Olha, a tudo o que o padre pergunta eu digo não. "Brigou com pai e mãe, fez coisa feia etc.", eu digo não.

— Qual é então seu pecado? O padre pergunta.

— Aí respondo: sou muito mentirosa.

— Mentirosa?

— É. Então ele me abençoa e me manda rezar um padre-nosso.

— Só um padre-nosso?

— É. Só um.

E diante da perplexidade de Tuti.

— É fácil. Mas tem o seguinte, se você quiser fazer o mesmo, não fica logo atrás de mim. Vai pro fim da fila pra ele não se lembrar de minha resposta.

Apesar do medo, porque era mentira e não era, Tuti seguiu o conselho. Para sua surpresa o padre não se lembrou. Estaria pensando em outra coisa?

— Acho que ele é muito distraído, Juju —, concluiu uma sorridente Tuti, toda contente.

3.

Depois da estrada do mangue, ficava o lugarejo, com sua igreja e seu coreto, todo redondo, onde desabrigados costumavam dormir.

Bem perto estava sempre um homem passando canas na moenda, vendendo o caldo bem verdinho que ia escorrendo e enchendo copos e desejos de tomar caldo de cana.

Naquela tarde as duas estavam passeando depois do almoço e tiveram esse mesmo desejo. Contaram os trocados que levavam. Perguntaram ao homem quanto era. Recontaram as moedas. Era pena, mas, mesmo juntando, o dinheiro não dava.

Ficaram chateadas.

— Ah, caldo de cana é tão bom! Ainda mais nesse calor.

— É, sim. Tão doce. Ai, que vontade de tomar caldo de cana.

— A tarde ficou tão triste! Triste demais!

Mas de repente Juju se aproximou do homem com sua moenda, e sorrindo muito amigavelmente, perguntou:

— E quanto custa uma cana?

Ele disse. Era bem barata. Juju continuou sorrindo.

— O senhor me vende uma cana?

Tuti se aproximou sem saber aonde a prima queria chegar.

Também sem entender, o homem entregou a cana a Juju. Ela pagou e então perguntou com a maior das simpatias, com a maior sedução.

— Agora o senhor pode passar a minha cana na moenda? Por favor?

Houve um instante de pasmo. Tuti e o homem estavam boquiabertos.

Por fim ele entendeu, achou imensa graça da esperteza e concordou com o pedido. Resultado: deu mais de um copo para cada uma, cada qual mais feliz da vida.

— Mas não contem a ninguém — pediu o vendedor.

As duas prometeram não contar. Cumpriram o trato.

O menino e o pai do menino

Talvez não quisesse se lembrar de nada.

Achava que a noite era boa para ele. Dormia.

Entrava num buraco escuro.

De dia era outra coisa. Coisas demais.

O tio estava de testa franzida. Era assim que ficava tenso.

— Deixa disso. Vem daí.

Depois repetiu.

— Vamos lá.

— Lá?

O menino fingia não tirar os olhos da TV.

O tio insistiu.

— Seu pai morreu. Vamos lá. Temos que nos despedir.

Ouviu um soluço, mas o tio não estava chorando, o menino reparou. Como assim?

— Vamos.

— Primeiro tenho que ver o desenho.

— Vamos.

— O desenho ainda não acabou.

Todos se foram. Ele viu todos os desenhos o dia inteiro. Um por um. Depois dormiu na casa vazia.

Foi aí que descobriu o sono como um lugar.

Podia entrar e sair do buraco escuro. Ficar ali. Vamos lá? Lá era ali.

O buraco escuro onde tudo desaparecia. Ele desaparecia. O pai desaparecia.

Pensou nas histórias de Amauri Gouveia que o pai contava.

Como é que alguém podia se chamar Amauri Gouveia?

Andavam pelas calçadas de mãos dadas, nos passeios de fim de semana.

Amauri Gouveia fazia e sentia as coisas todas ao contrário.

Completamente pelo avesso.

De cabeça pra baixo.

Amauri Gouveia devia estar contente então. Naqueles dias.

Feliz da vida. Dando gargalhadas.

Pela primeira vez na vida o menino odiou Amauri Gouveia.

Embrulhou tudo num pano preto, de olhos fechados.

Jogou no fundo do buraco.

Que vista linda!

Quis comprar um apartamento para meu filho e saímos juntos para procurar, guiados por um corretor. Meu filho e eu somos bem diferentes, mas em muitas coisas, parecidos. Por exemplo: só gostamos de comprar coisas de que gostamos. As outras, nem vemos, com saudades daquelas de que gostamos.

Aconteceu assim com o apartamento. Achamos um suplício a ideia de procurar apartamento. Chegamos a sufocar alguns suspiros.

— Vamos lá.

— Calma.

Era uma rua tranquila, e o apartamento era de duas velhinhas simpáticas, loucas para se livrar dele, era fácil perceber. Contaram tudo, para que entendêssemos o problema. Queriam morar, por segurança, no prédio de uma sobrinha. Já estava tudo combinado. Ficamos logo solidários. Além disso, o apartamento era espaçoso e cheio de armários embutidos.

Mas o preço era alto para o dinheiro que tínhamos. Vimos mais uns dois ou três, mas só pensávamos naquele primeiro.

— Se não fosse o preço!

— Pois é.

Um dia o corretor telefonou.

— Elas baixaram o preço. Vamos lá?

Fomos, animados. As velhinhas fizeram festa, queriam vender para nós, afirmaram.

Fingimos acreditar, e no fundo acreditávamos mesmo. Mas o preço era ainda um pouco alto e não queríamos dívidas. Foi um desalento. Já íamos saindo quando tive uma ideia.

— E se for à vista?

— À vista?

Pausa meio aflita. Depois.

— Quanto vocês têm?

Fechamos o negócio, felizes da vida. O corretor mais ainda.

Este é o primeiro capítulo da novela, bem alegre, como veem. O segundo capítulo foi um pouco chato.

Aí vai ele.

Todos os amigos e parentes que visitaram o apartamento disseram, sem exceção:

— É sim, muito bom, principalmente pelo preço.

E depois de uma pequena pausa:

— Mas não tem vista.

Tomei um choque.

— Só é bom pelo preço?

— É, o preço foi bem bom.

Agora vem a principal objeção.

— Mas não tem vista.

— Mas não tem vista?

— Ah, não tem. Isso que se vê das janelas não é vista.

Pela primeira vez, olhei pelas amplas janelas. Tinham razão. Vista de fundos, sem o menor charme. Uns fundos estropiados, de pobres, misturando varais de roupa, pias, alhos com bugalhos.

Fiquei deprimida, achando, como sempre, que a culpa era minha, que aconselhei mal. Sendo a mãe e aconselhando mal era o fim. Me desculpei com meu filho.

— A culpa é minha, desculpe. Realmente tem armários demais — esta foi uma das críticas — e não tem vista.

Ele deu de ombros.

— Armário é bom. E pra que eu quero vista? Nem chego perto da janela. Fico o dia inteiro trabalhando no computador. O apartamento é muito bom.

Depois deste capítulo meio chato, acontece um desfecho surpreendente, que é o que se segue.

Algum tempo depois meu filho precisou de um aspirador de pó, que ainda não tinha, e eu resolvi deixar o meu lá por algum tempo. Como a distância era pequena, propus a Fransneri, um jovem empregado de meu prédio, que levasse o aspirador ao novo apartamento, dez minutos de caminhada. Eu iria com ele. Fomos conversando e rindo das histórias que ele contava. Quis em seguida combinar um preço, mas ele se recusou. Disse que o aspirador era pequeno e leve. Depois acrescentou que eu paguei muitas vezes o leite da filhinha dele, pois, embora trabalhasse em tempo integral, o dinheiro não dava para comprar leite especial para a menina, a pedido médico.

Mesmo assim paguei o transporte do aspirador de pó, me sentindo muito boa, mas nem me lembro quanto foi. Certamente menos do que seria justo, como é de hábito.

Meu filho abriu a porta e entramos. Fransneri pousou o aspirador num canto e vi que estava impressionado com o apartamento, certamente parecendo maior porque ainda vazio.

Em seguida, sem dizer uma palavra (ele, que é tão falador) encaminhou-se para a janela. Foi então que, inesperadamente, exclamou maravilhado.

— Que vista linda!

Foi a minha vez de tomar um segundo choque com as janelas. Vi um relâmpago que iluminou tudo, e ouvi um trovão que limpou todas as nuvens.

Me aproximei de Fransneri que continuava debruçado no peitoril da janela.

Seguiu-se o seguinte diálogo.

— Fran, você lavou a minha alma.

E como ele continuasse mudo e enlevado.

— Só não te dou um abraço agora, por causa da pandemia. Mas fico com essa dívida. Fico te devendo essa.

Pausa.

Ele pareceu acordar. Ouviu o que repeti.

Foi então que riu. Rimos todos juntos.

Acabou-se a história.

Nó de marinheiro, chapéu-panamá

Era ele que trançava seu cabelo para ir à escola. Seriíssimo, concentrado como sempre, separando as mechas em quatro e começando a trançar por um dos lados da cabeça, bem no alto. Iam ficar depois duas cobrinhas finas penduradas de cada lado.

Ela se mexia angustiada, tentando escapar.

— Não é assim, não é assim. Vão caçoar de mim na escola.

Então ele dava um puxão em seu cabelo. Doía, porque ele era forte, e o cabelo, ralo.

Já tinha explicado mil vezes à filha. Era nó de marinheiro, de quatro pontas, um nó formidável que ele tinha aprendido com o pai, quando viviam no farol.

Mas ela chorava e ele dizia.

— Cala a boca, sô!

Se ela chamava pela mãe, ele dizia.

— Ela não ouve, está trabalhando longe.

Saíam os dois pela rua de mãos dadas, ele carregando a pasta dos livros. Ela emburrada. Quando ele perguntava: oito vezes dois?, ela respondia: dez, porque estava zangada, não queria responder certo, azar se ele pensasse que era burra, mesmo sendo sua filha.

Se o sol estava muito quente, ele tirava da cabeça o chapéu-panamá e punha na cabeça dela. Ela chorava de novo, morta de vergonha, fechava os olhos. Chegando na escola já começavam a rir dela, tampando a boca com a mão. Uma garotinha com chapéu de homem, que nem cobria aquelas tranças esquisitas. Ela queria se enfiar no chão, destruída.

Na aula de catecismos aprendeu que um dos mandamentos era "honrar pai e mãe".

Disse que não, nem precisaram perguntar de novo.

— Não e não.

A professora ligou para o pai na loja. Disse que sua filha estava dando um show de desobediência. Um mau exemplo para os colegas.

A loja era perto, o pai foi lá com seu chapéu-panamá.

A professora explicou, corada pela ofensa.

— Quando tem que falar "honrar pai e mãe", essa insubordinada começa a cuspir dizendo que não vai repetir.

Como entender o pai? Ele estava sério e de repente riu. Primeiro baixo, depois alto.

E passou a mão na cabeça da filha. Com cuidado, para não tocar nas tranças de quatro pontas, com o tal do nó de marinheiro.

— Não faz mal. Esse negócio de religião é complicado. Ninguém sabe mesmo.

Um choque total. Todos os alunos de boca aberta e mortos de inveja daquela aprovação de indisciplina. A professora, pálida.

Mas ela se jogou sorridente nos braços do pai. Sentia que limpara inteiramente a barra com os colegas.

Ele cochichou em seu ouvido.

— Depois da aula vamos tomar um sorvete de abacaxi.

Sabia que era o sorvete preferido da filha.

Alma

Alma era da cor de café forte, o cabelo torcido como as folhas caídas no chão da chácara. Era filha da empregada, que acabou indo embora deixando a menina para mamãe criar.

Eu tinha ficado em grande expectativa para encontrar alguém da minha idade. Com ela poderia andar de braços dados, como via minhas tias com as amigas, saindo para passear. Eu achava formidável, e esse era meu secreto desejo. Quando ela chegou, vi que era linda, com o cabelo plissado dando pelos ombros, macios e fininhos. Eu vivia agarrada com ela para andar de braço e ela acabou se chateando.

— Me larga, não quero andar de braço dado.

Alma está enterrada longe, não sei bem onde, depois de aguentar desilusões e corretivos da Mãe Preta, uma correia pendurada de um prego atrás da porta da área, ao lado da escadinha.

Foi o pai que pendurou, chamou a criançada e explicou que Mãe Preta era brava, não perdoava malfeito, nem desobediência, nem criança respondona.

— Cuidado com a Mãe Preta, ele dizia.

Ele dizia brincando, mas era mais ou menos de verdade. Mais menos do que mais. E nem todos apanhavam igual. Depois de Dudu, quem mais apanhou, de uma vez por todas, foi ela.

Lembro de Alma sentada no cimento frio à noitinha, nossas pernas ardendo na pedra dura, e ela falava, falava principalmente da finada Generosa, que gostava muito dela. Não porque fosse mesmo generosa, hein?, mas porque era minha madrinha. Madrinhas gostam mais de afilhadas, juro, são loucas por elas.

Repetia, de olhos fechados, enlevada.

— Ela era louca por mim. A finada Generosa.

— E que nome é esse que você tem, Alma? Nunca vi.

— Foi assim: meu pai era preto, minha mãe, branca. Ela só gostava dos filhos claros, eu saí assim sapecada, ela disse que me chamou de Alma pra botar alguma coisa branca dentro de mim.

— Quem disse que alma de gente é branca?

— É invisível, não é? O que é invisível é branco. Foi ela que disse.

— Então o vento também é branco. Quem é que consegue ver o vento? É a mesma coisa. O vento e a alma.

Isso no tempo em que ela falava despreocupada e ia para a escola depois de limpar a casa e varrer a área; e brincava com a gente na chácara, depois do almoço. Mas com o tempo ficou muda. Tristíssima. Depois do episódio com o tio Zezé, que foi o primeiro a contar o que acontecera, isto é, o que ele disse que tinha acontecido, numa matinê de Carnaval. Explicou que não pôde se controlar, o que é normal, não é mesmo? Homem é homem. O desejo de homem é incontrolável, todos devem entender isso.

Mas não sei por que ele contou, principalmente porque era mentira. Alma afirmou alto que não, que não tinha acontecido nada. Foi quando levou o primeiro tabefe que a derrubou e começou a correr um fiozinho de sangue de seu nariz.

Acho que ele inventou pra bancar o gostoso diante da mulher. Ou para fugir de responsabilidades. Se é que existiam.

O fato é que perguntei a Alma, já desenganada, em seu leito de morte, muitos anos depois: "O que aconteceu com você e tio Zezé?". Ela respondeu me olhando com seus olhos grandes e escuros: "Nada. Não aconteceu nada. Ele inventou tudo".

— Que canalha.

— É.

De qualquer maneira a tempestade desabou. Investigações. Como todos viam nos filmes policiais. Começando com o interrogatório.

Como assim? Foi sozinha à matinê de Carnaval? E a casa? Ficou abandonada? Onde está a responsabilidade? E se entrasse ladrão? E se roubassem alguma coisa?

— Não, ela não foi sozinha, foi com uma branquela sapeca que mora na volta da esquina, disseram.

As duas tinham ficado sozinhas durante as férias de verão, tomando conta cada uma de sua casa. Mas tinha o telefone. Olhem o resultado do progresso. Se juntaram. Foi aí que combinaram de dar uma volta. O rádio berrava músicas carnavalescas a plenos pulmões. Com certeza não resistiram à hipótese de alegria.

— Que fazer diante disso? Pelo amor de Deus. Fazemos o bem e ficamos desiludidos, malpagos.

Quando chegou a vez do castigo, eles não queriam qualquer remédio protocolar, mas sim uma coisa definitiva, na ordem cronológica. O pai gostava muito de falar em "ordem cronológica", parecia ciência e ao mesmo tempo era natural. Tudo na natureza, dizia, obedecia à ordem cronológica.

Dois partidos foram se formando. Maru achava que tinha sido um absurdo deixar uma garota de doze anos sozinha durante todo o verão, tomando conta da casa. Não era justo. E Zezé, embora casado, não era homem em quem se podia confiar. Quem não sabia?

Mas não adiantou.

— Estou com vontade de vomitar — Maru disse de repente — isso que vocês estão fazendo é simplesmente um crime. Um crime depois de outro.

Pensei que no começo ela devia ter gostado de ter ficado sozinha, sem ninguém para a obrigar ao trabalho. Ela então poderia escolher.

— Hoje vou varrer, acho que não; hoje vou fazer comida, acho que não.

Custei a entender. Só Maru tinha saído em defesa, o resto não se incomodou. Mamãe ignorou argumentos, com uma das mãos no peito.

— E eu que botava na escola, me esforçava, queria que ela fosse alguém.

O partido contrário era mais numeroso e acabou ganhando. Tia Nininha, que passeava de carro pela beira-rio e tinha muita cultura, todo mundo achava, pois vivia lendo romances, deu a solução final. Foi ela que aconselhou a tal surra total antes de mais nada. O remédio ia acalmar o corpo. E depois era aconselhável dar muito trabalho na cacunda, hein?, para abaixar esse fogo.

— Tiçuna tem desejo muito forte, precisa do vício como do ar que respira. Vem da própria cor. É preciso curar essa doença.

Além disso, o pai da sarará da esquina já tinha se adiantado. Agarrou a filha, tirou a cinta que estalou no ar e ali mesmo fez o serviço, na beira do rio, à vista de todos, enquanto a menina se retorcia aos berros, urinando de pavor e dor, rodando ao redor do pai, pendurada na mão do homem. Com a outra ele surrava.

A criançada correu para o fundo da chácara, uma tropeçando na outra, tampando os ouvidos com medo dos gritos.

Depois do que chamaram "o tratamento", Alma foi tirada do colégio, porque passou a fazer todo o serviço da casa, inclusive cozinhar. Mais ou menos como no início, quando chegou ao lado da mãe, trepada num caixote, para dar a altura necessária. Agora com o acúmulo do serviço, não aguentava mais fazer os deveres da escola. Quanto mais passear de braços dados pela chácara. Acordava muito cedo, durante o dia caía de sono. Acabou reprovada.

— Não merece, ouviram bem? Aí está a prova. Não se esforça.

A verdade era que não tinha tempo de ler e escrever como antigamente, baixando a cabeça, quase beijando o caderno como se fosse um missal.

Com o tempo, as pernas dela foram ficando cada vez mais finas, a gente podia ver todos os tendões como cordinhas retorcidas. Acho que era de tanto correr de um lado para outro, voando, fazendo sua obrigação. Rodando, rodando, fico pensando. Ela ia rodando à velocidade incrível da bala, como nos faroestes da matinê que a gente via aos domingos. As balas são de ferro. Ou de aço? Me explicaram que nos filmes eram apenas de luz.

Passou o tempo, fui embora de casa. Por muitos anos não vi Alma. Quando perguntei, falaram vagamente de sofrimentos e de um amor malcorrespondido. Também ele era branco. E para culminar gay, ela não havia percebido.

— Até hoje ela não tem noção de nada, pela escolha logo se vê.

Mais tarde soube que ela tinha se casado com outro e morava numa casa pequena e muito limpa, cheia de chaves para abrir e fechar todas as portas, além de uma sala coberta de relógios que batiam as horas. Uns com pêndulos, alguns pregados nas paredes, outros pousados nos móveis, como se descansassem. Na verdade, trabalhavam dia e noite, ritmando a vida e todos os movimentos de Alma.

Quando ela morreu de um longo e doloroso câncer, me disseram que esses relógios bateram juntos, ao mesmo tempo, as doze pancadas do meio-dia. Foi a hora de sua morte. Em seguida pararam. Ninguém teve coragem de dar corda outra vez, no silêncio fundo que se seguiu.

Quando recuperaram o fôlego, disseram:

— Descansaram, como a dona. É um milagre, um recado.

Depois de um tempinho, uma criança perguntou:

— Recado de quem?

Ninguém soube responder.

Talvez fosse um simples recado da ordem cronológica, pensei. Ou a necessidade de explicação da lenda contada severamente. Mas as coisas mais evidentes às vezes são difíceis de entender. Embora gostasse muito dela, nunca realmente a defendi.

Mas me explicaram cientificamente que não preciso ter remorsos.

Vestidos de palha

Totó me olhou com aqueles doces olhos de andorinha
e me disse: "Pode me chamar de Antonio".
Federico Fellini

A respeito dele podemos retomar o que presumimos do universo: quando e de que forma surgiram? A princípio ambos parecem eternos.

A ponderação é de Jean Clair, depois de muito cismar: o primeiro primata a se pôr de pé, ousando se erguer sobre as patas e controlando a vertigem, foi o primeiro saltimbanco. Começava aí a aventura de nos equilibrarmos precariamente, percorrendo "o fio invisível" da existência.

Séculos depois, no teatro popular napolitano, ele se vestia da fazenda de forrar colchões de palha. Parecia mesmo um saco de palha, como o nome palhaço indica. Parecia qualquer coisa, menos um homem. Seria um bicho?

Fellini pelo menos afirma que Carlitos era um gato feliz, que sacudia os ombros e ia embora. E que Totó era algo natural e completo, talvez outro gato. Ou um morcego.

Parece até que nunca foram homens. Quem disse que palhaços têm sexo? Não senhor, não têm. Não cabem nessa saia justa. São inocentes. Só por isso já fazem rir. Ao mesmo tempo são mais do que isso. Certamente resultante de uma longuíssima sedimentação. Mal comparando, é o que acontece com as pedras, dentro das minas ou rente ao chão dos desertos.

Duros como elas, pois costumam treinar o corpo desde pequenos engambelando a fome. Nisso se assemelham também aos pobres coitados, que se enfiam indiferentes em qualquer roupa velha a seu alcance.

Em casos extremos se enrolam nesses cobertores baratos, cinzentos, tristíssimos e transparentes. Embora pareçam, não são palhaços profissionais. Estes, sim, são os queridos, que fingem não ligar para nada, aos pulos e rindo muito. Quem não gosta?

Palmas. Palmas.

Apesar da maquilagem extravagante, pincelando narizes de batata, piruetas tronchas e saltos mortais, eles acabam fazendo a maldade brotar no palco, como uma fonte. Como água pura dentro dos olhos.

As crianças a princípio nunca se enganam com essa parafernália, se assustam, têm medo e choram. Até ficarem definitivamente hipnotizadas pela ilusão.

Agora um detalhe bem chato: desde a comédia antiga, a cólera desaba sobre eles, como se fossem meros escravos vestidos de palha. Mas será mentira? O que vemos é que, a despeito de sua mortal fadiga, são ameaçados constantemente com o pau de arara, com os açoites, com a crucificação, com a cabeça besuntada de piche e levada ao fogo.

— Vou terminar meus dias numa cruz, onde seguirei o destino de meus ancestrais, pai, avô, bisavô —, lamentou-se Céledro, um tipo ordinário.

Mas, por favor, é melhor parar com detalhes, quem vai levar essa choradeira a sério? Esses olhos doces, de mel? Quanto exagero! Chamem depressa aquela andorinha.

Mas é que, pensando bem, não nos interessamos jamais por um desespero sem pedigree.

Mesmo observando a resistência do palhaço em cena (não importa quantas vezes um homem é derrubado, pois se levanta etc.), mesmo assim somos fiéis à nostalgia do herói trágico, quase sempre votado, por definição, à morte. Lágrimas correm, os lencinhos se afobam, olhos parecem ceifados como flores. Também bigodes são arrancados, colares ou cabeleiras, nos retratos travestidos dos palcos.

Palmas. Palmas.

(Ao saber da traição do tio naquela tragédia célebre, o Príncipe só pôde gemer "Oh, minha alma profética". Pois de súbito compreendia, pedindo ao próprio coração que se detivesse, que um canalha podia levar a vida a sorrir.)

Ah, mas é melhor virar a página. Ninguém duvida que as histórias possíveis viraram frangalhos à custa da mera repetição. Sem relatos de bordo, com o sumiço das caixas-pretas, frequentemente escolhemos o consolo da obscenidade, essa coisinha vulgar e gastrossexual. Por isso podemos relaxar e afirmar tranquilos, entre duas gargalhadas e um requebro, que os obscenos vão bem, obrigado. Muito bem mesmo. Prazer violento no reino da incoerência.

(De repente sinto um pouco de falta de ar.)

Mas olhe lá, não perca. Fellini surge pela última vez, afastando com dois dedos a cortina prateada dos aplausos. Silêncio profundo. Ele declara que, entre todas as formas de espetáculo, a comédia é a que mais se avizinha da poesia.

— Como assim, meu leviano?

— É, sim. A comédia faz uma releitura dos sentimentos e mostra claramente que a natureza não é natural.

Neste momento preciso, como qualquer animal ameaçado, mesmo que seja imaginariamente, o homem mostra as presas. Ri.

Palmas. Palmas.

Esta comédia sem remorsos assegura total impunidade a quem nos roubar de todos os nossos pertences: o teto sobre nossas cabeças debaixo do Minhocão, um nome ou uma criança acabada de nascer. A onipotência plena da máscara surge na linha do horizonte como a lua vermelha, poluída do veneno de nossas cidades.

Chega. Abandonemos enfim esta lenga-lenga. Na curva do texto derrapamos em nossa precariedade histórica.

Isso ocorre frequentemente em Shakespeare, quando a máscara do bufão cai de súbito e olhamos diretamente no rosto de um escravo batido e ridicularizado.

Nos braços de Morfeu

Ela recordava vagamente as palavras do rapaz dizendo que a culpa tinha sido delas.

Apontou com o dedo.

— A culpa é de vocês, Gordinhas.

— Nossa não — disse Bebé, a primeira delas, armando um ar de ofendida —, a culpa foi da Magrela, que saiu de seu lugar sem ser chamada. Não sei como a tonta não rolou da escada e morreu de novo. Manu apenas repetiu a história que você mesmo contou um dia.

— Um dia não — ele disse —, todos os dias. Perdi a noção de quantas vezes repeti. A história volta dia e noite. Volta sem parar, sem deixar de ser assunto íntimo. Contei, mas foi o mesmo que falar sozinho. Foram vocês que botaram a boca no trombone. E mudaram tudo.

Suspirou, vencido.

— É, é isso aí. Quem não sabe? Gordinhas têm muita imaginação. Floreiam.

— Mas não chegam a esse ponto — Bebé retrucou. — O ponto é que Gordinhas não conhecem a avareza. Repartem tudo.

— São como uma noite estrelada, disse alguém. Nessa colcha...

— Colcha?

—... se enrolam e cochilam como as gatas. Sonham.

Manu, a segunda Gordinha, deu risada.

— Saboreiam esse gozo melhor que comida. Embora muitos não acreditem, melhor que poesia.

— Poesia, comida estranha — citou o rapaz, já recuperado —, mas para cada Gordinha, uma senha. Decifra-me ou devoro-te, diz o brilho nos olhos. Na verdade, são distraídas, mas só da boca pra fora. Por dentro estão concentradas na manducação.

— E qual a diferença entre mastigar comida e misturar memórias? — perguntou Bebé.

— Só para você saber — ele continuou — nossa vida está contida no balanço de um uísque *on the rocks*: as lágrimas geladas se misturam ao gosto do cedro e viram chuva de ouro.

— Nossa, essa é do balacobaco!

Ele continuou, sem fazer caso da intromissão.

— Gordinhas são mesmo felinas. A sutileza dos movimentos, o corpo que se encurva preparando o salto, a um passo do precipício do vigésimo andar.

— Cruz-credo — exclamaram ambas em dueto.

— E jamais se rendem, cultivam a solidez dos laços.

— Pura defesa — elas disseram. — Fomos obrigadas a fundar uma confraria, apesar da sabotagem das Magras. Essas chatas estão sempre esfomeadas, esganadas, e mesmo assim jamais desistem do jejum. São viciadas em mate com chicória. É guerra? Então toma lá. Pum! Pum! Mate! Mate!

— E por que vocês não falam dos Gordos e Gordinhos?, perguntou o rapaz. — Todo mundo viu e ouviu na televisão: ame um Gordo antes que ele acabe.

Pausa sonhadora.

— Em Istambul — disse o rapaz —, vi um Gordo inesquecível. Quando ele surgiu no meio da sala com seus 120 kg, calças de cetim, dorso nu e começou a mexer o corpo na dança do ventre, caímos fulminados. Aquilo era pura sensualidade, emanação da eterna *vérité physique*.

— Como?

Pausa cheia de intenções.

— A verdade é que as mulheres ainda têm muito que aprender com os homens.

Neste exato momento percebemos um vulto flutuando na janela, como aquele peixe improvável, enrolado na neblina branca de Crescent Bay. Que susto, mas não, não era nada. Deixe a literatura pra lá. Era Lalá, a terceira Gordinha. Estava ali desde o começo, mas foi confundida com a lua que deslizava nas vidraças. Balangando como se estivesse no balanço do quintal lá de casa. Por isso a surpresa. Quem não sabe que ela já tinha morrido na flor da idade? Surgia agora muito longe de nós, com aquela vidraça no meio. E estávamos ali devorando com a maior indiferença, ao ritmo dos sambas de breque que ela adorava, frutas doces como beijos, além dos frangos apimentados, afogados no molho pardo.

O assunto quase morreu, mas Lalá, boiando na neblina azul da vidraça, quis retomar a história do rapaz, contada e recontada por ele mesmo, esta é que é a verdade. Ele continuava aos prantos, meses depois da morte dela.

— Olhem, meninas — disse Lalá. — Vamos e venhamos, foi um sonho superdidático. Tudo era franco e nítido. Os bibelôs, as roupas, os móveis, as palavras, o tapete de veludo. Tudo respirava exatidão.

— Sonho ou pesadelo? — perguntou Manu com sua risadinha de seda, respondendo à voz de vento que batia nas janelas.

— Sonho, mas com uma pitada de pesadelo. A ponta de uma agulha invisível espetando o pano quieto do sono, qualquer coisa assim — ela disse, inspirada.

— Mas o que foi mesmo que ele contou?

— Isto: que embora morta, ela estava de novo viva e linda, muito mais linda até, vestida de cetim vermelho no alto de uma escadaria, como naquela cena de ... *E o vento levou*.

— Você está viva — ele disse letra por letra, saboreando a palavra —, você está viva.

— Estou — ela respondeu. — Vivíssima.

E pediu-lhe que abotoasse seu vestido nas costas. Sozinha não conseguia.

O rapaz subiu aos pulos a escada, obediente ao pedido. No meio da função, ela jogou a cabeça para trás — ele via parte do rosto e os dentes brilhando entre os cabelos soltos.

— Que pena — ela disse — que estou morta. Nunca mais nós...

— Não, mãe, é mentira, é mentira!

O grito do sonhador, já completamente desperto, cortou a frase pela raiz, como se corta o mal. Mas já era tarde demais, ele entendeu tudo e teve aquela vertigem, fulminado pela maldade.

Com a repetição do sonho, dias seguidos, novos desmaios, presenciados por Bebé, Manu e Lalá. Quando voltou a si da última vez culpou todas as Gordinhas por assoprarem sua dor, crescida agora como uma parede muito alta, crua, com folhas de veludo lá em cima. Debrum quase invisível. Fazia muito, muito frio, soprado daquela parede.

— O extraordinário é que eu não sabia — ele disse — que as pessoas também enlouquecem depois de mortas. Vocês não entendem? Esse era o caso. De mamãe. Claro. Mais claro do que água.

Pausa.

— Eu sempre achei que a morte estava livre da loucura, que a morte era a razão final.

Pausa.

— Mesmo agora me sinto um inseto — desabafou. — Parece que eu estava como Alice nas alegorias de Carroll, mergulhado naquela lagoa de lágrimas, com o rato se aproximando a nado.

— É? — perguntou Lalá, espremendo uma risadinha. — É de dar arrepios. E Alice parecia um rato?

— É melhor mudar de assunto — disse Bebé, achando graça do sofrimento renovado do amigo. Imaginava aquela morta sem modos no alto da escadaria, ou nadando na lagoa das lágrimas. Certamente Magríssima.

— Atenção, meninas. A lição é a seguinte: somente as Gordinhas são sensuais. Africanos e árabes sabem dessa verdade. Queremos uma mulher que encha uma cama, dizem.

E Ali Acab, meu amigo, arrastado ao encontro da noiva arranjada pelos pais, segundo o costume (Não quero! Não quero! — gritava, batendo os pés — gosto de outra), ao erguer os olhos viu a noiva prometida, que descia uma escadaria. Foi então fulminado por um raio. Não, por um raio não, pela visão celestial de coxas infinitas como o tempo. Pareciam macias como as espumas altas do mar. Quase caiu de joelhos.

— Está bem, papai, está bem — sussurrou —, caso hoje mesmo!

Em contraste a tais argumentos, para além da história inventada por inapetentes, ninguém pode negar que as Magricelas são histéricas. Não podem ter a paciência das Gordinhas, que se conformam em viver por anos a fio bordando o tempo com sua agulha de prata, só para não causar transtornos. Como Lalá, a morta, que jamais se consome, apesar do calor cada vez mais intenso do Rio de Janeiro.

Sonolenta com tanta falação pontuada por queijos e frutas, boiando leve como uma pluma nos vinhos tintos, acho que cochilei por dois minutos. Despertei com os passos de papai e mamãe, que afastaram a cortina e entraram. Ela, sorrindo como sempre e querendo dançar, rebolando os quadris maravilhosos. Pensando bem, ela poderia ser a lindíssima Gordinha número 4, vestida de açúcar com recheio de doce de leite.

— Pai — perguntei no fulgor de meus dezesseis anos —, quem é mais bonita? Eu ou ela?

Tinha certeza que ele ia apontar o dedo bêbado para mim, mas não foi o que aconteceu.

Todo mal-humorado, sem gravata, segurando um chapéu machucado, completamente contra seus hábitos, o recém-chegado começou a reclamar do adiantado da hora, daquela festa desorganizada com gente bêbada falando alto. Ninguém merece, afirmou. Tinha sido arrancado de seu sono eterno para vir me buscar, como sempre tão longe de casa.

Mas não perdeu a deixa e respondeu na ponta da língua.

— Ela, claro, é mais bonita, você é muito magra.

Senti um baque como um soco no estômago. Ele não ligou a meu sofrimento, que era transparente. Bateu a porta com força e saiu arrastando mamãe, esquecendo que tinha ido me buscar.

Foi só então que acordei de verdade.

Sem ter outra opção, saí da cama ainda tonta e fui beber água na cozinha.

Ponto de mira

> *Quando é verdadeira, a proposição mostra como são as coisas.*
>
> Wittgenstein

1.

Aos domingos de sol um homem e uma mulher caminham pela cidade. Usam camisetas e bonés, tênis forrados de palmilhas e amortecedores. Vasculham calçadas, becos e praças. Sobem e descem escadarias. Acreditam que o exercício faça bem ao coração e à coluna vertebral.

Nesse trajeto é comum toparem com tipos de outra raça, fáceis de catalogar. São pobres, mais pretos do que brancos, maltratados, alguns adultos, ou ainda filhotes.

Mal os avista a mulher franze a testa, o homem faz uma careta. É voz geral que podem ser perigosos, não querem nada da vida. E quando querem, erram tudo, apostando nos conflitos. O mundo fica insuportável, principalmente para quem acha que não tem nada a ver com isso.

— Não tenho nada com isso, estou fora — ele diz.

— Eu também — ela responde.

É difícil entender o projeto de vida daqueles caras. Não trabalham, vivem agachados nos bancos da Praça da Sé. Ou nos canteiros do Anhangabaú. Ou dormindo ao relento, na preguiça. Porque no fundo, no fundo, essa gente não gosta de trabalhar. É ou não é?

— É.

Eles também podem jogar baralho em cima dos bancos. Vendendo bugigangas por aí. Cheirando cola. Fumando crack. Os filhotes azucrinam os que passeiam.

— Deus te abençoe, fica com Deus. Me dá um trocado aí, me paga uma média, tô com fome, tô com fome.

Sempre a mesma ladainha. É melhor olhar pro outro lado, fingir que não vê, que jamais viu. Afinal os séculos já proclamaram há séculos: "*You are invisible, man*".

— Acho que o desejo deles é correr pro boteco. Ou pro crack. Ou pro sapateiro.

— Sapateiro?

— É. É lá que arranjam cola.

— Isso era antigamente. Hoje só assaltam.

— Será?

De repente ela esbraveja, debruçada sobre o que, de longe, parecia uma trouxa atirada numa esquina. Mas não é.

— Menino, não cheira cola! Faça o favor de parar de cheirar cola. Crack nem pensar, liquida qualquer um. Você não pensa no futuro?

O homem fica enervado com o exagero e a vozinha aguda.

— Por que você não leva ele pra casa e acaba de criar? Dá comida, bota na escola?

Inesperadamente, depois de uma pausa, murmura com ar sonhador:

— Mas já disseram que não há paixão como a droga. E sem paixão não se pode nem chupar um picolé.

— Ora, que negócio é esse? — Ela está mal-humorada. — Que romantismo dissolvente!

Enquanto isso saltitam para evitar o mijo derramado no chão, de olho nas lixeiras. Muito desagradável tropeçar nelas, entornar toda aquela sujeira.

Decidem que precisam de um tempinho para descansar os pés. Tomam o caminho do bar da esquina, pedem um chope e um prato de batatinhas.

Ele toma o primeiro gole e fecha os olhos, de cara para o sol.

— "Sol que o vitral/ da igreja/ transforma em luar..."

— Que bobagem, que bobagem, não sei como você adora esse poeta...

Um silvo agudo cortou a voz.

— Olhaí, olhaí, de onde surgiu essa molecada?

Explodiu no ar como se fosse uma granada, um furacão, um ataque barulhento de gafanhotos, nuvem de abelhas enlouquecidas. A molecada avançava para a mesa.

Ele e ela olham em torno procurando a favela mais próxima. Só podiam ter saído de lá.

Mesmo que existisse, o fato é que estava invisível, diluída no céu.

— E a polícia, a polícia onde está?

— Socorro! — ela berrou.

Ninguém ouviu. Aqueles filhotes baixaram como insetos saltadores, famintos e sedentos, entornando o chope gelado goela abaixo, devorando as batatinhas quentes, num piscar de olhos.

— Socorro — ele berrou.

— Menino, você não tem idade pra tomar chope. E estas batatinhas não são suas. A-ten-ção-a-ten-ção-não-são-su-as. Não, não.

Em segundos os filhotes somem deixando a mesinha limpa. Limpinha. Impecável, como se tivessem lambido o tampo sem toalha. Mas como? A falta de alimentos, dizem, não continua a ter uma causa desconhecida? Será possível? E eles? Terão asas para sumir em segundos?

Para aliviar a tensão, ela trila um poema.

— "Minha cidade, amada minha, eras uma donzela sem peitos".

— Não gosto, não gosto — ele gorjeia — esse era um tolo, prefiro o outro, o que diz que chora e vai cantando. Depois desaparece no fogo que purifica.

O casal tenta se recuperar do ataque.

Passam muitos cachorrinhos e cachorrões que cagam e mijam na calçada, presos por coleiras nas mãos dos donos, que se agacham e catam o cocô de seus rebentos.

— Isso tem cabimento? — ele vocifera. — Os pobres são diferentes, mas igualmente atrozes.

— Vamos mudar de assunto, por favor. Afinal hoje é domingo.

Para descontrair, ela lembra que viu no Paseo del Prado um cara muito louro, não parecia espanhol, levando num fio de seda um porquinho minúsculo. O bicho parecia saltitar de saltos altos pela calçada. Muita gente parava e fotografava. Era uma verdadeira cena.

— Que coisa! — ele exclama.

E pondera que talvez estejam fazendo com os porcos o que faziam antigamente com as crianças para a fabricação de anões.

— Se é que esses porquinhos estão mesmo na moda como bichos de estimação. Porque as crianças, uma vez prontas, eram vendidas nos mercados gregos e romanos, até muito mais tarde.

— Não me diga — ela exclama horrorizada.

— Digo.

E dá um risinho.

— Daí a moda se espalhou.

Era bem simples e inteligente: trancavam as crianças em baús especiais de madeira que impediam o crescimento. Nenhum problema. Funcionava. É o mesmo que faziam com os pés das orientais.

— Mas que horror, pra que isso? — ela pergunta arrepiada.

— Você não foi ao Prado? Não me diga que não viu os quadros. Os anões tinham uma carreira promissora. Os aristocratas e os prelados eram loucos por eles. (Risadinha) Talvez de muitos pontos de vista. O que é que você pensa?

— Mas não é a mesma coisa — ela diz fungando —, não é a mesma coisa, não tenho argumentos para provar, mas não é igual.

Para relaxar pedem outro chope e outras batatinhas. Deixam o tempo passar.

2.

Desta vez são dois meninos esfarrapados que se aproximam. O homem e a mulher ficam em guarda.

Mas naquele instante exato o Pai da Rua aparece à esquina, com seu caldeirão. Os meninos correm e voltam com dois pratinhos amassados, cheios de uma sopa-lavagem. Se acomodam no meio-fio aos pés do casal. Um deles começa a tomar a sopa, o outro apenas olha o prato, sem se mexer.

Já confiante — pelo menos aqueles meninos não precisavam roubar as batatinhas —, o homem pergunta, apontando o outro que apenas segurava o prato.

— Por que ele não come? Não gosta de sopa?

— Não é ele — responde o garoto —, é ela.

— Ela?

— É.

Pequena pausa para engolir uma colherada.

— Ela tem vergonha de comer na vista dos outros.

O homem e a mulher se entreolham perplexos.

— Se ela é menina, por que se veste de menino?

A mulher tem um lampejo de compreensão.

— Já sei, já sei. Ela é contra os valores tradicionais da família brasileira. Defende a escolha sexual. Está muito em moda essa discussão. Hoje no jornal...

O menino interrompe e explica com simplicidade.

— Não é nada disso, ela se veste de menino pra fugir da parada do estupro.

— Estupro?

— É. Os meninos também. Nós não escapamos, somos estuprados, mas demora mais. As minas vão direto.

Pausa para outra colherada.

— Daqui a pouco essa aí não vai conseguir esconder os peitinhos.

O casal se entreolha, ambos chocados.

— Peitinhos?

— Às vezes os caras não ligam se não têm peitinhos, mas com peitinhos parece que é melhor.

— Menino, você não está mentindo?

— Quem vai estuprar crianças, meu Deus do céu?

— Brasileiro não é assim. Somos é... somos amáveis de nascença, somos...

O menino não se interessa, dá de ombros.

— Todo mundo estupra. Os canas, os mendigos, qualquer pirado mais forte que nós.

Toma outra colherada.

— Se damos bobeira, levamos um pau e acabamos na vala. Às vezes passa um bacana de carro, pega uma mina, com ou sem peitinhos, e paga um sanduíche com coca-cola pelo serviço. Quem vai dizer que não? O sanduíche é ótimo. A coca-cola refresca.

Olha pra cima, com ar sonhador.

— Também é doce...

3.

O casal está desnorteado. O que fazer?

Se levantam. De longe parecem dançar. Um passo à frente: temos que denunciar.

Um passo atrás: mas todo mundo já sabe.

Outro passo atrás: e se não for verdade?

Olhos arregalados: se até a polícia! Dizem até que...

— Cala-te, boca!

A mulher está muito corada.

Interrompem o balé. Largam o chope e o resto das batatinhas.

Como se tivessem combinado, saem num repelão. Estão esquecidos do coração e da coluna vertebral. Suam em bicas com o sol a pino sobre a cidade.

De repente ele para, abre os braços, indignado. Parece se dirigir ao vale do Anhangabaú, mergulhado na luz crua:

— Estragaram completamente nosso domingo!

Instruções de voo

Suspeito que seja difícil brincar com ela. Talvez por uma questão de ritmo. Talvez porque ela não tenha modos. Ah, quem me dera um vestido que me queimasse — ela disse há muitos anos. Eu também. Quem me dera. E um coquetel de café com leite e bofetadas, servido em copos altos. Por isso ela provoca tanta alegria diabólica. O convite para espatifar estimadas porcelanas. Espatifar as inconfessáveis virtudes de fulanos e beltranos. Talvez até mesmo os metafísicos humores de sicranos. Mas uma dúvida às vezes me perturba: isto será poesia? Isto será *mesmo* poesia? Não será simplesmente orgia infantil?

Ah, brincar até nunca! Quem não sabe que as crianças verdadeiras — as falsas são um constrangimento — só se tornam crianças depois de mil anos de vida dura? Depois de um trabalho de sol a sol? Picasso disse mais ou menos assim: se quer escrever, feche os olhos e desenhe. Também disse que levamos muito tempo para nos tornar jovens. Quanto mais crianças. E alguns morrem sem nunca haver conseguido, sem nunca ter sofrido o invencível, o insuperável brilho do esplendor na relva.

Brincar até nunca! Como as crianças, levantar a saia num gesto de homenagem, dizer duas ou três porcarias e lamber os beicinhos besuntados com o grave, o doce, o insubstituível chocolate da desobediência. Uma alegria misteriosa chove então sobre nós, como o maná no deserto, um dia. Mas desobedecer a que ou a quem?

— faça o que digo e não faça o que faço.
— faça o que faço e não faça o que digo.
— faço o que digo e não faço o que falo.
— faço o que faço e não faço o que digo.

As palavras agora levantaram voo e estão a pique de desaparecer, lá em cima, no canto alto da página. Mas atenção: quem escolher a alternativa errada vai desabar, atropelando a *terza rima*, nas alastradas paragens infernais.

O anjo

Ele estava de costas, as roupas sujas escorregando pelos ossos. Agarrado ao batente da porta, pretendia talvez se confundir com a madeira esfolada e se tornar invisível.

Posso explicar: essa gente não tem permissão para entrar nos supermercados, nem nas padarias, em suma, em lugar algum, principalmente se tem comida à vista. Mesmo naquele estabelecimento popular, mais barato, espremido entre uma garagem e um bar fuleiro. Por que a proibição? Talvez eles provoquem medo aos fregueses, que não gostam do cheiro de quem não toma banho há muito tempo. Os ossos e as roupas esfarrapadas também não inspiram. Depois disso, comer provoca mal-estar nos bem-alimentados. Além do perigo do roubo. Roubar o quê?

— Ora. Roubar comida, claro.

Ela chegou por trás, bateu no ombro dele, que estremeceu e encolheu o corpo.

— Quer comer o quê?

Diante do sorriso, ele relaxou um pouco.

— Pensei que fosse o vigia.

— Então?

— Então o quê?

— Quer comer o quê?

— Posso mesmo pedir?

— Claro.

— Um miojo.

— Só um miojo?

Pausa. Hesitação, sorriso querendo acreditar.

— Dois?

— E para beber não vai nada?

Outra pausa e outra hesitação.

— Um refrigerante?

Ia comprar um mamão, mas todos estavam maduros demais, quase podres. Enfrentou a fila, retornou e entregou os miojos e um guaraná ao jovem já sentado no chão, extenuado. Mas se levantou com certo esforço, pegou o embrulhinho. Parecia emocionado.

— Nem precisei pedir, você ofereceu.

Pausa.

— Nunca vi disso.

Repetiu.

— Você me ofereceu.

Ela olhava a pele quase se esgarçando por cima dos ossos do peito.

— E como é que vai a droga?

Sorriso torto, envergonhado.

— Não posso viver sem ela.

— Fazer o quê? Cuidado, hein?

Foi se afastando, deu dois passos c clc falou alto.

— Nem precisei pedir. Você é um anjo.

O Anjo se virou.

— Que nada. Sou uma peste.

— Não, não. Você é um anjo. Um anjo.

Já que não podia voar, o Anjo se afastou a pé, pensando que ele ia vender os miojos e comprar droga. Fazer o quê? Ia pisando com cuidado na calçada esburacada. "Que merda", pensava enquanto caminhava. Apressou o passo para não perder o sinal verde. "Uma verdadeira merda." O pior era que se sentia boa. Pior do que se fosse mesmo uma vaca. "Coitada da vaca, um bicho tão..."

O carro bateu nela, que embora anjo não voou para lugar algum. Mesmo assim, ainda deu tempo para pensar em Lucinha naquele poema incrível, com seus morcegos que pendiam do coração.

Um beijo por mês
(2018)

Estes escritos são basicamente recortes, com as exceções duvidosas do primeiro e do último. Acho justo lembrar dois sentidos da palavra *recorte*:

1. "ato em que o toureiro se encontra no mesmo ponto com o touro, no momento em que este baixa a cabeça para marrar" (*Lello Universal*). Estão, pois, no "terreno da verdade": ou seja, na arena, o lugar do combate.

2. *recorte*, *recortar*, derivados de *recordar*, *"tener recuerdo de algo"* (Joan Corominas, *Breve Diccionario etmológico de la Lengua Castellana*).

Como se fosse eu

Saí do oftalmologista com as pupilas dilatadas e me vi inesperadamente atingida pela explosão do sol de verão às duas da tarde. A paisagem dura exibia agora contornos diluídos, como se estivesse mergulhada numa jarra transparente cheia de leite.

Desci às apalpadelas a escadinha tão conhecida que levava à calçada. Como uma cega. Parei indecisa no meio-fio.

Havia pouco trânsito na rua, mas os carros surgiam e desapareciam numa espécie de nuvem. Não quis me arriscar. Pelo ruído e pelo vulto incerto que estacionava sua máquina a dois passos, adivinhei se tratar de um motoboy.

— Será que você pode me levar até o ponto de táxi ali em frente?

Ele nem pestanejou.

— Vamos lá.

Me segurou pelo braço e me deixou junto a um motorista, que estava de pé sorrindo vagamente. Vi o sorriso e a figura dele flutuando no líquido opaco, que se movia ao ritmo da respiração. Parecia um homenzarrão de bigodes bastos e brancos, cabeleira branca revolta, o que de repente me encheu de bom humor. Tive vontade de rir. Ele parecia parente do Obelix. Seria pura imaginação? Ou uma brincadeira armada pela oscilação das formas sob a luz?

O homem abriu a porta da frente e convidou.

— Senta aqui pra gente ir conversando.

Achei graça da falta de cerimônia.

— Mas você não vai bater de frente, vai?

— Não, claro que não, pode confiar.

Enquanto o carro rodava pela marginal, ele começou a conversar, a fazer perguntas.

Se eu gostava de dançar, se era casada.

— E você gosta de cinema? Trabalha?

A ficha caiu.

— Você está me cantando?

— Estou sim. Gostei muito de você.

Custei a responder, ocupada em piscar para lavar as imagens que se moviam incertas na tarde. Foi quando me lembrei de Mário, rodando pela paisagem no fordinho antigo do poema. "Tarde incomensurável, tarde vasta..." Enquanto isso eu tentava enxugar todo o leite derramado da jarra. Pouco a pouco o caminho ia ficando nítido nas retinas.

— Sinto muito, mas não vai dar.

— Demorou tanto para dizer que não?

Dentro da jarra, a tarde lenta do poema.

— Desculpe, é que fiquei distraída de repente.

— E então? O que acha do convite?

Repeti.

— Sinto muito, mas não vai dar.

Olhei o rio poluído se arrastando com lentidão.

— Já saí desse programa.

Pausa.

— Na verdade tenho oitenta anos.

Contra todas as expectativas ele se entusiasmou, encantado.

— Que coincidência. Eu também tenho oitenta anos. De que mês você é?

— Setembro.

— Viu? Sou mais velho. Sou de julho.

Desconfiada.

— Não acredito que você tenha oitenta anos.

Ele riu.

— Eu também não acredito que você tenha oitenta anos. Está vendo só? Outra coincidência.

Não pude deixar de rir.

— Por que você está assim aflito atrás de mulher?

— Não estou atrás de mulher. Estou atrás de você. Gostei muito do seu jeito.

— Mas você não me conhece.

— Conheço sim. Você deve ter outras qualidades invisíveis, mas, antes de mais nada, é muito alegre.

— Que nada, você está enganado. Sou tristíssima.

Ele deu uma gargalhada.

— Viu como você é? Tristíssima! Como estou precisando disso!

— Disso o quê?

— Desse humor.

Eu enrolava e desenrolava a alça de pano da bolsa, para disfarçar. Disfarçar o quê?

— Escuta, o que aconteceu com você? Alguma coisa deve ter acontecido. O que foi?

Silêncio.

— Agora eu é que digo, pode confiar em mim.

Ele continuou calado. Após alguns minutos disse que tinha sido casado por mais de cinquenta anos. Um casamento muito feliz.

— Ela morreu de repente. Cheguei em casa, ela estava deitada. Tentei acordar minha mulher, ela já estava morta. Foi terrível!

Fez uma pausa.

— O mundo desabou.

— Sinto muito, é mesmo terrível. Compreendo.

Apesar desse discurso pensei que o mundo afinal não tinha desabado. Aquela conversa era a prova. O mundo só desabava com bombas lançadas do alto, ou terremotos e furacões. Ou com o jogo hipócrita das palavras. Pensei que eu também tinha perdido alguém. Um homem que dava graça a minha vida. Era preciso aceitar a perda para sempre.

Continuei sinceramente solidária.

— Não é nada fácil. Às vezes a gente não consegue superar.

— Então com você aconteceu o mesmo?

— Não exatamente o mesmo, mas sei que dói muito.

— E você já superou?

— Não sei. Acho que não, mas não importa.

Houve uma pequena pausa. Decidi insistir.

— Acho que você está certo. É bom procurar uma companhia.

— Você então concorda?

— Concordo. Mas que não seja eu. É melhor uma mulher mais nova, você vai ver.

Reparei que o trânsito na marginal àquela hora estava como sempre horrível. Lento como a tarde, dentro das pupilas limpas.

— Pelo seu jeito achei que você fosse mais liberada.

— Que jeito?

— Não sei, um jeito. Dez centímetros acima do chão.

Gostei da resposta e senti um súbito ímpeto de mergulhar no jogo. A tarde do poeta seria o sonho? Mas a jarra de leite já estava quebrada, já não havia nuvens com seus enfeites sobre as árvores.

— Não, não é nada disso. Cheguei à conclusão que tenho pouco tempo, preciso me concentrar para fazer mais alguma coisa.

— Fazer o quê? Tudo isso pode ser uma ilusão.

— É, pode.

O homenzarrão deu um suspiro.

— É que eu gostei mesmo de você.

Pausa.

— Gostei mesmo.

— Isso também pode ser uma ilusão.

— Talvez, mas não custava conferir.

Quando o táxi chegou ao destino, abri a bolsa. Ele segurou minha mão.

— Não, não, não vai pagar nada.

— Vou sim. Amores, amores, negócios à parte.

Rimos cúmplices como velhos camaradas.

— Como vou sentir falta disso. Você me faz rir. Isso é uma maravilha. Ouviu bem?

Repetiu.

— Você me faz rir.

Houve um pequeno silêncio. Então ele se voltou para mim.

— E eu posso te dar um beijo?

— Pode.

Pensei que seria um beijinho protocolar, mas ele me deu uma agarrada e um beijo de verdade.

Para minha própria surpresa, gostei do beijo. Achei que ele tinha um corpo confortável, fofinho, me senti inspirada.

— Tenho uma ideia — eu disse pouco depois, me desvencilhando do abraço e abrindo a porta do carro — gostei muito do beijo. Topa um beijo por mês?

— Como assim?

— É, um beijo por mês.

Ele abriu os braços desconsolado.

— Um beijo por mês! Assim não é possível!

E se inclinava pela janela.

— É sua última palavra?

Em resposta, já na calçada, atirei com a ponta dos dedos um beijo invisível, que mesmo assim ele conseguiu apanhar. Com a mão fechada, arrancou com o carro.

Curtas

1.

Noam Chomsky contou que na época da juventude andava de mochila pelo mundo.

Um dia numa montanha da Espanha viu um caminho que subia e resolveu ir por ali.

Queria chegar ao pico e ver a paisagem do alto. Andou o dia todo e mais outro e não chegava. Viu-se perdido e muito aflito. Estava com fome e sede. Pegou um atalho sem saber onde dava e aí ouviu um homem gritando em catalão do outro lado. O homem gritava desesperado e ele não entendia. Então o homem venceu a distância, o segurou pelo braço e o levou ao caminho certo.

Chomsky sorriu ao se lembrar. Virou-se para nós e explicou.

— Isso se chama progresso social.

2.

O pedaço de jornal vinha voando pela rua. Consegui pegá-lo. Era a notícia de três adolescentes moradores das favelas que fazem parte do conjunto Complexo do Alemão, prestes a ser tomado pelas forças de segurança. Pela Voz da Comunidade no Twitter eles foram as primeiras testemunhas da ação, relatando o sobrevoo dos helicópteros e o início da troca de tiros que marcou a ocupação do território dominado pelos traficantes. "É uma verdadeira batalha", afirmaram. Divulgavam as informações em tempo real. Um deles, dezessete anos, morador do Morro do Adeus, falou com a reportagem. "Das últimas 24 horas, dediquei vinte ao Twitter. É guerra mesmo. Fico em casa o dia inteiro e quando ouço o suspiro de um tiro, vou logo tuitar."

3.

O recorte que nos foi enviado muito tempo depois tratava do assassinato de Silvia Suppo. O título é: "*Commoción en Rafaela. Matan a 12 puñaladas a testigo clave en la 'causa Brusa'* ".

Silvia foi sequestrada em 1977 com dezessete anos, junto com um irmão e outro militante, até hoje desaparecido. Foram barbaramente torturados na *casita*, centro clandestino de tortura. Ela também foi violada e da gravidez decorrente providenciaram lá mesmo um aborto *para remendar el error.* O irmão baixou no hospital de onde, com a ajuda de um bispo, fugiu para o Brasil.

Silvia testemunhou contra Sixto Camilo Perizotti e outros importantes torturadores, inclusive o juiz federal Victor Brusa, preso em consequência de suas palavras.

Silvia tinha uma lojinha e ali foi morta.

Instantâneo (4)

Um menino preto, de carne e osso, e uma estátua branca de pedra.

A foto é de Luciano Andrade, no meio de outras 35 numa exposição chamada Gente Bahia, na Galeria Fotóptica em Pinheiros. Infelizmente a pessoa que a recortou do jornal — há quanto tempo? — não teve o cuidado de preservar a data.

Trata-se do flagrante de um garoto brasileiro dormindo profundamente no colo de uma estátua talvez de mármore, de inspiração clássica. Ela parece uma pré-adolescente ou, quem sabe?, um rapazinho amoroso desembarcado há instantes da Grécia. Estão ambos sob um arbusto cheio de folhas, talvez flores pendidas de ramos altos. Mas nada se vê com nitidez nessa cópia desbotada.

Estão precariamente vestidos. A estátua com um manto em parte enrolado na cintura, cobrindo apenas sua perna direita e o pé descansando no chão. Encaixado entre seu ventre e pernas, o menino a *veste* com o próprio corpo. Ela está ligeiramente enviesada, voltada para o lado esquerdo, com o braço dobrado, cotovelo apoiado nas pedras que lhe servem de encosto. É muito jovem, pois quase não há sinal de seios em seu peito, a não ser que se leve em conta a incerta irradiação da luz. Mas a perna esquerda, nua, se projetando para o primeiro plano, possui um torneado decididamente feminino, assim como o rosto sob cabelos que parecem soprados pelo vento.

Pode ser que ela tenha acolhido o menino, antes de virar a cabeça de repente para a esquerda, obedecendo a um chamado inesperado.

Mas como pensar na possibilidade de qualquer gesto atribuído a uma figura de pedra? O mais provável nos leva a imaginar a sedução, ou o desejo de um menino de rua posto casualmente diante de um corpo acolhedor à sua disposição, fosse de que matéria fosse. Um corpo aberto à sua fome, um abrigo amoroso à sua vida de sobressaltos. Talvez suspeitasse, como os gregos, que os deuses de pedra são de natureza humana, sem parar para pensar que os homens que conhece não se cansam de trair essa simpática suposição.

Mas o menino não deve ter feito tais elucubrações. Certamente cansado e faminto, ele simplesmente se esgueirou até o colo da estátua e adormeceu. Só podemos imaginar — e não será difícil imaginar — o que pensou e sentiu naquele momento, mas jamais alcançaremos o sentido exato da cena.

Em vez disso podemos conjecturar que, se a trama de um encontro improvável, porém acontecido, uniu dois seres incompatíveis, eles não deixam de obedecer a uma mesma disposição corporal; como se, imóveis, dançassem escorregando pelos ares, sujeitos ao mesmo ritmo: ambos estão seminus, ambos permanecem alheios ao que acontece à volta, têm o braço direito dobrado e seus pés se cruzam à altura dos tornozelos, formando um x dobrado sobre outro x, um sustentando o outro; o do menino parece flutuar, o da estátua fixa firmemente os corpos no chão do suporte.

Algum laço então os une apesar da natural incompatibilidade? Estarão atados na tríade clássica da natureza e do erotismo, mediados pelo sagrado?

Ao contrário disso, haverá algo na foto que não deveria ser mostrado? Por exemplo, a sugestão de que, para o desconsolo de muitos, só reste um abrigo de pedra? Ou, quem sabe, talvez aspiremos um cheiro de morte envolvendo essa foto, apoiada no sono dos humanos e na inconsciência das estátuas, por mais acolhedoras que pareçam.

Uma última questão: estaremos discutindo insensatamente uma afirmação do senso comum de que uma boa fotografia não pode mentir? Pois já está provado que a câmara escura não é neutra nem inocente e ninguém duvidará que arte e crítica estão indissoluvelmente ligadas na foto de Luciano Andrade, forçando a noção, jamais pragmática, da relação da arte com o mundo.

Mas o que surpreende aqui — para além de qualquer tese explicativa — é que os processos da construção literária — deslocamentos, metáforas etc., que problematizam o sentido direto do que se escreve — já estão expostos na cena fotografada e oferecidos — com alguma urgência? — à compreensão do observador. Por exemplo, estivesse a estátua com seu menino não em espaço público, mas no jardim da mansão de um ricaço qualquer, é mais do que provável, na melhor das hipóteses, que o ricaço chamasse seu guardião armado — também mais ou menos faminto? — para despertar e expulsar o menino preto, de carne e osso, e verificar se havia algum dano visível na obra de pedra. Mijo? Contaminação com micróbios desconhecidos? E mais do que tudo: o desrespeito comum dessa gentinha?

— Temos que desinfetar a estátua — diria ao empregado.

— E o menino?

— É melhor chamar a polícia.

Ou talvez dissesse:

— É muito pequeno. Basta dar um susto pra ele aprender a não invadir propriedades privadas.

Estes são os mesmos volteios — deslocamentos, metáforas etc. — que fazem com que a literatura às vezes nos envergonhe.

Mas, como foi dito antes, embora se adivinhe tudo, nada se vê direito nessa cópia desbotada.

As bocetinhas de Picasso

Elas pingam do pincel do pintor, frequentemente brilham, se fantasiam às vezes de desenhos infantis ou esboços convencionais. Quando passam despercebidas é que estão camufladas pela contrafação da arte, quase sem respirar, afogadas nas pregas das saias ou escorregando nas curvas das coxas. Mas há estratégias para que isso seja possível. Por exemplo, a tocadora de bandolim está de frente, soprada por um vento improvável, mas imóvel — ficamos pensando em como isso será possível e esquecemos os detalhes do corpo, pois falo das bocetinhas que inspiram o pintor. Aqui, o braço fletido flutua sobre a testa, enquanto seios, ventres e nádegas mergulham nas tintas. Além disso há peitos vesgos vizinhos ao exame daquelas que piscam para nós como faroletes, respirando ou puramente se mexendo na planta clara das caras, ou nos lados dos peitos.

Um breve resumo de paisagem: o corpo é a cara, a poltrona estampada de Ingres colore a cara, e a boceta ocupa o lugar da boca. Na mulher, que surpresa!, a cara se resolve em três buracos, o corpo, em duas bolas, mais uma corda com uma bocetinha pendurada.

Concordo, a mulher é completamente abstrata mesmo com tantos detalhes, embora reconstruída numa poltrona verdadeira. Às vezes elas, as mulheres, também parecem um animal fabuloso, de boca vertical e boceta horizontal petrificada em cubos. Algumas têm certa tonalidade verde de capim úmido junto às pedras do rio.

No mais, parecem inocentes e distraídas como criancinhas à beira-
-mar.

Fico com Apollinaire, que confessou ter uma vontade louca de levantar a blusa da *Femme en chemise dans un fauteuil*.

A entrevista

A entrevistada é magra, usa sapatos sem salto, cabelo curto. A bolsa está enfiada no braço. Meio desajeitada. Pisca com a luz direta do palco e se aproxima da mesa alta e inclinada com um maço de papéis nas mãos. Percebe-se seu tremor. Ajeita o microfone. Dá uma batidinha nele pra ver se funciona. Um dos encarregados do programa fala com ela.

— Desculpe, professora, a senhora só tem quinze minutos, é só para levantar algumas questões sobre seu livro premiado *Aos trancos e barrancos.*

A entrevistada fala baixo, está visivelmente decepcionada.

— Desculpe, o nome do livro é *Aos trancos e relâmpagos.*

Todos riem, inclusive o apresentador.

— Tudo bem, tudo bem, é que ficou um pouco confuso, tem o provérbio, então...

A entrevistada esboça um meio sorriso.

— É, tem o provérbio. Mas antigamente o provérbio era aos troncos e barrancos, depois...

O homem corta abruptamente a explicação e vai saindo.

— Está bem, está bem, deixa pra lá, o tempo está correndo, pode começar. (*sai*)

A entrevistada dá um suspiro, começa a falar.

— Bom, quero cumprimentar o auditório. Pelo que entendi, todos leram meu livro, esperam que eu fale alguma coisa enquanto vão colocando questões ou fazendo perguntas. (*pequena hesitação*) Me desculpem, não sei bem por que tenho que dar essa entrevista. Foi a editora que mandou e...

✳

— Sei, isso entendi, é bom para o livro. Isto é, talvez tenha entendido. Também trouxe depoimentos de alunos de uma escola pública. Eles leram o livro e escreveram comentários. O professor de português pediu que não assinassem, para terem liberdade de opinião. (*pequena hesitação*) Parece que a opinião não pode ser às claras. (*pequena hesitação*) Isso também é difícil de compreender.

✳

— Não, nunca tinha escrito um livro infantojuvenil antes. Aliás ele não é infantojuvenil, não sei se isso existe. Acho que consideraram o livro infantojuvenil porque a protagonista tem dez ou doze anos.

✳

— É, mais ou menos nessa idade, de dez aos doze. Mas não escrevi pensando em leitores dessa idade...

✳

— Não, isso não, não tenho nada contra adolescentes. É que acho que literatura é ou não é. Quando é boa, funciona pra qualquer idade. Por exemplo...

✳

— Sei, sei, esse é outro ponto de vista, claro. (*pequena hesitação*) Só tem um problema: se é para arrumar os livros por idade dos leitores, tinha que haver uma literatura da menopausa, outra da senilidade, outra dos agonizantes...

✳

— Desculpem, por favor, desculpem, não foi minha intenção constranger o auditório, longe de mim, esqueci que tem crianças e...

✳

— Mas, pensando bem, não acho que tenha dito nenhuma palavra constrangedora, inclusive para crianças.

✳

— Não concordam? Deixa pra lá, não adianta discutir. O título parece estranho? Mas eu só quis dar a ideia de que nada é muito fácil, nada é uma coisa só. Se mudamos de lugar... Por exemplo, essa história aconteceu mais ou menos comigo, foi uma coisa muito pesada.

✳

— Por que eu sempre digo "mais ou menos"? Eu nunca tenho certeza das coisas? Bom, pode ser. Mas é que a verdade nunca é totalmente verdade, sempre entram outras coisas... uma coisa puxa a outra.

A entrevistada abre a bolsa, tira um lenço e passa no rosto que brilha de suor.

— O nome da personagem é Verônica. Engraçado porque não conheço ninguém com esse nome, é um nome forte demais. E a garota é magra.

✳

— É, eu sei, talvez pareça uma incoerência. Mas no fundo acho a personagem forte. Cai no buraco, fica arrasada, mas depois entende o que aconteceu. (*pausa*) Bom, o livro ficou muito tempo na gaveta, até que um amigo bem-relacionado leu, gostou e indicou pra uma editora.

✳

— Ah, infelizmente é mesmo importante ter um amigo bem-relacionado. (*silêncio*) Essa editora acabou publicando o original numa coleção. Eles queriam uma história mais comprida, disseram que ela era interessante, mas muito curta, todos os livros deveriam ser mais ou menos do mesmo tamanho. (*pensativa*) Como fósforos numa caixinha...

✳

— Como? Ora, numa caixinha de fósforos, é claro. São fósforos. (*pausa*) Não, foi só uma maneira de dizer. Eu queria dizer livros, e não fósforos...

✳

— Não tive a intenção de fazer confusão, de maneira alguma, desculpem. Bom, acabei concordando em encompridar a história, fiquei pensando, pouco a pouco foram surgindo novos personagens, o livro foi crescendo. (*pausa*) Como eu disse no começo, trouxe as opiniões dos alunos de uma escola pública. Achei muito interessantes. O professor levou o livro lá e os alunos leram.

✳

— É, é por isso que digo que a história é verdadeira e falsa. Porque quando eu tinha doze anos vivi uma coisa que não entendi.

✳

— É, não entendi o que vivi. (*pequena hesitação*) Me apaixonei nessa idade por um tio de vinte e oito anos. Claro que não entendi que estava apaixonada. Ele brincava muito comigo, fazíamos jogos...

✳

— Como assim? Não, meu Deus, que história é essa de pedofilia? Que absurdo, coitado do meu tio...

✳

— Não, não tinha ninguém nu. Que ideia fora de foco...

✳

— Não, não é nada disso. Olhem, está tudo no livro...

✳

— Não, não, por favor, vocês estão cometendo um grande equívoco...
Começa uma discussão em voz alta na plateia, acusações, defesas, a conferencista não sabe o que fazer, parece perplexa, está a pique de sair da sala, quando o encarregado do programa entra, acalma o auditório, com certa dificuldade. Depois pergunta à conferencista "Tudo bem? Olha o tempo correndo". Sai. Ela continua com voz embargada.
—... Aí ele arrumou uma namorada mais ou menos da idade dele. Estão vendo? Não tem nada de pedofilia. Eu fiquei desesperada e tentei separar os dois.

✳

— É, isso foi mesmo meio chato, alguns alunos comentaram. Disseram que a garota era mau-caráter. Também disseram que não havia suspense...

✳

— Ah, também acham? *(pequena pausa)* Mas vejo que alguém lá atrás discorda.

*

— Perfeito, perfeito, você acertou em cheio. Tem suspense, sim, mas é psicológico. (*pausa*) Não quer conversar comigo depois? Acho que você é muito inteligente.

*

— Ah, quer ser também escritora? (*pausa*) Então vamos conversar depois desta fala. Bom, pessoal, acho que acabou o tempo, obrigada pela presença...

*

— Desculpem, longe de mim achar que só existe uma pessoa inteligente no auditório. Boa tarde, boa tarde.

*

— Ah, vão reclamar com a editora? Talvez vocês tenham razão, tudo bem, boa tarde, boa tarde.

A entrevistada sai às pressas, deixa o maço de papéis sobre a mesinha. Parte do auditório acha graça da confusão, a maioria sai reclamando.

Instantâneo (2)

É improvável que o muro seja o mesmo, pois nove anos se passaram. Só vemos um naco de casa do lado direito, se é que é de fato uma casa, com sua janela-buraco rodeada de pintura rala e amarela prolongando-se pelo resto do muro. Não se vê ninguém passando na rua ou na calçada de cimento, mas, apesar de vazia, a cena se mostra plena de sentido.

Os materiais assim se organizam: em primeiro plano um homem branco e um menino preto recortados com o máximo de contraste contra o fundo precário do cenário.

À primeira vista parecem personagens congeladas em figurações de dança ou numa encenação de estupro. O homem controla sua caça num volteio em que os pés cruzados e os braços abertos falam da imediatez do movimento e da busca do equilíbrio a todo preço. O garoto, a pique de levantar voo como um pássaro qualquer, é colhido de costas. Muito magro, está semiagachado, semissuspenso, apoiando apenas os dedos da mão direita no chão, a esquerda solta no ar, as pernas fletidas, os pés em posição de movimento, um deles escapando do chinelo de dedo. Deve ter entre dez e doze anos, no rosto escuro vemos claramente os dentes brancos, que surgem no esgar da dor e do desespero. Talvez grite por socorro por ter sido agarrado por um triz, vencido. Mas não se ouve nada, nem se veem lágrimas no rosto meio apagado pelas sombras.

Diante de sua fragilidade agachada, o homem de pé parece enorme e é dele a mão firme agarrando o prisioneiro pelo cós do calção, que sobe cintura acima, desenhando nitidamente as nádegas trêmulas do garoto. (Acho que trêmulas.)

Inteiramente de costas o homem veste o uniforme de policial. Os braços abertos e o corpo ligeiramente inclinado pelo movimento rápido indicam a freada súbita exigida pela caçada. Os pés cruzados descrevem um passo complicado de equilibrista, ou de dançarino. Mas congelado na foto ele não se move. Com a mão direita imobiliza sua presa, com a outra segura o boné e o revólver.

Que horas serão? A escuridão só é rompida pelo flash mudo da câmera, as árvores invisíveis além da página não respiram, nem movem os ramos, agasalhando bichos adormecidos.

A própria foto, de duração precária, só existe refletida nos olhos dos leitores da revista, dias após o flagrante, já exibindo a rigidez post mortem. Evidentemente, do ponto de vista da jogada, estão todos mortos.

O instantâneo não é identificado e compõe a capa da *Carta Capital* de 13 de agosto de 2014, com o título "Bode expiatório". Talvez a cena não caiba na categoria de obra de arte, pois não obedece à definição de "altamente diferenciada", a se confiar na explicação banal que a introduz: "quase 90% dos brasileiros defendem a redução da maioridade penal".

Por outro lado, a dificuldade de catalogação da cena ainda introduz outra questão: será ela uma foto privada, embora estampada numa folha de revista? Pois os sentimentos percebidos são íntimos, sendo ao mesmo tempo expostos a todos os olhares. Será então obscena essa cena?

Mas sabemos que os centros de privacidade se transformam com o tempo e apenas em algumas culturas a fome, a morte e a doença são consideradas obscenas.

Na rua

Eu tinha acordado às cinco horas da manhã porque estava enrolada com um texto que resistia, não prosseguia, empacava. Quando as palavras começaram a se arrumar, um barulho vindo do fim do mundo encheu a sala. Mas era domingo. Barulho às oito e meia da manhã devia ser completamente proibido. Terminantemente. Olhei pela janela e só vi prédios imóveis, entediados ou mortos de cansaço, de boca fechada. Cimento e esclerose. De onde viria então aquele baticum? Estariam reformando algum apartamento em meu edifício? Estariam batendo pregos nas paredes para pendurar não sei o quê? Aqueles quadros decorativos?

Ah, quanto preconceito! É, sim, uma chatice.

Interfonei para o porteiro de plantão.

— Ranierio, você sabe de onde vem esse barulho? Alguém está reformando o apartamento por aqui?

— Bom dia, doutora, que eu saiba não tem reforma não, doutora, mas vou verificar.

A irritação aumentou. "Que mania eles têm de me chamar de doutora."

— Não precisa me chamar de doutora. Eu nem sou doutora. Tudo bem?

—Tudo bem.

Daí a pouco ele telefonou.

— Não é no prédio não, doutora, é na calçada do outro lado da rua.

Nenhuma solução à vista. Não é doutora?

Vesti uma roupa qualquer e desci.

Do outro lado da rua estava uma moça uniformizada arrastando uma máquina pequena, de onde saía uma mangueira para lavar a calçada de um prédio. Ela puxava a mangueira, que arrastava a máquina, que por sua vez protestava aos gritos. Muito justo.

A moça era bem jovem, uniformizada, com um boné sobre o cabelo escuro e de cara fechada. Não parecia ter mais de quinze anos. Fiquei meio desconcertada e me aproximei dela com um sorriso para disfarçar o desconforto. O sorriso não foi correspondido.

— Escuta, pode desligar a máquina um pouquinho? Ela obedeceu e me olhou com olhos duros. Por que será que nunca sorria?

— Olha, eu sei que não é sua culpa, mas...

A interrupção foi cortante.

— Eu apenas cumpro ordens.

Explicações de um soldado. Ou de uma soldada? Cuidado com esse machismo.

Sem dúvida ela tinha sido instruída para responder às pessoas incomodadas pelo barulho. E os dentes deviam ser pálidos, como sempre.

— Eu sei, eu sei, mas hoje é domingo, gostaria que você transmitisse...

— Se a senhora quer fazer reclamações com a firma, ligue para a firma. Eu não tenho nada com isso. Eu apenas cumpro ordens.

Tentei comover a empedernida. Mas que meninazinha...! Teria dentes pálidos?

— Acontece que acordei às cinco da manhã para trabalhar em...

Em quê? Numa escrevinhação qualquer que ninguém ia ler? Gaguejei.

— Acordei às cinco da manhã...

Isso foi respondido com uma careta, parente de um riso de escárnio.

— Olha aqui, dona, a senhora acordou às cinco, mas eu acordei às três pra chegar na firma e vir pra cá. Ainda tenho dez calçadas até a hora do almoço. Acho bom a senhora desguiar.

Desguiar! Que falta de modos!

A menina ligou decididamente a máquina, sem dar a menor atenção a meus caros pensamentos. Continuou seu passeio aos berros.

Será que o povo levantou a cabeça? Será que aquela atitude intolerável, diria meu síndico, era efeito do governo Lula? Será que ela era ainda muito jovem para ser completamente domesticada? Será que eu tenho cara de babaca?

Do outro lado da rua, meu prédio estava impassível, atrás da gaiola de entrada, com seus dentes brancos, esses sim, brancos como a neve, brilhando ameaçadores.

— Gaiola de entrada?

— Ora, o Victor Fish até fez um curta. Foi uma luta pros caras de alguns prédios deixarem, pensavam que era uma preparação de assalto. O Ivanildo e o Marinho é que deram um jeito.

Mas as gaiolas, dizem que é para afastar os ladrões, dar medo aos desocupados e mostrar que ali tem ordem. Or-dem.

Metido em sua caixa de vidro, Ranierio acompanhava os acontecimentos com um risinho irônico. Tudo bem, doutora?

Fui tomar café na esquina para me acalmar.

De nove anos

Na sala de espera, um frio na barriga.

Uma foto na página de uma revista exibia uma jovem deusa. Completamente nua. De costas, a coluna vertebral imitava o movimento de uma onda que jamais se quebrasse, subindo no mar azul. Os saltos altíssimos dos sapatos, agulhas letais mirando corações.

Melhor que fosse uma senhorinha, o rosto sulcado de rugas, tão sutis como um fio de cabelo, olhando diretamente em seus olhos. Murcha, mas com elegância.

O frio na barriga aumentou.

Fechou a revista quando ouviu a enfermeira chamar seu nome. Entrou no consultório. Ninguém. Ele só apareceria depois que as nuvens se abrissem e ela já estivesse nua.

Será que tem alguém espiando pelo buraco da fechadura?

Fechou os olhos.

O ginecologista não estava ligando nem um pouco para sua falta de jeito, descalça como uma penitente, com aquele vestido flutuante de papel que a toda hora saía do lugar. Ela subiu os degraus e se deitou constrangida na caminha estreita do exame. De cada lado, um abismo.

Sentiu o frio do metal nos pés nus, tentando não pensar em nada, ou pensando desesperadamente em outra coisa.

Então ele levantou o saiote falso de papel.

— Aproxime mais o quadril — ordenou, sem notar o ridículo da ordem, como se tudo fosse muito natural.

Ela obedeceu e ele mergulhou a cabeça ali debaixo, entre suas pernas, como quem procura qualquer coisa perdida num areal, uma chave ou um anel.

Enfiou o dedo enluvado até o fundo, mexendo com ele de um lado para outro. A outra mão, espalmada, pressionava seu baixo-ventre.

— A bexiga já caiu — avisou com voz triunfante.

Ela sentiu uma pontada. Como assim, já caiu? E bexiga é folha de árvore pra cair? Toda amarelada e torcida? Talvez uma lágrima que escorregasse pela face, em pleno desespero?

Subitamente ele soltou uma exclamação de alegria.

— Que beleza! Mas que beleza! Seu útero parece o de uma garotinha de nove anos!

Retirou o dedo que escorregou por sua vagina como se fosse, mas não era.

Ela se sentou na caminha estreita, com medo de despencar lá embaixo. E começou a chorar.

— O que é isso, minha senhora? Aconteceu alguma coisa?

Ela assoou o nariz no saiote de papel.

— O útero de uma garotinha de nove anos? Mas eu não tenho...

Ele cortou a frase gaga com o bisturi da irritação.

(ela pensou, entre lágrimas: tenho que parar de pensar por metáforas.)

(ele pensou: que mulher burra!)

Mas assegurou feliz, do alto do trono.

— Assim é que está certo, assim é que deve ser. A senhora está em perfeita saúde.

Pausa com soluços ao longe. Trovoada no céu ainda claro.

— Preferia ter um câncer de útero? É cientificamente comum. Mil mulheres têm câncer no útero e no aparelho genital. Em todas as idades, hein? É um desastre completo, às vezes fatal.

Com voz outra vez triunfante.

— Pois a senhora não vai ter. Não vai ter nenhum câncer. Nem no útero nem no aparelho genital. E também vai durar cem anos.

O pranto recomeçou. Agora o bicho-papão tinha arrancado suas meias e sapatos e mordiscava seus pés.

— Mas eu não quero durar cem anos. O que é que eu vou fazer com cem anos na cacunda?

— Cacunda?

Parecia alarmado.

— Mas o que é isso? Minha senhora!

Ela assoou outra vez o nariz.

— Vovó é que dizia.

— Vovó?

Silêncio cheio de dúvidas. Os soluços cessaram. Ele falou baixinho, mas ela ouviu.

— Era só o que me faltava.

Parecia ofendido. Bateu a porta. Pam.

Mais que depressa ela arrancou a saia de papel e a atirou para dentro da lixeira.

Caminhava agora pela calçada vestida de novo com sua saia de pano, tentando se acostumar com a ideia. Era outono e muitas folhas estavam caídas, continuavam a cair lentamente. Como bexigas. Mortas, asfixiadas. Não aquelas coloridas de soprar para enfeitar os aniversários. Bexigas elas mesmas, reservatórios de águas servidas, sem segredos. Essas bexigas caíam lentamente como as folhas mortas, soltando um pequeno suspiro. Estariam aquelas folhas definitivamente mortas? Podia apostar que ninguém pensava nisso. Que revelação! Bexigas e folhas caem. Inevitavelmente.

Solta do pessegueiro a folha seca volteia sem cair no chão — um pardal.

(o bater de asas, que susto, onde foi que li isso?)

Continuou a caminhar ao compasso da voz do médico, "a bexiga já caiu", que ainda soava em seus ouvidos. "A bexiga já caiu."

Era uma redondilha maior.

(droga, era melhor esquecer aquela mania de literatura.)

Caminhava para a frente, enquanto seu corpo tinha um avesso que a empurrava para trás. Só podia ser um forro mais curto pregueando o corpo, os remendos e as costuras aparecendo.

Por fora uma coisa, por dentro, outra. Por fora ia para a frente, por dentro, para trás.

Caminhava com cuidado, contornando com atenção os buracos das calçadas de São Paulo, para não cair e entornar lá dentro um copo cheio, vacilante: aquela garotinha de nove anos com seu útero em botão.

Instantâneo (3)

A cena se passa em frente à porta de uma casa. As paredes são velhas e descascadas, com demãos de tinta superpostas de modo irregular. Os batentes de madeira estão rachados. A rua não é asfaltada. Pedras soltas, de tamanho variado, se espalham pelo barro. É uma casa de esquina, a calçada estreita faz um ângulo reto no ponto onde está sentado um menino de dois ou três anos, atento aos acontecimentos. Sua perna esquerda está estirada, o pé descalço afunda no barro da rua; a outra perna está fletida e o menino segura o pé direito, apoiado na calçada. A outra criança é um bebê ainda de fraldas, sentado na soleira da casa; seus pequenos pés não alcançam o chão, aperta contra o peito, com as duas mãos, um bicho de pano, talvez um coelho. Um adolescente magro segura precariamente o bebê nos braços, para apoiá-lo ou contê-lo, talvez protegê-lo, pois seu rosto é de angústia. Como está debruçado sobre a criança, tem de erguer a cabeça para olhar o rosto do homem à sua frente, cortado à altura do cotovelo no campo de visão.

Esse corte faz irromper o fotógrafo como o personagem número quatro da história, atirando ostensivamente diante de nós, o homem alto e corpulento, de cinto apertado, estufando a camisa cinza-claro. Veste o uniforme da Tropa de Choque da PM, usa botas e colete à prova de balas. Seu braço direito pende ao longo do corpo e o coldre preso ao quadril está vazio, pois o homem segura o revólver com o dedo no gatilho, apontado todavia para o chão.

É para a arma que as duas crianças olham fixamente como se estivessem à espera dos acontecimentos, enquanto o adolescente responde a questões do policial.

Mas não se ouve nenhum som. Não há surpresa nos rostos. O menino de dois ou três anos continua à espera, o adolescente tem o rosto crispado enquanto responde. Todavia é o bebê, apertando contra o peito o provável coelho e contraindo o pé esquerdo, a figura que revela o sentido do grupo, pois ele tem de erguer os olhos para fitar o revólver, e seu rosto ganha assim um comovente ar de súplica. É essa admissão de impotência o que sublinha e ilumina as diferenças entre o homem e as crianças, multiplicando desse modo a violência.

A cena se passa ao amanhecer ou entardecer, pois um raio incerto de luz ilumina irregularmente a parte inferior da foto: o barro, as pedras, a mão esquerda do menino apoiada em sua perna estirada, as botas do PM.

O título dado pelo jornal é: "CAÇADA" (em negrito). E em seguida: "Policial procura foragidos na Favela Nelson Cruz, vizinha ao complexo da Febem do Tatuapé".

Data: março de 2005.

Foto: Filipe Araújo.

Rio corrente

A mulher estava de pé no palco. Mal terminou de fazer os cumprimentos e agradecimentos, começou a relatar uma história.

Sem saber a razão do desassossego que experimentei, gostei do que ouvi. O rio corrente era para lavar os corpos, disse, para testar a obediência e louvar o amor ao trabalho, para castigar os desobedientes e preguiçosos. Portanto não era um rio inocente só para refrescar a terra, alimentar os peixes, as plantas e as criaturas. Era uma merda de rio criado por Deus e seus comparsas.

Falou assim mesmo.

— Uma merda de rio.

Contou que na escola a freira tinha frisado que aquela era uma história exemplar. Para ler e reler. Ouvir muitas vezes. Tinham que decorar. Aprender a lição. Como se fosse uma oração guardada como uma joia dentro do missal.

A freira andava de um lado para outro na sala de aula, com o hábito batendo como as asas de um morcego amarrado em seus tornozelos. Torturado. O morcego era um morcego preto.

Ao ouvir todas aquelas palavras tomei um choque e senti um grande mal-estar, a princípio incompreensível, como já disse. Mas de repente me lembrei que aquela era a mesma história que eu também tinha ouvido no passado, sentada no banco da cozinha, balançando os pés que não alcançavam ainda o chão. Como era possível eu ter me esquecido de tudo por tanto tempo? Havia enterrado aquela história numa cova para jamais ser encontrada.

Daquela vez, na infância, ela foi contada por alguém que zombava dos tiçunas, palavra que vem de tição, aquele pedaço de pau queimado, escuro, estragado pelo fogo. É assim que na minha terra chamam os negros, negras ou tiçunas, além dos mulatinhos e pretinhas, sempre referidos no diminutivo.

O enredo da história seguia o relato da freira. Deus tinha criado um extraordinário rio corrente, não para enfeitar a paisagem, mas para testar, premiar ou castigar suas criaturas. Era uma parábola sobre a obediência.

A ordem tinha sido dada em voz alta e clara. Vinha do alto, das nuvens, ordenando que todas as pessoas imediatamente fossem se banhar naquelas águas. Desobedecer era impensável, era um pecado. Um pecado mortal.

Assim, os homens e as mulheres diligentes, que compreendiam o trabalho como uma bênção, saíram na disparada e mergulharam nas águas correntes do rio para se lavar. Quando voltaram à tona, todos estavam brancos. Alguns, que maravilha!, com olhos coloridos, azuis, amarelos ou verdes. Também tinham cabelos de ouro como os anjos.

— Milagre! Milagre! — gritaram.

Essas criaturas estavam acima dos reles mortais. Olhos azuis eram um privilégio, vinham direto do céu, eram um passaporte divino, mereciam por isso todas as vantagens.

Como sempre foram premiadas as pessoas que se curvaram imediatamente à ordem superior. Saíram das águas, brancas como nuvens muito longe do chão, lá em cima. Brancas como farinha.

Mas as outras criaturas, preguiçosas, sem noção de higiene ou moral, ouviram a ordem, mas deram de ombros, deixaram pra depois, argumentaram que ainda era muito cedo. Estavam cansadas. Ficaram se balançando nas redes, cochilando ao sol ou conversando tolices. Quando se levantaram, o sol já estava alto no céu, daí a pouco a tarde cairia. Correram, mas já não havia água no rio. Apenas lama. Elas só puderam lavar as palmas das mãos e as plantas dos pés. O resultado foi que a lama as deixou ainda mais pretas, mais tiçunas, mais retintas, mais sujas. As únicas partes claras daqueles corpos eram as palmas das mãos e as plantas dos pés.

Como se não bastasse, ainda tinha a catinga. Aquele cheiro forte e desagradável que os corpos escuros exalavam.

A mulher que contara essa história em cima de um palco e segurando um microfone dava um depoimento sobre o racismo no Brasil. Por isso gostei quando ela chamou o rio de merda, um perfeito rio de merda; e chamou de canalhas os maiores santos que perambulavam com seus mantos e auréolas pelas igrejas e pelas orações.

Os que assistiam ao depoimento aplaudiram aquela coragem de xingar divindades. É verdade que alguns com o rosto preocupado.

Foi então que a mulher chorou, a garganta se apertou deformando as palavras. Alguns dos ouvintes também lacrimejaram, embora disfarçando.

Não posso deixar de pensar que, com isso, com aquela emoção provocada, essas pessoas lavavam suas almas que permaneciam eternamente brancas, transparentes, elas mesmas esquecidas de todos os crimes. Deviam se convencer de que não sabiam, tudo tinha acontecido havia séculos atrás.

Era como se dissessem que não tinham culpa nenhuma, não tinham nem mesmo histórias de sujeira e de coisas ordinárias. Aquelas histórias não eram suas. Nunca souberam desse rio corrente que lavava limpando a pobreza laboriosa, e chutando os preguiçosos para longe. Para sempre.

— Antes de serem pretos e brancos, pretas e brancas, eram de que cor?

Perguntou a garotinha no passado, sentada no banco da cozinha. E levou um cascudo como resposta. Fugiu dali se sentindo injustiçada, escondeu-se debaixo da cama da mãe para chorar.

As duas histórias, que são uma só, como é fácil de perceber, tinham um fecho lógico.

A voz da freira, disse a mulher lá no palco, sibilava. Ela mesma estava parada para falar com mais força, não andava mais de um lado para outro. A seus pés, caído, o morcego negro. Por isso — concluiu — algumas criaturas eram brancas e outras, pretas. Umas foram premiadas, as outras, castigadas.

Fiquei irritada com o pranto daquela mulher, que apenas serviu para mostrar seu lado fraco e derrotado. Será que ela queria emocionar o auditório? Chorar diante dos microfones? Soluçar diante dos brancos? Dizer que só tinha mesmo lavado as plantas dos pés e as palmas das mãos? Que pertencia definitivamente à senzala?

De repente, houve uma transformação. De mulher ela tinha voltado a ser uma menina pequena, chorando debaixo da cama, como na segunda história. Só não fez a única pergunta razoável.

— Antes de serem pretos e brancos, pretas e brancas, eram de que cor?

Talvez não tivesse tido tempo. Trabalhava desde os cinco anos como é a regra. Estava sempre cansada.

Mesmo assim eu queria que ela fosse valente como no começo do discurso naquele palco. Que ofendesse. Que ousasse. Que chamasse o rio de rio de merda e o Deus, de verdadeiro canalha.

Mas o tempo passou. E agora, pensando melhor, não posso culpar aquelas lágrimas. Ela já estava velha, o corpo já tinha se enchido de pedras — na vesícula, nos rins, nos ossos — e entre essas pedras corria um outro rio, que não lavava ninguém, um rio eterno enquanto durassem os corpos, um rio corrente de urina e lágrimas.

Maurício Segall

1.

Portas e janelas

    portas são portas
    portas não são janelas
    portas não são importantes como janelas
    janelas abertas e portas abertas
    janelas abertas não são o mesmo que portas abertas
    portas fechadas e janelas fechadas
    janelas fechadas são mais terríveis que portas fechadas
    portas não são janelas
    portas são portas
    janelas e portas
    abertas e fechadas
    vivas e mortas*

---

* Publicado no livro de Maurício Segall, *Dos bastidores à ribalta* (São Paulo: Iluminuras, 2002), com a seguinte explicação do autor: "Poema de Vilma Arêas resumindo poeticamente uma intervenção verbal minha em debate realizado no Museu Lasar Segall, aos 22 de novembro de 2001". (N.A.)

2.

Conversa

> *Nasci na Vila Mariana no início*
> *do segundo quarto do século.*
> *[...] Fui preso num "ponto" na Vila Mariana*
> *e torturado na Tutoia do Ibirapuera*
> *logo ali do outro lado.*
>
> Maurício Segall*

Vou te contar uma coisa engraçada.

Eu estava pendurado no pau de arara, pronto para ser torturado.

Já tinham até me jogado um copo d'água no corpo.

De repente o torturador surtou. Devia estar sofrendo uma baita tensão. Enfiou um revólver na minha boca aos berros.

— Seu judeu comunista filho da puta, vou te matar agora. Neste minutinho.

Pois eu fiquei frio, não tive o menor interesse naquele papo.

Já estava pensando "agora vou morrer, vai acabar essa merda de uma vez", quando entreabriram a porta da salinha e chamaram o torturador.

Ele largou tudo, foi lá, conversou um bom tempo com o cara.

Quando voltou esqueceu de me matar.

Acho que perdeu a inspiração. Passou o momento.

E recomeçou o trabalho metodicamente, no ponto em que tinha interrompido.

Conclusão: fui salvo não pelo gongo, mas pelo acaso.

Mas aprendi uma coisa, você pode não acreditar: é que no fundo, no fundo, minha vida não me interessa.

---

* Maurício Segall, *Máscaras ou aprendiz de feiticeiro* (São Paulo: Iluminuras, 2000). (N.A.)

Instantâneo (1)

Para a Emília, amanhã: 5 de dezembro de 2016.

Um pedaço de papel pregado na geladeira no meio de outros trocinhos: retratos, paisagens, recados. Parece uma caricatura.

Será? É melhor olhar de novo para decidir.

— É, sim, é uma caricatura.

O homenzarrão salta do fundo do campo branco. Parece inchado, animal cevado pronto pra entrar na faca, ou baleia negra no minuto em que vem à tona para respirar, estremecendo assim toda a paisagem do mar azul.

— Não sei por que me lembrei da gravura de Goeldi, o cachorro e o homem no meio da rua, um de costas para o outro, enquanto o poste...

— Mas não tem cachorro aqui. Muito menos poste.

A cara do encorpado é espremida pela bocona cheia de dentes, que apertam testa e sobrancelhas, espetam os óculos.

Dentes ferozes. Dentro das lentes boiam dois caroços de feijão-preto. Queixo duplo tremendo nos tracinhos do desenho. Dedo em riste na cara de um garoto esquelético, cabelo pixaim enfiado no crânio como pregos. Pescoço e pernas, apenas traços verticais a nanquim, braços caídos, corpo franzido.

— É a barriguinha murcha fazendo pregas, sei como é.

No final, dois balões. O primeiro flutua sobre a cabeça do gordo. Solta um tremendo grito, daqui se ouve nitidamente, abala as vidraças.

— PARA ACABAR COM OS CRIMES, SÓ A PENA DE MORTE!!!

Não adianta tampar os ouvidos, é capaz até de você concordar com isso.

O segundo balão flutua sobre a cabeça espetada do menino, completamente encantado com tanta esperança gratuita.

— Ela mata a fome?

O pedaço de papel está rasgado, sem data ou título.

Apenas uma assinatura, Henfil.

Diário de Lisboa — verão de 1968

Pensando em Duarte Cabral de Mello

sem data: era uma vez um velho dinossauro excelentíssimo, assim batizado por José Cardoso Pires, ao descrever "o imperador astuto, diabo e ladrão de certo Reino". Pois bem, esse velho um belo dia caiu da cadeira. Literalmente. Imitando as peripécias teatrais, cujo movimento por mais insignificante transforma o enredo. Assim, a cadeira em que estava sentado se quebrou e ele caiu. Bateu com o parietal direito no chão.

sem data: Contudo, nada parece ter acontecido. Milagre de Nossa Senhora de Fátima! Ele continua a trabalhar normalmente.

sem data: Murmúrios alvissareiros: o velho está perdendo a visão aos poucos, acometido de fortes dores de cabeça. Oba!

6 de setembro: Deve ser verdade. Nesta sexta-feira ele foi levado ao hospital e submetido a uma operação. Descobriram o coágulo próximo ao cérebro, desabrochando como uma flor de sangue.

8 de setembro: Cochichos zumbindo nos cafés. Um estabelecimento da Baixa amanheceu ostentando a tabuleta "É proibido estudar", contra o adorável hábito lisboeta de se passar uma tarde inteira com um livro aberto, consumindo apenas uma xicrinha de café. Ninguém se incomodou. Agora ninguém estuda e todo o mundo cochicha com um alvoroço difícil de controlar.

10 de setembro: Tristeza. Ele se recobra. Cochichos. Mas será verdade? Será pura versão oficial para tranquilizar os ânimos? Será que ele é mesmo um "vulto de destroços" surgindo todos os dias na barra do horizonte? Será que ele está acima dos pobres mortais?

15 de setembro: O dinossauro sofre uma trombose durante o almoço. Trombose! Rima com overdose! Do melhor uísque! A mais bela palavra a brotar, como se estivéssemos na primavera. Cochichos. Dizem que ele já entrou em coma. Viva!

18 de setembro: O Conselho de Estado reunido indica o novo primeiro-ministro. O doente conseguira a proeza de ter se mantido por trinta e seis anos no comando. Empoleirado, apesar de réptil marinho da era mesozoica. Dizem.

sem data: A perplexidade é geral: ele era então um simples mortal nascido do nada? Um pobre homem que caía de uma cadeira? E pronto? Será que está mesmo morto? E toda aquela couraça, aquela carcaça? Apesar da aliança entre a espada e o crucifixo?...

sem data: Ouço piadas sacrílegas, algo a respeito de mortos que voltam caminhando sobre as águas, de profetas que curam os cegos, mas lhes proíbem livros para ler e pão para comer.

29 de setembro: Surgem papeluchos boiando no ar. É um poema? Será que é um poema?

É sim, é um poema composto na forja de Camões, com uma promessa ao futuro: "a publicar oportunamente", diz a primeira linha.

Ei-lo, quantos anos depois, guardado numa arca ao pé da cama, novinho em folha, dando coices aquém e além-mar, vivo como os bichos inventados por Lygia Clark. No Brasil.

Alma ruim e cruel

Alma ruim e cruel que enfim partiste
tão tarde! diz o povo descontente.
Fiques tu no inferno eternamente
que nenhum português ficará triste...

E se lá no inferno aonde subiste
memória deste mundo se consente...
que não te esqueças nunca a lusa gente
a quem tantos maus-tratos infligiste.

E se vires que te é dado compensar
de alguma forma a dor que nos deixaste
destes quarenta anos de penar...

Roga a Deus, em quem sempre acreditaste
que bem cedo te mande acompanhar...
Pela corja de bandidos que criaste!

Minúsculas

1. VELÓRIOS

a)

Quem morreu não foi ela, foi a irmã.

Ele continua bebendo.

Emília teve uma filha boba. Boba ligada. Olhinho mau, faiscando perverso.

Também, o que você queria?

O pai acordava a menina pra bater quando chegava bêbado de madrugada,

no dia em que recebia o salário.

b)

O pai, o irmão e o filho tinham o mesmo nome.

Quando menos se esperava,

o irmão levantou-se no lusco-fusco dos vitrais da igreja, aproximou-se aos soluços do caixão e esbofeteou a irmã morta.

Eu te amo, gritou para ela cara a cara, atirando as flores para longe,

derrubando velas, tentando arrancá-la dali pela cintura.

Precisamos de três homens para segurar Vicentinho completamente embriagado,

com a força que dizem ser a dos desatinados.

c)

A memória entra na sala em volta da luz, trazida pelos conhecidos:
quando desistiu não sei de quê,
quando salvou fulano de morrer afogado,
quando esteve desenganado
e mesmo assim achou graça do açúcar derramado pelo filho na toalha da mesa.
Depois todos ficam com sono e vão tomar café na cozinha.

d)

os versos voaram longe
como escrever à morta
sem endereço certo
ou número de porta?

2. AULA DE GINÁSTICA

não pensem
não pensem
o pensamento
é vaso constritor

3. NATUREZA VIVA

Sonhei com a Bia.
Ela vestia uma saia de água brilhando na penumbra.
Estava muito agitada, andava de um lado para outro.
Mas a água não entornava.

4. VALTINHO

a)

Golpe de 64. Reunião na sala, com filhos, amigos etc. De repente
ele vem lá de dentro de pijamas, completamente bêbado, se detém no

meio da sala, atordoado. Depois se aproxima do piano, levanta a tampa, tira o pau pra fora, urina.

b)
Alguns anos depois
me abriram no meio
depois fecharam
e o pulmão começou a dar bolo.
Não tenho esperança de voltar a clinicar
não tenho esperança de mais nada
perdi tudo.

5. AMOR

Je-ro-se-li-na — ela escandiu sílaba por sílaba —, é este o meu nome.
Mas ele me chama de Linda.
É meu marido, Aderbal.
Ele só come a comida que eu faço.
Podem oferecer o que quiserem,
qualquer coisa,
ele recusa.
Ele só come a comida que eu faço.

6. FAMÍLIA

— Vicente,
Minoia é irmã de Nhanhá?
— Não, é irmã de vovó Sinhá. Nhanhá é filha dela.
— Dela quem?
— De Minoia.
E irmã de Dôra e Mário, além de Branca.
Pausa.
— Mas já estão todos mortos,
assim como eu.

Na rua

Saí correndo para ir ao banco e vi o mendigo na esquina. Não estou me referindo àquele que arrotou em meu ouvido depois de me agarrar pelos dois braços numa outra esquina. Aquele veio correndo, aí me agarrou, encostou a cabeça na minha e arrotou em meu ouvido, sabe-se lá a razão. O transeunte a meu lado fingiu que não era com ele, talvez com medo que eu reagisse e o cara desatinasse. Mas já falei sobre isso e há muito tempo, podemos pular.

Este de agora era como o outro, mas diferente. Parado, grande como um urso, cheio de pelos e andrajos, rodeado de embrulhos, sacolas, caixas. Ainda tinha dois cachorros. Mendigo não pode passar sem cachorro, que avisa a chegada dos "homi" e também aquece. Estava ali todo imponente no meio do lixo, na esquina do Pão de Açúcar. Eu ia correndo para o Banco do Brasil pagar uma conta e ele me pediu um dinheiro.

— Depois — eu disse —, daqui a pouco.

Mas havia esquecido o cartão, tive de voltar pra casa, passei de novo na esquina.

— E aí? — ele perguntou.

— Espera um pouco, agora não dá.

Voltei com o cartão.

— E agora? Pode me dar um dinheirinho?

— Quando voltar do banco.

Aí ouvi claramente o que ele disse entredentes e em voz baixa, com raiva e desprezo.

— Paulista filha da puta.

Fiquei mesmo puta, fui ao banco e voltei. Dei-lhe um dinheiro com raiva, mais do que daria com indiferença, fingindo ser cristã, ou militante da igualdade, se é que existe hoje tal especialidade.

— Isso é para você ver que não sou paulista, nem filha da puta.

O urso ficou passado.

— Não foi isso que eu disse. Eu disse...

— Foi, sim, não minta, não precisa enrolar. Você disse: pau-lis-ta--fi-lha-da-pu-ta.

Pausa cheia de cuspe. Ainda deu pra ver o atrapalho do homem.

Repeti.

— Eu não sou paulista nem filha da puta.

Então percebi de repente medo nos olhos dele.

Uma dúvida me assaltou, fulgurante. Será que sou mesmo filha da puta? Atormentando um homem esfarrapado, sem proteção, sem eira nem beira? Podia ter explicado que esquecera o cartão em casa. Aliás, sem explicações, eu agia como uma verdadeira filha da puta. Ou eu era mesmo filha da puta? Será que mudei de ontem pra hoje? Mas se não sou a mesma, quem é que sou?

Olhei nos olhos dele, falando um pouco alto para disfarçar o mal--estar e a confusão. Fiquei achando que era mesmo um pouco filha da puta. Um pouco.

Procurei remediar a situação.

— E o que faz um homem tão forte e tão bonito que não vai trabalhar, fica com essas tralhas por aí pedindo dinheiro?

Dei as costas e comecei a caminhar depressa, botar uma pedra em cima do assunto, sumir.

— Espera aí, dona.

Virei-me.

— E o que é agora?

Ele tinha um meio-sorriso, uma expressão arrebatada que não compreendi de saída.

— A dona me acha mesmo bonito?

— Claro, muito bonito.

Fiz uma pausa. Olhando bem, tirando toda aquela sujeira, não era mentira. Fui sincera.

— Lindo.

Antes de atravessar a rua ainda deu para ver que ele abria os braços, olhava para cima com uma expressão de êxtase, rodando na calçada. O urso ensaiava passos de bailarino, de braços abertos. Os andrajos giravam, o sol acendia a barba e a cabeleira ruiva. As tralhas estavam esquecidas no chão. Os cachorros sentados nas patas traseiras olhavam para ele, perplexos. Era mesmo bonito e tinha virado um passarinho.

Bati em retirada antes que ele levantasse voo. E desabasse na calçada.

Instantâneo da desmedida

1.

A Luciana Brito Galeria liberou a entrada na hora aprazada. Ela ultrapassou o umbral, observando que pelo lado de dentro a porta era igual à de uma casa velha, de madeira gasta, esfolada.

A exposição era *Desmedida*, de Rochelle Costi, apresentada no catálogo por um rosto que escorregava até o pé da página, a pique de desaparecer, mergulhado numa zona de sombra. Talvez fosse um rosto de criança, embora os supercílios estivessem maquiados, sublinhados a lápis. Estaria apenas desenhada? A visitante experimentou uma leve inquietação. Estaria morta? Pois seus olhos tinham uma estranha fixidez, principalmente o esquerdo, atingido pela luz.

Tratava-se de uma casa antiga com muitos aposentos, expondo objetos, coisas, instrumentos de trabalho de tamanho descomunal. Num dos quartos um monte de carvão, ou pedras escuras, se acumulava até a metade das paredes; em outro, duas imensas caçarolas coloridas; de repente uma pedra clara parecia atingir o teto; o outro era quase todo ocupado por bules de louça arrumados em forma de cacho de uvas, pendente do alto, talvez de um gancho; os demais guardavam placas altíssimas, latas imensas, instrumentos colossais de ferro encostados nas paredes, enquanto no chão era possível ver estrelas quebradas também de ferro. As janelas fechadas não escondiam a folhagem verde e luminosa do exterior, traçando grades de sombra no chão. Por uma delas saía, ou entrava, um tubo branco e comprido, incompreensível.

Francamente! — pensou a visitante. Levou o catálogo sem abrir.

A inquietação do início começou a se transformar em certo mal--estar misturado a curiosidade. O que significaria uma casa vazia cheia de objetos imensos?

Ao retornar, encontrou Francisco sentado no sofá. Quis contar a ele suas impressões da exposição. Não tinha entendido direito. O pior é que não pôde trocar impressões, pois era o último dia da exposição, sábado de manhã, não havia ainda ninguém por ali. Foi uma sensação estranha. Ainda mais com aquela morta na capa.

O rapaz examinou o catálogo em cima da mesa, enquanto ela explicava que andara por uma casa estranha, cheia de objetos imensos.

Ele virava as páginas do catálogo.

— Você não pode ter andado por dentro dessa casa.

— Mas por quê?

— É uma casa de bonecas.

Depois de um breve silêncio.

— A morta da capa está morta mesmo. É a metade do rosto de uma boneca, fotografado de baixo para cima num suporte escuro. O que você viu com certeza foram fotos muito ampliadas de uma casa minúscula, penduradas nas paredes de uma casa de tamanho normal. Era uma exposição, não era?

Enquanto o rapaz continuava a virar as páginas do catálogo, ela via claramente o que realmente tinha visto. Parecia um sonho. Talvez a porta antiga, por onde entrara e que imitava a casa, tivesse sido o estopim da fantasia.

— Acho que você entrou por um túnel, disse ele, túnel de luz, bem entendido. Só assim para ter entrado nessa casa minúscula.

Sorriu.

— Muito interessante, disse ainda, essa forma intensa.

2.

Julia Buenaventura escreveu:

Rochelle Costi juega todo el tiempo con el cuerpo del espectador, quien tendrá que estirar el cuello o bajar un tanto la vista para espiar completamente una determinada imagen. Y uso el verbo "espiar", pues la obra de esta artista, además de cambiar el tamaño de quien la ve, consigue hacer de su visitante un espía, siempre procurando porqué algo cotidiano, resulta de repente extraño, o viceversa, porqué algo extraño se le hace cotidiano. [*]

O que aconteceu na visita da exposição coincide com as palavras de Buenaventura. Tinha se transformado numa espécie de Alice, aludida pela artista numa entrevista. Ao atravessar a porta, tropeçou e caiu num túnel, acabando por desabar na casa de bonecas fotografada por Costi.

Ela via a casa e se via a si mesma, como no capítulo cinco, "Conselhos de uma lagarta", de *As aventuras de Alice no País das Maravilhas*. No livro de Carroll, aumentando e diminuindo de tamanho, Alice de repente passou a ter um pescoço tão comprido como aquele imenso tubo branco na casa de bonecas, certamente uma alusão à história. O pescoço da menina saía por uma das janelas e se movia em qualquer direção até atingir o ninho da pomba assustada, que o havia confundido com uma serpente devoradora de ovos. Alice saíra das maravilhas de Carroll para cair nas desmedidas de Costi.

A mudança de escala é um procedimento insistente da artista. Não se trata de arbitrariedade, ou de algo igualmente frívolo, mas pode ser compreendido como uma espécie de conceito, caracterizado por sua extensão, pois instaura associações, passagens de uma coisa a outra, e também compreensão, em sua capacidade de relacionar elementos íntimos e "situações reais"; objetos soltos e as classes, passado e presente. "Mudar a escala é uma forma de lembrar", diz ela. E mais: as séries de associações formam "uma espécie de malha de culturas,

---

[*] *ArtNexus*, v. 13, n. 92, 2014. (N.A.)

texturas, cores, padrões", que não deixam de traçar uma narrativa desassossegada para quem souber ler.

Rochelle Costi não usa manipulação digital nem recursos de luz artificial. Afirma que sua principal ferramenta é "a verdade no fazer perceber".

Se você se desequilibra e perde o pé, é que "esqueceu que lembrava". Traçar o caminho de volta para ver bem exige a presença da poesia das palavras e das formas.

O rosto que parecia morto pode ser redesenhado e tornado vivo, assim como o fotografou Rochelle Costi, assim como o descreveu Luiza Neto Jorge:

> *Aquilo que às vezes parece*
> *um sinal no rosto*
> *é a casa do mundo*
> *é um armário poderoso*
> *com tecidos sanguíneos guardados*
> *e a sua tribo de portas sensíveis.* *

---

* No poema "A casa do mundo", do livro Os *sítios sitiados* (Lisboa: Plátano Editora, 1973). (N.A.)

O rastro dos ratos

Para Ice

1.

Daqui posso ver Ice em seu quarto, como se a olhasse pela janela. Quarto simples, cama velha que se passa por antiga, estantes com livros meio empoeirados, quadros, fotos, flores de papel. Apesar disso, Ice afirma que gosta mesmo é das flores vivas, embora ninguém acredite nela. Argumenta que não suporta o tédio de dar de beber à planta todo dia, como se amamentasse um filho.

— Elas que se levantem e bebam água.

Mesmo assim ninguém mais acha graça, é insistência demais, muita ênfase numa tolice. Melhor deixar morrer o assunto.

Agora amanhece e as vidraças pouco a pouco se iluminam. Adormecida, Ice está refletida no espelho da parede em frente à cama. Está inquieta, se debate muito. Um pesadelo, já adivinho. E imagino ouvir as batidas de um coração, tum-tum-tum, que vêm do sonho e pouco a pouco enchem o quarto. Quando o ruído atinge o seu máximo, ela desperta, senta-se de um pulo, afastando as cobertas. Silêncio. Parece desorientada.

— Que sonho — murmura.

Pausa.

— E aquele coração batendo cada vez mais forte.

Esconde o rosto nas mãos.

— Como se fosse...

Levanta a cabeça num gesto teatral, afastando a suposição. Fala consigo mesma.

— Sonhei com ratos.

Aos poucos se acalma.

— Não é que eu tenha visto os ratos.

Pausa.

— Aliás, nem vi os ratos.

Pausa.

— Só o rastro.

Olha o próprio corpo.

— O rastro dos ratos em meu corpo.

2.

Ice estende o braço, alcança o celular na mesinha de cabeceira.

— Alô. É você, Jo?... Já sei, já sei, é muito cedo, mas tive um sonho terrível.

Ice tem mania de contar sonhos, o que também ninguém aguenta. Só os analistas, embora eu tenha as minhas dúvidas. Talvez se finjam de distraídos, embora estejam atentos. Um deles, inteligentíssimo, tinha certeza de que seus analisados sonhavam de propósito só para que ele analisasse seus sonhos.

E tinha que ser uma interpretação de acordo com seus preciosos interiores, hein?, suas delicadíssimas subjetividades.

Não há dúvida, é mesmo insuportável ouvir alguém contando sonhos, sempre nas horas mais impróprias. Principalmente quando se enredam em milhões de detalhes.

Qualquer pessoa fica pensando em outra coisa, esperando o instante de escapar.

Ice continuou.

— Era mesmo terrível, juro. Tenha paciência. Veja só, eu estava no meio de um quarto completamente vazio, encerado, vidraças brilhando. De shorts. Foi aí que me dei conta de duas listras meio largas, brancas, como se fossem fitas de cetim fosco nas minhas pernas, descendo das virilhas...

Aqui Jo a interrompe, mas Ice não se rende.

— Como assim, Jo? Você não acredita nessa história de cetim fosco? Não, Jo, eu disse *como se fossem*. Não eram. Pareciam.

Pausa.

— É, concordo, tudo está muito detalhado, eu sei, mas escute por favor.

Posso ouvir Jo bocejar. Ice nem liga.

Pausa.

— As fitas desciam por minhas pernas até os pés. Tomei um susto. Tentei limpar e nada. Passei cuspe. Nada. Aí, surgiu um vulto embuçado atrás de mim, vi seu reflexo na vidraça em frente. Ele disse: "Não adianta esfregar". Eu nem me virei, fiquei paralisada. "O que é que você quer? Quer roubar alguma coisa? Pode roubar. Aliás aqui não tem nada para roubar."

Acho que não se trata propriamente de coragem, porque, sempre que está apavorada, Ice banca a espertinha.

— Aí o vulto repetiu: "Só estou dizendo que não adianta esfregar". Houve um silêncio longo. E então um coração começou a bater. Você se lembra? Do coração batendo? Eu te contei. Aí o vulto explicou: "Estas manchas são o rastro dos ratos". Imagine o que senti. Literalmente apavorada.

Nova interrupção de Jo.

— O quê? Jo, como não é para tanto? Você sabe que todo pesadelo tem esse climão. É normal, absolutamente normal. E o coração batia cada vez mais alto. "O que é que você quer dizer com isso?", perguntei ao vulto. "Digo que é o rastro dos ratos." Aí perdi a cabeça, comecei a gesticular e a falar alto, você sabe como sou. "Como é que esses nojentos podiam entrar aqui?" Experimentei as janelas, só para constar. "As janelas estão hermeticamente fechadas." Fui até a porta. "Ninguém abriu esta porta." Pensei um pouquinho: "Aliás nem sei onde está a chave. Aliás, ninguém abriu mesmo esta porta".

Nova interrupção.

— Jo, como você é egoísta. Você quer que eu resuma? Não dá para resumir, não dá mesmo pra resumir, será o benedito? Espere, espere, por favor, não desligue! Não vê que estou no fundo do poço?

Pausa.

— Fui ficando completamente irracional, já tinha que falar aos gritos por causa do bater do coração.

Jo faz uma observação irônica.

— O que disse? Que talvez fosse sonoplastia? Mas que falta de sensibilidade! Você não leva nada a sério, Jo. Sei lá onde estava esse coração, de quem era esse coração. Será que não sei mesmo? Talvez fosse o meu próprio coração. Não vê que estou de-ses-pe-ra-da?

Pausa.

— Perguntei outra vez: "Como um rato pode entrar aqui?". Foi aí que me virei para o embuçado.

Jo continua na clave irônica cada vez que interrompe o relato, com palavras que só podemos imaginar.

— Como é que é? Claro que não, nada disso aconteceu no século 18. Que ideia é essa? O quê? O que é que tem a Inconfidência Mineira com isso? Como assim? Só porque tem um embuçado? Você está me gozando? Se vão rolar cabeças? Está vendo como você é? Pare com isso. Aliás, não dava pra ver se o embuçado era homem ou mulher. A voz era rouca, a roupa era uma bata comprida e folgada.

Pausa.

— Não, ele não estava grávido. Aliás talvez fosse uma mulher. E o capuz cobria completamente o rosto. Me virei e perguntei: "E a propósito, como é que você entrou aqui?". Fui tentando raciocinar: "Aqui ninguém entra e daqui ninguém sai". Repeti cada vez mais nervosa: "Como é que você entrou?". Fui ficando fora de mim, enrolando o cabelo nos dedos, sabe como é, falando coisas do tipo: "Por acaso existem ratos invisíveis? Será que ratos têm alma? Em princípio as almas são invisíveis, não são?". O embuçado nem se tocou. Só repetiu as próprias palavras: "Por onde passam, os ratos deixam rastros". E ficou repetindo antes de desaparecer: "Por onde passam, os ratos deixam rastros". Aí ele sumiu.

Pausa.

— Como assim, Jo, a única coisa que você diz é que já está na hora de se levantar? Que eu estraguei suas últimas horas de sono? Não, não é invenção minha, que coisa. E aquele coração batendo me lembrou...

Ice para de falar e olha o celular muito espantada.

— Que coisa, ela desligou. Que droga de amiga! Mas ela me paga.

Pausa. Fala baixinho.

— Sei que não era meu próprio coração.

Pausa.

— Ou era?

Dá um pulo da cama, começa a vestir atabalhoadamente a roupa que está sobre uma cadeira, usada na véspera: jeans, blusa, meias, tênis.

— Preciso falar com alguém.

Sai.

3.

Uniformizada como empregada doméstica, uma jovem abre a porta do apartamento.

— Bom dia, Lô.

— Bom dia, dona Clarice, aconteceu alguma coisa?

— Não, por quê? Por acaso estou com cara de maluca?

— Não, senhora, me desculpe, não é isso. É que não são nem oito horas da manhã.

Ice vai entrando.

— Esquece, esquece, não aconteceu nada. A Margô já se levantou?

— Não, senhora. Isto é, ela já tomou café, mas está se preparando, a senhora se esqueceu?

Posso ver Ice se jogando numa poltrona, desanimada.

— Que chatice. Esqueci que hoje é dia de sessão.

— É, é, ela fica lá trancada, acende vela, se concentra. A senhora sabe como são os espíritos. Qualquer coisinha e eles somem. Parecem passarinho.

Pausa.

— A senhora não aceita um cafezinho?

— Não, já tomei.

Levanta-se.

— Não diz nada que passei por aqui, viu? Depois falo com ela. Tchau, Lô.

Sai.

4.

Ice está parada na rua, encostada numa parede. Olha ora para um lado, ora para outro. Atordoada. Murmura baixinho.

— Por ali não vou. Tem uma rampa enorme. Difícil subir. Olha para o outro lado.

— Por ali também não, só tem casas, não passa ninguém. É capaz de surgir algum drogado escondido num ralo.

Vai se convencendo.

— Ou do nada pode aparecer um esmolambado com uma faca.

Cada vez mais indecisa.

— Nunca sei se é pobre ou saco de lixo. A TV não para de avisar. De longe não faz a menor diferença. O pior é quando o saco de lixo se levanta e parte pra cima de mim.

Parece que ela gostou da imagem, porque disfarçou uma risadinha, já meio distraída. Depois deu um suspiro.

— É verdade que isso nunca aconteceu. Incrível. Mas não é impossível, é? Basta ler os jornais e assistir aos noticiários. Só falam disso.

Passa um táxi do outro lado da rua, reduz a marcha. O homem põe a cabeça para fora da janela, com ar simpático.

Ice faz um gesto negativo, continua ensimesmada, sem conseguir decidir que caminho tomar. O táxi faz a volta e para a seu lado. O homem sorri para ela e diz com voz firme.

— Entra.

Ice obedece. Depois que o táxi arranca, cai em si. Está assustada.

— Mas eu disse que não queria táxi.

Ele tem olhos calmos.

— Eu sei, mas a senhora precisa ir para algum lugar.

Pausa.

— Está muito estressada. Pra onde quer ir?

Ice está exausta, se abandona no encosto, dá o endereço. A mulher se pergunta se ele vai mesmo levá-la ao endereço dado. O coração bate descompassado. Mas, apesar da expectativa, ele a leva. Ela paga a corrida. Desce. O taxista sorri e diz:

— Cuidado com as travessias.

5.

Ice está deitada no divã de um psicanalista, num aposento acolhedor. A penumbra faz móveis e objetos flutuarem. Ela fala animadamente.

— Quase contei o sonho pro chofer. Tinha uma cara ótima, eu bem que via pelo espelhinho. Mas achei que era demais. Podia ser uma desculpa.

O silêncio se prolonga.

— Sei que você está pensando: desculpa pra quê? Pois não sei.

Pausa.

— Sei lá.

Pausa.

— Mas o que será que significa esse sonho? Será alguma coisa sexual? Me lembro de *O homem dos ratos*. Já sei o que você vai dizer, que nem tudo é sexual, que depende. Para um psicanalista, não deixa de ser bizarro. Mas às vezes acho que tudo é mesmo sexual.

Pausa.

— Pois acho que é sim.

Pausa.

— Me lembro do que aconteceu com uma amiga minha. Era do interior, foi ao Rio de Janeiro pela primeira vez, disseram pra ela ter cuidado com os taxistas. Ora dão voltas e voltas pro taxímetro rodar, ora sequestram as moças, fazem o que querem com elas.

Pausa. Com ar sonhador, enrolando o cabelo nos dedos.

— Fazem o que querem. Já imaginou?

Pausa.

— No táxi minha amiga achou que ele estava tomando um caminho estranho, começou a discutir, ele assegurando que o caminho estava certo, o que é isso, moça?, ela insistindo. Em pânico começou a socar os vidros, socorro, ele quer me estuprar, socorro. O motorista conseguiu encostar o carro. Depois disse, moça, você deve estar com um atraso danado, porque só pensa nisso. A gente está trabalhando concentrado e com esse papo acaba se lembrando. É um perigo, sabia? Até parece convite. Minha amiga tomou um choque e disse meio sem graça que por acaso ela estava mesmo.

Pausa.

— Com um atraso enorme.

Pausa.

— Não sei por que contei essa história, não tem nada a ver.

Enternecida.

— Foi por causa do taxista. Ele tinha olhos azuis como o céu. Uma cara bondosa.

Vai se entusiasmando.

— Que percepção, que interesse humano! Incrível! Viu que eu estava arrasada. Péssima. O contrário daquela chata da Jo. E daquela Margô, que só pensa em alma penada.

Pausa.

— Agora, o que quer dizer esse sonho? E o vulto? Se eu fosse a Margô, ia achar que era uma mensagem enviada pela galera do Além. Ela é íntima desse povinho voador. Aí, se você acredita, se acabam todos os problemas. Mas eu não, eu não vou nessa. Nem vi se o embuçado era homem ou mulher. Podia ser uma coisa ou outra, não vem ao caso.

Grande silêncio. Fala baixinho, mas podemos ouvi-la.

— O rastro dos ratos. O rastro dos ratos.

Começa a enrolar o cabelo.

O psicanalista se levanta e diz "boa tarde".

Ela se levanta e sai.

Na sala de espera, cai no choro.

6.

Ice digita uma carta no computador.

"Recebi sua mensagem de ano-bom com o desenho. Zuca, desculpe, mas francamente. Um rato puxando um carro. Nunca vi. E um carro que na verdade é uma biga, o Ano-Novo lá em cima. Pelo menos está escrito 2013 em letras gar-ra-fais. Francamente, Zuca. Fala sério. E um Ano-Novo velhíssimo, arrastado por um rato. Até parece que você viu meu sonho."

Ela para um pouco, fica pensando.

"De um lado, nuvens tempestuosas. Serão nuvens tempestuosas? Parecem. E o rabo do rato entrou e saiu da roda, vai acabar se enrolando nela. E aquela lamparina pendurada com uma chama toda tremida."

Pausa.

"Será que é a vida, tremendo assim? Talvez... No começo pensei que a passageira da biga fosse a Morte, isto é, a Morte na forma de uma mulher barbada agarrada à sua foice, bem erguida. É o mesmo que dizer que 2013 vai ser pauleira. Foda-se 2013! Contei pro Chico, que também tinha recebido mensagem igual, e ele disse que eu estava completamente enganada. Disse assim:

— Não, não é a Morte, como é que você foi pensar numa coisa dessas? É o Tempo, parece um grego, talvez um romano, com a toga voando, levantando a foice bem no alto.

Eu perguntei:

— E por que não pode ser uma mulher barbada?

Ele disse:

— Porque está errado, você não vê?

Bom, fui ficando cada vez mais chateada. Ainda disse:

— Nunca vi grego ou romano segurando uma foice."

Ela para e enrola o cabelo nos dedos.

"O desenho é ótimo, por isso a gente fica cheia de dúvidas. Homem ou mulher, a figura está gargalhando sinistramente. O rato deve ser um escravo, está supertenso, parece que só quer chegar, mas não tenho certeza. Na verdade, não tenho a menor certeza de nada. O que eu sei é que os romanos não tinham nenhuma confiança nos escravos, sabia? Gente sem princípios. Aqueles falsos princípios dos bacanas, dos homens de bem. (Dá uma risadinha sarcástica.)

Igualzinho a hoje em dia, é ou não é? Que homens de bem que nada. Verdadeiros Ipsilones!".

Pausa.

"Mas, Zuca, o Chico não concordou comigo, não abriu mão. Me disse que não tinha nada a ver:

— Que história é essa de escravo? — perguntou ele todo irônico. E continuou: — Clamo aos céus! O bicho está até com uma roupa bem inocente.

Eu insisti:

— Mesmo assim. Mesmo com roupa inocente.

Este foi o nosso papo. Nada inspirador, como você vê. Fiquei sem argumentos."

Ice para e enrola o cabelo.

"E agora, Zuca, você me diz que eu tive uma ideia maquiavélica, transformando o viajante numa mulher barbada. Depois você concordou pelas bordas, acho que me consolando e disse que afinal poderia ser um maquiavélico disfarce."

Ela dá uma risadinha.

"Você parece indeciso, Zuca, mas talvez não seja isso. Claro que não é. Pensando bem, você deve ser um sarcástico, sarapintado, sabidinho. Acabou concordando que o rato era mesmo bem esquisito."

Pausa.

"Mais esquisita do que ele é a lamparina. A lamparina é que é esquisita. Muito suspeita. Você repetiu: ela não me engana, não me engana. Mas quem é que não engana quem? A lamparina ou a mulher barbada inexistente? Insisti.

E daí, meu velho, e daí?

Aí você se fechou em copas."

Ice dá um suspiro.

"Depois você me mandou três poemas — lampejos, você disse. E eu digo lampejos lampejadíssimos. I-na-cre-di-tá-veis! Sobre Salomé, o Che e Dante, embora entrem outros personagens. Nossa, Zuca, que viagem! Você mergulhou esses personagens, aliás, distintíssimos, em água sanitária. Descascou tudo. Bem, nem todos são distintos. A Perua, por exemplo."

Pensativa. Enrola o cabelo.

"E o texto? Pior ainda. Vasco sem tetas. Custei a entender. Depois vi que tetas e Thétis são palavras meio xifópagas. Nasceram coladas uma na outra. Bunda de uma no focinho da outra. Que coisa, hein? Apesar de Thétis estar envergando um big H, toda importante. No fundo esse jogo é ótimo. É uma cambalhota, Zuca, uma cambalhota genial. Vasco sem tetas. Aí eu quis entrar no brinquedo, fui puxando palavras. Vasco sem teto. Vasco sem trela, Vasco sem teres e haveres."

Suspira.

"Mas não tenho muito jeito. Tristíssimo, isso é o que é. Hoje fui rever o desenho: a lamparina é mesmo esquisita, só tem uma chama de nada, parece que vai se apagar.

E essas coisas todas assim... assim sem nada. Todos estão SEM. Sem isso, sem aquilo. Que delírio!"

Pausa. Depois, intensa.

"Zuca, você está com medo?"

Pausa.

"E você reclamou do otimismo do Chico. Agora é que vi. Fiquei arrasada. Muitos beijos."

7.

(*no psicanalista*)

— O texto é mesmo um poema, que ele chama de lampejo. Mas qual a relação entre Salomé, o Che e Dante? Ainda tem outros. O Gato de Botas, que está *sem* botas, e o Gardel, tristíssimo, *sem* tango. Aliás eu colocaria *sem* tanga. Claro, a sugestão é do próprio Zuca. Subterraneamente, hein? Ele escreveu: tanga *sem* fio. Quer dizer que ela vai cair. Também o fio não é do tecido. Tanga não deve ser de tecido. Será que não é? É ou não é?

Pausa. Pensativa. Enrola o cabelo.

— Deve ser o fio que segura... que prende a tanga.

Pausa.

— Está vendo? Eu só penso mesmo em sexo. Mas pode não ser verdade. Pode não ser verdade isto, isto é, minha interpretação. Esses lampejos são uma verdadeira tabuada de letras. Ou de linhas. Tabuada de tontos.

Num repelão se senta no divã como se tivesse acabado de acordar. Olha para o analista.

— Você é o único culpado.

Ele não faz nenhum movimento. Ela sai pisando duro, tropeça no tapete, quase cai, bate a porta.

8.

(*diário de Ice*)

Ninguém vai acreditar se eu contar o que aconteceu. Mas é melhor não contar. Só me resta escrever. Sonhei de novo o mesmo sonho só que com variações. O mesmo sonho com variações. O remorso está me roendo. Acordei pronunciando essa frase, num cenário branco, sem nada, sem fim. O remorso está me roendo. Não é incrível? Um sonho que vai continuando em capítulos. E que dá a chave do anterior. Então os ratos... Como é que não pensei nisso antes? Pensando bem, talvez tenha pensado. Pensado sem saber que pensava. Será possível um troço desses? Um pensamento fora da consciência de se estar pensando?

Pausa.

Acho que foi porque ele pediu. Muito sério, olhando nos meus olhos. Lá na cozinha, uma noite, diante de duas taças de vinho que não bebemos. Alguém nos tinha dado o vinho de uma reserva especial. Ele quis guardar para celebrarmos uma data importante para nós. Um dia especial. Mas, quando deu o primeiro gole para experimentar, não disse nada, ficou parado um tempão. Depois pousou a taça lentamente, como se ela pesasse mil quilos, e disse:

— Esta qualidade de vida eu não quero.

— Eu sei que você não quer — eu disse.

— Mas você entendeu bem?

Acho que foi por isso. Porque ele me pediu. De outro modo, por que seria? E por que eu teria remorsos? É difícil ver claro.

Na última noite consegui um quarto particular no hospital, coisa que ele não queria.

— Não lutei a vida inteira pela igualdade para morrer em quarto particular — explicou.

Achei que ele tinha razão, que era coerente num mundo de oportunistas, mas eu é que não aguentava mais. Vivia chorando na esquina, olhando para o segundo andar, para a janela da enfermaria, como se estivesse vivendo uma outra versão de Romeu e Julieta.

Quando entrei no quarto, ele estava recostado em travesseirões, todo limpinho e me disse sorrindo:

— Me corrompendo, hein? Isso é coisa?

Mas teve paciência comigo. Aliás, paciência era seu departamento. Eu achava que ele não ia morrer mais, que íamos ficar para sempre naquele quarto, sozinhos.

Quando tudo fugiu inteiramente do controle, me lembrei da promessa, das duas taças de vinho na mesa da cozinha, fiz das tripas coração e ordenei que desligassem todos os aparelhos. Obedeceram. Como se estivessem só esperando. Assim como eu me consolei muito tempo, pensando que tinha apenas obedecido a ele, como se tivesse apenas cumprido uma ordem. Mas não tenho certeza. Eu estava exausta. Não tenho certeza. Comecei a chorar. Ele, deitado, quieto, de olhos fechados, mas segurando minha mão, ainda disse:

— Não chore.

A voz não era a dele, revelava um esforço sobre-humano. Disse ainda:

— Obrigado por todos esses anos.

Me joguei desesperada em seus braços, mas ele não me abraçou. Estava absolutamente imóvel. E, de repente, o coração voltou a bater. Voltou a bater contra o meu rosto. Três vezes. Batia com muita força, muita força, alto, muito alto. Talvez porque ele estivesse muito magro. Por isso o coração batia assim com tanta força. Parava. Batia de novo. Até que não voltou mais a bater. Tudo ficou quieto, como se tivesse anoitecido de repente. Mas não era noite, era de manhã cedo.

Quarta-feira de Cinzas e a Beija-Flor ainda desfilava. Eu não sabia de onde vinha o som da TV, a música, não compreendia o que diziam as vozes e toda aquela agitação.

9.

Zuca Sardan

Vento sul
(2011)

A Clara e Francisco Alvim

Un pastor se encuentra con un lobo.
— ¡Qué hermosa dentadura tiene usted, señor lobo! — le dice.
— ¡Oh! — responde el lobo — mi dentadura no vale gran cosa, pues es una dentadura postiza.
— Confesión por confesión, entonces — dice el pastor —; si su dentadura es postiza, yo puedo confesarle que no soy pastor: soy oveja.

Fábula de Braulio Arenas

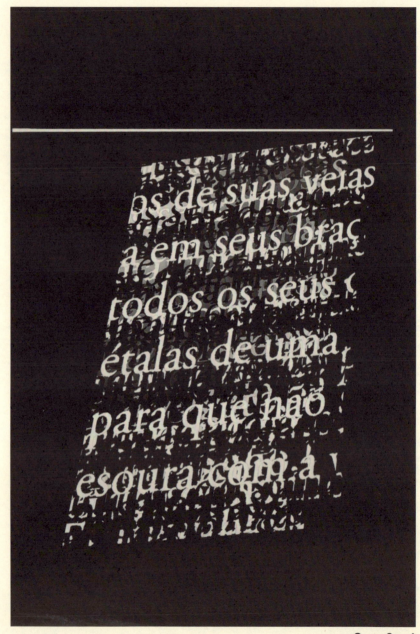

Gerty Saruê

1. Matrizes

Thereza

Ela era mignon, com extraordinários olhos castanhos, pernas sulcadas por varizes azuis e barriga flácida, consequência dos dezesseis filhos que deu à luz desde os quinze anos, quando se casou. O ano, 1902. O noivo era Vicenzo Sciamarella Sant'Anna, um enérgico calabrês que aqui aportou em 1898 e se dedicou ao comércio. Quando morreu em 1931, aos cinquenta e seis anos, deixou uma rede de agências de jornais e revistas espalhadas por vários estados.

Ela ficou viúva aos quarenta e quatro, já considerada velha. Vivia trancada numa casa comprida cheia de corredores à beira do Paraíba do Sul, com os filhos menores e uma parenta agregada, que a acompanhava à missa aos domingos. Era seu único passeio previsível.

Impossível justapor essa mulher já sem frescor ao retrato da jovem esbelta de rosto fino e cabelos escuros, com blusa de renda e fita de veludo, ao lado do marido e rodeada por seus primeiros filhos, que já eram seis. Devia contar então vinte ou vinte e um anos. Os únicos traços reconhecíveis eram o silêncio e o ar distante flagrado pela objetiva. Thereza era assim.

Tinha nascido na terceira classe de um navio de imigrantes que fazia a rota Itália-Brasil. A mãe morreu no parto e ela foi criada por uma amiga da família ou por alguma parenta, os dados não são precisos. Certamente por isso lhe deram o nome da mãe.

Nenhum dos dezesseis filhos herdou seu nome de família, Grimoni, e é raro que ele apareça grafado certo, ora é Glimoni, ora Grimone.

Não aparece também nos documentos o nome de sua mãe, Thereza Forlage, somente o do pai, Giovanni Grimoni.

Um de seus filhos, a quem deu o nome do marido, nasceu de pé. Disse que levou uma semana inteira fazendo ninho, torturada nas dores do parto. Depois disso, esteve a vida inteira sobressaltada ao se lembrar das palavras da parteira.

— Se ele abrir os braços, adeus. Nem um, nem outro.

Thereza trabalhava mais do que falava. Morava numa chácara e desde manhãzinha cuidava das hortas e das bananeiras, que cresciam em cachos nas touceiras e que além de bananas forneciam pétalas duras, transformadas em barcos vermelhos pela criançada. Pareciam envernizados. Às vezes colocavam dentro deles pequenas flores do mato, simulando passageiros, marujos. E apostavam corrida com seus barcos, na época das enchentes ou enxurradas.

Ela vendia as bananas acumuladas num quarto forrado de cimento, pegado à casa. Certamente pela ocupação, uma de suas grandes preocupações era o vento sul, que trazia ventania e chuvarada, arrancando planta, estragando a terra. A um marulhar mais violento da folhagem, ao gorgolejar mais alto do rio, levantava a cabeça, investigando o céu, o rosto fechado.

Amanhã vamos ter friagem e vento sul. O nordeste já está virando. Amanhã, crianças, cuidado com o pé na poça.

Gostava também da criação, galinhas e porcos. Dia de matança de porco era dia de festa, salvo pelos gritos lancinantes do animal.

Do serviço de dentro, cozinhar e limpar, não gostava. Deixava para as filhas mais velhas ou para as empregadas, garotas em geral negras, descendentes de escravos, que enxameavam nas casas pobres da beira-rio.

A uma neta que vivia sempre zanzando por perto ela ensinou a pilar o café colhido na chácara. Colocou tijolos no chão para lhe dar altura e segurou com ela a mão rija do pilão, batendo, subindo e descendo, para lhe transmitir o ritmo do trabalho.

Também lhe ensinou o enxágue correto das roupas, porque a menina enchia a bacia de anil.

— Por que faz assim? Não presta atenção?

A menina custou a responder, encabulou.

— Acho bonito.

— Boniteza não põe mesa. Fica tudo sujo de azul.

Dizem que Thereza era calma e de bom gênio, mas essas avaliações não são nada confiáveis quando a pessoa em pauta não tem nenhuma carta na manga ou espaço de manobra.

Foram raras e salteadas as confidências, sempre impressionantes.

Disse que era fácil enlouquecer e que ela mesma tinha chegado perto disso em duas ou três ocasiões. A primeira, quando morreu um filho pequeno, de febres. Ela enrolou a criança no cobertor colorido e a embalou dias e noites, até que desconfiaram e arrancaram a criança de seus braços, dando um fim nela. Depois, quando perdeu num curto espaço de tempo o marido, de um erro médico, a filha mais velha, por suicídio, sem nenhuma explicação, e um dos filhos, afogado. Disse que andava pela chácara fora de si, dia e noite, sem dormir nem comer, chorando e gritando, sem se desviar dos galhos, ferindo o corpo, penando. Depois ficou quieta lendo e relendo a carta que Vicenzo lhe escrevera de Belo Horizonte vinte dias antes da morte. Começava com "Saudações" no alto da página. E depois, "Caríssima Esposa". Na letra bonita e muito desenhada, comunicava que ia se operar e que se Deus quisesse ia ficar livre "dessa moléstia". Estava com um tumor na nuca. Informava o preço da operação. Enviava lembranças a todos. "Queira aceitar um abraço de seu esposo que lhe estima."

Mas Deus não quis. Vicenzo morreu e ela tentava imaginar inutilmente o que estava fazendo enquanto ele escrevia aquela última carta.

Dias depois o atestado de óbito dizia "morte por diabetes-anthiax da nuca-acidose". Não dava para entender quase nada. Aquelas palavras queriam dizer exatamente o quê? Ninguém explicou.

Passou a olhar muito uma foto no cemitério, vestindo luto fechado, a cabeça coberta por um véu, colocando flores no túmulo. Achava que tanto desespero não ia passar jamais. Mas passou, levado pelo tempo. Então ela tocou a vida, plantando, cuidando dos bichos.

Quebrou o silêncio um dia, quando uma jovem da família se separou do marido. E perguntou:

— Mas por quê? Um homem tão bonito, tão preparado.

A moça atalhou:

— A gente não se amava mais.

A surpresa acendeu, violenta, os olhos castanhos. Não se conteve.

— Então o amor é necessário?

Houve um longo silêncio.

Talvez Thereza tivesse pensado em dizer à moça um dos ditados que mais gostava de repetir: quem é cativo não ama.

Mas não disse.

República Velha

Tinha sido um ano difícil para o coronel Caetano Padilha, com seca e fuxico político. Tudo terminou com um escândalo que alegrou as gazetas por mais de um mês, só porque a junta da freguesia de S. Salvador decidiu afrouxar os requisitos dos cidadãos votantes para vereadores e juízes de paz. A revanche não se fez esperar, no próprio dia das eleições, com a manobra dos governistas e seus capangas, que arremeteram, quebraram bancos, mesas e cadeiras, ajudados pela autoridade do padre que aconselhava a matar com toda a moderação.

O coronel Caetano tinha sido atraído pela promessa de abrandamento de impostos sobre os grandes produtores. Com a derrota adoeceu de abatimento. Mas os meses passaram e ele mergulhou no trabalho amargo, como remédio. Acabou agindo com tino na transação difícil da venda de uns garrotes no Caboio e tomou o rumo de casa antes do tempo. Estava se sentindo curado e o coração se alegrou quando viu ao longe o bambual da Maravilha. O corpo pedia rede no alpendre, canto limpo de sabiá-laranjeira e a fresca do nordeste que sopra do rio. Janeiro era mês de trovoada e cantoria de cigarras. Naquele dia o vento sul anunciava friagem, fazendo gemer as casuarinas e alguma janela maltrancada no casarão. Por isso o terreiro estava vazio, o povo encafifado. Quando atravessou a sala de jantar o Coronel pensava ainda no negócio concluído. Tinha começado o ano com pé direito. O relógio grande bateu as cinco da tarde. Ganhou o corredor, abriu a porta do quarto sem ruído, muito sossegado, e surpreendeu sua mulher na cama com o Carlucho. Sentiu uma ardência na boca do estômago e uma pontada no peito. Só se recuperou para perder as estribeiras. Logo o Carlucho, um escuro de nascença contratado para trabalho de tocaia contra um vizinho salafrário, roubador de terra alheia. E ela, ela!, uma dona obediente com olho de porcelana, metida nos livros de devoção, zumbindo rezas com bafo de oratório e apesar disso nojenta se misturando com gentinha de cor. Onde estava Lilica, negra de confiança herdada do avô? E seu farrancho de crias a serviço do casarão? Que silêncio era aquele? Soltou um uivo animal, passou a mão no trabuco detrás da porta e descarregou quase toda a munição na cachola de Carlucho, que batia os dentes de terror. E como arremate natural, a última bala atingiu o cachorro que pertencia ao patife, cujo ganido agoniado foi calado para sempre.

À ordem do Coronel os camaradas jogaram o corpo do tocaieiro no brejo atrás do pasto, o que atraiu de imediato os volteios emocionados dos urubus, no aguardo da carniça.

A mulher foi obrigada a velar dia e noite a colcha ensanguentada tremulando no varal, sem licença de se afastar para nada, nem para as necessidades. Mas contra todas as regras da tradição, nela o fazendeiro não encostou um dedo. Não vou sujar as mãos, gritou, em puta dessa laia.

A suspeita de desvario se deu com a festa armada no terreiro, ocasião em que todos puderam testemunhar o Coronel dançando uma quadrilha estropiada de sapateado trêmulo com as cabrochas e os tropeiros, berrando a plenos pulmões, negro não fuma charuto/ porque charuto já é/ se é branco deixa passar/ e morrer se negro é.

Acabou bêbado na rede sofrendo alucinações. O avô morto boiava por sobre os ramos das casuarinas, branco como filó, enquanto o casarão navegava como uma caravela no topo do canavial espumando de flor. À Lilica que o foi cobrir com uma manta sussurrou que não acreditasse que dentro da cana tinha açúcar. Tinha era o sal de seu suor. "O sal, está ouvindo bem?, o sal do meu suor."

Quando a colcha finalmente apodreceu se desfazendo no tempo, disse à mulher que tomasse rumo, que não queria vagabundas à vista. Nesse momento não se conteve e soltou na cara fina duas bofetadas com mão aberta, ofensa pior que a morte, o que imobilizou a gente e fez cessar todos os ruídos e vozes ao redor. Ela bateu de boca no terreiro, suja como no dia em que nascera. Quando pensaram que estava morta se levantou como pôde, desapareceu aos soluços na curva do bambual.

Os filhos que não tardaram a chegar atraídos pela desgraça foram expulsos no momento mesmo da chegada, aos gritos e ameaças. O pai jurava cortar todos eles do testamento se ousassem mover um dedo a favor daquela ordinária. Era argumento forte, irrefutável. O Coronel lhes deu as costas com deboche, os filhos de uma égua. Bateu a porta e mergulhou de cabeça no mau caminho, deflorando negrinhas nas moitas das restingas, ao pé dos brejos. Acabou por instalar no casarão mulheres da vida alegre, uma depois da outra, descobrindo que de alegres não tinham nada, tudo fingimento. A prova era que desfolhava em poucos dias todas aquelas corolas, atirando fora o talo que restava. Nunca mais ia querer compromisso com donzelas de primeira mão, porque se passavam por peça domada, mas por dentro tinham tanta manha quanto um carretel.

Um dia olhando o mar azul de Macaé depois de uns tragos, concluiu que o único jeito era amigar com moça de certa marca, com arremate em rabo de peixe. Em sereia ninguém mete a colher. Raciocinou com lentidão, perdido nos fumos do charuto. Se as partes de baixo dessa dona não serviam para um homem, os recheios de cima não eram de se jogar fora. Melhor então desconfiar. Essa dúvida o assaltou e o fez estremecer. Estaria tomando entojo de mulher?

Com isso foi invadido por grande abatimento moral, um penar sem jeito que avivou a lembrança do vexame passado. Cachorra. Se arrependia agora de não ter incluído a mulher na lavagem da honra, com sua cara fina e olho de porcelana. Ele, o coronel Caetano Padilha, herdeiro único da Maravilha, tinha corrido da rinha. Procedera como um engomadinho de vento que não conhece a serventia delas, que não consegue ser autor de qualquer cabrita nos desmandos das esteiras. A peçonha azedou no peito, tinha a alma negra. Levou meses escoiceando e dando voltas no ar, enroscado no mesmo gancho. Deveria ter judiado dela, os tabefes e a expulsão não foram nada. E quanto ao matador de contrato, aquele tocaieiro de fala mansa, não bastou ter coçado o gatilho com aquela presteza. Devia era ter amarrado o desgraçado no pau de arara como faziam os meganhas com os pardinhos, socando a palmatória nas partes fracas do infeliz até a vida fugir. Para culminar não parava de ouvir o choro agoniado do cachorro.

À depressão sucedeu a revolta. Apesar de ser sujeito de Irmandade, com estipêndio fixo para os necessitados, o Coronel pôs abaixo a capela da Maravilha, espatifou imagem de santo, queimou paramentos de altar. O reverendo Moura quando soube correu ao casarão, levantou os braços aos céus, bradando que estava à sua espera uma vida trevosa nas labaredas do inferno. O Coronel não deu o braço a torcer e muito vento sul gemeu antes que ele amansasse o destempero.

Por essa época começaram a chegar notícias sussurradas e repetidas pelos recadeiros: que a mulher estava perambulando de um lado para outro, esfarrapada e falando sozinha como as doidas por aí. Dava medo. Que tinha envelhecido cem anos. E que agora esfregava de joelhos as lajes do hospital público, contando as pedras como uma amaldiçoada. O Coronel pareceu não dar trela, mas passou a entreter a insônia cada vez mais frequente pitando na rede, varando as madrugadas.

De novo rompeu janeiro com seus relâmpagos e seu cortejo de cigarras. Não demorou muito para o coronel Caetano decifrar a própria sina. Não tinha como escapar. A prova era que andava sempre macambúzio como cachorro sem dono, ora pensando nas trapaças da política, ora naqueles desarranjos da vida.

Certa madrugada ficou muito tempo apreciando o canto do sabiá-laranjeira, porcelana da cor do céu saudando o romper do dia. Parecia cochilar, mas quando saltou da rede estava decidido. Deu ordens expressas a Lilica e a seu farrancho. Queria tudo arranjado em todas as miudezas. Pela primeira vez em anos seu coração batia no compasso. Só depois convocou os filhos. Na noite marcada, luar a pino por cima do bambual, serviu jantar de gala que durou mais de uma hora em toalha de linho, terrinas e bandejas iluminadas pelos castiçais acesos. Depois do cafezinho e da jenipapina, acendeu um charuto devagar, cozinhando a ansiedade dos convidados. Soprou a fumaça para cima com toda a calma, observando os anéis azuis que se abriam no ar.

— Meninos — disse enfim, enrolando o guardanapo e pondo termo ao jantar —, andei fazendo umas sindicâncias. Muito tempo já correu. Sei que não se compra ovo com azeite derramado, mas também sei que o que é do homem o diabo não come. Vou chamar a mãe de vocês de volta.

Dentro do silêncio que se fez, só quebrado por uns latidos de cachorro ao longe, completou, já de pé:

— Puta por puta, fico com ela, que já estou acostumado.

Linhas e trilhos

E. J. disse ao telefone que era preciso contar tudo. Para isso não podia sair do trem. Não fique de conversa fiada, não cruze isso com aquilo, não esconda nada, não pense que alguém se engana.

Mas tudo era confuso, ela disse, com muita coisa misturada, inclusive alguns mortos, não todos, sentados em volta da mesa como numa sessão de gala naquela casa antiga, que não era a verdadeira. Contar como aconteceu era difícil de compreender. Mas decidiu fazer um esforço e voltar ao cenário, esquecendo o risco das balas perdidas naquele labirinto de ruas atrás da Central. Tinha chovido e pela sarjeta corria água suja misturada com lixo, rodeando os pés dos casarões magníficos, mas abandonados.

A estação está agora rodeada de grades e de carros da polícia. Faz pena olhar o saguão livre de antigamente atravancado de lojinhas, anúncios que piscam, uma igreja enfiada num canto, catracas pra todo lado. E o antigo bar que a gente frequentava virou um prosaico McDonald's.

A vantagem é que o poema voltou límpido. É do Polari que pegou prisão perpétua, mas saiu um dia e fugiu a bordo de um foguete interplanetário estacionado nas matas da Amazônia. Acho que você nunca ouviu falar. O poema dava o ritmo, o trem corria pelas mesmas linhas e trilhos. Era o mesmo grito. Eu dormia e acordava, os versos vinham pontuais como a luz do dia: as quatro latas sustentando a cama suspensa, a marca da tinta do mimeógrafo na pele fina do corpo.

Ela disse que a desconfiança de uma branquela metida com um negro azul de tão retinto não podia ser desprezada. Além disso ele também podia não ser quem dizia que era.

Mas o tempo passou, insistiu, é como enfiar a mão num saco e tirar uma pedra ao azar. Como a história da foto encontrada na revista, depois é que fiz a relação. A ordem é pra não cruzar isso com aquilo, mas não posso evitar. Virei a página e lá estava ela. Hoje é como um relógio quebrado, não tem antes nem depois. Olhei muito. Senti uma aflição, talvez a única coisa que restou do sofrimento. O fotógrafo devia estar na plataforma quando bateu o instantâneo. Parecia um grupo a caminho do trabalho, não me lembro direito, acho que estavam sendo procurados. Seis ou sete amontoados num trem. Eram quase todos negros, mas também pardos e um puxando pra branco. Mas só dois estavam realmente visíveis, porque havia muitas sombras e a luz deslumbrava. Também melancolia, um clima pesado. Nessa época eu já andava no trem. E o que ocupava o centro era igual a Laudelino.

Sei, pelas datas talvez seja impossível, fiquei confusa depois de tanta pergunta. Acho que a impressão veio arrastada pelo poema, escrito a tinta no fino lençol. Na época tivemos mesmo de sumir com um mimeógrafo, estavam passando pente-fino depois que estouraram o aparelho. Fomos descendo a rua Valparaíso mortas de medo, com ele na cabeça. Aí passou um gari com sua carrocinha, ofereceu pra levar o mimeógrafo até a praça Saenz Peña. Fomos atrás dando risadinhas, quem podia desconfiar de tal esconderijo caído do céu para o asfalto da rua? Depois disso passamos pelas Veraneios com a tranquilidade de pombas, a maior comunhão de interesses e sentimentos, gracejou Laís.

Acho que achei parecido, daí recortei a foto e guardei, o que só deu aborrecimento. Quando procurei anos depois, tinha sumido.

Disse que o calor de março era uma chapa ardente, a saudade da água fria do mar entre as coxas entristecia, o suor escorrendo, o matraquear do trem mastigando alto a poeirada do subúrbio, me levando pra Matadouro. Porque o colégio era junto de um abate de animais. O cheiro de carne crua ficava colado na roupa e no cabelo, tinha que lavar a cabeça todos os dias quando chegava em casa. Sonhava com os bichos pacíficos sendo degolados. E também não podia desviar os olhos dos urubus. Aquele voo bonito, pareciam os mesmos de minha infância, flutuando no vento com as asas paradas. Recortados em pano preto. O lugar também era Matadouro, porque do mesmo modo tinha um abate perto do rio. A molecada andava em cima do dique pra espiar. Eu também, embora fechasse os olhos na hora em que os bois entendiam tudo, iam recuando, recuando. A prefeitura mandou fazer o dique por causa das enchentes. Só que foi construído atrás da vila operária. Quando o rio enchia, invadia as casas, estragava tudo. Era um bairro operário.

O colégio também ficava num bairro operário. Às vezes diziam que os meninos eram maltratados em casa, desconfiavam daquela gente bruta, não sei. Mas os delicados também não adiantam nada, não conhecem a gente. Houve o caso de um jogral que a professora queria ensaiar, mas a culpa não foi da mãe. Porque ninguém sabia ler direito na casa do menino. Um vizinho que chegou bêbado disse à mãe que era um bilhete da professora para dar uma surra no filho. Ela deu. O menino chegou todo rebentado na escola, a senhora, hein?, por que fez isso?, a professora desatinou, chorou muito, assoou o nariz com papel higiênico a tarde toda, não pôde trabalhar. Chamou a mãe. A mãe só disse, a senhora mandou, né?

Mas o certo, disse, era que naquela época o diretor entregou um menor de idade aos Órgãos de Segurança e ele sumiu para sempre. O menino, fico pensando no pai dele que nunca apareceu, talvez fosse órfão, tinha escrito no quadro-negro: morra o embaixador, Brasil para brasileiros. Nunca mais. Pensamos em fazer um abaixo-assinado, afinal era um colégio estadual, mas ninguém topou.

Também era constrangedor que o serviço social arrancasse os dentes deles. Diziam que não havia verbas pro tratamento. Nas aulas aquelas gengivas rosadas ou castanhas, ou cor de fumaça, viravam um alvo fácil. Os que tinham dentes caçoavam dos desdentados. Era muito chato. E os desdentados, quando tinham dentadura, colocavam a dentadura na ponta do lápis, não sei como conseguiam, acho que amarravam, e faziam careta para os que tinham dentes, fingindo que não ligavam.

Mas não era só isso. Havia microfones nas salas levando ao gabinete do diretor. Ele queria saber, era preciso fiscalizar o que era ensinado àquela gentinha. Aqueles meninos só iam crescer pra dar trabalho, inda mais se ficassem espertos. Com muito orgulho dizia em voz alta que tinha recebido ordens expressas das autoridades. Fiscalizar. Quer saber mais? — a espuma do cuspe crescia no canto da boca como uma flor desabrochando — o Brasil está — quem foi que disse isso?, hein? —, o Brasil está a um passo do abismo.

Sei que aquela situação marcava o ritmo do poema, povoava meus sonhos, seguia o trem, o chocalhar das correntes nas curvas, as sandálias rebentadas e blusas sem botão quando eu saltava na gare, os gritos dos meninos vendedores de amendoim. Manda uma franguinha aqui pro meu balaio, imploravam alguns, antecipando a bolina exigida pelo aperto e pelo balanço dos vagões. As folhas soltas dos meus livros voavam contra as paredes da estação enquanto o trem sumia atrás do barranco. "Incha, incha", gritavam os homens em coro se jogando de costas contra as portas, nas paradas do percurso. Não podia ser diferente, porque não entra uma pessoa só, entram cem, gente é feito água.

Ela disse que qualquer um podia notar o cansaço deles. Não tinha nenhuma ambiguidade. Não era, por exemplo, o meu cansaço por mais cansada que eu estivesse. Era um estado de cansaço, uma condição, como ser criança ou estar doente.

Na parada de Bangu, o calor soprava o céu que tremia feito um pano. Ele entrou e ficou encostado na porta rebentada. O vento agitava a camisa azul, ele mesmo azul cor de carvão, retinto, opaco, a luz batia e escorria, brilhava nos olhos. O homem da foto. Mas seria o homem da foto? Qualquer repetição faz cismar. Mas a verdade é que, se eu não tivesse conservado a imagem na memória, não ficaria assim. Não adianta perguntar pelos motivos. Eu sei do que se trata. Mas, se você perguntar do que se trata, não vou saber explicar.

Quando desci em Matadouro ele se aproximou com os sapatos rangendo na areia grossa e contra todas as expectativas me entregou os documentos. Disse que era para eu ver que se tratava de um trabalhador. Fiquei muito comovida, mas seria verdade? Pensava no mimeógrafo dentro da carrocinha, mas aquele homem era outro, não era? Tinha uma pedra pesada no meu peito, talvez fosse uma cilada, eu não podia arriscar. Mas li seu nome, Laudelino Santana. A calma de um nome tão antigo, quem teria escolhido? Li também que era gari, quem sabe um sinal de salvação. Mesmo assim o chão insistia em fugir, o trem a gritar, eu não podia esquecer aqueles gritos, esses permanecem, vão permanecer para sempre, disse Polari. Pra disfarçar devolvi os papéis. Será que somos parentes? Seu sobrenome é igual ao meu, só que escrito diferente.

Laudelino não ligou. "O negócio é o seguinte", disse, "gostei muito de você e acho que fui correspondido." Não sei como arranjei coragem, cada vez mais suada, falei tão baixo, tive que repetir. "É, você é mesmo muito atraente." "Então pronto", ele disse. "Então pronto não, tenho que trabalhar, as crianças estão me esperando."

Marcaram um encontro no bar da Central, que hoje é aquele McDonald's. Laudelino puxou a cadeira para ela sentar e pediu à garçonete: "Leite para a moça. Para mim, uma Brahma bem gelada".

Teve vergonha de demonstrar a humilhação depois de tanta panfletagem defendendo igualdades, olhou com despeito o copo dele, embaçado pela cerveja dourada e branca, as bolinhas subindo soltas, fugindo da gaiola para o céu azul. Olhei tanto, sem parar, e nem assim ele compreendeu. Sosseguei um pouco, podia ser uma homenagem. Ora, por que homenagem? Tomei leite a tarde toda, isso foi bem chato.

Um dia resolvi mudar de assunto e me livrar do grande problema.

— Como é que eu faço para descer do trem às seis horas da tarde na estação da Central?

Foi a vez da surpresa dele.

— Você é professora e não sabe descer do trem?

Expliquei que eu ficava diante da porta, o povaréu entrava e eu voltava o caminho todo.

Como acontece nos romances, a um pedido de ajuda o cavaleiro atende. Gentilmente disse para eu ficar não em frente, mas encostada rente à porta; que deixasse o povo entrar; quando o vagão estivesse cheio, que segurasse no cinto de um homem para ser rebocada para a gare. Eu disse: "Ele vai pensar que quero roubar". "Não", disse Laudelino, "ele só pensa em saltar do trem. Sozinha você não vai ter força. Hoje pode segurar no meu cinto."

Isso resolveu em parte, mas não tudo. O tempo passava, as tardes cresciam e se dobravam, ficavam imprestáveis, não adiantava ele insistir. Por trás da beleza vinha a desconfiança, o pessoal do trem também olhava com desprezo, principalmente algumas mulheres mortas de cansaço, viam os livros que ele passou a carregar, ela não queria de jeito nenhum, os livros não eram pesados, com certeza pensavam que ela não passava de uma branca querendo faturar um negro. E ele? Querendo também faturar uma branca com lucros calculados? Ele disse: "Não, tem muitas outras razões, mas pra você entender só num tremendo particular".

Havia um ar de súplica nos copos brancos e amarelos, lado a lado sobre a mesa, no corpo de veludo ardendo no calor. Seriam assim tão lindas as coisas impossíveis? Mas não queria errar, se prevenia com todas as forças contra o perigo do erro. Então se esquivava e dizia, não te conheço. E se ele respondia, você só me conhece me conhecendo, reparava que a tardinha baixava de asas abertas e começava imediatamente a correr para pegar o trem. Os desdentados esperavam, a flor de cuspe desabrochava, o último apito ainda boiava no ar.

Não tenho certeza do momento, os momentos não são claros, mas disse finalmente que não, era preciso acabar com aquela lenga-lenga, e além disso também disse que não queria leite, que preferia as taças cristalinas de água prata (como se houvesse taças). A essa altura o dia já parecia uma montanha de sucata.

Uma última dúvida antes que o vagão derradeiro desaparecesse atrás do barranco: por que será que gari bebe tanto? Ele disse: "É o desprezo, o cheiro do lixo, ninguém aguenta, lavando não sai, é preciso esquecer".

— É preciso esquecer, repeti tentando decorar o compasso.

Na relação com o mundo, afirmava o poema, as rimas são sempre interiores. Por isso andamos todos perdidos.

Eu acho que ele já morreu.

Zeca e Dedeco

Todos tinham apelido na família. À menina chamavam Zeca porque seu nome era Josete. José era Dedeco. Os dois conversavam sobre bichos, desenhavam com lápis de cor, passeavam na restinga ou pescavam com puçás na beira da lagoa. Às vezes a família via Zeca em pânico no colo de Dedeco altas horas da noite, a cabeça em seu ombro, porque havia sonhado que caía de um avião. Mas depois de tudo o que aconteceu, quando falavam dele, só diziam, "Coitado, por que foi fazer aquilo? Não sabia que não podia?".

Zeca guardou de Dedeco a última imagem: um único instante que brilhava, rodeado de quase nada. Ela desceu com dificuldade o degrau muito alto que levava ao areal, salpicado de moitas e dos espinhos da vegetação rasteira. Ralou o joelho na borda áspera do cimento, quase caiu sentada. E estava sentada brincando de encher e esvaziar de areia uma caixa pequena de papelão quando ele apareceu, de calção de banho e camisa branca. Viu a criança e parou. Depois desceu o degrau com a maior facilidade — a menina reparou —, aproximou-se dela, sorriu. E passou a mão em sua cabeça, dizendo em voz baixa palavras que ela não ouviu bem, talvez porque estivesse muito entretida com o brinquedo, talvez porque ele às vezes falava em italiano e ela era um pouco preguiçosa para ficar prestando atenção. Mesmo assim interrompeu por instantes o jogo de encher e esvaziar a caixa para olhar o vulto caminhando ao longo da cerca de madeira ao lado da casa, na direção da praia, sumindo e aparecendo aos pedaços entre os vãos das tábuas.

Muitos anos depois, sempre que pensava nele revia o corpo quebrado pelos buracos da cerca, sentia o sopro e a agitação do ar, a areia amarela escorregando por seus dedos, a luz do sol ao entardecer. Era como um livro na estante. Dedeco podia ficar muito tempo guardado, esquecido. Mas se por acaso Zeca apanhasse o livro e voltasse as páginas, ele começava outra vez a sorrir, a mexer em seu cabelo, depois continuava a caminhar ao longo da cerca na direção do mar.

Mas naquele dia enquanto o sol se punha, o vento soprou para longe a claridade ardente da tarde, e ela pensou que não faltava muito para os morcegos saírem dos tocos das árvores e das vigas do teto, assustando as crianças. Mas Zeca não tinha medo porque Dedeco tinha explicado que aquela praia era o paraíso, e o paraíso estava sempre cheio de bichos. Bichos que voavam, coelhos e peixes, cobras que cochichavam. Além disso, morcegos não gostavam de comer criança, preferiam as frutas do mato — aqui ele piscava para ela, que espremia o riso — "porque elas são muito, muito mais doces".

De repente as pessoas que naquele dia estavam em volta da mesa jogando buraco, brincando e caçoando umas das outras ficaram mudas. Em seguida começaram a procurar. "Dedeco, Dedeco." É que deram por sua falta. Ele andava diferente e muito triste desde o sumiço de Ice. Depois todos saíram da casa olhando e procurando, e acabaram correndo em direção ao mar. Passaram por Zeca sem reparar, e a criança largou a caixinha e foi atrás do grupo, atravessando com cuidado a ponte de madeira esburacada sobre a lagoa. O mar batia com força, e ao ver as ondas a família gritou angustiada: "Dedeco". O sol já estava escondido atrás do mangue, mas um resto de luz flutuava no ar. Por isso a camisa branca presa nos galhos à beira-mar ondulava com um aceno sobrenatural, e se destacava na paisagem que aos poucos desaparecia.

Isabel foi a primeira a descobrir a camisa e levou as mãos à cabeça. Todos compreenderam e fizeram silêncio, menos a avó, que começou a chorar alto, chamando pelo filho.

Zeca pensou que não era nada, não podia ser nada, ele devia estar lá longe, catando marisco nas pedras ou procurando tatuí nas dunas, gostava muito de tatuí com arroz. Saiu correndo para encontrá-lo, tropeçando nas conchas e nos sargaços. De repente a alcançaram. Foi difícil controlar os braços e pernas que se debatiam e escorregavam.

Dedeco não estava lá. Tudo foi inútil. Mergulhadores e veranistas deram busca dias a fio, ajudados por pescadores. Só mais tarde o corpo apareceu perto do cemitério, onde Zeca gostava de passear com Dedeco por causa da ventania que soprava na ponta da restinga e pelas conchas e estrelas-do-mar enredadas nas touceiras. Era um lugar simples, habitado por lagartixas medrosas que corriam feito doidas quando qualquer um se aproximava, se escondendo nos pequenos montes de areia cobertos de mato, guardados por cruzes pretas, roídas pelo sal e pelo vento.

Zeca foi a única que gostou de Dedeco estar ali no cemitério da restinga. Ele não tinha nenhum medo de bichos. E ela já tinha visto uns ossos brancos da cor do leite, lavados e limpos quando subiam à flor da areia. Ficavam ali, jogados, soltos, descansando. Ele também com certeza ia ficar lavado assim, buscando a luz do dia.

No povoado não existia banheiro, e Dedeco chamava o urinol de "zi'Peppe", explicando que era o mesmo que "tio José". O urinol parecia uma sopeira. A menina ria muito porque achava que Dedeco estava se referindo a si próprio. José.

Durante muito tempo a camisa branca de Dedeco ficou ondeando naquela praia escura, dentro de sua cabeça. Não conseguia dormir, pensando nas pedras amontoadas ao longe, sem ninguém. Aos poucos foi comparando versões e explicações, juntando os pedaços daquela história. Um dia descobriu que podia tirar Dedeco da prateleira como um livro, sempre que desejasse. Virava as páginas e lá estava ele, com sua camisa branca.

No fim do verão acharam um retrato manchado de maresia, com Dedeco ao lado de Ice vestida de preto e meio fora de foco, de braços dados com a linda Marinela, descalça no areal, estirando a perna nua e com um dedo na boca, faceira. Ele parecia feliz entre as duas, usando óculos escuros. A avó apoiou o retrato numa jarra sobre a mesa da sala, acendeu uma vela. E vivia trancando as janelas para o vento forte da praia não apagar a chama nem levar os três para longe outra vez.

Depois daquele dia, quando falavam de Dedeco, diziam: "Coitado, pra que foi nadar com mar tão bravo? Com certeza teve uma crise. Não sabia que não podia?". Dedeco era epiléptico desde pequeno.

Quanto a Zeca, ninguém acreditava que ela se lembrasse de tudo com tantos pormenores. "Você era quase um bebê", diziam, para reforçar o argumento. "Você se lembra é da lembrança dos outros."

Mas ela se lembrava mesmo, com exceção das palavras que ele disse alisando sua cabeça. Por mais que fizesse, elas não vinham, estavam perdidas, fugiram pelo areal.

Muitos anos depois conversava com Isabel sobre aquela história do urinol chamado tio José. "Ele tinha muita imaginação", disse Zeca, "desenhava bichos malucos, coloria coelhos de luvas, falava de cobras que cochichavam coisas lindas. Como era engraçado. Achava cobra o máximo."

"Ah", retrucou Isabel, "mas o nome do urinol não foi invenção dele. Antigamente na Itália os urinóis tinham mesmo nome de gente. Alguns nomes variavam com a região." Parou um momento. E como era uma atriz, imitou de modo perfeito e risonho a entonação e o jeito de falar de Dedeco: "zi'Peppe".

Zeca estremeceu com a ventania que repentinamente soprou, ficou escuro e era de novo na praia ao cair da noite. Um morcego com asas de veludo mergulhou num voo rasante bem junto de seu rosto. A camisa branca brilhava presa nos galhos. Então o vento agitou as páginas do livro aberto. Dedeco sorria, se aproximava vestido com calção de banho e camisa branca. Se aproximava. E ela parou de brincar, esperando. Dedeco se inclinou, alisou sua cabeça e murmurou baixinho, nitidamente: "*Addio, me ne vado, addio*".

Houve um grande silêncio antes de Zeca compreender que todas as peças daquela história estavam finalmente ajustadas. Para disfarçar o brilho dos olhos que ardiam, começou a falar de modo casual sobre coisas corriqueiras, acabando por dizer o que todos sabiam: "Acho que meu nome saiu do nome dele".

E repetiu pelo prazer de dizer, sem nenhum risco, o que todos sabiam: "José, Josete".

Mas não poderia contar a ninguém o que ninguém sabia. A solução era então dizer sem dizer, rodeando pelas bordas o prato de mingau quente, como Dedeco tinha ensinado, se mexendo sem ruído, "*a passi di lupo*", conforme suas palavras.

Então disse sincera, já tranquila, sorrindo para a tia: "O meu pai, Isabel, o meu pai era mesmo um homem com muitos segredos".

O rio

Pensando em Maurílio Sepúlveda

Às vezes era encantador, quando cantava com sua voz pequena e entoada, às vezes irritante, quando vencia com astúcia qualquer discussão.

As histórias eram contadas e recontadas no grupo. Que, ao subir a rampa do Maracanã num domingo de jogo, se negou a apresentar os documentos exigidos pelo guarda, dizendo por cima do ombro, sem diminuir a marcha: "Não vim aqui votar não, só vou assistir ao jogo do Vasco".

Que saltou do carro na Praça XV, entregando ao guarda de trânsito chaves e documentos, à ameaça de ser detido pela irregularidade dos papéis. E disse, já caminhando pela calçada:

— Pode ficar com o carro, maninho, prenda ele, ele é que está irregular, eu não. Estou completamente regular.

Havia um encontro marcado e escurecia quando cheguei. As nuvens ainda retinham a mancha colorida do poente, iluminando as paredes do bar. Entrei e procurei uma mesa ao fundo. Embora atenta à porta, não percebi quando ele entrou. O burburinho de fim de tarde era o de sempre e entorpecia. De repente houve um silêncio, e então percebi o vulto alto, ligeiramente curvado, se aproximando. Pensei então que sua presença era sempre marcada por uma sensação de ausência. Pensei também que ele era leve como papel, não pertencia a nada ou a ninguém. Parecia instável e livre como o vento.

Quando se sentou, depois de um rápido afago, notei a falta de uma falange em um dos dedos da mão pousada na toalha. Perguntei o que tinha acontecido e ele deu de ombros, afastando o cabelo escuro do rosto. Em seguida observou que a perda de uma falange não tinha a menor importância, se comparada com as ocorrências tremendas sofridas pelos animais e pelos homens desde que o mundo era mundo.

Diante do meu silêncio, começou a batucar uma de suas composições, marcando o ritmo numa caixa de fósforos surgida em suas mãos como por encanto.

Compreendi que já tinha levantado voo, afastado de tudo, entre nuvens. Mas pouco depois interrompeu a música com um sorriso trocista, a outra face da moeda da tristeza, afirmando que a perda da falange não tinha sido nada heroica. Ideia de um cão de guarda, disse, aproximando o rosto do meu, com uma expressão falsamente feroz. E rosnou, CRAU!

Não sei se acreditei, mas não pude deixar de rir. Estávamos flutuando outra vez naquela espécie de nuvem de fantasia zombeteira, clima que invariavelmente o rodeava. Por isso qualquer retrato dele era uma linha-d'água desmanchada em contradições. Sempre fez tudo para apagar os rastros. Os sambas nunca foram gravados, os filhos sumiram no mundo, a voz estava para sempre calada.

Parecia um asceta espanhol, pelo nome de família, os ossos finos, o cabelo preto. E porque misturava pureza, melancolia e muita sensualidade. Isso devia explicar seu sucesso com as mulheres. Seu inconformismo era imediatamente visível na fidelidade à boêmia e em sua total infidelidade amorosa. Ao mesmo tempo, tinha aquela famosa capacidade de imobilizar qualquer um, causando a surpresa mais estrambótica. Era a mesma simplicidade de se poder encerrar a qualquer momento qualquer coisa com um tiro.

Naquela noite conversamos muito, mas não foi fácil me lembrar do que falamos. As coisas foram vindo aos poucos. As primeiras palavras eram sempre traídas pela longa espera, uma tensão difícil. Naquele momento a atribuí à presença de dois homens que bebiam em silêncio na mesa ao lado. Seria paranoia ou eles pareciam mesmo espiões?

Mas ele cortou o clima exasperante que eu era perita em criar, e começou a fazer observações sobre nosso gosto por botequim, principalmente ao cair da noite. Afirmou que tínhamos razão, pois era a hora mais misteriosa do dia. O boteco mais sem graça se transformava em um bosque cheio de murmúrios, com borboletas perambulando no ar e ratinhos piscando pelos ramos.

Eu sempre me divertia com esse tipo de comentário e com suas invenções, mas naquela noite eu o ouvia com dificuldade porque um acordeonista tocava alto demais no fundo da sala. Talvez eu estivesse também distraída com o longo percurso feito para atingir o bar, completamente decadente e sem corresponder ao que tinha sido no passado. O mesmo com a cidade, apagada na recordação que eu tinha dela. O rosto diante de mim estava agora coberto por uma máscara trêmula como água, onde flutuavam os tristíssimos relâmpagos brilhando em cada olho, mesmo quando sorria.

Como sempre, e talvez por isso nos encontrássemos de tempos em tempos, tentamos reconstituir um longo poema perdido, escrito a quatro mãos na juventude, que falava de um arco pousado no meio do caminho sob um céu cinzento como pedra.

Horas depois o acordeonista enxugou a testa e as cadeiras já estavam de pernas para o ar sobre as mesas.

Fazia calor, havia gente demais pelas ruas, era noite de lua.

Saímos então em busca da praia. À beira-mar brilhava o vento, e o bater das ondas na areia, a lua cheia entre as estrelas distantes, eram uma outra espécie de silêncio.

Como sempre, começou a recitar os versos, segundo ele completamente realistas. "Como poderei ser triste,/ se a tua sombra resiste/ e tu não resistirias?".

— É mesmo verdade?, perguntei. — Claro, respondeu, é mais ou menos assim: como podemos esquecer o que jamais foi dito?

Todas aquelas palavras me pareceram misteriosas, certamente efeito do álcool, que às vezes me fazia sofrer e latejar como um dente inflamado.

Ele parecia não perceber o que eu sentia e continuou falando muitas coisas, que ou bem perdi ou o vento do mar espalhou.

Pensando mais tarde no encontro, achei que havia muitas coisas obscuras. Não tínhamos também progredido um centímetro naquela teimosa reconstituição do poema extraviado, que funcionava como senha entre nós. Como se não bastasse, nada garantia um futuro encontro, dependente do tempo disponível ou do acaso.

A última vez, ele estava deitado na cama de um quarto de hospital, o cabelo preto cobrindo parte do rosto. Parecia adormecido.

A notícia de seu estado me fez retornar às pressas para o Rio. Fiz perguntas angustiadas aos amigos comuns.

Um especialista exigira uma mudança radical de vida, disseram.

Quanto tempo tenho se não mudar?, ele teria perguntado.

No máximo um ano.

É tempo bastante, foi sua resposta.

Muitos acharam que tanto desdém era sua última irresponsabilidade, mas, em se tratando dele, a reação não poderia ser outra.

Durante os minutos a seu lado no hospital, não abriu os olhos. Também fechei os meus e segurei sobre o lençol sua mão de agonizante.

Saí. Era novembro e fazia muito calor. As lojas já ofereciam sua ornamentação rotineira de Natal.

Nada me consolou. Nem mesmo quando eu lembrava sua despedida bem-humorada naquela madrugada em Copacabana, cantarolando "Adeus, adeus, adeus, cinco letras que choram". Eu ria.

Como você ainda pode se lembrar dessa música tão cafona? Ele comentou que entre o M e o S de suas iniciais havia também a mesma distância, eram cinco letras, a mesma escala. Fez uma reverência cômica à porta do edifício.

— Adeus, maninha.

Pura coincidência? Ou ele já pressentia o tempo esgotado? Como não percebi? Mas quem pode se preparar para o esquecimento?

Dois anos depois, numa viagem à Espanha, abri um mapa para programar os roteiros do dia seguinte. O nome "Sepúlveda" cintilou no papel como se estivesse iluminado. Era uma província de Segóvia, possível origem da família de meu amigo. Fui tomada por uma ansiedade desesperada. Pensei doidamente que o encontro do nome não podia ser um mero acaso. Abandonei todos os compromissos e obedeci ao chamado, parti a seu encontro, corri para lá. Atravessei ruas, rodeei esquinas, entrei e saí de jardins, contornei praças, enquanto latejavam na memória os murmúrios do velho bar decadente, com seus ratinhos piscando nos ramos.

O cair da noite me encontrou sozinha num banco da Plaza de España, no centro de Sepúlveda, olhando desolada as torres da igreja com seus ninhos de cegonhas, as asas flutuando contra o céu que se apagava.

Lembrei então sem esforço a história que ele me contou naquela madrugada à beira-mar, protegendo os olhos da areia levantada pelo vento. Tratava-se do tema de um filme de segunda categoria a que assistira, e girava ao redor de uma cena iluminadora. Uma cena definitiva, insistiu. Era a história de um caçador inca que viu um dia um falcão planando nas montanhas. Foi atrás dele. Os anos passaram, seus filhos cresceram e sua mulher teve permissão para se casar de novo, pois fora dado por morto. Quando reapareceu inesperadamente uma noite, a mulher lhe perguntou:

— Por que só agora você voltou? Agora é tarde demais.

— O falcão não parou de voar —, o inca respondeu.

Me levantei do banco e tomei o caminho de volta. As palavras afinal tinham sido ditas.

Noite alta, antes de adormecer, percebi o ruído de espumas desmanchadas, palavras cobertas de limo, e senti que o rosto dele corria feito um rio por baixo de meu travesseiro. Sobre a água corrente, a sombra de um falcão imóvel, planando no vento.

Encontro

Quando olhou para baixo do alto da colina viu o menino que foi esquecido na gare, com sua pasta azul cheia de papéis e lápis de cor. Não se separava dela jamais. Estava agachado numa clareira sombria e irregular, e desenhava sem olhar para os lados, talvez para controlar o medo. O que fazia naquela paisagem quadrada de cartão-postal? O areal brilhava ao fundo, rodeando a lagoa verde, com sua ponte de madeira — tudo do tamanho de uma maçã. Não sabia o que pensar daquela mudança nos limites e na organização da paisagem. Ouviu dizer que ninguém tinha se incomodado muito com aquele esquecimento, salvo a mãe do menino que inclinou o rosto para esconder as lágrimas, na sombra da aba revirada de seu chapéu de camurça. Mais tarde também choraria à beira-mar, os gritos batendo contra as ondas que dobravam como sinos. Ouviu dizer também que no fundo das águas peixes pacientes roíam os olhos dos suicidas.

No alto a ventania agitava as árvores, na clareira o sol a pino doía na pele. Então fechou os olhos. Mesmo assim via o menino, de repente homem-feito, caminhando no declive forrado de pedras entre duas árvores ao pé da colina. A camisa branca voava no vento sul. Embora fosse grande a distância entre eles, via com nitidez todos os fios do bigode ruivo e o brilho do sorriso, como se tivesse os lábios molhados. Não sabia se era do sol ou do sorriso o calor que se espalhava assim pelo seu corpo, enquanto olhava o rosto querido. Ele não soltava a pasta, agora desbotada pelo sol e pela chuva, de onde saíam papéis, que tentava em vão impedir que voassem para longe. Parecia um equilibrista lutando contra a gravidade enquanto caminhava no fio esticado da paisagem.

Apertando os olhos míopes conseguiu identificar desenhos de rochedos e de morcegos cochilando nas vigas da casa. Talvez a pasta estivesse malfechada ou estufada demais com tantos desenhos, guardados desde o tempo em que ela mesma era uma menina. Ele dobrava o corpo magro se esforçando por catar os papéis que continuavam a escapar. Apesar do empenho e da distância estendeu algumas folhas meio amassadas em sua direção. Ela não conseguiu alcançar nenhuma delas, mas viu de relance seu próprio rosto de criança, redondo como uma laranja, esboçado numa folha que passou arrastada pelo vento. Os dois faziam um grande esforço para se tocar, estendendo as mãos, lutando em silêncio, como acontece nas comédias do cinema mudo. Mas era tudo inútil, pois, além da rede de galhos secos e das pilhas de pedras entre as mãos estendidas, a distância crescia e se fechava ao redor da cena como as muralhas de uma cidadela.

Ela olhava o rosto dele de cima para baixo e de muito longe, como quem admira uma paisagem remota da janela de um avião.

2. Contracanto

À queima-roupa

De costas para a cordilheira e para a mulher de pedra esculpida no ar, abriu a névoa da praça com as duas mãos, viu os seis peixes gravados no ladrilho ao lado da porta. Entrou na casa aspirando aquele cheiro de pedra, umidade e treva. Percorreu aposento por aposento, subiu e desceu degraus, passou as mãos nas paredes geladas. Reconheceu a voz cantarolando "El sitio de mi recreo" em tom casual, não viu ninguém, ouviu Panero recitando *del color de la vejez es el poema, busco aún mis ojos en el armario.* Dizia também que os tigres eram palácios e que nasciam cactos de suas veias.

Abraçou a casa e ela coube inteira em seus braços. A casa vazia, todas as suas paredes, todos os seus degraus, todos os seus quadros, todos os seus livros, todas as colheres que pareciam pétalas de uma flor imaginária. Abraçou com cuidado as taças e as vidraças para que não se partissem, para que não se cortasse. Abraçou o gramado, a tesoura com a voz do pássaro dentro, a voz que rasgava o pano cru do verão. Tentou abraçar o gato, mas ele fugiu.

Uma porta batia sem descanso. Acordou então dentro do sonho, pois sonhava que dormia. A porta que batia levava à varanda envidraçada à beira do jardim. Levantou-se na escuridão para fechá-la, não precisava de luz. Mas quando tropeçou e caiu, despertou daquele outro despertar que era ainda sonho. A porta que batia, batia agora longe, no fundo de um corredor atulhado de livros. Pressionado, o trinco fez um estalido que se confundiu com o tiro à queima-roupa de alguém que exclamara ah! ao ser surpreendido. Tombou em câmara lenta, mas antes de mergulhar de novo numa inconsciência molhada e macia, por segundos voltou a sentir aquele cheiro de treva e umidade, enquanto o intruso meticulosamente virava seu corpo inerte para a janela de onde se via a mulher de pedra deitada nas montanhas, esculpida no ar.

Persistência da memória

Quando o frio se tornou cortante, começou a cavar no muro uma passagem que do jardim levasse ao interior. Aguardava as horas em que a casa estava vazia, observada apenas pelos gatos e pelos trevos. Pronta a tarefa, esperou a noite para rastejar através do túnel. Quando alcançou o outro lado, não fez nenhum movimento para sacudir a terra e a caliça do corpo. Carvões ainda acesos na lareira davam à sala uma fosforescência que se refletia no quadro com seus relógios mortos dobrando-se nas pedras, um deles pendente de um galho seco. Pensava nele enquanto cavava, revendo o mar e os promontórios ao longe, banhados na luz dourada da tela. Era como folhear um álbum antigo, cujas gravuras percorrera com o olhar anos a fio. Mas deu-lhe as costas obedecendo ao ritmo da inspeção. No fundo de uma gaveta apalpou os mesmos velhos trastes que ali estavam desde sempre. E como um salteador apaixonado que só se alimenta de esperanças, parou um instante junto à mesa de vidro coberta de migalhas, julgando ouvir ainda as vozes sob a claraboia alta. Mais um segundo e estava em frente ao quarto. Mesmo de longe prendeu a respiração, pois sabia que qualquer sopro podia desfazer os corpos mantidos inteiros no oco da memória. De onde estava via a moldura da porta no contorno dessa outra tela que oscilava mergulhada na água rasa dos olhos. Nenhuma luz entrava pelas frinchas. Simplesmente via o que tinha visto. Assim era possível traçar uma linha fiel ao redor das formas quase invisíveis sobre a cama. Um braço sobre uma cintura, uma chuva de cabelos pretos rematando o arco do corpo dobrado. Pensou nas infinitas camadas finas compondo a penumbra ao redor de um ombro, uma flor negra sobre o talo partido. Teve de abandonar o posto de observação quando uma claridade rosada momentaneamente identificou volumes, fazendo os corpos brilharem como marcassitas. Retomou então a trilha e rastejou para fora.

Habitar

À medida que a casa se despovoa, ele desdobra os espaços, puxadinho no quintal, varanda nos fundos, garagem duplicada mesmo sem carro. Os dois últimos explodiram com seus ocupantes, um contra um muro, outro contra um ônibus, tendo sido decorridos vinte anos entre uma desgraça e outra.

Ele amplia e ao mesmo tempo despreza a casa, não liga para a conservação. No entanto, afirmou um dia que nunca possuíra uma coisa de que gostasse tanto, para escândalo da mulher, que o reprovou com os olhos.

Agora os maus-tratos, o relaxamento, os pregos enfiados nas paredes rasgam a pintura, deixam ver o reboco. Este é o ponto frágil da fantasia, que funda o absurdo, porque no íntimo ele sabe que a vida não vive. Negando a verdade cristalina, fingindo que não vê, parece que respira por um gargalo.

Ninguém se lembra em que momento o muro altíssimo substituiu o anterior, onde se debruçavam galhos verdes percorridos por gatos.

Nem quando o jardim foi destruído e cimentado, com a explicação de que raízes eram inadmissíveis, pois ameaçavam a integridade de qualquer construção. Além disso a terra sujava os sapatos, era difícil varrer as folhas e flores mortas no chão, já que não era mais possível enfeitar com elas a pessoa ausente.

Ninguém sabe também para onde foi o piano que se ouvia no sobrado vizinho, habitado por uma jovem morena e sua tia idosa.

A voz do sino da igreja, rouca e quebrada, se afogou no ruído do trânsito, que agora faz tilintar os cristais na cristaleira da sala e estremecer as vidraças.

Ele não pensa nisso, mas a multiplicação dos espaços da casa talvez seja uma tentativa de dar forma ao invisível. Passear pelas salas, tocar a cal como se fosse um corpo que deixasse em seus dedos a marca, buscar essa presença improvável contra a vertigem da falta. Por outro lado, esse mesmo impulso, para todos os efeitos incontrolável, imita o movimento do despovoamento. Isto é, essa regulação e esse controle dos espaços não conseguem eludir o paradoxo: quanto mais a casa se desdobra, ela se esvazia, e mais vã é a busca.

Ele caminha cegamente inspirado pelo desejo e contra qualquer ponderação razoável. Talvez nesse movimento pendular se lembre do lugar onde nasceu, a praia brava com suas ondas altas e amarelas, o facho brilhante do farol varrendo o mar e o areal, ressuscitando as formas apagadas pela escuridão.

Mas não pode reexperimentar essa plenitude, os braços estendidos para o faroleiro, seu pai, que se aproximou, atendeu ao pranto do menino.

No novo cenário, formigas e bichos invisíveis soltam guinchos e pios, fazem ninhos pelas frestas e rachaduras, enchem os vãos. Aqui e ali o verniz se quebra, deixando uma cicatriz baça na madeira roída, a baba das goteiras escorre pelas paredes. Ratos chiam no porão.

Não é que as pessoas tenham desaparecido. Elas entram e saem, dormem e acordam, trabalham, comem e bebem. Mas na verdade não pertencem à casa, ninguém pode habitar paredes consumidas ou abrir e fechar portas empenadas, sem ferrolho. As janelas, que se abriam como braços, estão fechadas. Os afrescos da sala de jantar empalidecem, depois escurecem aos poucos, como o céu depois que o sol se esconde, ao cair da noite.

As contas dos lustres de cristal caem e se partem como lágrimas, deixam expostos os fios macios de pó e fuligem.

Nas datas festivas os filhos entram constrangidos, com vergonha de serem os sobreviventes que não escolheram ser. Jogam em volta da mesa o jogo das lembranças. Mas as lembranças não coincidem entre si, geladas em torno da cerveja, da macarronada italiana e dos bifes à milanesa dos domingos.

Pela varanda lateral passa um vulto com uma saia vermelha, a cor preferida, esvoaçante. Durante anos fez um esforço para que a voz soasse de novo, mas o vulto está calado. Se virar a cabeça, ele já desapareceu.

O pai permanece de pé, vestido com a suéter tricotada pela mulher morta. Os cabelos de neve não derretem jamais apesar de todo o calor da planície, junto da foz do Paraíba do Sul.

Caçadas

A Francisco

Os pescadores entram no mar à noite e na maré baixa. Com luz forte vasculham os recifes submersos, pois as lagostas procuram os fundos rochosos ou coralinos, em plena escuridão. Eles se alegram quando divisam as grandes garras dianteiras, a carapaça azul-esverdeada que se torna vermelha brilhante após o cozimento. Com a luz as lagostas ficam paralisadas. São então colhidas com facilidade, fazendo jus à categoria de frutos do mar a que pertencem. Em seguida, conduzidas em gaiolas, são lançadas em tanques.

Outro gênero de caça é utilizado por pescadores pobres, que se arriscam a burlar a lei que regulamenta a pesca no Brasil. Usam redes de náilon 40, com iscas de bichos mortos, que é a dieta das lagostas. Eles se justificam dizendo que o seguro-desemprego não dá pra nada. Se não se arriscassem na ilegalidade, passariam fome. Ou eu ou as lagostas.

O seguinte diálogo se deu entre um fiscal, segurando a ponta da rede que saía de um barco, e um pescador que se aproximou nadando, bastante tenso.

— Que rede é esta?

— É de náilon 40, sim senhor.

— E serve pra quê?

— Pra pescar lagosta, sim senhor.

— Não devia estar aqui.

— É, não devia. Ninguém nem sabe de quem é este barco. De quem será?

— Não mude de assunto. Está proibida a pesca.

— É, eu sei, sim senhor.

Nos tanques, abandonada à própria sorte e também atormentada pela fome, a lagosta vai pouco a pouco se devorando pelas entranhas. Por isso os compradores conferem o peso, sejam eles encarregados de restaurantes ou donas de casa. Se a lagosta está mais leve do que deveria, levando-se em conta o tamanho do animal, é que ficou tempo demais no tanque, o que altera definitivamente o gosto da carne. É de causar lástima tanta indiferença ou ignorância dos intermediários desse negócio, pois qualquer degustador experiente — não são muitos, dado o preço da iguaria — perceberá a variação do paladar, descrita como laivos adstringentes deslizando ao longo das papilas delicadíssimas da língua.

Para evitar tão grande prejuízo material — e também moral, como não?, pois assim se arruínam as reputações —, alguns preferem saltar o capítulo dos tanques e matar as lagostas com água fervente, o que causa o mesmo efeito de punhaladas, provocando no bicho um sofrimento indizível.

Outra solução é comer a lagosta viva, apenas ligeiramente grelhada para que a vida não escape. Nessa etapa todo cuidado é pouco, para que o limite sutil entre vida e morte não seja ultrapassado. Em seguida a parte inferior do corpo do animal é torcida, para que a carne fique à vista sem a proteção da carapaça, à disposição do freguês. A parte de cima do corpo permanecendo em seu lugar natural transforma o crustáceo num animal inventado, jamais visto na natureza.

Alguns comensais à hora do repasto ainda apertam com força uma das antenas cilíndricas e longas que se estendem além da borda do prato, para se certificar de que seu pitéu está mesmo vivo, o que faz o animal emitir um estranho guincho, talvez o que possamos considerar o gemido de uma lagosta.

De qualquer maneira, por enquanto o problema parece resolvido, e os lucros, controlados. Cautelosamente não podemos jurar que nos livramos definitivamente dele, pois nada assegura que o insuportável laivo adstringente — dessa vez causado por morte atroz — não retorne às papilas cada vez mais treinadas dos degustadores profissionais.

Por outro lado, o que não deixa de ser uma vitória e uma esperança de resolução definitiva, nunca foram ouvidas reclamações quanto à variação do gosto na devoração do animal vivo. Pesquisas exaustivas o comprovam, o que nos faz concluir que tal variação não existe. A notícia é alvissareira e nos leva a crer que num futuro próximo essa seja a maneira ideal de regular o ritual e a etiqueta rigorosa dos especialistas da alta gastronomia, únicos a alcançarem essas "lindas delícias", afirmou o guia gastronômico, "coloridas e delicadas".

Canto noturno de peixes

O dorso da pescadora se arqueia, a saia ondula silenciosa ao redor dos quadris quando se agacha, não faz o menor ruído enquanto arruma os apetrechos. Pérolas enfiadas num fio ainda recordam conchas, ondulam a qualquer movimento, servem com certeza de isca. A tensão da pescadora se revela no controle dos movimentos.

Mas é domingo, tudo parece tranquilo. O sol escorre transparente. Inclina o corpo na ponta da pedra roída pelas passadas. Em seguida apoia as costas malcobertas contra a porta de aço. Não olha, ou finge que não olha, talvez porque podem confundir com algum convite.

Os homens emergem de repente, poucos param, se debruçam pra ver melhor, perguntam o preço, deslizam para longe. A mulher ondeia o corpo na água transparente do sol, a cabeleira bate cadenciada, controlando o movimento do rabo. Mas eles escolhem muito, com minúcia, querem desconto, ela não faz o menor movimento e nada diz. Só não vai. Outros se aproximam mansamente como se fossem bichos domésticos. Talvez não mordam apesar das presas. São atraídos pelo brilho do cetim colorido e pelas escamas e cartilagens, a gelatina dos olhos encaixados no rosto. Mas qualquer movimento em falso pode frustrar a aproximação casual, qualquer gesto brusco pode levantar suspeitas. Permanece imóvel na ponta da pedra, depois decide esconder os pés na espuma prateada da saia, que se enrola num marulhar de escamas.

À primeira vista inocente, o gesto foi seu erro fatal naquela manhã de domingo. Confundida com uma sereia esquecida de cantar, portanto à mercê, foi devorada por um tubarão faminto num piscar de olhos e com uma só cutilada, no quartinho sem janela, de onde não se vê o mar.

3. Planos paralelos

Lugar-comum

O olhar do supervisor soprava a onda do cabelo solto sobre a testa para ver melhor. Mas não via. Não podia prestar atenção ao serviço, o olho azul do supervisor faiscava na vidraça. Logo no dia seguinte, chamada ao escritório. Ninharias. Todos os dias um assunto, isso e aquilo. Risadinhas das colegas. Pior se morria o assunto. No final do corredor ele zumbiu como um besouro caído em seu decote, fazendo cócegas. Só pôde obedecer.

Foi e entrou depressa no fusca azul-celeste, da cor dos olhos.

O restaurante longe, em rua sem calçamento, de onde se via o lago. Uma fonte falsa cercada de verde e as mesas com toalhas quadriculadas.

— Gosta de vinho?

Ela disse, "hum, hum".

Mastigaram o frango, beberam o vinho, aí ela disse que estava acabando sua hora de almoço, tinha que voltar.

Ele, chateado, mas cheio de importância:

— Esquece a hora, sou supervisor, eu é que decido.

Outra garrafa brilhando, os olhos brilhando, os bigodes zumbindo como a voz, salpicados de espuma.

— Eu é que decido e você fica aqui comigo. Tá?

Algumas gotas vermelhas na toalha. Olhando firme para se distrair daquele brilho.

Então ele disse:

— Você tem uma boca linda.

— Acha?

— Acho.

— O peito também, um peito lindo.

Dali se via o lago, com reflexos verdes.

O bico furava o pano da blusa, que nem rubi de anel de pedra dentro da luva, disse Mário, sempre exagerado. Mas era mesmo.

Arrastou a cadeira pro seu lado, meio rouco, vamos? Apertava seu braço, a mão roçava a pedra do anel dentro da blusa.

Ela disse que não podia, sabia que era casado e ela nunca tinha estado com homem.

— Como disse?

— Juro, nunca.

— Nunca?

— Nunca.

— Mas não sente falta?

— Como posso sentir falta do que nunca tive?

Pálido, mastigando o bigode úmido, incrível, em que fria me meti. Só pode ser mentira. Então nada feito, não quero encrenca, já tenho problemas demais.

Agora ia enrolando às pressas, no guardanapo, a paisagem ensopada de vinho, entornando o laguinho. Que pena!

Levantou-se.

Pronto, acabou-se.

Mas era mentira. Durante um mês inteiro esperando pelos cantos, segurando o braço e a mão roçando por distração a pedra e a penugem.

— Vamos.

— Não vou.

— Não faço nada, só quero ver se é mesmo verdade, só ver.

Beijos pelos cantos.

Um dia: é a última vez, palavra de honra, nunca mais.

— Afinal nunca me disse: não é feliz no casamento?

Impaciente: — Casamento é casamento, que história é essa de felicidade, casamento acaba com o sonho de um homem, não dá pra explicar a uma virgem, é melhor esquecer.

Mas não esquecia. Toda noite sonhava com a colina e o pequeno lago, os bigodes zumbindo como o mesmo besouro de papel, em voo rasante no calor do peito.

Nem todos os gatos

A Carol

Para se consolar, o repórter jovem e desempregado estava lendo o blog de sua amiga preferida quando *Céu de estrelas — uma janela aberta para o amor* o convidou para redigir um texto sobre o crime que sacudia a cidade. Segundo a revista, as outras reportagens da mídia não convenciam. Muito moralistas e sem imaginação. A ordem era principalmente não falsear o espírito da publicação, isto é, o amor.

Que droga, ele ficou chateado, salada de amor com assassinato ao molho de lágrimas de jacaré. Mas o cachê era expressivo. Se eu não fizer, outros farão. É melhor que seja eu.

Começou por se referir às paredes secas da assassina. Sem convicção. Por que paredes? Vão cortar.

Em seguida ouviu a mulher dizer, sem contrair um músculo da face. Matei por amor.

Tudo bem. O povo certamente aos berros. Lincha! Lincha!

As lágrimas das velas esmaltavam o capim roído do terreno baldio. E vela chora?

Um popular afirmou nunca ter visto tamanho aparato policial. Viva ou morta!

De olho no ar. Deise e as condições inumanas da periferia. Deise e o crime como única saída. Afinal já disseram que o primeiro ato de liberdade do escravo é o crime. Mas... muito radical. Melhor mudar.

A garotinha tinha sido encontrada num terreno baldio, cabeça raspada, escoriações várias, vestido chamuscado.

Lincha! Lincha!

Os carros da TV chegaram antes da polícia.

Os flashes empalideciam as lágrimas da mãe, ombros rodeados por todos os lados pelo marido. Droga, por todos os lados. E ela é uma ilha? E ilha tem marido?

Um monstro matou o meu anjo.

O pai, isto é, o amante da assassina, diante dos microfones. Quero ser enterrado com minha filhinha. Sou o único culpado. O único.

O que é isso? Calma, calma.

Alguns vizinhos forcejando para entrar no campo de visão da tevê. Coragem, homem é homem.

A esposa de olhos revirados. Eu te perdoo. Nosso sofrimento é muito grande.

Onde Deise morava? E onde poderia morar? Depois resolvo isso.

De olho no ar. A meia-água devia ter trepadeiras na varanda, perto do ponto final da viação Praça Mauá-Santa Cruz. Ou Aeroporto-Jaçanã. Na varanda estaria Deise, portando olhos secos, pernas finas, talvez grossas, saia cobrindo os joelhos.

Matei por amor.

Lincha! Lincha!

O pai da assassina cambaleou na porta da cozinha. Ela não é um monstro, é minha filha.

Assassina que se preza tem olhinho mau, faca nos dentes, chicote no rabo. Granadas na barra da saia, por que não?

Agora faz falta um comandante contendo o povo.

Justiça é justiça. A justiça tarda, mas não falha. Deise terá seu julgamento.

Viu na internet, deslizando no clipe, a assassina no terreno baldio, apontando um ponto qualquer do capinzal.

Foi aqui. Eu estava conversando com ela. Ela estava de costas, folheando a revistinha que eu dei pra ela. Eu estava tão emocionada que cortei um cacho de seu cabelo. Aí ela se virou. Por que cortou o meu cabelo? Para ter uma lembrança sua. Por quê? Porque gosto de você.

Deise tirou do bolso da saia, ou da blusa, o cachinho amarrado com retrós vermelho. Provavelmente. Entregou o troféu ao policial mais próximo. O homem teve medo de segurar e o cachinho caiu. Como uma granada. Que explodiu, claro.

Ela não é do bem, ok?

Há dois anos conheci Anselmo, que me deu uma carona de jipe. Fiquei louca por ele, que também dizia estar louco por mim. Só depois é que soube que tinha mulher e filha. Eu matei, mas não sou culpada. Culpados são Anselmo, que me enganou, e meu pai, que não soube me criar.

Surge do nada um Defensor Público, esgotado.

Vou pedir exame de sanidade mental para minha constituinte.

E a cidade? Ora, trancando suas criancinhas, as mulheres olhando os maridos com ar vingativo. Eles saíam cabisbaixos. Muito natural.

O repórter continuava chateado com aquela matéria, apesar do cachê. Para acabar logo, imaginou a última cena longe das delegacias e dos corredores mal-lavados da Justiça.

Do alto do cadafalso, cabelos ao vento, Deise atirou para o ar, como um buquê de noiva, epa!, uma última frase misteriosa. A nudez, como a morte, é democrática.

Que diabo, de onde fui tirar isso?

A frase circulou dentro da lágrima e, enfim, rolou pela face solitária. Como o motociclista no globo da morte.

Olho no teto. Riscou a imagem. De mau gosto. Expressiva, mas de mau gosto. A frase fica, é de efeito.

A nudez, como a morte, é democrática.

Para sua surpresa a linda frase e a cena final foram cortadas e copidescadas pela equipe de *Céu de estrelas — uma janela aberta para o amor*, que manteve, não obstante, o cadafalso e os cabelos ao vento. O repórter concluiu que eles não ligavam para anacronismos. Também achou que não tinham a menor noção de retórica.

Completamente esgotado, mergulhou de novo no blog de sua amiga Carol para desestressar. E leu.

Namoro é bom. É pé, é mão, é joelho, ficar pelado junto, é boca, é ombro, é mão.

De olho no ar. Isso é que é.

O mundo era redondo, segundo as últimas notícias. Histórias também tinham de descer redondas.

Leu mais:
no escuro
nem todos os gatos
são paulo.

Apagou todas as luzes.
Abriu a janela e ficou pensando nela.

A dialética dos vampiros

Uma mulher e seu filho assistem a um programa de televisão depois do jantar.

Na tela o cenário é cheio de sombras, cortado pelas flechas prateadas e azuis dos relâmpagos, pois chove a cântaros. De um tubo invisível escorre a voz frágil de Dido, sem saber se se levanta ou não da cama.

... *My tea's gone cold, I'm wondering*...

A voz é intermitente, faz-se ouvir e se apaga ao ritmo dos relâmpagos.

Os personagens do seriado são um vampiro chamado Billy-Boy e Lili, uma caça-vampiros. Mas não parecem nem uma coisa nem outra. Billy-Boy é lindo e moreno, Lili é magrela e está vestida a rigor. Pisca devagar um par de olhos derretidos.

— Acho que o vampiro acabou de tomar um copo cheio de sangue fresco, só pode, diz a mulher se mexendo no sofá. Ele está tão bem-disposto! E que nome para um vampiro. Deve ser um roqueiro disfarçado. Ela também...

— Para, mãe, assim não posso me concentrar.

A mulher continua, sem considerar a interrupção.

— Ela também não se parece nada com uma policial. Está visivelmente subnutrida. Se mexe como um passarinho mergulhado num tanque. Tem ar de histérica. As magrelas sempre têm o ar de histéricas.

Ele não perde a deixa.

— Isso porque você está gorda.

Ela finge que não ouve.

— E de onde saiu esse vestido preto cheio de lantejoulas? Pela cara, podia ser confundida com a fada Sininho, só falta o saiote prateado.

O garoto está cada vez mais impaciente.

— Quem é essa tal de Sininho?

Mas não espera a resposta.

— Ela não é uma policial, é uma caça-vampiros.

— Qual é a diferença?

O menino se cala, dá de ombros.

Entre trovões e miados de Dido, a história afirma que Billy-Boy e Lili estão apaixonados. Amor impossível, claro, trata-se de um quiasma moral e funcional. Diálogo tenso. Billy-Boy não para de repetir, precisamos encontrar uma solução, precisamos encontrar uma solução.

Lili não se convence. Billy-Boy implora um beijo, Lili diz que não. Era melhor acabar com aquele sofrimento para sempre. Gotas de suor aparecem na testa de Billy-Boy.

Para sempre é muito tempo.

A mulher no sofá faz um esforço para entender.

— Será que Lili tem medo dos caninos afiados de Billy-Boy? Se ele é mesmo um vampiro deve ter esses tais dentões. Será que eles estão escondidos?

— Eles?

— Os dentões.

— O quê? Claro que não. Dente de vampiro não cresce a toda hora. O que é que você entende desses assuntos? Você não sabe nada de vampiros.

Saraivada de luzes. Som de trovão e chuvarada. A voz de Dido soa desesperada.

Não vejo nada, não vejo nada, the morning rain clouds up my window...

O garoto continua.

— Além do mais você é muito crítica. Isto não é para pensar, é só para ver e esquecer.

Ela faz um gesto de surpresa.

— Não sou assim tão crítica. Só quero entender. Wittgenstein dizia que é preciso entender ou morrer.

— Está vendo como você é?

— Como é que posso esquecer o que não entendo? O que não entendo não esqueço jamais.

Ele sorri pela primeira vez.

— Então é melhor você não entender nada de nada sobre todos os assuntos. Vai virar uma baita intelectual.

A mulher finge que não ouve.

— Vou buscar bolo na cozinha.

Quando volta, Billy-Boy e Lili estão se beijando. A mulher dá um pedaço de bolo ao filho enquanto comenta.

— Eu teria aflição, mesmo que o dente não estivesse na hora de crescer. Eu só ficaria pensando nisso. Pode enguiçar qualquer coisa e o dente crescer fora de hora.

O garoto perde a paciência.

— Assim ninguém pode ver televisão. Não posso me concentrar. Por que você teve a ideia de vir para cá para não ver o seriado? Ouviu bem? *Não ver*. O que você quer dizer com "enguiçar qualquer coisa"? Um vampiro não é um chuveiro elétrico, também não é um motor ou uma torneira quebrada. Um vampiro é simplesmente um vampiro, um cara muito disciplinado e previsível segundo todas as regras. Só tem de caçar pra viver, aliás como todo mundo. Isso não é nada original. Todo o mundo sabe disso. Quanto mais uma caça-vampiros.

Tempestade de luzes intermitentes, relâmpagos. Os rostos aparecem e desaparecem.

A mulher percebe de repente a melancolia de Billy-Boy, misturada à voz que dizia ter perdido o ônibus e que seria um inferno aquele dia.

... and there'll be hell today...

Uma sombra cobre seu rosto. Ela está pensativa. Sim, Billy-Boy era um melancólico, aquelas pessoas perdidas nos labirintos e que só se deslocam em círculos, pensando que caminham em linha reta. Ou, quem sabe?, aqueles que esperam eternamente diante de portas fechadas e que sentem o vento. Sentir o vento era sintoma definitivo de depressão. E talvez Lili nem existisse, talvez ela não passasse de uma mera projeção de sua neura.

A mulher hesita.

— E se fosse o contrário? Que complicação. Então a caça-vampiros é que era o próprio vampiro. Conclusão: os dois jamais poderiam estar empiricamente juntos. Se soubessem disso, só poderiam perguntar, como posso ir para a cama comigo mesmo?

Agora Billy-Boy e Lili estão um diante do outro, devorando-se com os olhos. Ela diz, vou ter de me esquecer de você. Vou passar a minha vida me esquecendo de você.

— Muito baixo-astral — a mulher comenta, mastigando bolo de chocolate —, acho que o melhor é eles tomarem o primeiro avião para a Suíça. Quem não sabe que a indústria do turismo suicida está a pleno vapor? Milhões, trilhões de dólares. O charme de Romeu e Julieta já era. Não foi à toa que eles escolheram esse miado da Dido como baixo contínuo.

— Para, mãe.

De repente ela se lembra de que eles são eternos, então aquele dramalhão não vai ter fim.

— Eles são eternos?

— Claro.

A caça-vampiros repete com a voz estrangulada:

— Vou passar a minha vida me esquecendo de você.

— Esquecer é impossível.

— Talvez, mas isso não muda nada.

O rosto dele se contorce, os olhos escuros se enchem de lágrimas.

— Você me ama, sei que você me ama.

Lili junta as mãos como se rezasse.

— Amo. — E depois de uma pausa: — Amo, mas isso não tem a menor importância.

Billy-Boy empalidece de susto.

— Mas assim você não vai ser feliz.

A mulher se lembra vagamente de uns versos antigos, mas naquele preciso momento Lili perde o controle, sua expressão se torna feroz.

— Não sou feliz, mas isso não me faz a menor falta.

E a plenos pulmões, sapateando no tapete.

— Não faz, não faz a menor falta. *Hell today, hell today!*

Billy-Boy gagueja, está perdido na tempestade que esqueceram de desligar — terá enguiçado a sonoplastia? —, ele olha para fora da cena, parece pedir socorro.

— Isso não está no script!

Ouve-se um burburinho, gritos de "corta! corta!". Os comerciais enchem a tela.

— Viu?, diz o garoto para a mãe, não se pode ver televisão com você. Você sempre acaba estragando tudo.

No fundo do rubi

Saiu para comprar cigarros assobiando o "Samba de uma nota só" que tinha acabado de ouvir na cama, ao lado da musa. Que samba! E que musa! Sobrancelhas de veludo, conforme dizia o sorveteiro da praia, oferecendo seu produto às ninfas de bruços nas areias de Copacabana, traseiros ao sol.

— Vai querer, sobrancelhas de veludo?

Elas queriam.

Nisso viu a mendiga, no ângulo da esquina. Parecia um cavalo sujo em pleno temporal, panos encharcados, a crina preta e branca saindo de um cartucho de jornal. Leu frases despedaçadas, *custos para explorar óleo e...* torceu o pescoço, driblando a baba de uma goteira, *... desde 1973 com a mor...* Um rasgão no papel. Cheio de curiosidade, mas sentindo uma dor no peito. *Com a mor...*

Será morte? Será amor? E ele acreditava no amor! Embora sempre dissesse enfaticamente que não valia a pena ter nascido. Apesar disso não deixava de alimentar todo santo dia, na boca, as plantinhas mudas sobre o parapeito.

De repente a mendiga acordou sobressaltada, uma rã toda opaca no canto do portal, pernas em cruz, bugalhos enormes.

Sentiu... mas o que sentiu? Claro, sentiu a famosa vertigem da bondade. Na cauda do temporal procurou a metáfora, mas que nada. Alhos e bugalhos.

A mendiga resmungou uma ou duas vezes.

— Calma — sorriu angélico, sentindo-se bom. Mais do que bom, sentindo-se ótimo.

— Não tenha medo, só quero ajudar. Como é mesmo o seu nome?

— Mas que pergunta!, só me faltava essa. Que falta de noção!

A mulher se desinteressou, virou para o canto, cartucho sobre a nuca: *não queremos preços instáveis.*

O nariz devia estar a milímetros do rastro das ratazanas e assim não era justo. Absolutamente.

Coração aos pulos buscou na memória os queridos e esfiapados poemas.

Sei o que é a rua, diz a casa, o que é não ter onde ficar de noite. E o resto? Esqueci.

Pés na poça, entre duas fungadas e a basta cabeleira.

Povo, mártir eterno, tu és do cativeiro o Prometeu moderno.

A pontuação não estava realmente muito boa, que chato.

Cutucou a mendiga com o dedo. E de repente exclamou, obedecendo a um impulso incontrolável.

— Hoje você vai dormir no quente.

Um trovão e um relâmpago. Assustadíssimo com a própria coragem. Mas não podia mais recuar.

— Hoje você vai dormir no quente.

Som de silêncio e chuva caindo.

Vestido com a gabardine ensopada, pés na poça, subitamente perplexo e doce:

— Não quer?

O grande cavalo, incomodado, voltou à posição primeira. Os classificados sobre o ventre, *sobreviveu apenas uma menina e...*

Debruçado, pescoço torcido, e o quê? No melhor pedaço o rasgão no papel outra vez. Ou-tra-vez. Que chuva. E que menina era aquela?

No fundo do portal, alhos e bugalhos.

— Dormir no quente —, sussurrou com teimosia.

Na paisagem decorada de relâmpagos saiu arrastando a mendiga pelo braço. Era uma baita mulher, mais alta do que ele. Apesar disso, apavorada. Saltitam por sobre os destroços do Catete. Os sapatos molhados chiam como camundongos.

Diante da escada do hotel barato, hesitou: subir à frente conforme a etiqueta?

Mas ela se agarrava às goteiras, fios de água brilhavam na cara e no pescoço. Com decisão empurrou a mulher escada acima, antes que ela derretesse.

O homem gorducho atrás do balcão tinha um anel com um falso rubi no mindinho. Depois das explicações ele não fez por menos.

— Mas de jeito nenhum!

— E por quê? O cavalheiro pode me dar uma boa razão? Eu pago, já disse que estou pagando. Eu pago, pombas. (perdão) Pom-bas.

O homem do anel, repentinamente conciliador.

— Mas, meu amigo, isto aqui não é albergue de mendigo, tenho ordens expressas.

— Já disse que pago tudo. E à vista. Será o benedito?

O coração parece que vai explodir. Tum-tum-tum.

O gordo esqueceu a diplomacia, perdeu as estribeiras.

— E os fregueses? E o patrão? E a moral, hein? Diga lá, e a moral? Pra não falar em chatos e percevejos.

— A moral? Está me gozando? Que moral? Chato é você. Que moral?

O gorducho mudou outra vez de estratégia. Agora levantava os olhos para o teto, ar de súplica.

— Isto aqui é para casais. E lá vem você com uma dona emporcalhada dessas.

— Banho não tomo —, gritou a mendiga. Parecia ter perdido o sono incontinente.

— Não tomo de jeito nenhum.

Mas ela fala, que gracinha, ironizou o pançudo com seu falso rubi.

E no auge da impaciência.

— Mas só comigo é que acontece uma dessas. Sabe o que mais? Pra tudo tem um jeito. Tu vai dormir com ela? (Cara de nojo bem amarela.) Vai dormir com ela, mesmo assim completamente chapada?

— Como assim, chapada? Quem foi que disse? Hein?

— Se vai dormir com ela, gosto não se discute. Nosso hotel continua sendo *O ninho do Catete* e estamos conversados. Nada a ver com casa de caridade. Este é que é o problema.

Com o susto ele nem reparou que tinha soltado a mendiga, que arrepanhou sua crina preta e branca e escorregou escada abaixo. O filantropo continuou a conversa com o coração batendo asas na garganta.

— Mas não é nada disso, homem, vou repetir pela milésima vez, só quero pagar pra ela dormir uma noite no quente.

Debruçado no balcão. Agora com um sorriso inteligentíssimo pingando sobre a pança. O argumento brilhou mais do que os relâmpagos lá fora.

— Olha aqui, meu amigo, preste bem atenção. Tu vai pagar pra ela dormir toda noite, mas toda santa noite? No quente?

— Como?

Tinha sido apunhalado na carótida.

Silêncio horrorizado.

— Então não dá, meu filho, não adianta nada. O que é que adianta você pagar pra ela dormir só uma noite? Só uma noitezinha? No quente?

Haveria alegria delirante no fundo do rubi?

— Vai ver é capaz de causar um trauma, é capaz da mulher pirar. E *O ninho do Catete* não vai segurar esse rabo, podes crer.

É a sua vez de desabar escada abaixo.

Sem bondade e sem mendiga, franze os olhos com ar de quem procura agulha no palheiro. Mas onde está ela? O rastro preto e branco se perdia na goela da cidade grande. Quer ver está entre duas pedras do metrô como uma lagartixa sem rabo, a crina brotando da cabeça. Procura-se uma mendiga ensopada. Viva ou morta (meu deus!), trajando roupa de temporal, colar de chuvarada.

Então se lembra que não tinha comprado cigarros.

Pensa agora na musa de sobrancelhas de veludo, macia como uma almofada, que devia estar chateada com tanta demora. Esfrega as mãos geladas para disfarçar o alívio. Mas que alívio delicioso. Sente saudades, muitas saudades do calor, isto é, daquela energia em trânsito de um corpo para outro quando entre eles há diferença de temperatura. A musa sempre dizia, transportada.

— Como é quentinho, mas como é quentinho.

Num último gesto antes de abandonar o palco, resolve escrever ali mesmo, sobre a água, meia dúzia de poemas, se desculpando com fulanos, beltranos e sicranos pelas palavras violentas. Sinceras, claro, mas não passavam de licença poética.

Apesar disso, ao nascer do sol não restava a mais leve rima nas pedras da calçada. A chuva tinha lavado tudo.

Fulana

Quando conheci Fulana, ela era mulher de um amigo meu e tinha como característica especial roer as unhas dos pés e das mãos, desconjuntando os membros no ar, como um estranho balé. Também estalava todas as juntas uma depois da outra, com um rumor de chuva caindo ou de grãos sendo debulhados. Tais cenas eram perturbadoras, demonstravam imensa ansiedade e se propagavam por meus nervos como ondas incandescentes.

Além dessas ações inesperadas, Fulana também transava compulsivamente com todos os homens, principalmente quando meu amigo saía em viagem. Dizia que tinha medo de dormir sozinha e além disso achava os homens comoventes, sem se importar com idade, cor ou profissão. Segundo suas palavras, era o sexo forte, por isso mesmo irresistível.

Mas ela é que era. Principalmente quando tirava os óculos e a terra surgia diferente, preta e úmida, os bichinhos latejando debaixo da pedra. Eu mesmo comprovei o acontecido, que me provocou um êxtase jamais superado.

Fulana gaguejava um pouco ao ritmo do estalar das juntas.

Gostava de folhear um livro de receitas com grande atenção, para fazer quitutes e comidinhas, e talvez por isso morasse em frente ao supermercado do bairro.

Influenciada por uma amiga espírita, descobriu-se médium, pois uma vida só era pouco, e tomou conhecimento de todas as suas vidas passadas. Após os estágios de peixe, pássaro ou caracol, difíceis de lembrar felizmente, imagine quanta aflição!, tinha sido pescadora numa praia do Mediterrâneo, depois cigana e traficante no morro da Babilônia, onde assistiu à morte de todos os seus filhos, metralhados pela polícia. Por fim, numa reviravolta só possível aos trancos do imaginário, onde as metamorfoses constituem a lei, tornou-se amante de Giuseppe De Nittis, que encontrara por acaso em Veneza, enquanto admirava os pombos da praça de São Marcos e os mosaicos dourados da Basílica. Sem despregar os olhos dos olhos dela, que pareciam poços azuis como o céu aquático da cidade, o pintor insistiu para que posasse para ele.

Quem não sabe que sou eu aquela jovem nua de meias vermelhas, escorregando por lençóis prateados? É verdade que estou de costas, mas basta conferir o marrom-dourado do cabelo e o meu jeito de apoiar o rosto na palma da mão.

Essa reencarnação foi maravilhosa e um prêmio pelos suplícios sofridos durante a Revolução Francesa. Tinha sido degolada só porque pertencia à nobreza. E isso era motivo para tanto sofrimento?

Como prova baixava num movimento irresistível a alça do sutiã, exibindo um filete claro e sinuoso, quase invisível, que se erguia contornando o pescoço de ave. Os míopes ou incrédulos, na impossibilidade de ver com clareza, acompanhavam com o dedo o traçado caprichoso sobre a carne, enquanto ela se contorcia de cócegas, implorando, mas quem não via que era mentira?, implorando que parassem, pelo amor de Deus.

Certa noite reconheceu numa boate um jovem companheiro de infortúnio revolucionário, pela maneira — ineludível! — com que ele segurava um copo de vinho. Forçando a memória lembrou-se da vida passada nos aposentos do palácio adaptados em celas, enquanto eles, pobres réus tão educados, aguardavam o destino jogando xadrez, evocando lembranças e fazendo projetos para o futuro. Quanta inocência, meu Deus!

Ela e o jovem acabaram viajando juntos na mesma carroça, rodeados por um grupo seleto de nobres, rumo à guilhotina.

Reconhecida também pelo moço, que ouviu deliciado a história, foram muito felizes durante alguns dias e noites de um verão abrasador.

Fulana gostava também de contar sonhos, enquanto roía uma unha e outra, no balé de mãos e pés, soltos no ar. Que entrava no mar e a água não molhava, só deixava conchas, madrepérolas e estrelas secas no fundo dos bolsos. Que chegava correndo na gare, mas que o último trem tinha acabado de partir. E que precisava telefonar urgentemente, sem o que aconteceria uma desgraça, mas o celular não funcionava e todas as fichas telefônicas se transformavam em docinhos.

Por fim, como prova duma sensibilidade completa, o que me enlevava e surpreendia, não era indiferente às interpretações literárias. Afirmava, por exemplo, que a linha tão fina de La Fontaine, "a tristeza voa nas asas do tempo", aparentemente simples, queria dizer não o que dizia, mas o seu oposto: que a tristeza não pode simplesmente desaparecer, porque no mundo o tempo não tem asas, nem a tristeza voa.

4. "Garoa, sai dos meus olhos"

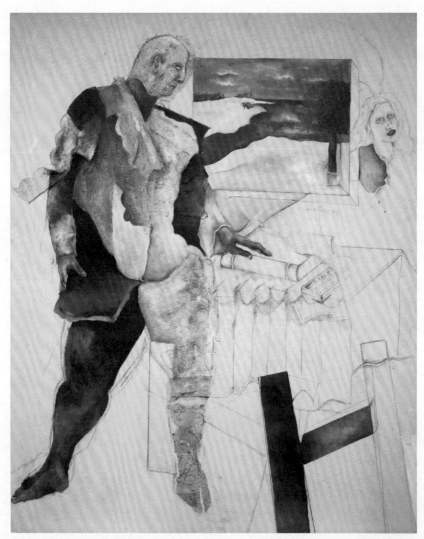

Sérgio Sister

A letra Z

A Julieta
A Pedro

Desconheço se a resposta de seu filho mais novo chegou a tempo. A questão era específica, mas talvez o silêncio fosse causado pela estranheza da dúvida e da situação que a atormentava. Não é raro os mais moços desconfiarem da capacidade de raciocínio dos idosos, e ele deve ter levado em conta a idade da mãe. Se realmente respondeu, serviu de consolo a Zeta, ou demonstração de afeto. Quanto à questão, ela já a havia resolvido e da forma mais extraordinária, segundo penso. Atravessara a rua naquele dia com o passo vacilante motivado pela doença. No consultório me dirigiu um discurso entrecortado, mas candente, afirmando que encontrara a solução, a única possível. Era preciso libertar-se da piedade. Isso era tudo. No primeiro momento eu não soube o que responder e comecei a conjecturar se a carta esperada chegara ou não. Porém meses depois Zeta já não estava em condições de ler coisa alguma, pois agonizava. Um quadro de sofrimento prolongado costuma manter qualquer pessoa à distância. Doenças incuráveis e o cheiro de velhos corpos em decomposição não animam ninguém. No caso de Zeta restou-lhe a presença de um especialista higienicamente entrincheirado em sua máscara de pano. A desolação de tudo aquilo me fez lembrar por contraste a vivacidade das ponderações de Zeta tramadas durante meses a fio, o cuidado com que desembaraçava a própria memória, a responsabilidade de colocar cada coisa em seu lugar no tempo adequado. Considerei que diante de tanto empenho os problemas da sociologia médica eram mais fáceis de resolver. Ninguém suspeita de que ainda haja segredos a respeito do funcionamento do coração, dos pulmões ou da bexiga metidos dentro de um corpo. Outra coisa é a relação que mantemos com esses saberes. Na ocasião e por razões óbvias pensei que a questão dos odores não deixava de ter interesse. Está provado que a sensibilidade do homem moderno aos cheiros fortes foi pouco a pouco sendo aguçada pela indústria dos perfumes e dos cosméticos em contínuo aceleramento, gerando lucros que atingem as estrelas. Odores vivos de suor ou sangue dificilmente serão hoje sentidos como excitantes, conforme experimentou Graciliano Ramos em seus tempos de infância, pois aromas doces e fantasias higiênicas criaram a repugnância e volatilizaram o corpo. É fácil concluir que nada disso tem ajudado os amantes e muito menos os moribundos. O exemplo de Freud é dos mais significativos. Durante a longa batalha que travou com o câncer de laringe que o acometeu, o mau cheiro que exalava afastou dele todas as pessoas, com exceção de Anna. Até mesmo o cão fiel recusou qualquer aproximação com o dono. São casos talvez extremos, mas podemos afiançar que na ordem dos afetos todos os casos são extremos. Além disso impossíveis de precisar. Sentimentos são apenas supostos, não podem ser pesados com exatidão, às vezes obedecem à moda e vêm embaraçados em fórmulas convencionais que só fazem gerar desconfiança e desconforto. Nos últimos meses Zeta me confessou que além das inconveniências da idade seu corpo se comportava de maneira imprevisível, com uma lógica além de qualquer compreensão. Como se objetivamente e de forma independente o corpo trouxesse à baila situações antigas, apagando por instantes qualquer referência próxima. O mais difícil era saltar do sonho. Despertava e ficava colada nele como se uma goma a cobrisse, e se debatia enquanto tentava resolver problemas vagos ou angustiantes criados pela escuridão da noite. Ao amanhecer, quando abria os olhos, ficava longos minutos sem se orientar, desconhecendo o quarto onde dormia desde a mocidade. Mas o mais interessante era a memória física: muitas vezes levantava-se com cuidado para não despertar o homem ali ao seu lado na cama, ou o bebê adormecido no berço. Explicou que era uma sensação concreta, não tinha nada de sentimental. E não doía. Isto é, talvez não doesse. Também não era alucinação. A sensação estava ali, tatuada no avesso da pele. Tatuada no sexo, pensei. A presença daqueles corpos um dia ao alcance de sua mão emergia agora dos lençóis silenciosamente, como as lágrimas dos olhos. Transformados em uma espécie de mucosa materna, atingiam seus sentidos com um calor úmido, e com o cheiro inconfundível dos líquidos do corpo. Era a sensação mais forte de todas e a mais persistente. Foi nessa ocasião que começou a relembrar também a presença dos filhos moços, morando naquela mesma casa. Acompanhei meses e meses o relato daquele périplo. Uma cena específica insistia: quando eles chegavam de madrugada ouviam música, fazendo comentários em voz baixa. Não distinguia suas palavras, mas a música se desenrolava como uma fita — branca, costumava pensar — flutuando na penumbra. Na ocasião sentia uma espécie de êxtase. Hoje a mesma cena surgia, a música e o sussurro das vozes. Mas todos já estavam longe. E aqueles discos, grandes, negros, pesados, atravancando o armário, o que fazer com eles? Andou em círculos pela casa, pelo quintal e pela imaginação. As sugestões se resumiam a duas: vender a um colecionador, mas onde encontrar essa gente naquele buraco de província?, ou jogar tudo fora. Por que o drama, para que tanta sentimentalidade?, chegou a observar uma amiga, diante do fervor das palavras. Zeta argumentava que os discos eram mais vivos que os gatos, e igualmente cheios de segredos. Foi nessa época que escreveu ao filho mais novo, seu preferido, pedindo uma sugestão. Tinha medo de tomar uma resolução errada e pôr tudo a perder. Não escondi a surpresa diante daquela gravidade a respeito de objetos obsoletos, e ela me olhou com expressão dura. Pouco depois observei que Zeta passara a ficar muitas horas no quintal ao lado da casa, rodeando a mangueira. E olhava para os lados como se não quisesse ser vista. Era tamanha a agitação que nos encontros puxava conversa fora de propósito e cheguei a temer por sua sanidade. Mas uma bela manhã ela apareceu embrulhada num xale amarelo e sentou-se diante de mim. Antes que eu perguntasse alguma coisa, disse que já encontrara a solução. Era tão simples, e tão óbvia, não sabia como não atinara logo com ela. Não podia simplesmente jogar fora os discos, ou vendê-los a qualquer pessoa. Vender aliás era a pior solução. Antes quebrar um a um com uma pedra. As coisas que se quebram têm essa vantagem. O fato é que foram vivos e estavam mortos. Todavia o problema era só dela. Os mortos não têm problemas, disse. Tivera sim muito medo de agir, assim coisa de criança, uma espécie de temor de voar ou a vertigem dos espaços abertos. É que não se conformava, devia ser isso. A solução foi se libertar da piedade. Olhou séria e firme para mim. Enterrei os discos, disse calmamente, estavam mortos, precisavam ser enterrados.

Paixão de Lia

Lia foi internada aos noventa anos no Miguel Couto num sábado de calor intenso. Vomitava e sentia dores no ventre.

Quem se debruçasse na janela do apartamento de Isabel naquele dia, e torcesse a cabeça para a esquerda, veria o asfalto ondulando à beira-mar, pela irradiação ardente da luz.

Lia não possuía plano de saúde. A família começou a se organizar contrafeita, pois ninguém tinha dinheiro sobrando. Juntos se esforçaram para encontrar um hospital a preços módicos. Chamaram a afilhada de Lia, que era bem relacionada e estava num Congresso da Faculdade de Urbanismo. Ela afirmou sentir muitíssimo, mas ia apresentar um trabalho inédito, não tinha cabeça para mais nada. Lembraram de avisar o filho único da doente, que apareceu depois do almoço.

Ele foi logo dizendo, nada de hospital particular, vocês estão doidos? Ainda não acertei na Loteria Esportiva. Ia levá-la, isso sim, ao pronto-socorro do Miguel Couto.

Todos ficaram horrorizados, tentaram dissuadi-lo, em vão. A partir dessa data a família passou a se referir a ele como o Canalha.

O Canalha saiu em disparada levando a mãe em seu carro de taxista, berrando pra ela parar de gemer, pois assim não podia se concentrar. Além disso não era responsável pelos solavancos do automóvel. A culpa não era mesmo dele nem do carro, e sim do estado precário do asfalto. Por que a surpresa? Nesta cidade só votam em bandido.

Também começou a reclamar dos vômitos que emporcalhavam o estofamento do carro, lavado naquela manhã.

No dia seguinte Lia estava morta.

A família só tomou conhecimento do fato dois dias depois, porque o Canalha deixara no pronto-socorro apenas seu número de telefone. Como trabalhava à noite e dormia de dia, não pôde ser encontrado.

Visitas também não eram permitidas. No dia seguinte ao da internação uma sobrinha se vestiu de branco, misturou-se às enfermeiras e descobriu Lia num quarto comprido lotado de doentes. Por instantes seus olhos baços se iluminaram ao vê-la, mas a dor a torturava, não tinha sossego e gemia muito. A sobrinha soube que os médicos a abriram do peito ao púbis, constatando que ela tinha pedras na vesícula. Tiraram as pedras e costuraram o talho. O problema eram os noventa anos. Se aguentar quarenta e oito horas estará salva, disse um assistente. Minha tia está sentindo muitas dores, observou a moça desesperada, os olhos úmidos. Normal, respondeu o assistente.

Mas Lia só pôde aguentar vinte e quatro horas. Se fosse mais moça aguentaria quarenta e oito, repetiram, e teria escapado. Nós avisamos.

A família a descobriu na geladeira do hospital, embrulhada num lençol encardido. O enterro foi providenciado às pressas. Temiam pelo cheiro após o descongelamento naquele calor.

Quando tudo acabou, a família se reuniu de novo em casa de Isabel, com exceção do Canalha, que se dizia exausto com tanta chateação. Além do mais não era vagabundo, precisava trabalhar. Tinha também de dar um trato no carro, que estava com um cheiro horrível de vomitado. Nenhum passageiro merece.

Isabel fez um café e começaram a falar de Lia. Concluíram que era uma pena, mas nunca tinham pensado tanto nela assim, enquanto estava viva. Recordavam agora que Lia era um pouco estranha, desde mocinha. Ninguém conseguia se aproximar muito, estava sempre meio ausente ou distraída, como se vivesse a bordo do bonde sacolejante de Matadouro. De lá acenava, e ninguém sabia se estava triste ou alegre. Visíveis eram os cabelos pretos bem curtos ao redor do rosto magro, os olhos pretos e as pestanas lisas e caídas como chuva.

Alguém foi de opinião que ela tinha criado o filho muito mal. Outro ponderou que talvez ele não fosse bom da cabeça. Não é normal uma pessoa herdar de antemão três apartamentos e expulsar a própria mãe de todos eles. Verdade que eram apartamentos pequenos e em locais desvalorizados, mas foram comprados com grande sacrifício, ela de mãos vermelhas de trabalhar, esfregando roupa no tanque. Em paga de tanta canseira não tinha para onde ir, perambulava e fazia rodízio para dormir em casa de parentes. Uma vez se confessou amargurada e envergonhada com aquela situação. O pior é que não podia se aproximar da neta, uma menina maravilhosa e inteligentíssima, ganhando medalhas na natação e estudando para ser médica.

Maravilhosa nada, disse outro, uma perfeita canalhinha como o pai. Parecia ter vergonha da avó.

Apesar de tudo isso, Lia juntava os tostões do benefício do INSS deixado pelo marido para dar a eles, que aceitavam com a maior naturalidade. Mãe é mãe, disse Isabel. A prova é que depois daquele sumiço em priscas eras, Lia só tinha voltado para casa quando pariu o Canalha. Aí entendeu o sofrimento e o amor de mãe.

Todos concordaram que aquela história de sair de casa e fugir para o Rio de Janeiro com uma amiga também não era normal. Pra que ter amiga de fora, sem eira nem beira, com uma família tão grande? Os irmãos começaram a implicar, a mãe estranhava, mas a amizade continuava. A verdade era que a tal amiga a tratava como uma empregada. Me dá isso, faça aquilo. E precisava fugir?

A sobrinha disse que se lembrava daquele dia, embora fosse muito pequena. Não era uma lembrança contínua, eram cenas que se iluminavam e se apagavam, naquela casa comprida que ela achava sem fim, balançando feito o bonde. De que é que você se lembra?, perguntaram. Lembro que era bem cedo e Lia varria a sala de jantar. De repente houve uma discussão com o tio Rubinho. Ou foi outro?, não sei bem. Ele tinha saído do quarto com a porta de vidro, que dava para a sala. Começou a gritar com Lia, por causa da amiga. Eu olhava tudo de baixo para cima e as pessoas eram enormes, o que eu enxergava melhor eram os joelhos e o chão com o lixo.

Viu a vassoura caída, depois empurrões e bofetadas. Se escondeu atrás do sofá, com muito medo. Quando o tio saiu, Lia estava encostada na parede, o rosto escondido nas mãos, soluçando. Quando tirou as mãos, o rosto estava inchado e vermelho. Depois ela desapareceu, tudo desapareceu, não se lembrava mais de nada.

Lia voltou doze anos depois, disse Isabel, com um marido advogado, seco e com rosto fino, muito pálido, e um filho de seis anos. Os homens da família eram todos bonitos e fortes, custaram a aceitar o advogado, que usava brilhantina no cabelo e anel no dedo como uma moça. Era anel de grau, disse um. Sim, disse outro, mas qual a diferença? Pura frescura. O certo é que o filho era o Canalha. As crianças da família também estranharam aquele primo caído das nuvens. Era gordíssimo, disse alguém, pois Lia vivia enfiando comida naquele garoto goela abaixo. Aliás é gordo até hoje, corrigiram. Mas tudo terminou bem, a família acabou dissipando as mágoas, fez festas, veraneavam juntos na praia, furando as ondas de Gargaú, nadando na lagoa.

Lia era angustiada, observou uma jovem com ar sonhador. Dormia demais, talvez uma fuga, quase não comia, vai ver já sentia cólicas da vesícula. Em resumo, Lia, a mulher em trânsito, disse um rapaz. Bom nome para um filme.

A mais velha das irmãs, até então calada, disse: para mim o pai foi o responsável. Há coisas que ninguém apaga. Um dia, quando éramos crianças, ele enfiou a cabeça de Lia num urinol cheio de mijo para castigá-la, não me lembro mais de quê. Quando ele saiu, ela ficou ainda um tempo sentada no chão, o mijo escorrendo, branca como papel. Cuspia e não parava de repetir, quero que ele morra, quero que ele morra. Carreguei isso a vida toda, não foi fácil.

A sobrinha se debruçou na janela porque achava que não estava conseguindo respirar. Viu um gato branco na varanda alta do apartamento em frente. Lembrou-se de um pedaço de poema que falava do desejo seco como um cavalo-marinho, a cabeça roída pela maresia. Pensou que Lia já estava fechada em sua cova havia três horas, com seus bichos e sua escuridão.

Que idade teria a Terra na poesia?

Sister 1982

A Antonio Candido

O médico arrancou a máscara branca no corredor do hospital e lhe perguntou se aguentava ouvir a verdade. Ela respondeu, agora você tem que me dizer. Decidiu guardar segredo até o dia seguinte enquanto caminhava pela rua escura, ladeada de árvores batidas pelo vento de agosto. Mais tarde foram a uma exposição onde havia dois quadros, um homem e uma mulher, cada um em sua tela e com uma indicação, *Fausto* e *Margarida*. Ela gritou ao pintor que ele não tinha o direito de separar os amantes. Insistiu loucamente que não, que não tinha. Ele inclinou a cabeça e pediu-lhe que voltasse no dia seguinte, no momento era impossível. Ela foi arrastando o filho pequeno, impressionada com os passos que ecoavam na galeria deserta. A criança ergueu o rosto sério e segredou para a mãe, como ele desenha mal. Na conversa ela disse que as figuras eram inesperadas e pareciam prestes a não sei o quê. O pintor confessou que durante a tortura política tinha compreendido a fragilidade do corpo. Foi então que começou a pintar.

O quadro foi adquirido um ano depois da morte dele. Está assinado "Sister 1982". No tempo parado que se segue às desgraças pensou que o gesto podia ser interpretado como fantasia de substituição pela identidade dos nomes, ou desafio lançado à morte. Mas não era, embora não soubesse o que fosse aquele ardor. O artista escolheu na sala o melhor lugar para pendurar sua obra, segundo a inclinação da luz. Depois ela preferiu a parede em frente à porta, um pouco escura, mas a primeira coisa à vista ao entrar em casa. Deu uma festinha para celebrar a aquisição do quadro. Ria com exagero entorpecida pelo álcool, pensando em Johannes Dahlmann depois que aquele pássaro ou morcego roçou a sua testa, e se maravilhava de que não soubessem que estava no inferno.

A tela é organizada numa diagonal poderosa na qual tudo parece fluir do personagem à esquerda, impassível, em posição frontal, mas submetido a uma torção violenta da cabeça. Suas roupas são antiquadas, do perfil sobressaem o nariz ligeiramente adunco e o olho vazado pregado numa face áspera, talvez ferida. Custou a entender que ele se volta com tanta intensidade para ver, não o que olha, pois é cego, mas o que imagina: uma paisagem emoldurada emergindo por trás de seu ombro esquerdo e o separando de uma mulher, da qual só aparecem o rosto e parte do busto. O rosto é de pano branco, flutua prestes a desaparecer, apenas delineado a lápis ou carvão, a boca rubra parece uma chaga e a cabeleira está presa do lado direito pela moldura da paisagem, como por uma porta que batesse de repente antes do tempo. A única cor é o vermelho, verniz de sangue na boca, o que desvia a atenção do observador que mal percebe os olhos tristíssimos. Talvez ela chore. Pensou, ele parece ter vindo de uma guerra, a cabeça raspada como a de um prisioneiro, o olho vazado e a perna inchada enrolada em gesso. Depois reparou, não é gesso, e sim rendas encharcadas de tinta branca. Outros pedaços de renda se incrustam no corpo e na roupa, um deles parece voar, soprado por um vento improvável. Certa vez encontrou desenhos de Delacroix ilustrando uma tradução francesa do livro, e se interessou por um deles representando o Fausto — com a mesma torção violenta da cabeça — galopando com Mefistófeles na noite do Sabbat. Achou paradoxal que a teatralidade do gesto a incomodasse, esfriando o sentimento e exigindo a interpretação, no momento em que estava às voltas com uma pergunta irrespondível.

Logo percebeu que ele não estava no quadro, ele não está no quadro que inverte o argumento do livro, funcionando como seu espelho. Pois o personagem aqui não abandona a câmara "de alta abóbada", nem os instrumentos do saber, para entregar-se à comunhão com a natureza por meio de uma levitação imaginária. Sua mão descansa no livro ao lado do que parece uma calculadora, a manga de sua túnica se esgarça num fio que circunda o espaço como uma teia, e ele está no interior do aposento que ocupa toda a extensão da tela. Parece haver na composição a intenção do artista de ser honesto, oferecendo seu trabalho francamente ao observador. Isso se baseia no desejo de continuidade entre o exterior e o interior da tela, o que é reafirmado pelo corte inesperado de objetos em primeiro plano. Assim o que vemos se aproxima de nós. O dentro e o fora trocam de lugar, se invertem e se misturam, o que é constante, por exemplo, em Degas. Essas sensações são reforçadas pela luz invariável — o tempo está parado —, pois a tela é iluminada de maneira homogênea e a claridade exigida para a observação do quadro já está dentro dele. O que se entende tradicionalmente por quadro, recortado e emoldurado, é um mero acessório da tela: representação da natureza, quadro dentro do quadro pregado no pano do suporte, e que parece uma ilha imaginária rodeada pela realidade pintada por todos os lados. É também o único trecho realmente colorido, com o céu azul cortado de nuvens se refletindo no rio entre margens brancas, antes de alcançar a foz. Observa a árvore solitária à direita, cujo verde da copa escorre para o chão, deixando nele uma mancha.

Ela é esverdeada, terminando num tom desmaiado de vermelho pálido, o mesmo que se vê na blusa da mulher e que se afirma violeta profundo em parte da roupa do homem — tom insistente até hoje em alguns trabalhos do pintor. O espaldar em primeiro plano de uma cadeira que mergulha e desaparece no canto direito, confundindo-se quase com o caixilho da tela, retoma essas cores e promove o equilíbrio das formas, separadas, mas solidárias. Assim o que configuraria "uma poesia de abertura e expansão", segundo o acerto do crítico* ao examinar a cena decisiva do *Fausto* de Goethe, em Sister talvez se imobilize na frase famosa: "nunca sabemos o que precisamos e não precisamos do que sabemos". Essa ausência de horizontes é o que abala impressões de continuidades ou certezas, determinando talvez o sentido profundo

---

* Cf. Antonio Candido, O *albatroz e o chinês* (Rio de Janeiro: Ouro sobre Azul, 2004). (N.A.)

da composição contraditória: desenho e óleo, cor e pano branco, tempo passado e presente, mas estranhamente parado, como se o pintor detivesse o giro da terra com a força de sua mão. Alguns visitantes indagam sobre o suposto inacabamento do quadro, destacando em muitos trechos o que acham ser o rascunho visível sob a forma definitiva. Mas às crianças isso não interessa, e é comum perguntarem curiosas, às vezes um pouco aflitas, por que ele está machucado?

Hoje o que me surpreende no quadro é o silêncio e a distância. Pode-se retrucar que todos os quadros mostram o que não está. Além disso as vozes soam — quando soam — apenas dentro de nossa cabeça. É verdade, mas a diferença é que este é o seu tema. Um quadro sobre o silêncio e a distância. Nunca mais ouviremos ou tocaremos o que um dia esteve a nosso alcance — bastava estender a mão. Tentando responder à pergunta insensata, às vezes penso que nada, nem portas nem vidraças, me separa desse espaço — o que é lógico; outras vezes acho que é um muro que posso tentar atingir com punhos fechados — o que também é lógico —, pois a visão não cede, não cederá jamais. Esta segunda hipótese se justifica, porque ele realmente não está nesse espaço. Não está em lugar algum. Mesmo assim me lembro sempre de Natasha, inclinada sobre o corpo de Andrei Bolkonsky, que acabara de expirar, se perguntando em voz alta, onde ele está agora?

O vivo o morto: anotações de uma etnógrafa

... construir-se é já abolir-se,
e desaparecer será já realizar-se.
José Antonio Pasta

(Tira um caderninho da bolsa e anota, mais perturbada que indecisa)

O vivo gosta do morto? É difícil decidir, mas o certo é que o morto não gosta, simplesmente porque está morto e já não gosta mais de ninguém.

Talvez o vivo também não, talvez viva enganado, já que a vida é mesmo ilusão, está provado. Porque se os coveiros abrissem ao mesmo tempo todos os túmulos de um cemitério, obedecendo a uma súbita inspiração — supondo que para escândalo geral coveiros também tenham inspirações e não apenas necessidades —, os enlutados mais desesperados estancariam as lágrimas, pois verificariam que todos os seus mortos queridos não são diferentes de qualquer outro, por quem nada sentem. Cada um com seus duzentos e seis ossos.

(acho que duzentos e seis)

Apenas ossos, todos iguais.

(salvo um ou outro detalhe insignificante)

Sem aqueles tecidos maravilhosos, macios. Sem as medulas coloridas. Sem os véus e as cordas das válvulas do coração, que, segundo todos os especialistas, parecem paraquedas. Talvez para nos salvar do tombo da morte. O que não fazem.

(a etnógrafa suspira)

Quem não sabe que no mundo é que está a salvação? Se não fosse verdade, o Santo não pregaria com tanta alegria, não aos espíritos invisíveis, mas aos pássaros e a outros bichos sem asas, isto é, nós.

Democraticamente. No fim a carne se evapora, nossas próprias roupas duram mais, embora em frangalhos. Viram uma pasta, uma lama. Panos rasgados, cabelos e unhas duráveis, embora já inúteis. Por que então não se dissipam? Inúteis principalmente a seus donos, que ficam ali, caídos na cama ou no chão, esquecidos de tudo, esquecidos das mais ardentes promessas, indiferentes a lágrimas e a lembranças. Em seguida são enterrados como um segredo, que, uma vez revelado, não é segredo algum.

Mais do que isso,

(anota)

e isso já foi observado, todos morrem como animais, mesmo os feridos de maneiras diferentes. Por exemplo, alguns morrem rapidamente, de doença ou de ferimentos minúsculos, como os coelhos, que sucumbem ao menor golpe, até quando atingidos pelo vento sul ou pelo chumbinho de uma espingarda de criança. Outros morrem como os gatos, que suportam tormentos indizíveis, capazes de desafiar a imaginação — ora o aço de um punhal escarafunchando o cérebro, ora obrigados a se arrastar sobre carvões acesos com uma bala na cabeça. Resistem. Não dizem nada, como alguns revolucionários. Só a degola dá cabo deles. Talvez por isso costumamos atribuir aos gatos as famosas nove vidas, pois à primeira vista não morrem nunca.

(a etnógrafa, pensativa)

No caso pessoal e dando um balanço na vida, sem dúvida gosto mais do morto, mas penso mais no vivo, já que o morto continua fora da vista, como se tivesse se dissolvido, e o vivo solto no pasto relinchando, a cabeleira-crina ondulada espanando o horizonte. Irresistível. E o morto não pode deixar de permanecer ali deitado desde o primeiro instante, quieto, até se desmanchar e ficar invisível, não somente no dia da morte, mas também amanhã. Pois estará irredutivelmente morto amanhã e depois de amanhã e para todo o sempre.

(lambe com a ponta da língua uma lágrima salgada, deliciosa infelizmente, que escorregava para sua boca)

A aproximação dele é quase tão difícil quanto atravessar apavorada o corredor dos pesadelos infantis, quando a mão das bonecas ganha vida independente dos corpos e aperta até hoje minha mão gelada. Aí é que está a dificuldade.

(ela anota)

Quero dizer, essa oscilação. Nele, o que é claro, evidente, é o caráter de aparição/desaparição, que precisa ainda da terra para germinar. Sem isso, como entender essa grande defesa e exigência dos túmulos, mesmo que os esqueçamos e os deixemos para lá. O que não é raro, pois estamos todos ocupadíssimos, sem tempo para nada.

(pensar mais nisso)

Mas o fato é que esses pobres restos repentinamente se reorganizam no espaço, arrastando toda pessoa viva. Por exemplo, aquela mulher, que ali vai naquela aleia do campo santo, levando nos braços e a passos ritmados a caixa fornecida pela polícia para o transporte dos ossos do amado. Vai enterrá-los outra vez após a exumação. A dimensão pragmática do meio-dia e do calor escaldante, o novo túmulo já aberto à espera, com baratas gordas fugindo espavoridas, ao lado da fivela numa maçaroca de cabelos da avó, ali enterrada antes, nada disso anula o lirismo da cena. É a mesma seriedade, são os mesmos passos ritmados no dia em que ela entrou, com seu vestido rodado, no frescor do templo iluminado a velas, pelo braço do pai (hoje também ossos) ao encontro do noivo (outro, mas não tem importância) à sua espera no altar.

A seta está cravada no vazio

(a etnógrafa conclui)

neste ponto preciso se esboça o gesto, abrindo espaço à poesia.

Trouxa frouxa
(2000)

Este livro é dedicado a todos os seus personagens

Prata deve permanecer prata e negro, negro.
Tinta deve ser tinta e pano, pano.
Vivos devem ficar vivos e os mortos, mortos.

Nuno Ramos

Furo na mácula

Linha circular alongando-se em espinhos ao redor da esfera fuliginosa. Borrão de tinta no caderno escolar da infância. Abre os olhos e antes de mais nada vê o furo contra a luz da manhã. As imagens ganham planos justapostos que ora cavam perspectivas excessivas, ora achatam numa mesma superfície os vãos profundos que sustêm os corpos no ar. Particularidades se dissolvem num véu levíssimo de tecido claro. Com o tempo surgem manchas nítidas ou vagas, de qualquer modo intrigantes: confetes e cobras, bacilos a carvão, fitas rendadas um dia nas mãos de Olga, a chapeleira, um colar de contas opacas e fio terso. Boiam movediças nas fibras translúcidas que pulsam como pulmões. Subitamente um leve piscar as extingue, mergulham no ralo. Eis que retornam trêmulas, aderem aos objetos e caem como partículas em sedimentação. As linhas então se adoçam, desaparece qualquer imperfeição nas folhas vivas das calçadas, as cores se alastram musculosas, os rostos ressurgem inocentes na refração da lágrima. O que não se vê conduz à sensação correta do que existe.

Boquinha

Na minha família dizia-se querer boquinha embora nem todos quisessem de modo igual. As mulheres por exemplo não podiam se pronunciar abertamente sobre o assunto; só entre cochichos e risadinhas nas ocasiões festivas depois de vários tragos de vinho ordinário quando ninguém prestava muita atenção a coisa alguma. Mesmo assim a referência era torta. Ele só quer boquinha, diziam falsamente indignadas e ainda mais belas, os olhos faiscando nos dentes enfumarados de vinho. Os homens não as desmentiam, queriam mesmo e queriam ruidosamente o tempo todo. Até os padres queriam boquinha. O monsenhor Moura, por exemplo, que rezava missa na catedral. Apesar da importância do cargo tinha uma filharada no outro lado do rio. Também, todo bonitão. As carolas suspiravam cobertas com véus pretos. Mas não era o único. Certo padreco mandara prender com falso testemunho o marido de sua bela para ficar mais à vontade nadando todo espanéfico — dizia Nelinha — na água ardente do pecado mortal. Havia pouquíssimas exceções. O padre Severino era uma delas, santo que morreu queimado de tanto fumar. A brasa caiu no lençol, transformando a batina esfiapada em tocha viva, ele em carvão. Seria possível um santo morrer nas chamas do inferno? Preto assim? A família cismava às margens do Paraíba do Sul naquele dia turvo e encrespado que obrigava as pranchas a enrolarem as velas pandas. As crianças cochichavam, quem agora vai tomar conta dos meninos pobrinhos que ele catava na rua para encher o asilo? Quem? Um ponto era entretanto perturbador: por que será que ele fumava tanto? Mas que coisa. De repente a resposta brilhou em todos os olhos: obviamente ele também queria boquinha. Queria, mas tinha de desviar o pensamento. Fumando sem parar. Ora, desviar o pensamento era outro ponto de honra que fazia par com firmar o pensamento, ambos subordinados à oração principal regida pelo verbo querer. Por exemplo, Rubinho chegando de porre naquela madrugada de verão sem conseguir enfiar a chave na fechadura. Acabou dando um berro que venceu a ventania e pôs todo o mundo de cabelo em pé. Afirmou com voz pastosa que inutilmente firmava o pensamento, porque ele ia e ia e entortava. Eu firmava, ele entortava. Ele desviava, corrigiu tio Landinho, paciente com o sobrinho que começava a criar asa de boa plumagem ao sopro do inexcedível esporte de querer boquinha. Dindinha era outra exceção, desta vez radical. Dindinha, cuja distração única além de cuidar das crianças de todo o mundo era ir e voltar das missas, calcando o pó das ruas de Matadouro com os sapatos cambaios. Se angustiada, lastimava o noivo que casara com outra quando fora rever parentes na Calábria. Escrevera que fora o destino, queria ficar cego em porta de igreja, não pudera fazer nada. Trancou o enxoval a sete chaves no baú de folha de flandres. Muitos anos depois abriram, os ratos tinham roído tudo. Minha mãe dizia que ela nem sempre fora Dindinha. Tinha sido a bela Luzia de olhos melados e cintura fina. Difícil de acreditar. Não quis arranjar outro noivo, Dindinha? Batia no peito fazendo chacoalhar rosários e medalhas. Graças a Deus tenho as calcinhas limpas. Limpas. Os homens davam gargalhadas, principalmente quando emborcavam muitos copos daquele vinho que trazia à mesa do jantar o fantasma de seu Vicenzo, trabalhando feito mouro para fazer dinheiro, esbanjado depois pelos filhos que só queriam ficar craques no tal esporte de querer boquinha. Riam e afirmavam que era mesmo certo algumas não quererem, devia ser de vergonha, porque Deus sabia o que fazia e fizera as mulheres sujas. Sangravam e tinham cheiro de bacalhau. As donzelas e as meias donzelas, as santinhas e aquelas do pau oco, as putas e as tiçunas. No fundo farinha do mesmo saco. Para não falar nas brejeiras que trabalhavam enfiadas nos brejos. Aquele cheiro ficava grudado na pele somado ao outro. Iguais. Entre as pernas o famigerado cristal, que não podia jamais ser arranhado, o menor tracinho estragava. Era a honra. Homem, não, bastava tomar um banho. Pronto.

A cena era assim. Depois do espetáculo o rio corria as cortinas de água, as pranchas fechavam as asas, os homens saíam correndo para pegar o bonde, as crianças — mesmo aquelas que hoje em dia já estão mortas e enterradas — cochilavam descansando a cabeça no bracinho dobrado. Eram então carregadas pelas belas mulheres e deitadas nas camas sob as janelas. Gemendo com o vento sul.

Dudu

Cinco horas da manhã, a praça deserta, eu estava abrindo a banca quando vi que ele se aproximava meio bambo. Vinha da farra. Chegou e disse que queria mijar. Perguntou se eu sabia onde. Dei uma olhada na praça e apontei o Caldo Andrade. Era o único aberto. Pois ele desabotoou a braguilha, tirou o troço, mijou ali mesmo, ao lado da banca. Fiquei puto, mas não adiantava dizer nada. Ele foi se afastando pros lados da beira-rio, a sombra atrás, tão bamba quanto o dono. Peguei um balde, enchi no chafariz da praça e comecei a esfregar o chão, lavando o mijo. Quando o sol esquentasse ninguém ia aguentar a catinga e ninguém ia comprar jornal na minha banca. Pois de repente ele surgiu da quina da esquina, ainda mais bambo, me viu lavando o chão, teve um de seus costumeiros acessos de fúria. Espumava e rodava os braços ao redor da cabeça como um moinho de vento. Começou a berrar.

— Mijo de pai, perfume de rosas. Respeite o pau que te gerou. Fingi que não era comigo.

Cromo

Uma casa num areal. Vicente encomendou caminhões de terra, plantou roseiras. A areia quebrou a terra, apareceram calotas brancas aqui e ali na treva. As rosas foram engolidas. Cortando os muros lagartixas cor de âmbar com olhos lisos de azeviche. Pela manhã o chão é um campo de batalha. Destroços de bichos mortos e os vivos, invisíveis. No banheiro mora uma mãe-rã com sua prole, que coaxa. Cigarros e cerveja. Pela cortina de plástico surge uma pata estrelada, ou um rabo trêmulo. As crianças dormem brancas dentro de cortinados. Os pobres se acotovelam nos mangues. Comem mariscos e alguns têm feridas na boca. Fico aqui ouvindo a terra espalhada que crepita. A areia que brota e se alastra como água. Um pássaro solta um assovio de homem. Perturbador. Tudo é compreensível. Mas no corpo a sensação verdadeira não dura. É avessa a descrições. E permanece ao largo, longe. Longe até mesmo da intransigência de Ana C. Mergulhou no espelho entalado entre as coxas o olho frio. Flagrante da carne engelhada e triste.

Os benfeitores

Desaguara por ali, em meio aos vidros partidos dos retratos, os fios arrebentados dos colares, cartas amarelas de folhas salteadas, missal gasto, trocinhos. A gengiva inferior lisa, os dentes dançam, usa Corega mas não segura nem assim. Rouba remédios pé ante pé durante a insônia, vigiando o ranger das portas, as tábuas soltas. Dopada, aderna para um lado. Boca torta. Pede um lápis cinza para sobrancelhas, preto não combina com sua tez. Argumentam que ela não tem dinheiro.

— E minha pensão?

— Pensão? Que pensão?

Grita sem parar que está sendo roubada, que ninguém paga o pão que ela come todas as manhãs, graças a Deus. Depois esquece, sossega. Uma manhã inteira implorando à empregada para arrancar com uma pinça os pelos no queixo, que brotam espetados como pregos. Os benfeitores dão risadas e trocam olhares cúmplices.

— Vai arranjar um broto?

— Está é querendo homem.

Finge que não houve o insulto. Ao menino agregado que faz caretas para ela e tapa o nariz por causa do cheiro de amônia em suas saias.

— Seu preto.

Tapa na cara da retardada que imita seu andar e rouba migalhas de seu bolso. Não permitem que segure a última criança nascida.

— Está maluca? Você não pode. Vai acabar derrubando.

Se refugia no beliche do quarto dos fundos que divide com a empregada. A criança brilha dentro dos olhos fechados, branca e dourada. Chora.

— Está é doida — concluem os benfeitores.

Inventa uma cara tranquila pela manhã, controlando os tiques que repuxam a boca.

— Bom dia para todos.

— Que novidade. E onde está a noite horrorosa? E o medo? Estremece, decifrada. Pois tem medo dos espíritos. Da noite. Tem medo de não dormir. De ladrão. Do cão que arrancou um naco de seu rosto quarenta anos atrás. Uma tarde inteira implorando.

— Tirem este cão daqui.

A cabeça rola de um lado para outro no travesseiro. Uma menina compassiva explicando durante horas.

— Não tem nenhum cão. Isso foi há muitos anos.

Mas de repente compreende, concorda, passa o resto da tarde espantando o cão até que a velha sossegue e adormeça.

Todos os dias, o pedido de socorro.

— Me ajudem. Sinto uma dor atroz.

Os benfeitores se entreolham, riem.

— Não é atroz. É atrás.

Fala sempre aos brados.

— Também está surda?

— Não estou.

Era por causa da dentadura que não segurava nem com Corega. Contava histórias à menina, mas agora esquece o marido morto, os bailes, os vestidos da última moda recortados de strass. Olha perdidamente os galhos verdes da caramboleira que arranham a vidraça da janela.

Sua grande mágoa: a outra menos velha, quando morreu a mais velha de todas, juntou os retratos de família, fez uma fogueira no quintal e anunciou.

— Acabou-se.

Amor

Chegou de táxi. Perdera-se pelas vielas, havia anos não o procurava. Inesperadamente a casa surgiu de um vão do nevoeiro. O jardim estreito, a lixeira erguendo-se vazia no passeio. Chamou e ele atendeu, sem demonstrar surpresa. Você está esquisito, cortou o cabelo, ela disse. Cortei, ele disse, quanto tempo passou? Na sala fumavam crack num cachimbo branco como de brinquedo, e jogavam cartas. Mediu sua mão pela dele conforme senha antiga, palma contra palma. Verificou aliviada que continuava a sobrar uma falange além de seus dedos, contidos naquela mão. Fugiram para as ruas em busca de cerveja. Bares fechados. Um homem baixando a porta de aço concordou em fornecer algumas latinhas de Antarctica, solenemente economizadas por todos, de volta à casa. Felizes, continuaram a fumar. Sabe que você é mesmo maluca?, ele disse. E você vai ficar de pau mole com tanto crack, ela retrucou. A cama era um colchão estreito no assoalho. Ele conferiu como sempre a linha curva do pescoço, a escala das costelas, uma a uma, até mergulhar no talho fundo da cintura. Ela disse, vou cortar os peitos, cresceram muito, é da idade. Mas é bonito, ele disse, aconchegando na palma um seio quente como um ovo recém-posto. Ela dormiu vendo estrelas negras sobre cactos batidos de areia. O vazio da ausência da luz.

Algaravia

Depois de passar a noite na mais fria cela da delegacia de polícia de Diamantina, o Cientista Francês, credenciado pelo Itamaraty e pelo adido cultural da França para pesquisas de geologia, disse, com o nariz sangrando, que o tratamento que recebera da polícia não era admissível nem no mais atrasado país africano.

O delegado deu de ombros e confessou não se preocupar nem um pouco com o que o Cientista Francês pudesse dizer do Brasil no exterior, pois o prendera porque tinha bom coração. Quisera apenas livrá--lo de ser linchado pela multidão enfurecida. Afinal, todo brasileiro tinha senso de humanidade. Fora detido, criminalmente identificado, e só não responderia pela agressão à jovem diamantinense porque a Justiça estava em recesso. Era verão.

O Cientista Francês gesticulava e falava uma algaravia que ninguém entendia. Sua ficha, também misteriosa para as autoridades locais, dizia que era catedrático de mineralogia na Escola de Paris, secretário-executivo do Ministério do Desenvolvimento Industrial, e estava no Brasil em missão oficial. Bom. Fato comprovado, isso sim, era que provocara um tumulto às dezoito horas de quarta-feira em frente à drogaria Diamantina, que tem cristais de rocha expostos na vitrine. A cidade inteira serviu de testemunha. Ocorrência indiscutível. Trouxeram a professorinha de francês, que prestava muita atenção de testa franzida e que foi traduzindo aquele discurso emocionado: enquanto esperava para comprar perfumes, o Cientista

Francês deixara sua bolsa em cima do balcão, indo filmar as pedras. Alguém esbarrou nele. Disse então ter se lembrado das recomendações que ouvira em Paris sobre esse truque dos assaltantes chamados trombadinhas. Ficou em pânico, pensando nos documentos oficiais e anotações da pesquisa que guardava na bolsa. Anos, muitos anos de pesquisa. A primeira pessoa que avistou foi uma jovem requebrando de modo suspeito, a quem perseguiu feito uma flecha. Foi então que começou o mal-entendido. O Cientista Francês não falava português, ninguém entendia aquela língua extravagante, ele estava exasperado e sacudia a moça pelos ombros. Todas as pessoas assumiram a defesa da jovem, agredida por um homem alto, forte e aparentemente transtornado. Os soldados se aproximaram e, segundo o delegado, salvaram o Cientista Francês do linchamento, levando-o para a cadeia. Sobre o nariz sangrando, ninguém sabia explicar. Talvez o frio de Diamantina, apesar daquela época do ano. A direção do Hotel Tijuco, preocupada com a própria reputação, buscou consolar seu hóspede ilustre enviando à cadeia uma marmita de quitutes típicos, que o Cientista Francês dividiu com seus dois companheiros de cela. Estavam esfomeados por terem sido obrigados a devolver a comida estragada servida pela polícia.

Libertado, o Cientista Francês comentou, sempre seguido pela professorinha, que poucas horas antes de ter sido preso fora almoçar no restaurante Dália. Cercado por crianças famintas que pediam pão, instalou-as a seu lado na mesa. O proprietário aproximou-se de cara fechada e o advertiu de que não poderia fazer aquilo. Comprometia inteiramente o ambiente familiar do local. O Cientista Francês externou sua estupefação, pois estava pagando, o dinheiro era dele, ninguém podia se meter com seus eventuais convidados. Mas as crianças passaram a agir de maneira estranha. Tremiam como varas verdes olhando sem parar na direção da porta, o que será que esperavam?, e ele mesmo achou prudente que saíssem. Mas deu a cada uma quarenta e cinco francos para se alimentarem em algum outro lugar. Um dos meninos, na ponta dos pés, cochichou em seu ouvido — e ele entendeu tudo — que a mãe não comia havia três dias. *C'est un étrange pays.* É um estranho país, traduziu a professorinha de testa franzida, enquanto o Cientista Francês demonstrava toda a pressa do mundo em voltar a Paris. Sentia atrás de si, nos calcanhares, confessou, uma falange de demônios. *Une phalange de démons.* A professorinha embatucou. Falange, falanginha, falangeta.

Olha

A doida profundamente, como se mergulhasse. Olha a doida sentada à mesa, o braço curvo, escurecendo nas pregas, carne frouxa e pelos cinzentos, a mão largada como um pano, unhas que sangram roídas no sabugo. Os peitos estão dobrados ponta com ponta. De repente a doida solta um grito de júbilo. Pula da cadeira num repelão, arrasta o corpo com as pernas musculosas de tanto caminhar em círculos pelo quarto. Esbarra nas grades, volta. Retraça o caminho. Na boca a língua avança, um único dente fino como uma agulha e que dói ainda, dói muito.

Cromo

No domingo de Páscoa viu um mar de braços lutando pelo pão. Soube que desde o século 19 o termo Bálcãs, de origem turca, queria dizer montanha. Assistiu à menina no Texas amarrando fitas amarelas em homenagem ao prisioneiro de guerra de seu país. Ouviu as explicações sobre o bombardeio por engano de um hospital. E o pranto da mulher que dava à luz um bebê com quem sonhara — disse — por seis anos. Foi informada de que a criança albanesa resistiu a ser levada para o abrigo antiaéreo porque estava assistindo às Tartarugas Ninjas. Também foi informada de que todas as previsões da guerra estavam contidas na teoria dos jogos. E ouviu Altman explicando aos interessados a semelhança entre seu novo filme e uma rosa. Simples na aparência, porém o enredo se duplicava como as corolas dobradas da flor.

Dudu

O pecado era grosso e fiz uma promessa de cem novenas para combinar. Mas nunca terminei. No oitavo dia, que mistério!, dava uma retreta. Ou bebia demais na véspera, ou acordava tarde, ou uma porrada de coisas e tinha de começar tudo de novo. O cachorro da casa pegada à igreja, uma verdadeira fera, nem latia mais quando eu passava. Já estávamos íntimos. Sempre encontrava Pezinho, uma carola bem velha que andava dez para as duas, cada pé prum lado como se estivesse dançando balé. Daí o apelido inventado pelos moleques de rua, que iam atrás dela infernizando. Pezinho era magrinha e fininha como uma vela. Vela apagada, claro. Acho que se alimentava estritamente daquelas hóstias sem sal. Vivia na igreja, casaquinho cinza bem surrado, frouxo e curto, levantando atrás na cintura, sabe como é. Além disso cheio de furos na lã. Sempre que eu saía ou entrava na igreja encontrava Pezinho. Um belo dia vi uma barata passeando pelas costas do casaquinho surrado. Achei estranho porque era dia claro e baratas são bichos de hábitos noturnos, você sabe. Pelo menos têm esse bom gosto. Li não sei onde que nossas baratas vieram da Ásia nos barcos mercantes. Outra praga do colonialismo. São também da mesma família dos grilos e gafanhotos, pasme, mas acho que há um engano nisso e que elas pertencem mesmo à nossa família, à família dos homens. São canibais, devoram seus semelhantes. Além daquele bafo nojento que estraga tudo o que toca. Agora, aquela barata devia estar bêbada, descrevia curvas e mais curvas pelas costas da velha, cai não cai ombro abaixo — imagine o abismo para a dimensão de uma barata. Tive um impulso de solidariedade, veja só, não com a barata, mas com a mulher e chamei, mas ela era surda como uma porta. Tentei abanar o casaco, mas a barata percebeu logo, é bicho inteligentíssimo, correu e sumiu por um daqueles buracos. Escondeu-se lá dentro, no quente. Pezinho nem notou. Acho que até hoje aquela barata mora lá com sua ninhada, chego a sonhar com isso. Pelo tempo, os filhotes devem estar todos bem crescidinhos e produzindo outras baratas em série, como é muito natural.

Ele

Gostava de cabacinhos, que na minha terra chamam de galheto. A qualquer hora do dia anunciava.

— Acabou de chegar um galheto lá no Paraíso Perdido. Era o nome do bordel mais famoso da cidade, perto da estação de trem.

A irmã horrorizada.

— Mas o que é isso. Como é que pode. Uma criança morta de fome.

Também sacaneou a vida inteira o filho moreno porque preferia os claros, passados na calda fina de seu sangue de imigrante. Tiçuna, sussurrava entredentes. Tiçuna. Mas o melhor esporte era mesmo caçar mulheres cada vez mais novas. Acabou comendo por engano a filha de nove anos, que morava longe com a mãe numa pensão da rua do Vieira. Na verdade, não comeu bem. Estava velho demais, faltavam-lhe dentes e a carne da menina era excessivamente dura.

Nós

1. DIÁLOGO COM UM MENINO DE OITO ANOS

— Sabe que eu gostava muito de seu pai?

— Se você gostava, você nunca gostou. Você está viva, então você gosta. Ele é que não gosta mais de você, porque está morto.

2. MENINA DE DOIS ANOS

à porta da cozinha, apontando a lua nova.

— Olha lá no céu, olha lá a unha que eu acabei de roer.

3. MENINA DE TRÊS ANOS FABULANDO

Era uma vez uma meninazinha que tinha uma mãe sempre saindo de casa. Então um dia ela estava muito cansada de tudo e fugiu. Chegou na esquina e viu uma velha muito feia. Pensa que a velha era má? Não era não. Era uma velha muito boa. Deu a mão à menina e levou elazinha para a cidade do boi. Mas na cidade do boi a meninazinha ficava também sozinha porque a velha tinha que ir para o campo tirar leite da vaca. Outro dia a meninazinha estava outra vez cansada de ficar sozinha. Foi procurar a velha no campo. Então veio um boi bravo para comer as duas. A velha, já disse que era muito boa, deu a mão à meninazinha e correram, correram, correram. Então a velha que era muito boa, o boi agarrou, deu uma chifrada e matou. Aí ficou tudo escuro e acabou a história.

4. MENINO

Desce do sofá de costas, segurando firme. Quando os pés alcançam o chão, solta-se. Pam. Engatinha pelo assoalho. Um pedaço de miolo de pão entre as frinchas. Come. Um grão seco de arroz sob a poltrona. Come. Uma minúscula construção de pelos e poeira, transparente. Não se interessa. Atinge a varanda. Ruflar de asas. Um pombo entra pela janela, aterrissa à sua frente. Encaram-se. A manhã se detém. Novo ruflar de asas. O pássaro levanta voo, dá corda outra vez no dia.
— Ah.
O rosto erguido, cego pela luz. Um fio de baba escorre do canto da boca, contorna o queixo, pinga no ladrilho. Deixa um rastro prateado, como os caracóis.

5. INFÂNCIA

Gemidos alta madrugada. A menina cobrindo a cabeça com o lençol suando frio. Pior do que a promessa da cigana à beira-rio roubando crianças para esconder debaixo da saia. Adeus para sempre. No esconderijo atrás da porta. E a camisola torta brilhando de cetim errando alucinada pela casa esbarrando nos móveis. Ela se batendo nos peitos com as mãos fechadas e ele atrás fazendo juras dizendo que não que não. Atrás da porta. E seu tristíssimo rosto castanho e branco passando pela vidraça como a lua atrás da nuvem. E ele perfumado com Madeiras do Oriente rindo e assegurando que ia mesmo jogar um carteado com os mesmos amigos naquelas mesmas tardes de domingo.

Sonho

Décio de Almeida Prado sabia do segredo: a morta estava viva. Flora escreveu um livro chamado Teresa.

Solo

(Uma mulher à janela de um edifício. Imóvel. O exterior forma um painel composto de outras janelas com vidraças espelhadas, onde seu rosto se multiplica. Ela fala para alguém fora do campo de visão.)

Estou aqui há séculos. Séculos. Olhando a Caduca. (pausa) Por uma questão de método. (pausa) O editor foi claro, impôs o método e as epígrafes. O método ainda passa, embora absurdo. A partir de um dente construir a mandíbula inevitável. (pausa) Ora. Mas as epígrafes... (pausa) Ultrapassadas, completamente arcaicas. Decadentes. (pausa) Numa só palavra, ne-ga-ti-vis-tas. Iam acabar criando uma tremenda polarização rancorosa. (pausa longa) Lá está a Caduca. É por aí que tenho de começar, se obedecer ao método. Só que não vejo como. (pausa) O pior é que nessas situações a mesma imagem me persegue. (pausa) De cócoras desovando o pensamento. De cócoras. (pausa) Como uma galinha. (pausa) Sinto um arrepio, um arrepio. (repentinamente irritada) É mole ficar olhando a rua imaginando um meio de convencer a Caduca? A idiota nem se digna a abrir a boca. (pausa) Morro de tédio olhando essa calçada coalhada de gente esmolambada. Apesar de toda a arquitetura antimendigo. (ardorosa) Que muitos negam, hein? Negam. Querem apenas evitar que esses infelizes párias da sociedade realizem suas necessidades fisiológicas às escâncaras. (pausa) Como a Caduca. (pausa) Às escâncaras. (professoral) Estamos no amanhecer de uma nova era, porém não em seu esplendor.

(pausa) Será que é essa a chave da utopia do possível? (desanimada) Acho que no limite terei de abandonar o jornal. Um jornaleco que boia no vácuo da pura negatividade, cheio de gente ressentida que perdeu o bonde do futuro. (pausa) Há anos debaixo de minha janela, sentada na calçada. Até aí normal. (pausa) Normalíssimo. O caso é que fica de costas para a rua, com a cara a um palmo da parede. Não sei a que horas sai para catar comida no lixo ou cagar. Isto é, realizar suas necessidades fisiológicas às escâncaras. Deixando logradouros públicos com cheiro fétido, atraindo baratas e ratazanas. De-pri-men-te. (pausa). A mandíbula inevitável, o crânio obrigatório, a coluna vertebral decorrente. (pausa) Realmente é demais. (pausa longa) Imóvel. Como o ser, sendo absolutamente não-ser. (risadinha) A Caduca é a melhor prova contra Parmênides. (professoral) O ser é imóvel porque só se poderia mover ou no ser ou no não-ser; no ser é impossível, porque o ser se confunde com o ser, e no não-ser também porque o não-ser não é. (suspiro) Pois é, imóvel e apesar disso não-ser. Que revolução filosófica! (pausa) Quer um pouco de privacidade. Isso disse ontem um sabidinho que passava. Conclusão: atrapalhou inteiramente meu raciocínio. No instante preciso em que eu tirava conclusões. Agora já esqueci. Acho que foi de susto. (pausa) Como fedia! A roupa imunda com restos antigos de comida. Os olhos abertos pregados na parede. (intrigada) Mas o que é que tem naquela parede? (pausa) Tenho de aceitar o óbvio. Completa incomunicabilidade. (pausa) Por que ela não se alista no exército industrial da reserva? Aliás vastíssimo? (pausa) Deviam fazer um *book* de quem é quem no lumpemproletariado brasileiro. A Caduca tiraria o último lugar. Ou o primeiro? (pausa) Acho, e aliás não estou sozinha, que o conflito é mesmo cultural e não econômico ou ideológico. Clariríssimo. (pausa) Por isso já fiz minha opção. (pausa) Porque — o que nos falta, ora essa? Um povo comunicativo, alegre, receptivo? Só temos de procurar a coerência, apenas isso. (emocionada) Temos a fé que move montanhas! Que Deus dê ao Brasil... (hesita) Ora, deixa pra lá. (cantarola distraída) "Bebida é água, comida é pasto, você tem sede de quê? Você tem fome de quê?" Ah, o Carnaval. O Carnaval é o Desejo como Futuro. Quem será que disse isso? (pausa longa) A mandíbula inevitável. (desdenhosa) Nossa fracassomania tem longa data. Se tem. Nesse aspecto, o editor é o morango da torta. (pausa) Eu não, eu resolvi partir para a prática. Pois é. (pausa longa) A recepção estava cheia de intelectuais. Um pouco barulhentos, é verdade, mas isso corre por conta de uma superioridade natural. Desde Aristóteles, aliás. Sempre fui boa em filosofia. Superioridade na-tu-ral. (pausa) Fui logo fazendo a tal pergunta ao Assessor Direto. Sabe o que aconteceu? Entre dois goles do melhor uísque ele vociferou que não mandava me prender porque seria uma atitude arcaica, absolutamente arcaica. Que não cabia no Brasil moderno. O Governo, ouviu bem?, o Governo sempre esteve comprometido com o futuro. (pausa) Os cães ladram e a caravana passa. Passa sim. (pausa) Além do mais uma festa finíssima, ele todo ocupado. (pausa) Espreitava interessadíssimo um peitinho — daí a impaciência —, um peitinho nascendo de um decote, como a lua nova atrás do monte. (suspiro) A lua nova. (pausa muito longa) Desovando de cócoras. É. (outra longa pausa) Acho que sou obrigada a desistir. Não tenho a competência para construir a partir de um dente — que é sem dúvida alguma a Caduca, é ou não é? (pausa) Não posso a partir de um dente construir a mandíbula inevitável, o crânio obrigatório, a coluna vertebral decorrente e, osso por osso, o esqueleto da besta.

(Uma campainha soa. A mulher sai da jancla. As vidraças espelhadas brilham vazias.)

Pássaro.doc

A voz vinha de muito longe, embora perfeitamente audível. Entretanto bateu o telefone gritando que não se ouvia nada, não se ouvia nada naquela droga de país. Depois ligou para todo o mundo, mas os telefones estavam ininterruptamente em comunicação. Começou a busca desesperada a uma carta e a uma foto antiga. Uma carta que tinha guardado entre as páginas de um livro cujo título esquecera. Acabou por esbarrar numa pilha que caiu com estrondo, arrastando objetos que se espatifaram e os livros ficaram espalhados no chão misturados aos cacos. Lembrava-se do final de uma frase: uma pequena lembrança para quem está tão longe de mim também. Sentou-se, ficou imóvel. Depois gemeu e disse alto, me ajudem, embora não houvesse ninguém à vista. Do horizonte vinha aquele pássaro azul e doido. As asas brilhavam úmidas. Não é brincadeira perder um filho, disse o pai. Recuperou assim o filho morto como filho, que não era. A narina esquerda desenhada pelo friso de sangue coagulado, o bigode um pouco ruivo torcido pela gaze apertada ao redor do rosto ferido. Espelho baço, aqueles olhos. Alguém apalpou a cobertura de flores do corpo, a investigar se ainda sobrara corpo. A memória debateu-se, boiaram destroços. Do que restou, como compor um homem? O filho entrou tropeçando nos bancos e gritando: como pôde fazer isso comigo, eu que te adoro tanto. Dúvidas perturbadoras no balcão da funerária. Cem era muito caro, cinquenta muito pouco, com o irmão sobrevivente escolheu uma coroa de setenta. O amor e a saudade de sua família, escreveu. Sua ou nossa? Ficou nossa. Vinha azul e doido e se esfacelou contra a asa do avião. Nauseante o cheiro das flores que apodreciam mortas com o calor. Foram comer pastel no bar. Venderiam naquele instante a alma por um copo de cerveja. Finalmente estava deitado ao ar livre ao cair da tarde como uma folha. Em seguida enterrado na sepultura da mãe que anos a fio regara de lágrimas, escovara com sabão em pó, detergente. As coroas foram dispostas pelos funcionários em forma de leito, com seu travesseiro de folhas e flores. Mas o leito estava vazio e ele, embaixo. Como o cemitério está abandonado, sussurrou uma tia, dolorosa. Abandonado?, retrucou o pai, cada dia vem mais gente pra cá. Isso é o resultado da falta de religião, disse outra. Iniciaram uma discussão e quase se atracaram. Sofriam. Vinha soprando uma brisa fresca do Paraíba do Sul. O cortejo começou a se dissipar. Pensou: tão longe de mim também. Azul e doido. De repente começaram a brotar crianças esfarrapadas de trás dos túmulos. Imploravam moedas. Qualquer moedinha servia, iam ajuntar e depois tomar café com pão na esquina, pois estavam com fome.

Cromo

Em abril de 1984 havia uma praia varrida pelo mau tempo. Um morto ainda vivo na memória flutuando na linha do horizonte para além das ondas que batiam. Estrelas afogadas em nuvens escuras, ou quebradas nos sargaços misturadas a conchas vazias. Um jogo de bola. Uma fogueira engolida pela areia. Música barata espalhada pelo vento. A lona de uma barraca estalando e gemendo. Vultos imóveis dobrados na maresia. Pássaros arrepiados. Um choro de criança. A cantilena monótona de uma mulher completamente desesperada. E o noivado de dois cães engatados sobre as dunas.

Rol

(*Inventário anacrônico*)

A MÁGICA DO RANCOR
    o morto salta
    vívido
    da manga

BRAVATA
    Trato saudade ou depressão a tapa.
    É preciso chicotear essas vadias.

MÃE
    é como o boi
    até os chifres se aproveitam

QUEREM
    enlouquecer a morta
    dopar a morta
    mas a morta
    um dia salta o muro
    um dia telefona
    a morta voa
    inteligentíssima

EXPERIÊNCIA INCOMUNICÁVEL

o minuto preciso em que a dor
rói
(como um rato)
o resistente vidro da lágrima

A MORTA

salta
da caixa torácica
a gargalhada brilha
se você pedir o peito não sei se tem leite
mas ela dá

OS MORTOS

que passem longe de minha porta

BICUDA

É por causa de uma pedra assim que aponta o norte
por cima do rio. De manhã o rosto flutua sobre a relva
seguro pelos fios invisíveis das aranhas entre os alambrados.
O rosto se desloca rompendo a máquina fina do tear.
Terra de etiquetas. Os urubus ainda dançam antes da chuva.

VERA NO JARDIM

vestido de chuva cabelo de chuva preta
rosto de vento invisível
mancha amarelada molhada da cachorra chamada Madona
mãos que surgem de repente
correm o trinco
desaparecem

A VOZ

insistia como em um de seus poemas
escorria pelo meio-fio de uma rua comprida
que saía do lado dos Correios de costas para

*o mar contornava a praça em festa (osso do
coração) e se estendia até um jardim indeciso
das sombras que estalavam no sonho e que ele
afirmava semelhante à Índia (talvez à ventania
no terraço de Gaudí). A voz entretanto só podia
ser vista mas não ouvida. Só podia ser vista na memória
mas não ouvida.*

Real virtual

As polícias de Mato Grosso do Sul e Ceará concordaram que ele devia ser o mesmo pilantra que costumava penetrar às horas mortas nas empresas e escritórios, viciado nos sites amorosos da internet. Impossível descobrir a razão dos arrombamentos, pois nada era roubado. Só mataram a charada quando surpreenderam o desatinado com a boca na botija. Entretanto fugira alguns dias após a prisão, tendo confessado a experiência indescritível de uma ereção simplesmente provocada pela luz. Sorrira: e com o mesmo peso, uma e outra. Os arrombamentos explicavam-se por exigência da sofisticação do vício que, como todos sabem, se inflama com o fruto proibido. Com trinta e oito anos, era separado da mulher, tinha uma filha de sete e estava desempregado. Entretanto o quadro que agora preocupava as polícias dos dois estados era outro. Sabiam de tudo, mas o pássaro batera as asas juntamente com sua companheira, que vencera a celebrada luz e se pusera a seu alcance, em carne e osso. Conheceram-se pela internet, tendo ficado provado que se comunicavam em média oito horas por dia. Tempo havia de sobra, pois estavam ambos desempregados, ele ex-contador e ela, quarenta anos, ex-modelo fotográfico. Foram vistos a última vez impecavelmente vestidos num hotel cinco estrelas em Natal. Descobriu-se que ele tinha contra si, além dos arrombamentos, um mandado de prisão preventiva por não pagar a pensão alimentícia da filha. A ex-mulher o acusava de não procurar emprego, eternamente petrificado por aquela tela-medusa. Descobriu-se também que se apresentara pelo computador como um rico fazendeiro, enviando como provas fotos de uma fazenda e de um jatinho com o nome *Stella* gravado na asa direita. Por incrível coincidência era esse mesmo o nome da ex-modelo, que ficara transportada, vendo nisso um aviso dos céus. Por sua vez, ela enviou ao namorado fotos de quando estava vinte quilos mais magra. Antes da viagem ele a pediu em casamento, ofereceu-lhe um lindo anel que cintilou na tela, prometendo que a cerimônia seria ao estilo cigano, com tendas e cavalos. Além disso o ex-contador recomendou a Stella que comprasse roupas e passagens aéreas para ambos. Ela usou seu cartão de crédito, fiando-se na promessa de que o noivo cobriria a despesa três dias depois. O casal ficou hospedado por uma semana numa suíte com vista para o mar, diária de trezentos dólares, tendo sido pedido serviço para lua de mel com champanhe e frutas. Quando começaram a chover cheques sem fundo, alguns com assinatura falsificada, todos se desesperaram com o prejuízo e se mobilizaram para encontrar o casal. As polícias apertaram o cerco, vasculhando cidades, penhascos e areias do mar. Os parentes da ex-modelo aventaram a hipótese de sequestro (mas por quê, se nenhuma das famílias tinha dinheiro?), enquanto os românticos preferiam a tese do suicídio: teriam pulado abraçados do alto de uma falésia para aquelas ondas, salgadas como lágrimas de apaixonados. Hipóteses à parte, toda ação provou-se inútil. Segundo a opinião de um velho investigador, levemente invejoso, para sumirem assim os dois deviam ter tomado o primeiro expresso (claro, de luz) em direção a outro qualquer planeta — quem sabe estrela? — de nosso sistema solar. Lá não existiriam cheques, muito menos desemprego, pela simples inexistência da necessidade de trabalho. Stella, toda gordinha, devia àquela hora estar convertendo o ex-contador a outro delicioso vício que costumamos chamar, por enquanto, de real.

Sujos e malvados

Do lado de fora, um negro trepado numa escada pintando a parede. Dentro, uma sala repleta. Entram um homem e uma mulher de rosto contraído.

Ele — A universidade já está providenciando a restauração do prédio. O diabo são as verbas.

Ocupam a mesa sobre um tablado diante da plateia.

Ela — Não precisa de microfone, fica mais acolhedor, não é?

Começa a ler um maço de folhas trêmulas.

— A idade vai de dezoito a trinta anos no máximo, setenta por cento são migrantes e quem fornece eles são as empreiteiras. O canteiro de obras abriga oitenta por cento dos moradores porque eles não têm aonde ir. O espaço é fechado e absolutamente controlado. Os engenheiros justificam que é por razões de segurança e proteção do próprio trabalhador. Os agentes de segurança são ex-policiais ou ex-criminosos providenciados pelas empresas. Se levantam às cinco e meia, às sete dão início ao batente, às onze almoçam, às treze recomeçam e vão até a hora do jantar, às dezoito. Também fazem a dobra, isto é, trinta e cinco horas seguidas com oito horas de descanso. O local onde eles têm os pertences fica trancado, não podem lá voltar em momento algum do dia. A empresa diz que é para evitar furto e briga de faca, pois são muito violentos e sem princípios. Os agentes de segurança ficam circulando ou parados numa torre, de olho neles. O número de acidentes é muito alto. Quando é no quebra-quebra dizem que é acidente de trabalho, quando é acidente de trabalho dizem que é atropelamento. Antes do quebra-quebra os operários botam fogo no alojamento, a empresa então faz o rol dos prejuízos pra descontar do salário. Foi quando eu soube que no meu canteiro, isto é...

A mulher se cala constrangida. Olha o homem. Ele vem em seu socorro.

— Não se incomode, não se incomode, eu também falo dos meus índios, significa simplesmente identificação com o objeto da pesquisa.

Ela continua.

— No meu canteiro tem quarenta e três alojamentos para cinco mil trabalhadores. Os alojamentos são de madeira ou casarões desapropriados da área. Os grandes quebra-quebras só se fazem a partir de reações individuais, ou de pequenos grupos. Teve um porque eles queriam mulher, igualzinho aquele filme de Fellini, *Voglio una donna*.

Com ar sonhador.

— *Voglio una donna!*

Toma um gole d'água.

— No ano-bom teve um quebra-quebra feio, os operários chegaram a guardar uma galinha podre num saquinho de plástico como prova da péssima qualidade da comida. Mas a empresa diz que a ocorrência se deu devido à preferência que essa gente tem pelos barraqueiros ambulantes, que também vendem cachaça, pois a maioria é irremediavelmente viciada. Por incrível que pareça o delegado soltou o preso tido como cabeça da rebelião e até disse assim, volte sempre, aqui pelo menos você vai ter um prato de comida.

O homem intervém.

— Não nos esqueçamos que era ano-bom, uma data de importância ritual em nossa sociedade.

A mulher continua.

— Na inauguração do Teatro Municipal pelo presidente Geisel teve outro quebra-quebra, ainda por causa de comida. Um operário também foi preso e mais dois populares que iam passando no momento e que aplaudiram a desordem. O DPPS disse que eles eram agentes subversivos tchecos, que além do mais tiram a iniciativa dos operários brasileiros. Gente de etnia diferente só atrapalha.

O homem intervém outra vez.

— Convém notar que em sociedades altamente repressivas como a nossa o quebra-quebra é também dentro, quer dizer, psicológico, indica sempre uma situação conflitiva, e a sociedade brasileira parece avessa ao conflito.

Lá fora o negro começa a cantar "Aviso aos navegantes", de Baden Powell e Paulo César Pinheiro. A mulher enruga a testa, o homem se levanta de um salto e ordena a um contínuo que corra lá para o negro calar a boca.

Cartinhas

PRIMEIRA

Aí vai esta folha seca encontrada no areal. Sei que você vai gostar. É uma pequena lembrança para quem está tão longe de mim também. Há notícias boas e ruins. As boas não têm novidade. Agora vão as más.

Ercília faleceu e foi enterrada na sepultura de Betinha. A família ficou chateadíssima, como se ela não tivesse sido casada um dia com Vicentinho. Fui chamado uma semana depois para explicações sobre a invasão do túmulo. Aí fiquei sabendo que o famoso túmulo já não era mais nosso. Parece novela, mas dois meses depois morre Vicentinho, e aí começou a verdadeira briga. Em que sepultura enterrá-lo? As irmãs não queriam perturbar a paz de Teresa, que está fazendo companhia a vovó. Elizete não queria o pai com Ercília, por quem ele largara sua mãe, Conceição. Onde enterrá-lo? Com a mãe do morto? Com a segunda mulher seguida da primeira? Ou com a amante? No final acabou ficando com a própria mãe, perturbando a paz de Teresa. Não deixa de ser engraçado perceber que os vivos acham que os mortos estão vivos. Mais que vivos, fiéis aos aborrecimentos da terra e chateadíssimos com a chegada de outros mortos. Deveriam ficar contentes, quer dizer, os mortos. Isso se eu achasse que os mortos estão vivos.

P.S.: li no jornal de hoje que Niterói significa Águas Escondidas.

SEGUNDA

Estive em Campos no último fim de semana. Levei tia Bebé e tia Zélia para estarem com tio Vicentinho, que não andava nada bem. Tia Bebé visitou-o no sábado na Santa Casa e ele morreu na madrugada seguinte. Fiquei muito tocado. Deu uma merda geral porque não queriam que ele fosse enterrado junto com mamãe, tio Reinaldo, Bruno, vovó e Teresa, morta há dois meses. A Elizete estava tratando de tudo sozinha e achou que não tinha nada demais enterrar o pai junto com os que já se foram. Tia Marinela, líder da oposição, achava que ele deveria ir para a sepultura de Ercília, afinal tinham sido marido e mulher. Enquanto isso, tio Vicentinho, impassível, esperando. Todo fantasiado de morto, só faltavam os sapatos. Imóvel. Acho mesmo que foi sua última irreverência. Papai acabou entrando definitivamente na briga. Bruno era filho? Não era. E estava no túmulo. Teresa por acaso era santa? Nesse caso teriam de avisar ao Vaticano. Acabou dando ordens ao encarregado do cemitério. Embalsama o morto enquanto a gente espera a decisão dessa família de malucos. Mas o melhor é cremar. Absurdo um terreno tão grande virar horta de almas. E por que não fazem edifícios para os favelados, em vez de cavarem covas? Morreu, morreu, acabou-se. Imagine você a cara dos funcionários. Coisa surreal.

Aí começou a inana. Fomos à casa do responsável pela Ordem Terceira do Carmo. De lá tocamos para a Igreja também do Carmo. Lendo o livro antediluviano de capa preta me deparei com o insólito. Todo o mundo de nossa família está sepultado irregularmente (veja você, até depois de mortos!), porque só existe *uma* sepultura: a de vovô, acompanhado de tia Lulu e Dedeco. Argumentei, como só uma? Se eu vim de lá agora e existem duas? Dei o nome de todos os enterrados que, segundo o funcionário — com um bigodinho atroz —, não poderiam estar ali enterrados. Era contra a lei. Era um equívoco. Sugeri de leve um suborno. Nada. Afirmou que ocorrência tão grave era assunto do prior. Toquei para a casa do prior. Mais uma vez me provaram contra todas as evidências que só existia uma sepultura, e que além do mais tio Vicentinho não era irmão professo da Ordem, o que tornava as coisas impossíveis. Quando eu já ia perdendo a paciência, o prior enxugou a testa com um lenço listradinho, sorriu de jeito indecifrável e inesperadamente assinou a permissão. Ora, se existe uma sepultura que legalmente não existe, o melhor é enterrar o morto ali mesmo, fazendo de conta que existe o que existe. Enterra e acabou-se. Levei o papel assinado correndo para o cemitério, antes que tio Vicentinho se levantasse para tomar umas e outras no boteco da esquina. Pensa você que acabou? Que nada. Os partidos se engalfinhavam quanto ao túmulo mais adequado para o morto. Elizete choramingava, onde afinal enterro papai? Decidi, enterra junto de mamãe e vovó, que ele adorava. Foi um mal-estar do caralho. A família achou que o túmulo de Teresa estava sendo profanado. Sobrou para mim no final. Todo o mundo anda chateado comigo. É mole?

TERCEIRA

casa na enseada
   tem dois quartos sala e terracinho
   sem frescura elevador ou telefone

os seres
   o damião e a nice pertinho
   o hélio os franciscos 1 e 2
   o quiosque do olgair
   o waldemar seu marino o anderson
   a eva do consultório da lili
   toda a turma do rufino

lugares
   o supermercadinho do manolo quitanda loja de jornais e revistas farmácia e padaria

sentimentos
   1. pela primeira vez na vida tenho a noção do que seja ser feliz sem qualquer excitação

2. verde e amarelo debiloides da pátria vivem momentos propícios
para se exibirem

paisagens
faz sol e está frio
voo das gaivotas
(na areia da praia tem maçaricos garça e outro pássaro marítimo
cujo nome ainda não sei)

despedida
V. tan cara y tan lejana muita saudade e o grande beijo do O. C.

BILHETE

Dearest, cheguei de Brasília e encontrei sua carta. Tentei responder
imediatamente (que história é essa de morte?) Rabisquei umas linhas,
as linhas envelheceram. A "Modinha deslavada" nem consigo comentar, mas essa paisagem cinzenta, frustrante, lúgubre imediatamente
povoou-se de pacas (aquelas) azuis, conforme as coloriu você e conforme devem realmente ser. Estou olhando agora um de seus monstri-
nhos, com seios roxos sob um objeto verde — com certeza o estômago
ou o coração. Por favor, não morra.

Ema

Afirmavam uns que era bela, outros, a mais feia de quatro irmãs. O casamento só acontecera porque Irineu estava tomado de melancolia.

— É o diabo, Paulo. Me arranja uma de suas filhas. Preciso casar.

Era o diabo, todas já estavam comprometidas. Isto é, faltava Constância.

A explicativa alimentou controvérsias anos a fio. Seria pela falta de encantos da jovem. (Mas de jeito nenhum!) Ou talvez se baseasse em circunstâncias aleatórias: nascera de pé como uma rebelde e tinha cabelos de fogo. (Versão de um jovem magro, completamente apaixonado cinquenta anos depois.) Mas a quem sairia assim incendiada numa família de morenos? O pior — voz geral — veio depois. Suspendia a costura para ler e sonhar. A agulha picava os dedos, gotas de sangue se abriam no pano. Pela janela entrava um vento morno, os vapores da noite passavam entre os ramos. Parecia adormecida durante o trabalho, a não ser pelos olhos vagando no devaneio. — Não faz mal, estou na precisão, levo a moça assim mesmo. Metida no oco do sertão, como teria sido a vida de Constância? Vida de mulher, sem tirar nem pôr (uma mulher). Um completo desespero (o jovem magro). Mas ninguém sabia direito. O certo era que teve duas filhas. Ou somente uma, tendo tomado a outra como filha de criação.

A ida ao Rio, segundo uns, fora motivada pelos negócios de Irineu, que a levou consigo, com uma das filhas. Pela manhã, quando saía, ficavam as duas na praia de Copacabana. Horas esquecidas admirando aquele mar desconhecido dobrando suas ondas uma após outra. Dobrando e doendo e soltando aquela espuma fria, brilhante de sal. A ideia certamente teria vindo dali. Mas havia outra dúvida: quem de fato a acompanhara? Uma das filhas ou Dora, sua irmã mais moça? Alguns juravam verdadeira a cena do depoimento da jovem, que feriu a família como um raio. A carta brilhava nas mãos do pai — foram suas primeiras palavras —, e à sua vista quase desmaiou. Percebeu que estava perdida. Era, sim, de Constância. Dada por morta havia anos, na verdade morava no Rio de Janeiro e ganhava a vida como costureira da Escola de Samba Estação Primeira de Mangueira. Tudo começara com aquela doença, quem não se lembrava? Emagrecera, suas faces imitaram a palidez das folhas dos livros, seu rosto afinou. (Tinha então um andar de pássaro, os olhos enormes sob a chuva dos cabelos de fogo — o rapaz não desistia.) Mostrava-se triste e calma, até mesmo doce, mas qualquer pessoa a seu lado se sentia tomada por uma espécie de encanto gelado. Além disso, Dora ouvira de seus lábios uma frase enigmática: "atravesso florestas e a idade da razão em brancas nuvens". Em seguida veio a estranha sonolência. Seu mal, explicava, era uma espécie de nevoeiro na cabeça. Os médicos, lembram-se?, informaram: fisionomia contristada, tendência à depressão, sonolência aguda, curso normal de pensamento quando acordada, embora em acentuado bradipsiquismo e lacunas. Diagnóstico: reação situacional. Por isso fora mandada com a irmã ao Rio de Janeiro para se consultar com um especialista. (Duas mulheres viajando sozinhas nos anos 1920? Não seria melhor a versão que incluía Irineu?) No Rio, Constância ficou desperta dias inteiros e atirou das escadarias do Corcovado sua echarpe colorida, que voou ao sabor do vento, acabando por se enredar nas ramagens da floresta. Lá ficou, tremendo como uma febre. Naquela ocasião mal tinha tempo de ler, parecendo tomada de furor. Até que um dia, na praia de Copacabana, disse assim: "Não volto mais". Dora confessou ter ficado em pânico. A irmã só dizia "sofro, sofro muito", e que ela se lembra de ter-lhe perguntado "mas não nascemos todos para sofrer?". Falou-lhe também da família, do grande desgosto que causaria. Mas eram apenas palavras. Palavras. Acabou cedendo. Deixaram ambas um montinho de roupa no areal, única ciência que sabiam de afogados. Constância foi embora com um sorriso e a roupa do corpo. Dora deu parte à polícia, conforme o plano, e a notícia saiu em todos os periódicos, guardados numa pasta de papelão como *recuerdo*. Ao voltar à cidade natal, já encontrou a família de luto. Uma versão dizia que o pai, espírita, afirmara estar viva a filha. Vira-a de branco às horas mortas, debaixo da caramboleira do quintal. (Impossível. Se estava viva, como aparecera feito alma penada?) De qualquer modo fizeram lavrar uma lápide posta simbolicamente por sobre a pasta de papelão. Não, não podia negar, passara a receber cartas da irmã. Cartas muito esquisitas. Estaria louca? Isto é, mais louca ainda? Recordou frases desconexas. "Até hoje, Dora, muitos são ptolomaicos e poucos copernicanos." Impossível compreender. Claro, também escrevera cartas, movida pela piedade, mas suas palavras sempre foram sensatas. Lembra-se também que fizeram uma sessão espírita em Casa de Nossa Mãe, e que o espírito da suposta falecida baixara na médium Simone, que tremia como vara verde, balbuciando que a carne transmutava em nome de quem já dormia nos séculos. Ficara extremamente confusa e aterrorizada com aquele espírito, sem saber se a irmã estava viva ou morta, mas novas cartas de Constância sossegaram seu coração. A irmã jurava que agora, sim, era gente, sem sono algum, e que abandonara seu antigo estado de cerâmica (não entendi). (Mas como? — gritou o rapaz — é claríssimo!) Dora achava que tudo não tinha passado de um grande equívoco e que nada daquilo deveria perturbar a paz e a harmonia que deviam reinar numa família. Sem mais, pedia licença para retirar-se.

A única declaração que dias depois conseguiram arrancar da fugitiva, no morro da Mangueira, foi que Constância não existia mais. Morrera sem deixar traço. E que assim decidira por conta de um livro. Era sobre uma mulher que ao galope de quatro cavalos se deixara transportar sem dizer palavra para um país novo de onde jamais regressaria. Nesse ponto sorriu docemente.

A família retirou-se sem se despedir.

Cromo

A gargalhadinha estanca. O menino aponta a árvore, diz que é bonita mas não tem flor. Dá a mão à visitante, mostra o galinheiro, a cabana de Batman. Um gato de bigodes dourados, mirando de lado. À mesa pede guaraná. Comidinhas com cigarro. Por onde andará a Gil? Encontrei com ela em Paris. E ele? Desapareceu na festa de comemoração da passeata dos cem mil. Nunca mais. A bela conta a história do massagista cego. Ficou nua em pelo e descobriu que ele não era cego coisíssima nenhuma. Tem um rosto de ferrugem branca, do lado de cá, do lado de lá. Cabeleira de estopa negra. As cadelas, mãe e filha, respiram forte, esgravatam o chão. No cio. O quarto onde nasceu o menino e que um dia ficará suspenso, intacto no ar. Lua minguante pregada na parede. Os beijos. E quadros fortes de J. Borges.

Dudu

Assim como eu gosto da minha cachaça ela gosta de sofrer

Ele

Pensa no pai e chora. O pai que teria hoje cento e trinta e três anos. Que ia jogar truco na venda e que deitava o menino adormecido debaixo do balcão. O menino de quem não podia separar-se. Pensa em José do Patrocínio e chora. Pousaram a mão sobre a testa do morto, diz: como está frio este vulcão. Admira longamente as estrelas, explicando que daqueles campos pretos poderia vir o que nos livrasse da velhice e da morte. Lutando com a farofa. Os dentes mergulhados no copo, a borda de coral lambida pela água turva, o cheiro que embebeda, os pedacinhos de ossos.

Grupos de família

Procuro desesperadamente e em vão dois retratos muito pequenos, em preto e branco, metidos no transparente de uma carteira que se extraviou.

Um deles, instantâneo meio amarelecido, representava um grupo de mulheres jovens, duas crianças e um cão num campo de ervas altas e árvores ao longe.

O outro, simples prova de foto, era a cena de um casamento, no instante em que o noivo colocava a aliança no dedo da noiva. Duas meninas vestidas de damas de honra completavam o quadro, uma à extrema direita, fundindo-se quase ao limite do papel. Seu rosto estava inclinado em direção ao peito e ela parecia absorta, séria, cachos louros dando-lhe pelos ombros. A outra, mais velha, à esquerda, fora colhida em cheio pelo jorro de luz que invadira a lente no instante do flash. Em consequência, metade de seu corpo parecia transparente e uma linha indecisa separava sua face direita (à esquerda na foto) do campo de luz. Algo chamara sua atenção e ela virara o rosto ligeiramente para a esquerda, distraída da cena principal.

O casal, no entanto, no centro do quadro e no interior do círculo florido que debruava o conjunto, surgia completamente nítido, de contornos marcados.

De terno escuro e óculos, cabelo brilhante acompanhando a risca impecável do penteado esticado para trás, o que lhe descobria na testa alta uma cicatriz à altura do supercílio esquerdo, o noivo controlava um sorriso de felicidade, que mais banhava seu rosto que se desenhava nos lábios. Estava ligeiramente inclinado pela estatura mignon da noiva, segurava-lhe a mão esquerda com extrema suavidade — via-se a força contida no gesto leve, as veias desenhadas no dorso da mão, as unhas bem tratadas — e tinha a aliança pela metade no dedo da noiva. Esta possuía cabelos negros, ondeados, que lhe desciam pelas costas misturados à nuvem alvíssima do véu. Tinha os olhos baixos observando com atenção um pouco tensa o gesto de seu par, e, mesmo ligeiramente de perfil, o rosto moreno e jovem compensava certa leveza e ingenuidade com a impressão transmitida de firmeza e equilíbrio, qualidades que se aprofundaram com o tempo.

Ao encanto da foto se acrescentava o contraste entre a solenidade da cena e o suporte precário do papel, figuração da felicidade surpreendida antes de desaparecer.

A outra foto, instantâneo chamuscado pelo tempo, opunha-se de saída à cena anterior pela naturalidade da composição e maciez das linhas, característica das fotos ao ar livre ao cair da tarde, quando se adoça a luz e se alongam as sombras. Nela quatro mulheres estavam de pé, muito juntas, três delas entre os vinte e os trinta anos, além de uma garota de dez. Uma renda de ramos e folhas parecia ondular ao fundo, contra um céu que foi empalidecendo ao fiar do tempo.

As duas mulheres à esquerda da foto estavam muito sérias. A primeira era alta, de ombros estreitos, cabelos apanhados para trás, testa saliente idêntica à do noivo na foto anterior, expressão intensa, olhos fundos. A outra, pequena e magrinha, tinha cabelos encaracolados cortados curtos, formando um halo ao redor do rosto fino. Seu ar era tranquilo embora sugerisse grande determinação e franqueza. Trajava um modesto vestido claro de cinto estreito.

A menina vinha a seguir, sorridente, ar muito feliz, busto um pouco projetado para a frente de puro alvoroço, rosto redondo e cabelos presos atrás das orelhas. Parecia alta para a idade e estava de braços dados com a magrinha de um lado e com a mulher da extremidade direita, de outro. Esta enviesara o corpo e talvez murmurasse algo com ar brincalhão, sem prejuízo do jeito um pouco *coquette* de quem tem consciência da própria beleza. Por isso havia um traço de orgulho —

mas muita simpatia — no rosto risonho. Seu cabelo, fino, esvoaçava transparente e varado de luz. Usava uma blusa branca muito leve e uma saia preta, justa. Sua mão esquerda estava aberta sobre a coxa, um pouco rígida, o que denunciava a intenção inocente de fazer pose.

À frente das mulheres estavam dois meninos, o mais velho com três, o menor com um ano e pouco. Pareciam absolutamente absorvidos no que faziam, inconscientes da situação e com a concentração peculiar a crianças daquela idade. O capim alto quase lhes cobria os joelhos. O mais velho, à direita da foto, segurava com ar um pouco angustiado, certamente pelo receio de deixar cair, um grande ramo de ervas finas, transparentes de sol, que se dobravam sobre suas pequenas mãos. Era alourado, de cabelos ondeados.

O menino menor tinha o rosto de perfil — via-se com nitidez a bochecha redonda e o narizinho ainda indefinido —, pois estava inteiramente voltado para o cão à esquerda da foto. Este chegava-lhe ao ombro e, a não ser pela oxidação do papel, parecia malhado. O menino tinha a mãozinha enfiada na boca do animal. Pela contradição da cabeça em ângulo reto com o corpo, percebia-se que a atração irresistível que a criança sentira pelo cão traduzira-se num movimento rapidíssimo de ousadia e confiança, colhido pela objetiva.

O interesse maior da foto, enquanto composição, traduzia-se na irredutibilidade dos dois grupos e na tensão de seu jogo de forças: a atenção dirigida ao exterior por parte das mulheres, que formavam, entretanto, um grupo profundamente solidário, versus a concentração dos meninos, obedientes apenas à voz interior, portanto isolados no poço radical da infância.

Putas da Estação da Luz

UMA

Ele me bateu muito na cabeça, me expulsou de casa, ficou com meu radinho de pilha.

UMA OUTRA

Interrompe por instantes o passeio infinito pela calçada, se encosta ao muro da estação, cochila. A bolsa escorrega lentamente pelo osso do ombro. Cochilando, não vê os meganhas nem ouve a correria das colegas. Os homens estão aí, gritaram. Um deles lhe dá um tranco, ela cai estatelada na calçada. Cata às cegas o pente, o espelhinho quebrado, bugigangas. O batom barato mergulha no bueiro. Mais atenção ao serviço, menina, ele diz, antes de arrastá-la para o camburão.

Amor

Bêbado, o príncipe ataca a bela pela janela do carro, esmaga a cabeça — que importa o pescoço torto? — no abraço contra o peito. Os brincos de cristal cortam as orelhas. Vai pegar um cigarro o maço cai na sarjeta.

— Diabo.

Ela se irrita, ele diz, você parece minha mãe, sempre me criticando. Mas segura os peitos cheios, rindo e remoçado pelo álcool.

— Detesto mulher burra que não compreende a alegria de um homem.

Ela tem nojo do beijo encharcado e do suor do corpo.

Cromo

Segue o declive da rua apertando os olhos míopes. Outdoors, pichações nos muros, nomes de lojas, placas de trânsito. Lê para controlar a aflição até chegar a seu destino. Um preto vestido de preto polvilhado de lantejoulas prateadas fazendo anúncio de um estacionamento. Os sacos de lixo são sacos ou homens? Os homens são homens ou sacos? É um trapo no meio-fio? É um homem. A baba da bebedeira escorrendo no papelão-travesseiro. Caminha depressa atenta aos buracos na calçada. Evita os mendigos para não se aborrecer. Tem um cubo de papelão no passeio da Santa Casa, coberto de panos e jornais. Ao lado, na calçada, um prato de papel-alumínio com restos. Dentro do cubo estará alguém. Alcova e sala de jantar. Passa uma ambulância com as sirenes abertas. O caminhão de gás estropiando Schubert. Ou Chopin. Ou qualquer coisa. Sol opaco e nuvens cruas. Atravessa a rua sem sinal de pedestres, de olho nos carros. Um esfarrapado se aproxima com decisão. Para, o coração batendo. Ele a agarra pelos ombros, aproxima a cabeça da sua, arrota em seu ouvido.

Dudu

Um morto só é visto à contraluz, foi o que pensei. Quer dizer, embora pareça nítido não se vê direito. A luz é cegante e tem muitas sombras incompreensíveis. Ele estava deitado, o que é absolutamente normal. Defuntos estão sempre deitados. Mas inchara demais com a doença, todos achavam que não cabia no caixão. De qualquer modo tínhamos que fazer o teste. José segurou o morto pelos ombros e eu na única perna que restara. Mas estranhamente desequilibrava e o corpo adernava feito um barco. Isso aprendi: precisamos de duas pernas mesmo depois de mortos. Também quando seguramos um morto sabemos que nós, vivos, somos animais de alta temperatura. Como as aves. A solução era uma só. Falei com José, que duvidou. Mas não havia outra. Soltamos o morto no chão — ele não sentia mais nada —, me deitei a seu lado, medi seu corpo pelo meu e concluímos que éramos do mesmo tamanho. Quem diria. José ainda duvidava da etapa seguinte. Achava que eu não ia ter coragem, que dava azar. Besteira. É que pensam que um caixão não é só um caixão, e sim o túnel do tempo. Quem entra não sai nunca mais. Bobagem. Pois entrei e me deitei a fio comprido. Sabe que achei tudo muito confortável e até inocente, almofada com babados de renda, cetim. Concluí que caixão veste e consola. Quando dizem de um morto que descansou, sabem do que estão falando. Fiquei uns bons minutos ali deitado, meio esquecido, pensando no que um dia me disseram. Que toda aquela parafernália de cimentar caixão em cova, fechar tudo, não é para evitar bichos. Claro, seria inútil, eles nascem da gente mesmo. Mas é que os mortos, se ficam soltos, sobem irresistivelmente para a tona da terra, atraídos pela luz do dia. Nisso se assemelham aos afogados. Mas alguém me chamou, outro problema surgira, muito mais prosaico. José cuspira de nojo. É que o morto não parava de cagar. Já era a terceira vez. E vovó queria que ele fosse enterrado com aquele terno preto de risquinhas, sabe qual? Arrancar toda a roupa dele foi muito difícil, pois o corpo já tinha virado pedra. Afinal me vi com o terno todo cagado na mão. Completamente perdido. Foi então que observei um mendigo bisbilhotando na porta, adoram esses espetáculos, sei lá por quê, e perguntei se ele queria aquele terno assim mesmo. O mendigo adorou, sorriu um sorriso desdentado de criancinha, me agradeceu muito e lá se foi. Mas essa história não tem fim, quem mandou você puxar assunto. Ainda restava um problema: como tapear vovó? Bom, tive outra ideia brilhante, a terceira do dia, repare bem. Cobri o morto de flores do pescoço aos pés e ele foi assim mesmo, nu como no dia em que nasceu, o toco da perna brilhando pálido, parecia um nabo, mas pensando bem aquilo não tinha a menor importância.

Godard

A gare está vazia, ele chega, ela vem de bicicleta. Quando começam a falar o trem atravessa a tela, atropela a voz. A violência é um tapa na cara, dente sangrando, olho saltado escondido no fio da baioneta. Lá pelo meio tem a máquina de foder, a exacerbação do movimento, para trás, para trás, o movimento se quebra, a paisagem borra, é esmagada, emplastrada, porque para nós uma árvore já é apenas celuloide, daqui a pouco luz. O corpo na quina da estrada, o detalhe bobo, saltos lentos, abraços lentos deixando ver o movimento quebrado. É preciso começar de novo para poder ver de novo, rostos líquidos escorrendo contra a luz, moitas amarelas ou pretas entre as pernas. Quero ver, tira a calcinha. Sua bunda não é nada de extraordinário, muito menos os peitos. Repita alto, meus peitos são uma merda. Despir o movimento de sua rapidez ilusória, despir o homem de sua honradez ilusória, despir o corpo. Tirei a calcinha, você pode me bolinar se quiser. *Merci*, prefiro ir *chez moi* ler um romance policial.

Acervo

1.

No dia 26 de fevereiro de 1975 ele saiu para o trabalho e sumiu no ar, com carro e tudo. A mulher correu hospitais, necrotério, delegacias de polícia. Por que a senhora acha que ele está aqui? Era um meliante? A senhora sabe de alguma coisa? É a esposa dele? Ah, são amasiados. Isso muda tudo. Quer ver saiu de farra por aí. Ninguém é de ferro e tem muita mulher sobrando. Tem sim. Não esquenta, um dia ele cansa e volta. Um contato no Dops no segundo dia. Ligue amanhã à mesma hora. Como é mesmo o nome? Cognome? Tipo físico? Tinha uma araponga martelando a outra ponta do fio. Ligou. Verifiquei tudo, dona, no Dops não está, devem ter levado pra PE. Barra pesada, hein? Atrás do desembargador no terceiro dia. Vamos lá comigo, o senhor é influente. Calma, minha filha, não vai acontecer nada. Conheço políticos. Depois, seu marido é homem de bem, meu amigo. Agora está um calor danado, vamos esperar a fresca. Já me viu tocando órgão? Não sou propriamente um Guenther Brausinger, mas... "Tocata em dó menor", *how beautifully shines the morning star* (voz de barítono carcomido). E o largo, ah, *the bridal procession from Lohengrin*. Ou prefere a Marcha Fúnebre? *Great God, we praise Thee...* Mas o que é isso, minha flor, por que está chorando? Assim não posso me concentrar. CNBB no quarto dia. A secretária interrompe a datilografia, levanta a cabeça: outro desaparecido? Assim não é possível. Preencha a ficha, explique as condições. D. Ivo tinha ido conferenciar com o Geisel e era aguardado a qualquer momento. O avião atrasou, disse uma mulher. Começa a conversar com a sala cheia. Parentes de desaparecidos de todos os prazos, dois anos, dois meses, dois dias. Preenche a ficha, o coração está branco, sai, pede ao PM para tirar por favor o carro da vaga. Tinha a vista turva. De braço com o desembargador, que caminhava mal pelo corredor do ministério. O coronel muito polido. Hoje é sexta, não se pode fazer nada. Semana inglesa. Levava uma sacola com chocolates, remédios, queijinhos. Mas o que é que ele fazia? Digo do ponto de vista da subversão. Nada? Ora, minha senhora, como é que a senhora é mulher dele e não sabe de nada? Mas será que o senhor manda entregar a sacola? Mando. E um bilhete? Será que pode um bilhete? Pode. O chofer do desembargador abre a porta do rabo-de-peixe. Diabo, esqueci os cigarros, esqueci os cigarros, que espécie de mulher sou eu, como é que fui esquecer logo os cigarros? À tardinha o desembargador convida. Vamos à Colombo? Depois falamos com o Vitorino Freire. Na Colombo não a apresenta aos conhecidos, olhares de cumplicidade, aí, hein, desembargador. No décimo dia o *Jornal do Brasil* admite a prisão, com nome e sobrenome. Lê mil vezes o nome impresso na folha, letra por letra, padecendo. O nome que no peito escrito tinha. Recorta, cola na agenda. Convida amigos pra celebrar, tomando uísque e olhando o Pão de Açúcar pela janela. Quer dizer que não matam mais. Enchem a cara. Só por acaso, se errarem na tortura. Mais quinze dias, o advogado chama. Vou lá ver um preso, se ele não estiver muito machucado a senhora vê ele também. O advogado entra, sai rindo com um capitão. Não pode ser hoje, talvez na próxima semana, o dia ainda vão marcar. Agarra-se ao braço do capitão. Incontrolável. Quer dizer que ele está muito machucado? Tapinha no ombro. Minha senhora, o pior já passou. O militar desaparece e reaparece com as sacolas que confiara ao coronel dias atrás. A senhora há de convir que não seria conveniente, atrapalha inteiramente os interrogatórios. Chora ali mesmo, assoando o nariz nos dedos, limpando na saia. No mês seguinte, o senador. Calma, vai dar tudo certo, tem de ter paciência, ele é homem instruidíssimo, fala sete idiomas. Por isso é que prenderam ele? O que é isso, não seja irônica. Estou lhe dizendo, hein, não seja irônica. Mais calmo. Ele é homem de bem, não opõe nenhuma resistência. Mas, senador, como poderia? Olha, minha filha, não está dando certo esse papo, como você é irritante. Vamos mudar de assunto. Afundado na poltrona, conta toda a sua vida de self-made man, conheceu a mulher tocando piano num sarau, a família dela se opôs, mas tinha sido amor à primeira vista. Hoje em dia sou é dono do Maranhão. Mas e ele, senador, como é que ficamos? Pode deixar, minha filha, deixa comigo, estou por dentro. Mas, senador, a linha-dura... Soco no braço da poltrona. Minha filha, linha-dura sou eu. Linha-dura e fiel revolucionário. Pausa. Ouça bem. Fiel revolucionário. Eles não, eles são é linha-duríssima. Querem tirar o Geisel, mas nós não vamos deixar, t'ouvindo? Não querem largar a teta gorda em que estão mamando esse tempo todo. Teta gordíssima, t'ouvindo?

2.

Quando o cerco da polícia apertou, queimou a papelada, se livrou do 38 e foi para a rua embrulhado em trapos se fingindo de mendigo. Acostumado com a vida estreita dos esconderijos, sentiu tontura ao ar livre, experimentou a náusea da maresia. No segundo dia um mendigo verdadeiro aproximou-se e disse que ele não era mendigo coisíssima nenhuma. E rua não era assim de mão beijada, não senhor. Tinha ordem. Tinha esquema. Que estava muitíssimo enganado. Devia era estar fugindo de alguma coisa complicada. Talvez da polícia. Ou quem sabe um caso de amor. Bem. Bem. Dava um conselho. Que se escondesse nos velórios de subúrbio. Aí sim. Sempre servem cafezinho, biscoitos. E você vai poder chorar em paz. Deve ter mesmo muitos motivos para chorar.

3.

Uma noite inteira virando as páginas de um álbum de fotografias com um dos interrogadores enfiando a mão debaixo de sua saia. Vê muitas caras conhecidas.

— Não conheço ninguém.

— Olhe bem.

— Já disse, não conheço ninguém.

Para ganhar tempo, ou talvez porque muitos anos depois iria se apaixonar por um homem assim chamado, aponta um rosto desconhecido:

— Antonio.

O interrogador retira a mão de sua saia, vira a foto. No verso está escrito: Antonio.

4.

Tentando não sucumbir ou descontrolar-se, ouve a voz do interrogador gordo que folheava seu caderninho de endereços.

— Ouçam isso.

Silêncio.

— Sapo é verde por definição, mas sapo mimético tem a condição de ser hermético.

Estupefação.

— Que diabo quer dizer isso? É claro que é código.

— A situação agora é que complicou. Complicou e muito.

Estão nervosos.

— Vai logo explicando, vai logo explicando.

Revê a cena. São Paulo ensolarada, caminhando pela rua Augusta com o irmão, um sapo de napa cheio de areia numa vitrine. Marrom, estufado, servia para prender portas. Riu-se, lembrou-se de Laís. Comprou o sapo para a amiga. Sentaram-se numa mesa ao ar livre para tomar chope e ler jornais. Quis mandar um cartão junto com o sapo. Treinou os versinhos no caderno de endereços.

Sapo é verde por definição
mas sapo mimético
tem a condição
de ser hermético.

Sabe o que a espera. O coração cai como uma pedra. Ouve a própria voz explicando.

— Era um sábado de sol, achei na rua Augusta um sapo engraçado muito parecido com uma amiga minha.

5.

Escrito no alto de uma porta da Polícia Especial: aqui é a terra onde o filho chora e a mãe não ouve.

6.

(a) Bar Dois Irmãos
Ele ficou nove anos preso no Tarrafal e três na Cadeia de Luanda. Foi solto em 1973. Mas até hoje só come de colher.

(b) Legislação colonial
Que a prata, a seda e o pão não sejam tocados pelos negros.

Cromo

O outono estendeu uma capa de toureiro sobre o muro. Ainda flutua ao sol. Dentro o crepúsculo, soprando para longe as folhas de vidro da varanda. As sombras crescendo macias e quentes como as cinzas na lareira. As cabeças estão juntas e a página brilha sob a luz. Na voz, o caroço de uma cereja passada boca a boca, molhada de saliva, e que bate nos dentes como um teclado musical.

Praia

Na imobilidade um está dentro do outro, perfeitamente ajustados. A cama e o quarto. Diluídos na vaga obscuridade coada pela vidraça opaca da janelinha, moldura da gata que de vez em quando surge, arranha com a pata, quer entrar. A cama é de ferro, com hastes direitas entremeadas por círculos e torçais de metal dourado encimados por bolas, cujo brilho é sombreado pelo pó que tomba lentamente como nas ampulhetas. O silêncio é absoluto e parece escorrer do bojo da pequena ânfora de argila que pende de um barbante atado a uma das hastes. A caliça abre manchas humildes nas paredes. Uma aranha teceu no canto à direita sua teia, antes de desaparecer. A parede encostada à cama é gelada como uma fonte. Nela o corpo suado busca refrescar-se, boiando em água invisível. A cama e o quarto podem parecer à primeira vista do mesmo tamanho, mas isso não passa de ilusão. Sobra uma franja de espuma por onde se chapinha na corrida rápida antes do mergulho no mar dos lençóis. Pois a cama compõe uma paisagem marinha, conforme anotou alguém há muitos anos. Mergulhados nessa água densa que refrata e multiplica superfícies, os corpos imitam o movimento ondulado das cobertas; restos de palavras fazem estremecer com seu hálito a teia, e um vago crepúsculo se propaga ao redor do menor ponto de luz. Também quando reflui a maré pequenos objetos surgem em desordem à margem: conchas, pedras, telas com seus jardins e seus palácios, cigarros e fósforos, livros, moedas extraviadas, chaves e parafusos, além de uma vela africana triangular, com máscaras negras e amarelas desenhadas. Ela arde de dentro para fora, mergulha no próprio centro, deixando intocadas as pontas. Lembra então um barco, a cuja luz podem se desenhar pelas paredes os animais de sombra da infância. Contra todas as evidências, entretanto, e apesar da imobilidade, a cama está acordada e à espreita, no oco do quarto. Descobre-se então que possivelmente se trata de um animal arcaico, talvez da classe dos répteis, o que confirma certas palavras sussurradas, hoje quem sabe esquecidas, associando ao Paraíso aquela paisagem opaca e úmida como os tecidos placentários. Sabe-se que nesses animais a imobilidade absoluta é falsa e esconde uma grande vivacidade de movimentos. Como são muito difundidos por toda a Terra, assumindo formas e dimensões variadas, não será absurda a inclusão da cama na mesma família, a que se acrescenta sua rara faculdade de distender as maxilas e o esôfago, engolindo a presa sem a triturar. É o que acontece com as roupas arrancadas às pressas e atiradas de qualquer modo à superfície dos lençóis, e que desaparecem sem deixar traço apesar das buscas exasperadas. Deduz-se então que foram devoradas pela cama em plena caça, com o objetivo natural de saciar sua fome de bicho. Um belo dia, entretanto — e o mistério jamais será resolvido se baseado estritamente na água rasa da literatura —, as roupas ressurgem e se depositam à margem, ou enroscadas nas hastes de ferro, à semelhança daqueles objetos trazidos pelo mar ou pela fantasia dos habitantes dessa paisagem. Fantasia que não pode ser absoluta, convenhamos, e que encontra seu limite nas relações com outros corpos, próximos ou distantes, e que giram — meros carretéis — no labirinto de areia dessas praias.

A terceira perna
(1992)

Prefácio

O sr. Keuner estava examinando o desenho de sua sobrinha que representava uma galinha sobrevoando uma aldeia.

— Como é que essa galinha tem três pernas? — perguntou o sr. Keuner.

— As galinhas não podem voar — respondeu a pequena artista — por isso precisam de uma terceira perna para lhes dar impulso.

— Foi bom ter perguntado — concluiu o sr. Keuner.

Bertolt Brecht, "El señor Keuner y el dibujo de su sobrinha", *Historias del señor Keuner*. Barcelona: Barral Editores, 1974

1.

... uma nova terceira perna que em mim renasce
fácil como capim...

Clarice Lispector

Pernas?
Basta uma.

José Paulo Paes

Estudo à ponta-seca

Ele me contava tudo com todas as minúcias e seu cabelo liso fazia sombra no meu rosto. A bichinha ciscava pra lá e pra cá presa na baba do sorriso dele. H fingia que não ligava, talvez porque não tivesse conseguido, justamente o mais bonito. Eu tinha certeza de que tudo não passava de fantasia. Mesmo assim fiquei olhando, medindo cada gesto, criando um clima enervante. Os copos muitas vezes se partiam, escorregando de mãos emocionadas, a vassoura era largada entre o lixo no meio da sala, varrida pela metade. A maior parte do tempo eu não me movia do fundo do quintal, mirando a chita colorida apertada pelo trançado dos galhos. Quando finalmente me decidi ela fugiu como um coelho, mas certamente não contava com a minha rapidez. Antes que conseguisse entrar, puxei de volta o portão que girou em sentido contrário e me devolveu, de costas, a bichinha. Trêmula se agarrava às grades enferrujadas e não pude deixar de supor que ficaria manchada como se tivesse um tipo qualquer de lepra. Durante toda a operação sussurrava Ńaná, quieta, Naná, quieta. Saltava à nossa volta esfregando o focinho de veludo frio contra minhas pernas. Sempre fui o preferido, era só ouvir aquele uivinho indecente. Folhas secas e pedregulhos rangiam sob suas patas, sob nossos pés, lutando em silêncio. Se ela implorasse, mas nenhum som saiu daquela boca. Pela janela iluminada vinha o risinho dele. Entrecortado e rouco, perfeitamente audível apesar de nossa respiração angustiada. Como se a parede fosse uma parede de vento. Empurrei Naná com o pé, mas suavemente para que não latisse. Não conseguindo virar a bichinha de frente, pressionei seu corpo pelas pernas. Afastei então o peito para que se abrisse um espaço possível de manobras entre nós e corri as mãos, a começar do pescoço coberto de pelinhos suados, escorrendo em seguida pelo pano ordinário do vestido até onde seu corpo se colava ao meu. Tinha certeza de que era de H o pigarro seco que de vez em quando vinha da esquina, mas eu estava num estado absolutamente insólito. Excitado, o que julgo normal, mas ao mesmo tempo com uma tranquilidade espantosa, querendo conferir polegada a polegada. Fiquei contente com a inspeção, não me enganara. Portanto não podia entender o alvoroço das confidências, a ponto de molhar meu rosto com saliva. Para amolecer a vontade dela usei de uma estratégia cansativa, porque tive de arrancar a pecinha com uma só mão e ao mesmo tempo permanecer empurrando Naná. Era impressionante. Seca como um areal. Tive de cuspir no dedo e ser insistente. Pouco depois o corpo pesou contra meu peito. Só precisei virar a bichinha e conferir. Ele já tinha dito, peitos moles feito pó de arroz, o que de fato era surpreendente sendo tão nova. Embora deteste o gosto usei ininterruptamente a língua na concha da orelha amarga, só pra ver se conseguia criar emoção e arrancar um pouco de caldinho daquela galinha. O tempo todo eu sentia pena dele pela suspeita de gravidez, o que de uma maneira ou de outra ia acabar prejudicando sua vida profissional. Também me impressionava que H não tivesse conseguido sem forçar, mas assim achava humilhante para um homem e não gostava. Era de longe o mais bonito, dourado, dourado, desde os olhos, passando por todas aquelas belezinhas, até o dedo do pé. Perguntei a ela se fazia só porque ele disse, mas evidentemente não consentiria, sempre tive medo que me arrancassem fora. A pecinha sumiu como por encanto quando ela abalou no final da função, momento em que H surgiu trêmulo da esquina. Foi refrescante apoiar a testa incandescente no rosto de meu irmão. Sussurrei em seu ouvido dourado, jurei inclusive que tinha enfiado só a cabecinha, o problema não era nosso, afiancei ainda. H cheirava feito cavalinho novo e a rua inteira brilhava, como se estivesse molhada.

Sobre os espelhos

Clarice é uma unha clara, espinho na planta do pé. Nunca mais andei direito desde que vi Clarice. Ela passou e — tarde demais! — meu coração rolou. Mas não olhei para trás nem uma vez. Fiquei foi procurando o retrato dela nos suplementos: colava o rosto oblíquo num álbum ao lado das gatimonhas de Ava Gardner e Lauren Bacall. Sabia, no entanto, que a vingança era puro despeito. Clarice sempre foi muito antiga. Cheirava a pedra seca. Era tão antiga que a ferrugem começara a cobrir todo o seu corpo, principalmente as conchas das orelhas e a linha rodeando as asas das narinas. Mais tarde era tão completamente antiga que os restos das palavras se acumularam como pó no fundo esquivo dos olhos. Me lembro de Clarice tentando seduzir meu pai, a juba gotejante como se tivesse acabado de sair do banho. Ele olhava de esguelha e fingia indiferença, mas estava tresloucado e tremendo tanto que nem podia. Eu vi.

Encontro Clarice e digo coisas sem nexo. Depois aliso o pelo com a língua para disfarçar.

Me confessou outrora um segredo inesquecível.

— Ele gosta mais é de você.

A palavra pensa, afirma Clarice, um ovo pousado no ombro como se fosse muito natural. E como o ovo Clarice é óbvia, embora muitas vezes não seja visível a olho nu.

Quando eu já estava enterrada nos Campos dos Goytacazes e os bois me pisavam distraídos, mascando capim-gordura, ouvi sua voz no escuro disfarçada de sereno caindo.

Instantaneamente me levantei, objeto ainda sujo de sangue: é por isso que Clarice é a vida por um fio.

Levou anos querendo escrever uma história começando com "era uma vez", mas não tinha peito, ela que cuspia de lado numa terra em que a mulher não cospe jamais. Um dia finalmente arriscou.

— Era uma vez um pássaro, meu deus!

Sento na areia e olho o horizonte, como se do horizonte é que viesse vindo Clarice.

— De qualquer jeito — imploro.

Porque ela pode ser uma flor quando quer, mas também uma mulher bruta com rodelas de suor debaixo do braço, mastigando a coxa gorda de uma galinha aos golinhos de chope.

Não é nenhum segredo que comeria carne humana se necessário.

Confessou isso aos gritos pra quem quisesse ouvir. Me disse uma tardinha num quarto escuro junto do berço de Francisco.

— Cuidado pro teu peito não cair.

Eu chateada mas disfarçando.

— O que é que tem ele?

E já completamente desiludida.

— Destino de peito é cair.

A isso ela respondeu se pintando durante horas: olho de prata boca toda preta.

— Não se vá ainda — estou sempre implorando a Clarice com o nariz brilhando na ponta.

Temos muitas conversinhas tolas ao pôr do sol.

— Você acha que ele?

— E o que tem se?

— Ora, não tem nada.

Um instante a mais do que deve o pé esfolado afunda e ficamos irremediavelmente comprometidos: me ensinou que as águas são uma beleza de escuras.

A última vez que vi Clarice ela pousava a cabeça no travesseiro e pro lado da montanha chovia fininho.

Eu estava distraída com a palidez da boca riscada de sombra: água escorrendo na vidraça.

Mas foi ela que disse.

— Está lindo esse reflexo no seu rosto. Parece um Rembrandt.

E como eu risse.

— Não se mexa.

Pediu a alguém um espelho.

Olhei. Mas em vez do meu vi seu rosto amarrado de fios sobre o travesseiro.

A chuva ficou toda a vida gotejando numas roupas penduradas na cordinha.

Embora eu sempre soubesse que também do que se desiste se vive, mesmo assim digo ainda uma vez.

— Vem cá.

Nada.

Digo.

— Sou uma casa vazia. Mas tem um cachorro latindo dentro.

Ela vem.

Vivamente domingo

Des divans profonds comme des tombeaux
Baudelaire

Para J. C. Alfredo

Os amantes entrincheiram-se atrás de alguns cadáveres e alguns revólveres, alguns dias inesquecíveis, bilhetes largados entre um colar de cristal (acordei e resolvi sair) e um relógio (não se preocupe) imóvel à roda da manhã. Isso porque, a despeito da cintilação que emitem, sempre me impressionei com a modéstia dos amantes, seu ar de nostalgia, sua tristeza. Mais: a expressão de sofrimento à tona dos olhos em seu verdadeiro ponto de fuga, a morte. Mas há certa ferocidade (espécie de flor selvagem que cresce nas cavernas) e humor, que constantemente polvilham os cadáveres e os amantes. Vide Truffaut: quando a gente se percebe completamente idiota, vale a pena dizer que estamos apaixonados? É melhor, sem dúvida, abrir mão desses subterrâneos. Preferível confiar simplesmente no inventário dos objetos, ou nas pequenas pedras dos sentimentos. Nessa esfera, que é o reino das paródias, topamos imediatamente com uma cena inalcançável no centro da memória (aquário ou bola de cristal) transparente e petrificada. Darão conta disso as palavras aéreas?

Uma outra hipótese nos obriga a dedilhar humildemente as sílabas foscas. Por exemplo, separando a paixão e acolhendo tão somente a medida, podemos escrever: o troqueu é um pé formado por duas semínimas, o dátilo por uma semínima e duas colcheias, e assim por diante.

Mas o paradoxo da forma pura é que ela não tem o direito de estabelecer o que estabelece. Em outras palavras: os amantes são atraídos pelos becos sem saída como os insetos tontos pela luz. Querem os velhos laboratórios com seu charme desaparecido, que processam exatamente a gama de pretos, cinzas e brancos dos filmes antigos. Segundo eles, é obrigatória uma iluminação mais trabalhada e que a luz desenhe os personagens e os objetos melancólicos do cenário. Iluminar com pinceladas, desistir dos *softlights* habituais de luz doce a favor de lâmpadas mais cruas, que clareiam zonas delimitadas e projetam as sombras evidentes.

Colhemos assim as impressões digitais dos pés adormecidos, o fulgor de prata azul (sem necessidade de filtros de correção) do vestido de seda, uma sombra manchando a cintura do corpo distraído.

Nesse ponto compreendemos que a irradiação da história é treva. Porque mesmo nos gestos mais fortuitos ou mais neutros que o amor se esforça por eternizar como belos, persiste algo de duro, de inassimilável. E a crueldade emerge da nudez assim que o fascínio é abalado.

Por isso, sinto muito, é impossível eliminarmos toda a ambiguidade, mesmo a nível de pormenor: a sala estremece imperceptivelmente como um barco prestes a partir, os mortos inclinam a linha do rosto, presos na vidraça (em chamas) de suas molduras.

O fato é que fugimos das cores vulgares da realidade contemporânea (mas como chove sem parar nesse filme!) e obtemos de chofre, como numa festa de grande gala, a elegância absoluta do desespero, que também se chama humor, e a certeza de que não há progresso estético, ou amoroso, sem esquecimento.

De cacos de buracos

Amores equívocos passados a fio de espada, de Drummond de Andrade.

Liam de nariz entupido na salinha alta do crepúsculo. Ganhei (perdi) meu dia. E baixa a coisa fria também chamada noite. Choravam. Aos pés, a curva de seda do Paraíba do Sul. Sol congelado. Vem das pranchas de velas abertas, das memórias, da tirania familiar, de gavetas entulhadas, da servidão.

A caminho da lagoa, o jogo esfolado no vidro do canavial.

Despediram-se aos soluços enquanto a noitinha com seu bico de rapina.

O segundo, feroz e ciumento. Já irremediavelmente casada. Com outro. De cuecas samba-canção pra lá e pra cá, ouvindo o concerto em ré menor para dois violinos e orquestra. Apenas um retrato na parede. Rabanada, baixinho de olhos verdes. Mas como dói.

Num sábado, os ratos finalmente começaram a roer o Edifício Esplendor.

Tempo ainda para a bofetada na cara.

— Que mancha é essa no joelho, sua puta.

O Jardim de Alá fervilhando às quatro da tarde. Escandia para evitar o colapso. Sem-na-riz-e-fa-zi-a-mi-la-gres-por-que-Deus-é-hor-ren-do-em-seu-a-mor?

Chorava. A que ponto cheguei.

No hotel barato as toalhinhas, as faxineiras não respondiam ao cumprimento, virando a cara. Dois peixes verdes desesperados presos no rosto.

Rua da Glória, igrejinha ao fundo. No céu também há uma hora melancólica. As plumas caem. Ele mijava na pia, de costas. Ela olhava os cacos da vida espalhados no chão.

Sem uso.

A regra do jogo

assim como a escrita
é mero arremedo
João Moura Jr.

A expressão "o poeta e o vento" só aparentemente se reduz a um axioma obsoleto. Ao contrário, refere-se em primeira instância aos dilemas da produção material e da vida prática.

Em seguida, acompanhando o exasperante ritmo de uma bomba central, o coração, menciona lembranças, aparas de unhas semeadas pelas gretas dos sobrados.

Só então aludirá à mulher amada, resumida no tórax e no aparelho genital, dispositivo antiquíssimo, herdado ainda dos vermes.

Isso pode ser enunciado assim, com isenção científica, mas não a verdade que tal como o estômago possui um suco ácido.

Por motivos técnicos e policiais, o poeta substituirá tal verdade pelas formas quebradiças.

Os mais sabidos aludirão à *petite histoire* do Estado Moderno e agradarão em cheio.

O poeta certamente evitará tais bolinações (Dalton denuncia que até mesmo criancinhas são colocadas a contragosto dentro de armários para darem altura a lascivos marmanjos).

Em contrapartida, outros (poetas) adoram: sentam-se ali no colinho, são largamente publicados, ganham algum dinheiro e principalmente a reputação de artistas cívicos.

Levando tudo isso em conta, o poeta deixa de ser brando (e tem tudo para isso, até um corpo forrado de limo e de florinhas verdes) para ser pérfido.

É por isso que sussurra para ela, como a aranha para a mosca: "bem--vinda à minha teia".

Necessariamente entende tudo dela, até o que não entende. Por exemplo, que ela está sempre lá, apalpando com dedos cegos a lua nova de março, que empalidece os cortiços do bairro da Liberdade.

O poeta sorri, mas tem de deixar tais minúcias para os tais sabidos, que mesmo assim fogem do assunto, rasgam sedas e treinam a medida justa da frivolidade.

Experimenta então estudar a automática história da literatura ou adubar seus animais domésticos, dentre os quais Teseu é o mais engraçadinho.

Porém desiste e mergulha até o pescoço a folha oblíqua das idas e vindas.

A moral da história é esta: qualquer que seja a paixão, é imoral apenas versejar, pois chovendo no molhado os mendigos ficam cada vez mais ensopados.

O dilema passa pela ideologia alemã, é antigo e sempre repetido: como tocar essas reses brutas pelos territórios do ar? Os fatos, que me aborrecem muito, não podem, portanto, ser evaporados: o poeta tem de demonstrar escrito no vento o caráter terreno do próprio pensamento.

Com o dedão do pé, perceberá que Amor está constantemente em cio debaixo da mesa, enquanto escrevo. E que não há cachaça ou punheta que pense esse ligeiro arrepio.

Retrato de Nise da Silveira

Em *Memórias do cárcere*, Graciliano Ramos recorda a viveza dos bugalhos enormes, a polidez, o sorriso que o magnetizou. Mas talvez Di Cavalcanti tenha sido a pessoa que melhor entendeu a Nise: é uma mulher absolutamente a rigor, decotada e solene, com luvas de cetim até debaixo do braço. E debaixo do braço tem uma alga verde cheirando forte.

Nise é a pessoa mais altiva do planeta — passeia sua nudez em praça pública. É assim: o barqueiro cobra o pedágio, ela tira o manto e atravessa o rio infernal sem olhar para trás.

É toda rodeada de gatos como as ilhas pela água. De longe emerge um rosto delicado, sombras finas e o olho copado, atento aos jogos de cerimônia. Mas por dentro se esconde um ferreiro, na fala é que aparece. Cada sílaba martelada solta uma fagulha. Vem um gato e lambe.

Nise é a única jovem de dezessete anos que finge ter setenta. Já a encontrei transfigurada, em plena noite da Marquês de Abrantes, levando cães abandonados a passear. Seu cabelo brilhava docemente debaixo das lâmpadas. Fiquei meses escolhendo uma metáfora. Tem um vento quente do nordeste soprando atrás de sua cabeça. E como a poesia Nise sopra onde quer.

À primeira vista parece imóvel e fechada em seu estuque como as casas de noite. Depois é que se percebe sua respiração atenciosa, coberta de muitos pelos: felina, no canto do sofá. É esse disfarce que cria nela a contradição entre osso e nervura em flor.

Lá vai a Nise. Nunca ninguém pôde com ela, nem o tempo nem a ditadura do Estado Novo.

Vingando-se da burocracia fascista, invadiu a Secretaria do Hospital, lançou mão dos processos e da papelada e mandou os internos desenharem no verso. Comentando a proeza, confessou com simplicidade.

— Debaixo da pele tenho um cangaceiro.

Mais tarde com uma simples pergunta postou-se junto aos doentes, que se recusavam a fabricar colchões.

— Mas evidentemente meus senhores, quem é que na vida quer fazer colchões?

Os senhores embatucaram, não conseguiram responder.

A mão e a água são uma coisa só, polindo com teimosia a pedra e o futuro. Ela sabe que eles estão absortos num mundo de imagens e que a angústia vai e volta como a maré.

Seu ato de liberdade consiste em defender nos soalhos fechados (cofres ou dedos) os sinais sedutores ou dramáticos dos arquétipos.

Ameaçada, ela gritou resistindo.

Ameaçada, disse não.

Entre o mundo fantástico e o mundo real passa o fio desse perigo: lado a lado Nise arruma o círculo mágico da ausência, plantas, cães e gatos, os homens despossuídos.

A história poderia começar assim: todo objeto me atrai, toda matéria me prende, todo êxito me fascina; mas Fernando, todo preto e todo pobre, não fez o vestibular, não se casou com Violeta e acabou enlouquecendo, entre mesas repletas, candelabros, cortinas, estátuas e o piano aberto com sua partitura. O paradoxo da loucura é que o pedreiro duro exerce a ordem minúscula do relojoeiro.

Nise não contorna esse lado de sombra. De madeira e cabelo fino vai tecendo seu amor, o mundo novo.

Entremez

Talvez ele estivesse semienlouquecido pelos contínuos tormentos e jejuns do cárcere.

— O ator é hipócrita! — gritou.

O Imperador, vede, distrai-se por um momento dos relógios que monta e desmonta; perseguido pelo sonho que o atormenta há meses. Está condenado e sabe disso. Outrora, em seus domínios o sol não se punha: perdidos areais, as choças que arderam sob o furor de seus soldados, fundos bosques habitados por lobos, os tesouros do Novo Mundo. Com a mesma graça com que erguera do chão do atelier o pincel de Ticiano, concordara com a matança. Perseguira os vencidos impulsionados pela fé: em seu nome ateou as fogueiras onde ardeu entre lágrimas e mau cheiro a carne dos rebeldes.

Diz uma versão que estava meio enlouquecido quando se recolheu ao mosteiro. Mas não podemos afirmá-lo. A nós interessa esse passeio solitário — reparai — nesse descampado de pedra que é o convento de Estremadura. A renda de seu peito está empapada de lágrimas. Seu olho — daqui podeis ver — é uma lasca de lantejoula negra balançando-se no rosto de seda.

O monastério está debruçado no vale e, ao contrário da proposta da fé, não é infinito. Daqui examinamos suas salas e trincheiras, o sigilo do pátio e sua renda de folhas, suas espessas cúpulas, as muralhas sobre planícies desoladas, os jardins, o calabouço, as celas sem saída, as galerias, as câmaras, antecâmaras, escarpas e escadarias. A choça dos escravos.

Gianello, vede, não o abandonou, está a seu lado, fabricando os engenhosos mecanismos da época. O Imperador tranca-se numa sala onde desmonta e aperfeiçoa relógios que batem longamente as horas.

Com o império renunciara a toda curiosidade vã: apaixonava-se agora por autômatos de engrenagens complicadas e sem sentido que se comunicavam com o vazio.

Da antiga vida só permaneceu o vulto — olhai — da Rainha Louca, surgindo naquela janela transparente. (Do pesadelo só retém esse copo de sangue que não cessa jamais de transbordar.)

Nos planaltos arenosos de Castela, pouco a pouco começou a luzir o brilho parado dos pântanos de Flandres. Olhai: dentro do guerreiro astuto do passado escondia-se a noz dessa criança velha e delirante. Sua espada agora está quieta como uma planta.

O sonho em seguida não tinha imagens, salvo o brilho da água estagnada e a língua de terra, disputada palmo a palmo com o mar. Dentro dele, uma voz murmurava lenta.

Vede seu rosto de seda branca, desperta e distraída. Agora chora de saudades dos antigos espetáculos da infância. Expede então a ordem.

As estradas de Espanha estavam percorridas pelos titeriteiros ambulantes que estacionavam nas praças públicas e nas igrejas.

Ignotus, contudo, foi descoberto e arrancado dos cárceres da Inquisição. Sobre ele pesava o crime de ser poeta errante, taumaturgo e teólogo excomungado. Defendia a perfeição da marionete, feita pelo homem, em relação ao próprio homem, feito por Deus. No suplício do potro gritara que, assim como uma estátua é perfeitamente o homem em imobilidade, a marionete é perfeitamente o homem em movimento: instante de tensão rapidíssima, impossível de ser repetido pelo mesmo homem.

O Imperador sussurrou, revendo o Schelde brilhante com navios balançando, doces.

Além desses crimes, acusaram-no de zombar dos santos, sem, contudo, zombar da imagem de Judas, de se lavar, vestir camisa limpa, comer somente a carne magra do porco, dando a gorda aos visitantes. Surpreenderam-no ensaiando uma peça cujo prólogo começava assim: por Cristo, merda, pela hóstia sagrada, merda, pelo parto da Virgem Maria, merda.

Colocado a tormento, confessara ter proferido tais palavras, mas não pedira perdão, nem denunciara outras pessoas, portanto, fora considerado herege e apóstata da santa fé católica. Infelizmente não tinha bens a serem confiscados a não ser sua trupe de marionetes, queimada em praça pública sob o apupo da ralé e dos reis.

Ignotus foi relaxado à justiça secular e esperava a morte.

Mas não tremeu diante do Imperador, embora seu barrete de veludo esteja — reparai — roído pelos ratos e seu riso de marfim embaciado, também roído pelos tormentos e pela fome.

— O ator é hipócrita! — gritou.

Ouvi: o relógio da câmara acaba de bater as horas.

— O tempo jamais extraviará em seus espelhos as figuras verdadeiras — começou Ignotus.

No desenrolar do espetáculo, sílaba a sílaba abria espaços foscos na memória: no funeral nobre, o ataúde sob o pálio de prata era despedaçado pelos Andrajosos, que entoavam sua canção particular.

Mas o sonho não parava aí: através da taça plena, via-se a si próprio folheando relatos futuros. Deles escapava ainda o espantoso grito dos meninos, cuja morte fora rematada a patadas.

O Imperador ergueu-se trêmulo de cólera.

Ignotus apontou sorrindo o último quadro. O Imperador olhou: o sangue dos comuneros pendia das árvores, negro e lúcido, no sonho agora deserto.

Ignotus foi reconduzido ao cárcere e queimado publicamente pouco depois. A língua que falava parou de soar. Os ouvidos apaixonados que a ouviam foram pouco a pouco invadidos pelo musgo.

O Imperador, vede, imóvel na torre central, em que pensará?

Essas luzes vistosas vão se apagar uma a uma. A cortina escura está prestes a descer.

A pequena serpente azul que sobe pela cintura do Imperador, reparai, simboliza a morte.

Ele cerra os olhos, recordando, antes que o deitem no grande ataúde com a sina de ser destruído.

A voz quebrou-se.

Com ela, o rostinho de tafetá da Rainha Louca, as varas de linho dos porões do Estado, onde sofrera Ignotus, o olho de lantejoula do Imperador. Imobilizaram-se todos em seu giro ao redor das faces dos relógios mecânicos de Gianello — último a cair na boca de cena, seu pequeno coração de paina, cheio de tantos segredos, morto.

Gruppo di famiglia

Em todas essas pranchas estão decalcadas as mesmas figuras: um páter-famílias cercado de cravos em seu esquife, alguns anos depois de ter dado sumiço àquela que antes mesmo de nascer era chamada "a bastardinha", um gângster, um intelectual que se embriaga num sótão, um afogado (dois quadros à frente a saia negra da mãe vibra como um sino na praia vazia), uma boba em perene tentativa de fuga, uma criança roubada, uma jovem violentada, uma mulher lindíssima a pique de murchar (como a Silvana Mangano naquele filme), uma adolescente preta que soluça ao ser beliscada, uma cama vazia para onde olha fixamente a mulher lindíssima. O grande plano isola um nariz abrasado. Nunca se soube quem chamou os investigadores que cercam o prédio. No entanto, embora sejam nítidas as figuras, o feixe dos enredos que elas compõem está longe de ser regular. A única solução é não se ter grande respeito por essa história que mal se entende, pois o mundo visual, assim congelado, parece insípido, confuso, sem vida e vazio, cheio de sínteses irracionais. Talvez devamos concluir que a boba misturou de propósito as plaquetas, pois a criança, filha da jovem violada, repousa na mesma sequência do estupro de sua mãe, e os rastros de sangue, que não podem ser do intelectual bêbedo, pois que morrera de contrariedade numa madrugada qualquer, estão no entanto empoçados no sótão onde aquele se isolara; pertencem os rastros certamente ao gângster, segundo exames técnicos feitos a posteriori, não obstante ele apareça sem um arranhão no último quadro, de boca colada na boca da mulher lindíssima. O primeiro relevo mostra uma sacada, alojada entre o mármore raiado de Visconti e o recém-pintado balaústre de Ventura. Nesse terraço cinzento (não se pode evitar o falso crepúsculo da oxidação das tintas) a criança pousa como penugem nos braços do gângster, tendo ao lado a boba, sobraçando rosas brancas de pura esperteza, como logo se verá. Em todas as cópias o prédio está cercado pelos investigadores e qualquer movimento pode afetar profundamente a forma abstrata das tensões. A tela seguinte denuncia que lançaram da sacada uma velha fotografia amarelecida pelo tempo: duas mulheres abraçadas, ao lado de um estudante de capa escura. Fitam o que talvez seja o horizonte, os olhos cheios de chuva. É claro que a manobra foi feita para despistar. Os investigadores atiraram-se ao retrato como gatos a bofes. Aproveitando-se da confusão, safaram-se o gângster com a criança e a boba. Saltaram do parapeito utilizando o molho de rosas como um paraquedas aberto. No próximo plano os investigadores já invadiram o prédio, onde se encontravam quartos atravancados de camas vazias. O que buscam seus olhinhos de lince através do fino granulado da ferrugem parece misterioso, pois permanecem inteiramente indiferentes ao pranto da adolescente preta e cegos à jovem violada, no entanto perfeitamente visível atrás de uma cortina que ondula. Nos fragmentos que restam da prancha seguinte amontoam-se seus pertences arrancados: um par de peitinhos, uma anágua rendilhada e dois botões sensíveis, um no ventre, outro aninhado entre pernas à distância transparentes. Do cavalheiro tenaz que lhe deu tal estocada só temos esse retratinho aos oito anos, de franjinha e traje à marinheira, conforme se usava na época. Quanto a ela possuímos um documento intrigante e aparentemente inútil emitido pela perícia policial e que afirmava seu útero ser maior por dentro do que por fora, produzindo o mesmo efeito paradoxal de certas cavernas índias. Embora os fios da tela estejam meio rompidos pela umidade que esfuma todas as linhas com sua ondulação de água, podemos observar que a mesma colcha bordada pelas mãos da avó serviu para envolver a recém-nascida e a jovem agonizante, e brilha ainda a despeito da névoa crepuscular na cama para onde dirige seu olhar imóvel a mulher lindíssima. O tecido guarda ainda a ligeira marca de um corpo, talvez em repouso há pouco, antes de partir. É o único colchão coberto. Os demais crescem como claras em neve na sequência imediata, ameaçando sufocar os investigadores que tropeçam nas camas ou enveredam pela escadaria no fundo, à caça talvez do intelectual. Impossível sabermos as intenções daqueles que se embebedam solitários, ou morrem de desgosto, ou se empenham apaixonados na defesa de heranças, ou se recusam a desviar os olhos de objetos à primeira vista insignificantes. Só temos, entretanto, esse fio precário na trilha do enredo vazio. Há inúmeras ações incoerentes. Por exemplo, não podemos imaginar a razão pela qual retornou o gângster ao cenário, uma vez que já fora pago pela tarefa a ele incumbida pelo páter-famílias. Talvez voltasse pela mulher lindíssima, satisfazendo sub-repticiamente algum cru desejo infantil. Não podemos evitar que o rastro de sangue no soalho certamente pela deterioração do papel se assemelhe sempre a um vago crepúsculo. O último quadro mostra as riscas negras e azuis dos colchões já alcançando a cintura da mulher lindíssima que murchará em segundos, como veremos a seguir, com a boca do gângster colada à sua. Seus olhos, no entanto, rebrilham no esforço da fixidez, cravados não sabemos se na forma imperceptível deixada pelo corpo sobre a colcha, se no ar vazio que separa nosso olhar do esquecimento.

2.

— Que século, meu Deus! diziam os ratos.
Carlos Drummond de Andrade

Os ratos

Para Augusto Massi

Roem a rima rara (e também a reles).

Às duas e quinze cruzo com um, em seu estrelado uniforme de caça.

(há diferenças entre o roer de várias madeiras: assoalho, forro, tampo de mesa)

Outro, deu no jornal: topou por acaso com a jugular de E.C., de prendas domésticas, nela cravou os dentes, satisfazendo assim seus torpes instintos.

Te mato se contares, guinchou, enxugando os bigodes. Ora, um rato não é um homem: matou. Às duas e vinte ouço um rato cientificamente defendendo na televisão seu próprio ato de roer: trata-se de uma necessidade vital, seus incisivos têm crescimento contínuo.

Pensemos em outra coisa, palavras de um delicado, com tais especulações ficamos mergulhados num palavrório inócuo, em vez de nos ocuparmos com preces e canções.

(assim como há diferença entre o roer dos vários tecidos: pupilas, osso, cartilagem)

Às duas e meia um bando de ratos ameaça roer recém-nascidos que não podem ainda gritar por socorro.

Otimistas sugerem um poema responsável, em vez da tragédia: que o Brasil, indubitavelmente, é um país cheio de pássaros, com dias longos e noites curtas, pessoas cordiais aspirando apenas a algo indefinível que transforme suas vidas.

Às duas e quarenta os ratos prometem deixar roto o desvario dos homens intrinsecamente rebeldes.

(roem o sol da liberdade em raios fúlgidos)

Liberais exercem o liberalismo: é fato insofismável que tanto ratos como homens vivem de dejetos e espertezas insignificantes, para não citarmos as transgressões e o tédio mortal que lhes corrói a alma.

Exemplo do primeiro item: o ladrão viola ou não viola a propriedade privada?

Viola no saco, tentou-se a desratização imediata do país.

Tarde demais: tarso, metatarso e dedos do chefete cobriam-se de pilosidade rija. Os molares emitiram um guincho, que muitos entenderam como uma ordem para a desumanização imediata do território nacional.

Consequentemente, uma sintaxe turva conseguiu ser decifrada: brasileiros famintos não comem ratos, mas são devorados por eles.

Às três horas em ponto os ratos começam a entrar devagarinho nos poemas e nas cidades.

(no pesadelo dos homens aniquilados, desde 1935, afirmou o astuto (Dyonélio) debulhando para nós a espiga da metáfora)

Gritos e sussurros

Pata afiada de gato, gargalhadinha herdada dos velhotes, Cortázar decifrou a identidade deles.

Rodeados de generais e de xicrinhas de café, negociam ao cair da noite uma frase de efeito a ser gritada no último momento.

Para selar um destino histórico retrospectivo.

Isto é, para metabolizar no fígado alheio as trapaças e os calabouços mecânicos dessas democracias. Bem dosado, o grito pretende reduzir em quem ouve o volume urinário e aliviar a sensação de sede.

A náusea.

O vômito.

A vertigem ou gana de desforra.

Segundo especialistas, contudo, tal frase não pode ser dita.

À hora da morte tiranetes estarão com uma corda ao redor do pescoço, tremendo de terror e frio.

Segundo outros, palavras e gritos paradoxalmente são coisas que a rigor se podem vender, mas não se podem comprar.

Em nosso caso vamos e venhamos.

Contra relevantes modelos teóricos, ressoam gritos vendidos e comprados.

Possivelmente roubados.

Ininterruptamente.

Vendilhões.

Traidores.

Ao sacolejante ritmo tropical.

Falsos cordeiros.

Múmias ressurrectas.

A semântica bíblica afirma fundamental distinção. Entre mudanças com a coragem moral pra deixar tudo na mesma e mudanças sem responsabilidade.

Achincalhando as Forças Armadas, articuladoras da luta de classes, orquestração ruidosa de minorias radicais.

Por outro lado, o povo não tem pena, o povo acha legal, ponte de safena e cálculo renal.

Gritado assim nas rimas perfeitas da praça pública, com endereço certo. Rogério ouviu.

Sussurros, o ato cívico de contrição.

Eu prometo, juro que não, aliás nunca, nem permitirei.

Justamente agora que a complexidade política exige de todos os seus filhos grandeza, patriotismo e desambição, ora.

Os quebradiços labirintos do jogo.

Luís ao telefone: se conseguirmos evitar o fascismo, ainda está bom.

Upa — berrou a Zuzu — Macaco. Macaco. Macaco. Complacentes traseiros coloridos para atrair a fêmea plastificada e o lucro do capital.

É um show esse macaco.

Exegese mirabolante dos tempos.

Recuerdo de Bertoldo

Era um mendigo cor de mendigo, marrom e bege onde o franzido se esgarçava. Morava onde as pessoas andam (nas casas pelo avesso). Comia quando deus era servido (e deixava cair uns trocinhos da toalha).

Era uma senhora de unhas cor-de-rosa choque, amável e gordinha, regando o sapo de seu jardim. Tanto assim que ao ver a face serena de quem pagava os dízimos segundo o costume (esmalte cintilante adoçando os cruzamentos perigosos) o mendigo pediu — uma esmolinha etc.

A senhora suava de incontrolável bondade.

Pela primeira vez cedeu à tentação (cala-te, boca). Decidiu infringir a lei de não dilapidar o patrimônio e esquecer a máxima consensual: quem dá o que tem a pedir vem.

Foi lá dentro, voltou e deu ao mendigo algumas gravatas velhas (antes brilhantes) do marido (agora de fio corrido).

O mendigo cuspiu na cara dela.

— Gravatas, sua cadela?

Foram talvez suas últimas palavras, antes de ser submergido pela polícia.

Quadrilha

Os conservadores relutam em admitir progressos no campo da filosofia analítica que, como se sabe, determina as formas válidas do raciocínio lógico.

Exemplo: a Fábrica de Tijolos amava a Segurança, que amava a Lei, que amava o Serviço Social, que amava a Classe Operária, que não amava ninguém. Salvo, naturalmente, a rejeição da tragédia e o desejo de um final feliz para a história. (Mesmo em períodos de extrema opressão — notaram os especialistas — o povo não cessa jamais de crer, de um modo mais ou menos confuso, que o "bem" acabará vencendo o "mal" — o que significa que seu sofrimento cessará um dia.)

Mas o raciocínio não pode ser reduzido a cadeias silogísticas e precisa de sua mitologia noturna. Assim, a Segurança puniu os cabeças da desordem: a escola, afinal, era ilegal sob pretexto da impossibilidade de providenciar uniformes e sapatos pretos (com meias brancas) numa área superpovoada, portanto tradicionalmente perigosa.

Uma mulher, posta a suplício, explicou com inesperada candura, entre um grito e outro.

— É que sofro de insônia.

Pois que, no escuro, as crianças cochilavam, os homens anoiteciam, as mãos das mulheres brilhavam foscas na penumbra: teimosos e insones acabaram por erguer um casebre-escola, ao arrepio da Lei, no alto do morro.

Ora, a filosofia que se baseia em pressuposições errôneas chegará provavelmente a conclusões errôneas, pensou a Segurança. E baixou, firme, o pau.

No entanto, essa árida forma lógica não funcionou *ad saecula saeculorum* porque, afrouxado o dogmatismo do modelo político, por necessidade original, a própria Lei obrigou a Fábrica de Tijolos a construir a escola, com onze professoras pagas.

De alvenaria e telha-vã, funcionava agora em convênio com o Serviço Social.

Tempos depois, contudo, as onze professoras comunicaram aos habitantes dos casebres que a escola ia fechar definitivamente: a Fábrica de Tijolos conseguira desobrigar-se de mantê-la, sob pretexto de complicações práticas relevantes (condutas espalhafatosas fora do recinto da classe) e de muitos outros aborrecimentos. Um deles, falsificação de diplomas.

(As professoras confessaram a injúria muito coradas.)

Pressionado inusitadamente pela Lei (*Democracia, quae sera tamen* — proclamou a imprensa), o Diretor Administrativo da Fábrica disse que não pretendia, não pretendera jamais fechar a escola. Tal interpretação leviana fora o resultado de conclusões falsas derivadas inexplicavelmente de premissas verdadeiras: o prédio, claro, poderia continuar suas atividades, só que à disposição da Secretaria de Educação.

O Diretor Administrativo e o Superintendente reconheciam agora, unanimemente, a importância de tal instituição naquela área indubitavelmente perigosa, mas, por outro lado, lastimavam-se de que a Secretaria não tivesse a menor contemplação para com a Empresa e seus problemas. Onde estava a harmonia imprescindível, por exemplo, entre a sincronia e o cronograma econômico-político?

Dessa vez argumentaram aplicadamente com a Lei e satisfizeram-se com a seguinte negociação: pagariam aos operários (que reivindicavam aumento havia anos, sem o que não podiam pagar o aluguel dos casebres) um salário-educação: meio quarto dos vencimentos.

Ninguém ignorava, principalmente o raciocínio oficial, que o grande constrangimento sempre fora e continuava sendo o balanço de pagamentos. Uma vez tal problema reduzido, o convênio estaria automaticamente assegurado.

Contudo, se não punham abaixo o prédio da escola por eles mesmos construído — boato que correra à boca pequena, mas nem por isso menos desconcertante —, eximiam-se, outrossim, de arcar com a responsabilidade de seu funcionamento.

Às dez e meia da manhã as onze professoras reuniram-se com todos os habitantes dos casebres, que pareciam perplexos (talvez porque observassem que com umas poucas sílabas se podia expressar um número incalculável de pensamentos), e lhes comunicaram o encerramento definitivo de suas atividades.

A Fábrica de Tijolos não podia dispor de verbas, a Segurança esperava ordens da Lei, que norteava por seu turno o Serviço Social, exausto de providenciar tantos uniformes e sapatos pretos (com meias brancas) para uma Classe Operária que comia compulsivamente o salário-educação. Além disso, sem nenhum jogo de cintura (indispensável) para se dançar conforme a música.

Pois vislumbrava agora a Classe, com um pequeno sobressalto (como um ovo claro aparecendo de súbito no buraco escuro de um corpo), que a forma do raciocínio determinava sempre sua validade. Por outro lado, as mesmas formas podiam ser utilizadas para veicular ideias opostas.

Infelizmente, do desfecho de tal contradição a mulher dos gritos nada soube, porque já tinha morrido: suas pálpebras pareciam de madeira emperrada e em vão a sociedade civil (e a militar) tentou dobrá-las à força, com grande contrariedade da família, que percebia, naquele derradeiro gesto, uma teimosia irrecuperável: o cadáver mantinha desdenhoso os olhos arregalados dos insones profissionais.

Projeto Rondon

Para usar de sinceridade, alguns caras só se alistaram pensando em comer putinhas frescas, bem baratinhas.

Entretanto, o Acre tinha um índice altíssimo de lepra, souberam depois. E os miseráveis navegavam dias e dias numa canoa, algumas meninas bem bonitinhas!, prometendo frangos-d'água, frutinhas misteriosas, caso os doutores fizessem o favor de contornar a lei e arrancar todos os dentes da ninhada. O pai e a mãe exibiam gengivas exemplares, vazias e lavadas de cuspe.

Os profissionais escalados para o Acre foram dois dentistas, dois professores de inglês, um de francês, outro de educação física e ainda outro de religião.

Na primeira semana ele teve muito pânico e algum escrúpulo, misturados com perplexidade. Mesmo sem ser médico fez vários partos, emendou um craniozinho esfacelado (a colega de francês registrou a façanha com uma Pentax último modelo), tudo isso com a água do regato, cheia de folhas e mosquitos embriagados.

Depois sossegou. Arrancava todos os dentes, recebia os frangos-d'água, chupava as frutinhas, fazia umas farrinhas muito bestas com as parceiras do projeto (adeus, ó putinhas bem frescas, bem baratinhas) e escrevia saudosas cartas para a noiva com quem, afinal, acabou se casando.

Rosa-chá

Essa moça também gostava de passear em cemitério. Mas, diferente da outra, preferia enterro à pompa dos navios ou a cortejos de casamento. Caminhando pelas mesmas ruazinhas brancas, mergulhava de igual modo em cisma, distraída com anjinhos fixos, colunas partidas ou com as indiferentes águias de asas abertas. Fazia então considerações sublimes. Tudo é pó. Por isso mesmo despertou um dia com súbito terror, mão aberta de bofetada na boca. O bando de meninos deslizava entre os túmulos como se tivessem brotado do sovaco de mármore dos anjos. Baldes, vasilhas e panos sujos, sabão barato, apetrechos. Quer que lave, moça, quer que limpe, moça, aproveite, tudo baratinho. Foi obrigada a mudar imediatamente de tom e de considerações. Aí estão as crianças do meu país. País em que se plantando (o som de pés e a risadinha) tudo dá. A amarelinha chutando uma falangeta. Tamanha indignidade. As três marias com preciosas vértebras coccigianas. Mas a menina chorava. Disse que era dor de dente. O dedinho sujo apontando três ou quatro caquinhos na gengiva. Isso é inconcebível. Uma criança sofrendo assim. Pousou o olhar no vidro de sua lágrima. Vamos, vamos. Em casa, banho, laçarote, lavanda Johnson. Caldo escuro fugindo pelo ralo, corpo surpreendentemente cor de espuma. A família perplexa. Onde dará tudo isso. Sem dúvida ela é da favela da Camareira, detrás do cemitério. Com certeza faz parte do bando de olheiros dos bandidos. Sapatos da irmã mais nova. Vê se dá no seu pé. Quem não sabe que escondem canivetes e navalhas nas floreiras dos túmulos para assaltar incautos como você, com essa mania de passear em cemitério. Alguém precisa de trinta anos de análise, no mínimo. Quanto sentimento de culpa. Saia franzida é fácil, basta apertar um pouco. Ora, minha filha, isso nunca foi piscina, não passa de uma banheira. E quantos meninos moram lá no cemitério. Sei lá, um montão. Como conseguem viver. Sei lá, vivendo. O pior é o guarda que fura nosso balde e lança fora o material de limpeza. Mas se todo mundo só vai ao cemitério em Finados. Não é não, dona. Vão sempre em ocasião importante. Quando nasce o morto. Quando o morto faz anos. Quando morre o morto. E ainda tem as flores que a gente vende pros namorados do morto ainda quente. A família esperando chateada para o almoço. Dentista particular não tinha, era feriado. No INPS a fila. O próximo. Preparam-se para arrancar o dente sem mais delongas. O que é isso, bradou. Isso é uma vergonha nacional. Deixa, deixa arrancar, ensinou a menina, assim para de doer. Isso é inconcebível, bradou. Principalmente o molar. Atrapalha a mastigação e produz posição defeituosa na arcada dentária. O dentista de saco cheio. Deixa, deixa, suplicava a menina. Absolutamente. Afinal era contra todos os princípios, desde a Revolução Francesa. Imaginem o atraso deste país. A porta bateu, atirada com fúria. Na farmácia buscopans, aspirinas, baralgins. De três em três horas trinta gotas, minha filha. Vou ficar boa, a senhora jura, que bom. Desviou depressa os olhos, adeus, cuidado com o vestidinho, e o sapatinho também. Rua sem fim, cozinhada lentamente ao sol. Enfim com os familiares, macarronada e bife à milanesa dos domingos e feriados. Mas por que é que uma rosa-chá apodrece lentamente em sua memória. Retirou-se para a sesta com dor de cabeça.

O rosto do herói

Ele foi morto como um bandido qualquer. Serraram seus membros e espetaram seus destroços em altos postes.

O estômago, local onde esvoaçam as dores, tremulou como uma flâmula na cruz da igreja.

Embora acostumadas com o pó, as crianças mal conseguiam enxergar o castigo, com as nuvens que os soldados levantavam, aos gritos e solavancos repassando a lição de rebeldia.

Aquele povo até então só externara seu desespero com pedradas nos edifícios públicos, o que a imprensa chamava de popular quebra-quebra e que era um mau humor perfeitamente controlável.

Mas uma conspiração constituía um excesso. Portanto, demoliram a casa onde o homem nasceu e cresceu.

Salgaram o chão.

Que pena, murmurou um enxame de desabrigados ao redor da lagoa de terra nua e seca, pensando talvez sonhadores nos espaços que as casas guardam com sua multidão de portas.

O castigo e a lição aparentemente foram aprendidos, porque nunca mais se soube de um rebelde como aquele. De forma que, séculos passados (como a poeira dos cavalos e o suor dos cavaleiros) o bandido virou herói, sua intrépida morte admitida como honra da pátria, desde os discursos cívicos aos poemas sensíveis.

Falou-se em crise e em momentos de crise, nos homens que protegem a ordem e prolongam a crise e nos homens que aceleram a História porque aprofundam a crise: falou-se em revolução e no modo por que as burguesias do momento (do centro e da periferia) não apelavam mais para a imaginação criadora. Tentaram se lembrar de outros homens que, como aquele, foram perseguidos, presos, condenados, fuzilados ou esquecidos; leram milhares de reivindicações amarelecidas pelo tempo e pela umidade dos museus ou de casas em ruínas, e surpreenderam-se sobremodo com um item frequente em todos os ideários: a liberdade de ir e vir. Imaginavam estupefatos que seus antepassados viviam fixos como flores. Jurou-se então fidelidade eterna à morte do herói e à ignomínia de seu suplício. E como um pescador semiafogado descobrisse no leito de um rio uma estátua com o nome do assassinado escrito na base, concluíram que era o seu retrato: um musculoso homem de pulsos amarrados, olhos cravados em qualquer ponto do infinito. Fixaram a estátua em frente ao Palácio do Governo e outras tantas reproduções nos portais dos colégios e edifícios públicos do país.

Algumas foram atingidas por pedras perdidas, enquanto a cara do pescador explodia lívida em todos os vídeos de TV durante um mês inteiro. Finalmente esqueceram seu vulto faminto em troca da gigantesca figura, impossível de ser roída pelos peixes mais pacientes.

Na orgia de fidelidade ao herói, emitiu-se um decreto: fica terminantemente proibida qualquer reprodução que modifique, nos menores detalhes, a estátua encontrada etc. etc. etc.

Então artistas começaram a protestar, pois juraram que em sua profissão indispensável se fazia a liberdade criativa e a liberdade de expressão. A arte não é possível sem liberdade e não há liberdade autêntica sem conteúdo humano e a dignidade da pessoa, declararam.

Ponderou-se (a ala mais afoita) que a postura do herói, de acordo com a estátua, pouco ou nada condizia com seu destino.

Um revolucionário de olhos cravados no infinito, mesmo que tenha pulsos amarrados, ora vamos e venhamos.

Fizeram-se pesquisas na região onde nascera o patriota. E da memória transmitida de seus conterrâneos colheram duas informações extraordinárias, nada condizentes com o rosto taciturno da estátua.

A primeira referia-se a seu ar continuamente espantado.

Ora veja, exclamou um artista.

A segunda, sobre a alcunha agora esquecida, que lhe deram populares, por apresentar à hora da morte as gengivas vazias. Tivera os dentes arrancados na prisão.

Os pesquisadores afirmaram que aquilo era um fato corriqueiro no território nacional e, além do mais, nada artístico. Mas voltaram e bateram-se incansavelmente pela revogação do decreto. Os partidos políticos dividiram-se, fizeram comícios, algazarras, durante os quais populares aproveitaram para atirar pedras nos edifícios públicos, de acordo com a tradição milenar de sua espécie. O Governo suspirou, ocupado em desviar-se do lodo que as pragas nacionais deixavam atrás de si. Apesar disso assinou permissão de verbas significativas para as cerimônias de inauguração das várias interpretações da figura do herói.

O herói no banho, o herói amando, o herói feito de flores: cabelos de samambaia, olhos de violetas, mãos de gladíolos. Interpretação tão fugaz que, no instante mesmo que a pedra de um popular rancoroso a atingiu ao varar as ogivas do museu, já estava desfeita.

3.

E os suspiros que dou são violinos alheios

Mário de Andrade

Nu feminino

Lulu é bem pisadinha. Assim como a pobrinha que apanha sempre e tem sempre um cheirinho de mijo.

O amor da feinha é o que eu sinto por Lulu.

É como plantinha pisada que se esforça, mas que, passada a tropa, fica colada no sereno branco da noitinha.

Os dentinhos caíram, a barriguinha de lâmina de aço inoxidável enferrujou (contra todas as garantias), cresceu, empurrou a calça Lee.

Corolário: o perfil de Lulu não convence mais.

O consorte grita.

— Lu.

Ela atende.

Os filhos desobedecem e puxam seu cabelinho fino, que era negro mesmo como a asa da graúna.

Seu sonho de ser grande cantora mezzo soprano, sonâmbula, bailarina ou amorosa irresistível (como Mata Hari) ficou murcho e manchado como um pano de chão que a gente esfrega, quando derrama sem querer uma bebida doce (ou salgada) de puro esquecimento.

Insisto às vezes (rara paixão) em escavar o rostinho dela e descobrir antigos traços. No entanto, são apenas manchinhas de óleo (à superfície) de um submarino afundado.

Romeu e Julieta nas águas (furtadas)

Certamente inventados entre as palavras...
A. Margarido

Eu te amo e você me ama, mas enquanto o Irã e o Iraque estão a um passo da guerra total, depois dos violentos combates travados ontem (21 de setembro) entre os dois países, e novas estratégias se planejam com lógica sinistra, nada podemos fazer — por isso escrevemos textos.

Radicalizando essa problemática, eles (os textos) só podem crescer em círculos.

Por exemplo, há certa participação regulada das coisas entre si: os amantes, antes de mais nada, precisam de um quarto.

Chegam de um lado e de outro, a pé ou de rastros (num Passat azul-prata), e se encontram por acaso (evitando, contudo, o risco de não tomarem por outra uma forma que é a mesma, nem pela mesma uma forma que é outra) na sala maior do restaurante.

O corpo engatilhado, pronto a disparar — na garganta, a palavra engatilhada, pronta a disparar, embora não possa sequer ser adivinhada, tão nova e tão inaudível, se pronunciada no meio de gente que, sem perceber o próximo iminente assalto, continua a mastigar rotineiramente.

(Saber que a noção de amor (segundo uma abordagem antropológica) é apenas de viabilidade sugestiva (*Romeu e Julieta*, por exemplo, pode servir de ponto de partida como drama arquetípico (que é) do assunto, mas o que realmente denuncia é a lógica das relações (sociais), subsumidas por tal categoria, o amor) não supera o dilacerante impasse.)

O círculo, portanto, atiça a história: estão de pé, engatilhados, na sala maior do restaurante.

Ao redor, as pessoas mastigam rotineiramente, sem saber que o sal já mudou de sabor e o vinho, talvez há pouco uma bebida banal (um pouco desenxabida), se retesa, pronto a estalar (como uma labareda).

No momento seguinte, ambos estão sentados, perna contra perna, olhos buscando a relação (a queda) correta, devorando, com suas bocas amorosas, uma paca castanho-clara que, momentos antes, passeava sob as mesas, entre as pernas dos comensais (talvez um pouco mais nervosa) como um gato.

Cada amante sabe, com sua língua vermelha e branca, que o outro amante é seu próximo mais radical, portanto sempre presente e sempre ausente.

(O tempo aqui é apenas seu horizonte (horizonte do ser) para que a história possa continuar.)

Em seguida, o que cada amante não quer (de maneira também absolutamente radical) é superar o ter, é vencer o paradoxo ou anular o sensível.

Por isso, quero aquela paca, confessou a amante, com toda a brutalidade da paixão, tornando precárias todas as medidas (de praxe) de segurança.

E o amante sorriu — brilho lentamente polido pelo sal do mar.

(Você, para todos os efeitos, acaba de surgir, na sala maior do restaurante (uma janela dando para um terreno baldio, cheio de carros quietos, talvez irresistivelmente românticos) enquanto se acumulam os sinais de que você acaba de surgir. Pronto a disparar.)

Para conservarem e, ao mesmo tempo, fazerem cessar o princípio irrefutável de que, sob o ponto de vista formal, A não pode ser B enquanto A for A, os amantes precisam de um quarto. E esse tema só pode ser melhor desenvolvido por meio de uma segunda observação: há uma noite a vencer de onde se há de regressar (mesmo que eu (ou tu) fiquemos presos entre o travo do lençol e a chave da tua (minha) boca).

Para que tal não aconteça faz-se mister traçar um mapa.

Em primeiro lugar, a teimosia. Vamos ficar, dizem os amantes aos alegres comensais que, repentinamente, oscilam numa súbita (e passageira) tontura e tropeçam na lama do pátio, rumo aos carros.

Em segundo lugar (como se comportar em relação um ao outro?) se tocam, visto que tudo se concentra no sensível, primeiro com leveza (acabo de desenhar teu transparente rosto, antes de a minha mão ser cortada), depois com lábios subitamente escuros.

Vamos, dizem os amantes, abandonando o salão maior do restaurante e ganhando a rua.

Em algum lugar da cidade está um quarto, dentro dos arcos de uma casa (como um coração) aonde se chega depois de galgar uma escada de madeira.

(Na geladeira estão apenas uma garrafa cheia d'água e uma pequena paca (outra) morta de véspera.)

Contudo, para se chegar lá, é preciso que se trace o risco da noite, determinando aquilo que o objeto é: pela prata das calçadas escorrem, enrodilhados, os mendigos (nenhum pensador e nenhum amante conseguem sobrepor-se inteiramente a seu próprio tempo).

Por isso, para a segurança da volta (sabem, por tradição, que os pássaros devoram as migalhas largadas pelos caminhos e, com sua fome, inventam o labirinto) os amantes perscrutam (enquanto se buscam) as palavras de costume.

Rejeitam, contudo, e apesar de, esse roteiro porque desejam também originalidade, isto é, a escaramuça que asseguraria àquela teimosia um final talvez diferente (feliz).

(Não é nada fácil resolver esse problema, porque não existe em canto algum uma discussão suficiente de seus pressupostos.)

Temos a noite inteira à nossa disposição, diz o amante.

Enquanto buscam o quarto observam (a assegurarem a volta) que algumas árvores têm folhas espessas e brilhantes como moedas.

Plantam uma folha (amorosamente levada ao ombro) na esquina mais próxima, coberta pela treva azul da madrugada, e, com um gesto de algum modo suicida, compram um jornal (a radicarem talvez a paixão no conflito de opiniões, sujeita que fica, assim, à investida dos demais poderes).

O quarto ali está (é preciso correr as duas vidraças, porque faz frio) (é preciso acender qualquer luz para que não desapareça o espelho rápido dos olhos).

Graças à metáfora, e a despeito da complicação de passarmos do plano lógico ao real, o amante enterra profundamente a amante no peito (como um grão).

A rosa, diz, apesar de todas as trapaças da poesia, é uma planta brava, que só muito tardiamente foi domesticada pela cultura europeia.

Seja como for, o drama está aqui: se se coloca de saída (na história) a oposição entre teoria e práxis, cai-se facilmente num beco sem saída.

Que começa a ser construído pelo último círculo: a manhã afirma o espaço dessa floresta (a cidade): diante dos sinais devorados, ou simplesmente desaparecidos, lamentam agora os amantes que só possam andar direito, em seu sentido nascente, com as armas da teoria (a despeito da paixão).

Levando a mão ao rosto (por causa da claridade excessiva exigida pela busca do caminho de volta), sobressalta-se a amante de não encontrar os olhos, o nariz, a boca que brotara (com folhas, flores e frutos) na noite anterior, regada pela saliva do amante.

O problema que se coloca, diz ela, é, sem negar a dureza do prazer como expressão de pura quimera, a reinvenção do rosto.

Sobrenatural

Desde muito cedo me dei conta do meu talento para ressuscitar os mortos. Mortos são seres imprevistos que precisam de toda a nossa atenção para continuarem mortos. Se nos distraímos, eles se sentam no caixão e começam a trincar a vela mais próxima como se fosse uma cenoura. A primeira vez Nélia tentou me arrastar em direção à porta.

Ergui a tampa e espiei: um negro estava ali deitado, taciturno.

No entanto, quando desviei por instantes os olhos, ele coçou os cachinhos de lã e sorriu, mexendo os dedos dos pés.

Não o toquei. Mas em vezes futuras tomei a temperatura da testa como a um ferro em brasa: o gelo me queima e passo a limpo todas as lembranças. Estendo depois esses lençóis quebrados para secar em qualquer canto.

Nélia estava muito quieta, cheia de cacos de vidro nos cabelos. Mas seu rosto se movia na água corrente do meu e, se eu dava as costas, saía do caixão e queria ir embora porta afora. Só com a fatal insistência daqueles anos idos e vividos, e contra o meu desejo, era convencida a se deitar de novo e ficar quietinha, como uma menina boa e bonitinha que ainda hoje é.

Se me pilho distraída, vejo tio Cordeiro trabalhando no torno com a madeira da treva e tia Olga conversando com vovó em cadeiras de balanço ao relento.

Todas as quartas-feiras chuvosas, Marcelo baixa o jornal e sorri para mim pela última vez, antes de tentar fugir da polícia política.

Helô, é necessário a aflição para que ela cintile de madrugada debaixo de um poste da rua Valparaíso.

Em contrapartida, Fausto Cupertino me faz continuamente atormentada e feliz no lance turvo da paixão.

Mas evidentemente que o comportamento de todos não é igual.

Se tio Edésio continua a pintar suas telas na água do ocaso, tio Chiquito desafiou qualquer atenção e dispensou devaneios: depois de morto e vestido a caráter, cagou três vezes sucessivamente, emporcalhando o que restava dos ternos da casa e esgotando a paciência de qualquer um. Acabou indo mesmo enrolado num lençol e conseguiu a proeza de um velório sui generis. Ouviam-se pragas abafadas e algumas pessoas tapavam o nariz.

Batalha era sempre tão distraído que morreu num feriado de sol inesquecível e interrompeu o programa de todo mundo.

Quando se levantou do caixão, enquanto eu mirava absorta as colinas de Botafogo, estava com a braguilha aberta, como em seus dias de vivo. Depois pediu-me um cigarro e afirmou que ia pescar porque estava no tempo de badejo.

Entre duas baforadas afirmou que não o impressionava mais a palidez da lua cheia, nem o pavor de atravessar a ponte Rio-Niterói.

Guardei esse meu segredo como um vício, anos a fio, até que o Mario Quintana, com a intuição dos mágicos, me sossegasse: afirmou ser tudo isso muito natural, num mundo em que os ralos misteriosos da pia soltam fundos suspiros e ninguém sabe onde vão parar os guarda-chuvas perdidos, os botões que se desprendem, maletas esquecidas nas gares, dentaduras postiças e até mesmo os lenços que guardam pequenas economias. Ensinou-me ainda que todos os mortos são sonsos: de repente lhes vem um desapego infinito por tudo o que mais queriam. Amores, negócios e amigos se postam à espera e eles ali caídos, esquecidos de tudo.

E existem ainda aqueles mais desconcertantes: suicidas e assassinados que transformam o assassínio em crime inútil.

Foi o que me sugeriu Rebeca, uma americana sonâmbula, quando me assegurou que o Che Guevara ainda hoje está vivo, conspirando nessas terras de nuestra América.

Intencionalmente grená

Mal vi o príncipe, senti a costumeira pontada entre a segunda e terceira costela, do lado esquerdo do tórax. Me atirei então incontrolavelmente, mas discreta, em seus braços. Soltava um muxoxo à indigna conjuração da sociedade, que condenava os instintos mais nobres, as simpatias mais puras. Como falava bem! Entre mil, apenas uma te resistirá, meu amor! Nada tinha dos heróis comuns e dos sentimentos temperados como se encontram na natureza. Com um canudinho chupando-lhe as tetinhas tropicais à beira-mar, *darling*, Londres é que é bom. Mas isso foi um mês depois, na trégua das manobras, bigodes mordidos de aflição. *Come, come*, venha, *che sentirete un piacer senza fine*! Quem era Aretino perto dele, todo poliglota? Como argumento final e indefensável, pense bem no que é o Brasil! Tiranetes empoleirados dizendo indecências, séculos de latifúndio e cabeças cortadas, uma imprensa impossível, as mulheres aqui se vestem barbaramente, bah! Bah, como falava bem! Barriguinha de lâmina fosforescente, o coração enfim despedindo sua faísca. *Make up your mind*, vens comigo ou não? *Or not*? Rilhando com fúria os dentes. Minha pomba, disse. Implorava que desistisses, meu amor, mas desejava o que não te pedia, isto é, que fosses cada vez mais insistente. Partiu num boeing que subiu aos céus como um santo de alumínio. Lascivo, sem dúvida, de olhinhos fatais com sotaque. Chorei alto, cega pela fatalidade e pela multidão seleta dos voos internacionais, mas parei fulminada com a observação de Ovídio: quem chora alto se conforma mais depressa. Passei a chorar baixinho, abafando o ruge-ruge do vestido intencionalmente grená para disfarçar o luto, até perceber que a minha beleza e saúde seriam as únicas prejudicadas. De olhos fechados perdia-me na atmosfera negra do devaneio e no alongamento de perspectiva que a recordação imprime a todos os príncipes, sem exceção. Perambulava pelo castelo abandonado do telefone. Pensei em rabiscar uma cartinha, coração espirrando sangue na alcova de cetim. Mas como mulher e ainda mais comprometida, nunca poderia dar o primeiro passo. Acabei esmagando entre dois dedos a brasa daquele sentimento. Para minha surpresa, não ardeu nem um pouco.

Boi boiada

> *... não achava pé em pensamento onde se firmar,*
> *os dias não cabiam dentro do tempo.*
>
> Guimarães Rosa

Para José Américo Pessanha

O menino: a casa é um armário. Deito na última gaveta. A noite é um armário maior. Glória é boba. Apanhar formiga já sei.

Se acocora no quintal. Põe a caixa com a tampa aberta, espalha torrõezinhos de açúcar. Elas vêm vindo, vêm vindo, apanha várias, mata uma e outra pensando no boi.

Galinhas são compradas. Põem ovos de onde saem outras galinhas. Não precisa prender, é bicho manso. Cachorro tá aí, é só chamar o rabo atende.

Passarinho como é que é?

O tio ensinou a armar arapuca.

O pai danou.

— Liberdade antes de tudo. O Brasil é terra de liberdade.

Discutiam.

O rio passa do outro lado. Já sabe. Vai pensativo.

— Pai, de noite pra onde é que elas vão?

— Elas quem?

— As coisas.

— As coisas?

— É. Onde é que elas vão dormir?

— As coisas não vão pra lugar nenhum, ora.

— E de noite?

— De noite?

— É. O rio dorme aí mesmo?

— Claro.

— Como é que o rio dorme?

Pensa: ele acha que sabe, mas quem manda na cidade é o boi.

De noite vem o tropel da banda do rio. O rio fumega e vai embora. Evém o barulho, primeiro fraco. As pranchas já abriram as velas e passaram. Depois é fortíssimo. O rio de noite já sumiu no horizonte. As coisas vão. De manhã tudo volta, coberto do pó.

Na primeira gritaria o pai o levantou até a vidraça. Viu os bichos escuros, chifres de lua minguante, os cavaleiros.

— Ôôôôôô... Ôôôôôô

O aboio.

Ouviu mil vezes a mesma explicação.

— É a boiada.

A mãe bocejando.

— Vou fazer chazinho de erva-doce pra acalmar.

O menino pensa: nossa senhora me salva.

E se quebrasse a rua? Quebrasse o cinema? O mel pendurado na árvore junto com laranja-lima. Sapoti e abio do roxo. Como deve ser. Pelas calhas brilha a chuva. Bacia de anil. E se quebrasse o rádio?

Descobre uma fresta no estuque. Espera o tropel e o choro, vestido de pijama de bolinhas.

De dia não tem perigo. Tem outro gado: os trabalhadores alugados para o corte da cana. Amontoados no caminhão. Tem o programa "Dedicatórias". Rádio Cultura de Campos. Faz anos hoje a mimosa senhorita etc. e tal.

Seus pais, seus irmãos, seus avós, seus tios, seus amiguinhos, seus pu-pu-puta que-que-que... (Gegeno) dedicam-lhe a música "Coração materno".

Diz um campônio à sua amada. Ah, se quebrasse o rádio.

Meio-dia, rua brilhante de nordeste, cinema disfarçado de casa. Olhando de fora ninguém diz nada. Dentro, um doido completo.

O pai de cara enjoada de explicar. Boiada. O matadouro na beira-rio.

É, podia ser.

Contudo o menino: quem manda na cidade é o boi. Vive de noite e desmancha a cara do dia. Na procissão que é coisa santa, véus e mulher de louça, o andor, tem anjinhos lindos vestidos de cetim.

Pois acabou rompendo um berreiro lá na fila de trás.

— Evém o boi.

Correria, gente pisada, um anjo morto de cetim, deu n'*A Notícia*.

Glória: vermelho é um perigo. Quem estiver de vermelho pode rezar pela alma.

Olho salgado na fresta, questão de vida e morte.

O menino conta nos dedos: formiga, frango, passarinho, é canja. Peru, tem de botar ele na roda rodando de cachaça. Mas e boi?

O tropel vem do rio. Primeiro manso, depois ardendo sua cabeça na rua de pedra.

— Pai, o que é que ele come?

— Quem?

— O rio.

Casa só bebe água uma vez por ano, na enchente. O rio cresce, bate na porta, entra nos armários, fica tudo podre. O governo veio, fez o dique. A molecada atrás dos doutores de chapéu-panamá, medindo a terra.

— Pobre tem mais é que morrer — cuspiu o tio —, o dique tá além das casas dos operários da fábrica de tecidos. Vão boiar como bicho.

— É natural — disse o pai —, é tudo trabalhador boçal.

Botaram um cinema perto da padaria.

O menino: um dia não tcm nada, eu pego ele.

O tropel comendo solto debaixo da blusa.

Gegeno: va-vamos brin-brincar d-d-de que-quebrar lu-lua. A carinha cinzenta torcida de aflição, palavras bravas molhadas de cuspe. Rachavam a lua atirando pedras no rio, ela voltava, juntava os pedaços de novo.

Rua bonita, pedra e cinema. Gegeno comendo o cuzinho das galinhas. O vento sul traz chuvarada. O diabo é aquele cocozinho mole que elas vão pingando no quintal.

— Glória, quero ir no filme.

— Impróprio pra menores.

E se quebrasse a rua? Quebrasse o cinema e rádio? Amada, qualquer um entende.

— Gegeno, o que é campônio?

Primeiro, era barulho de marola, longe. Depois dobrando a rua de pedra. Tinha ficado horas vendo os homens cobrindo o barro.

O pai: até que enfim chegou o progresso em Matadouro.

Domingo à tarde tem o Zorro. Noite é como cinema. Passa uma vez só, rápido. Não volta. Vem a boiada.

— Gegeno, cê viu?

— E a gra-grana pr-pra en-entrada?

A pedra come tudo que é rastro. Vai pela areia e interrompe na rua calçada. Galinha é patinha em cruz, galope é meia-lua e traço tombado. O rio tem água doce. O rato foi atrás do queijo e morreu na ratoeira.

— Pai, esse boi come queijo?

A enchente braba derrubou os casebres e arrastou boi morto, entre tufos e restos descosidos. Boi morto. Boi morto. Boi morto.

O menino assombrado: o rio então fica por aí, de noite não dorme, será? Como o Zorro, ninguém escapa, deixa marca de barro na cara de tudo que é casa.

— Pai, o rio muge?

Certeza de quinze dias: quem manda na cidade é o rio.

Mas a água voltou pro lugar. Logo na primeira noite o tropel varou direto na sua cabeça.

O menino: meu Deus, como é que se faz pra pegar o boi?

— Tio, boi é pessoa infinita?

— Cala a boca, sô.

Era por causa do "Coração materno", o Vicente Celestino no rádio.

Gegeno levou ele no matadouro no fim do dique, a terra preta de sangue e cheiro enjoativo.

A esperança agora abafa o tropel: não preciso me preocupar, tudo tem um fim e pronto.

— Mãe, quando a gente morre, acaba?

— Não, tem a alma.

Cabeça inclinada, as lágrimas baixas.

Pensa: o menino resistindo no boi de pata espessa, na poeirada no meio da água doce. Psi, psi, psi, pegar ele como quem caça um gato.

Quando ele estiver distraído, quando parar o vento sul, eu pego ele, pensa o homem, tirando braço e perna do corredor do pesadelo, até hoje sem tempo de fazer ponta no lápis, escrever a história.

Aranha-clara

Não precisava fechar os olhos, ninguém desconfiava, já galopava no horizonte. É que sonhava de propósito desde menina.

— Bebé?

— Hã?

Andava com cuidado para não perder o brinco de ouro no lago do palácio. Dentro, um príncipe disfarçado de sapo. O céu era safírico, a grama, esmeráldica, o mar, de ônix com espumas opalinas, escrevia nas composições da escola, com letra caprichada. Filha única, brincava de comidinha com as irmãs de mentirinha Lalá e Loló, mais o irmãozinho bem levadinho, Quinzinho, batizado com o nome do pai. Este saía pro trabalho de madrugada. Ela fazia café, coçando os cabelos de ébano.

— Tchau.

À noite.

— Foi bem no colégio?

Era seco, diferente da mãe. Mas a mãe morrera num sanatório de tuberculosos, ouvidos, nariz e boca entupidos com chumaços, como se fossem feridas. Não se rendeu, continuou a escrever-lhe as cartas de costume, em papel cor-de-rosa, com uma flor desenhada por ela mesma no alto da página, querida mamãe, eu vou bem, e a senhora? Escondia as folhas de Quinzinho, habituado a picar papel, querida filhinha, eu vou bem, e você? Os envelopes amanheciam como pãozinho cru, todo sábado, na ponta do travesseiro. Para a Bebé. Anos depois amanheceu com dois seios e pálida. O café com leite tinha um gosto seco de penas, vomitou no banheiro. Fez uma fogueira no quintal e soluçou. Nunca mais recebeu carta do sanatório. Rancorosa, também não escrevia. A boca da mãe derretia seu gelo, batida do sol a pino. Lalá agora vivia no exterior, era bailarina clássica, Loló espetara o dedo numa roseira, morrera de tétano, Quinzinho crescia, sob seus cuidados. Era professora de literatura. Admirava os textos, talvez porque no deserto salgado da página as esquinas duras virassem água, os cabelos, torrentes, e mesmo as coisas mais vulgares iam boiando em lagoas misteriosas. Teve uma fase heroica e cívica, enfrentou com um grupo de colegas as ameaças do reitor, para organizarem na universidade uma associação de classe. Um dia veio à tona durante uma reunião.

— Resistiremos. Como disse o grande poeta Gonçalves de Magalhães, viver é lutar.

Ergueu-se ultrajada.

— Não é Gonçalves de Magalhães.

— Como?

— Não é Gonçalves de Magalhães, é Gonçalves Dias.

No tumulto que se seguiu, um botão da blusa perdido, cabelo desabado, retirou-se para nunca mais. Quinzinho não estava, contou a história ao pai nervosamente, gania esticada nos momentos dramáticos. Ele disse, assim ninguém pode jantar. Chorou, escura, no quarto minúsculo, relendo o *I-Juca-Pirama*, não chores que a vida é luta renhida. Mas continuava a chorar, a desobediência era sua sina. Até que a lua surgiu no céu deserto e ela amanheceu loura e alta, de olhos verdes. Passou a vestir saias longas, de sedas sinistras. Uma amiga na faculdade observou.

— Pudera não arranjar namorado, só vive de luto.

— Hã?

— Só anda de preto. Até parece loura de olhos verdes.

Estremeceu. O dia era uma aranha-clara. Mas estava um pouco inquieta, podia ser visível a olho nu. Loura de olhos verdes, namorou o vizinho charmoso, escritor de livro publicado, frequentador dos suplementos. Pena que fosse casado, mas você também não é nenhuma virgem, estamos quites, afirmou ele. Ela o esperava à esquina, ele passava, dizia entredentes, hoje sim, ou hoje não. Enfiava em seu dedo uma aliança e levava maletinhas quando visitavam hoteizinhos baratos do centro. A aliança brilhava muito, embora fosse a cada dia comprada num bazar. Quando saíam, ele a retirava de seu dedo e a atirava pela janela.

— Que pena.

— Ora, eu compro outra depois, o que não quero é disse me disse.

Debaixo de todas as janelas brotou um arbusto igual, carregado de alianças de ouro puro, tendo escrito por dentro, Bebé eu te amo. Confiou-lhe o segredo e o escritor escreveu um conto muito elogiado pelos especialistas. Depois, dava a volta para não passar pela esquina onde ela, desde o início dourada, o esperava: lentamente escurecia.

Por essa época Quinzinho saiu dizendo que ia até a esquina e nunca mais voltou. Com um estranho pressentimento, ficou a noite inteira sentada na cama. Entrava uma brisa morna pela janela, as borboletas de papel celofane que o irmão pregara no teto oscilavam docemente. Eram presas por fios de seda, algumas tão baixas que ela podia estender a mão — aquela prateada — e tocá-las. Mas não ousava. Não podia preocupar o pai, levantava cedo, Lalá vivia longe. Convocou a mãe, que se encostou à janela, como na festa de formatura, com um chapéu de ameixas brilhantes. Depois, por um descuido qualquer, não conseguia mover aqueles lábios fixos, lembrava-se inevitavelmente de que já morrera. Foi forçada, portanto, a procurar Quinzinho sozinha pela cidade adormecida.

Retornou quando o pai, furioso, preparava o próprio café.

— Onde esteve?

E soprando fumaça branca da xícara.

— Sua ordinarinha.

Na escuridão ouvia as vozes baralhadas de muitas pessoas. O mal-estar era não poder distingui-las e então perdê-las. Dava as costas à janela, observava o voo circular das borboletas na teia de seda, entretendo a insônia. Absolutamente só, não se lembrava mais dos olhos de Lalá, dedicava-se aos alunos. Mas sua aflição não abrandava, pois sabia, segundo os textos, que o homem que não sonha é como o homem que não sua: acumula veneno demais.

A sala estava iluminada por quatro velas. As cortinas das janelas, corridas. Fechada a porta da cozinha. De um ângulo inusitado, vê muitos rostos conhecidos, levemente embaçados, como através de um vidro. Alunos. O pai está sentado numa cadeira baixa. Lalá e Loló olham-se nos olhos, mãos entrelaçadas. A mãe está de costas, com o vestido lilás da festa de formatura, o chapéu de ameixas brilhantes. Mãe, quer dizer, mas não consegue falar. Percebe então o vidro sobre o rosto. Tenta lembrar-se inutilmente. Sabe que traja o vestido de linho azul. Ouve, de lábios paralisados, o comentário de um aluno: deixara um bilhete em envelope lacrado, endereçado a Quinzinho. Porém, a morta sabia que o irmão não voltaria jamais.

Dó de peito

Mal entrou, a filha percebeu a folha dos olhos batendo como uma porta, pelo vento. O nariz latejando como um bicho capturado.

— O que é, mãe?

— Nada.

Pôs o filho menor debaixo da torneira, esqueceu-se, ele ficou com a boquinha azul de frio.

— Mãe...

— Deixa, ele gosta.

Os saltos martelaram no corredor, os mosquitos pousavam inaudíveis nos ombros nus. Sentiam o cheiro de terra batida e sangue fresco.

A cabeça arroxeou, pendeu, da corola do rosto voaram nuvens de insetos.

Mãe: boca pequena agora inchada de batom negro. Cheia de escamas: as lembranças. Espetando o sovaco, o corte das virilhas.

— Mãe, o que é?

— O vento.

A casa. De longe vejo ela se contorcer como um bicho espetado. Os trincos farfalham imperceptivelmente, as paredes respiram, mão gelada empurra o pêndulo do relógio, bate dentro da cal, o tempo.

Sexta-feira, olho no vidro exposto na janela. Mas daí, que alívio, não se vê o mar, não tenho de me distrair procurando metáforas. Só um terreno baldio onde eram duas casas e agora três mendigos frios, fracos, fedorentos.

Contra a moldura da sexta-feira, o perfil do morto, ligeiramente roído pelo tempo.

À esquina, toda de cigarro aceso. Agora delicadíssima, por falta de cálcio. Quem não queria embarcar naquela mulher que boiava negra, longe do cais!

Os saltos tamborilavam como chuva na vidraça. O rosto caiu dentro do espelho, sangrou dos lados. Depois de cada tragada, lambia os dentes um a um como bago de fruta.

De manhã vai lá, a cova rasa, em um mês a grama tinha crescido.

Uma rosa vermelha em seu nome, outra branca, em nome do filho, esquecido debaixo da torneira. Enfia os olhos pelo vidro da grama. Vê o morto, maduro, quase podre, no forno aceso da terra.

O calor trabalha a tarde. Besouros verdes e azuis soltos no ar.

Uma cena antiga: a praia teve um estremecimento de cofre, uma porta em que golpeiam do lado de fora. O corpo brilha molhado, a mão continua, sonhadora.

O túnel da memória é de terra solta, escorrem os objetos esquivos do cotidiano.

Compreende, instalada na quarta dimensão dos saltos altos: areia movediça rolando pela garganta da sexta-feira.

Compreende: para viver é preciso trair fantasmas. Apesar da filosofia, termina no boteco da esquina, estancando a veia.

Crayon e grafite

Escrevi uma introdução a esta carta, mas pensei, pensei e achei melhor não mandar. Por isso, embora esta folha seja a primeira, é na verdade a segunda. Espero ser direta e simples, evitando a complicação de nossas conversas, cada um desprezando as razões do outro. Ultimamente até sua mãe entrou na dança se metendo no que não deve e me provocando crises contínuas de gastrite. Acho que o que realmente estragou tudo foram as suas confidências, porque sempre fico achando que você não contou tudo, desejando apenas me engambelar diante dos fatos. Me sinto abatida e desnorteada, verdadeira nau sem rumo. Vou acabar tendo de ir ao médico, o que nunca me adiantou, pois esqueço sistematicamente o horário dos remédios e misturo as bulas. Não quero te culpar, afinal a maior culpada sou eu mesma. Será que é assim que enlouquecem os ratinhos? Como se não bastasse a nariguda competir comigo o tempo todo, ainda existe sua mãe com aquela carinha de santa e aqueles conselhinhos fingidos esparramando cuspe pra todo lado. Ultimamente até o Serginho. Você pensa que me engana fingindo que não liga? Ele também pensa que acredito nessa história de fechado para balanço. Diz que vai mudar de vida e que não quer nem mesmo cachimbar com medo de sair por aí dando sem camisinha no auge da paranoia. Mas quem pode se enganar com aqueles olhinhos que tanto brilham? Quase desmaiei com a última cena. A menina esmolambada se aproximou da gente na porta do supermercado. Moço, compra um pouco de pó para mim, ela disse bem assim. Serginho entrou no maior delírio. Pó? Nessa idade? Mas já nessa idade? Quer ver que começou a descabelar, não sei mais o quê. Foi o maior escândalo. Resumo da comédia: a menina queria simplesmente pó de café pra levar para a mãe que estava até esperando do outro lado da rua, toda fodida. Na minha opinião esse comportamento não passa de sadismo. É por isso que acho que ele também é culpado por tudo o que acontece ultimamente em nosso relacionamento. Ontem já estava bêbado quando você chegou também bêbado. Minha surpresa não foi o cafajestismo dele, mas a maneira como você agiu. Com uma cara em êxtase, absolutamente em êxtase, boiando por cima dos ombros. Parecia uma criança a quem tivessem prometido sorvete de morangos depois do mais enfadonho dos jantares. Você tem de compreender de uma vez por todas que não sou uma qualquer e que tenho o meu orgulho. Mulher nunca pode perder a linha, sempre achei. Lembra da semana passada? Eu toda pronta te esperando e nada. Lá pelas tantas você telefonou que estava com o Serginho deprimido (quem não entende o motivo?) e que eu fosse ao apartamento. A situação já era humilhante, mas o coração falou mais alto. Quando eu cheguei havia um clima estranho, possivelmente porque vocês tivessem puxado fumo, ou cheirado e bebido, não deu pra distinguir. Fiquei chocada quando Serginho se juntou a nós, eu que tinha imaginado uma saída a dois, num clima bem romântico. O resultado você sabe. Festa baixo-astral, todo mundo bêbado, salgadinhos derretidos, orquestra desafinada de segunda. A nariguda também não desgrudou, com aquele horrendo vestido de tafetá vermelho e verde coberto de botõezinhos pretos, parecia uma melancia apunhalada. Notou o enxame de bichinhas histéricas (claro que notou) dando em cima de tudo quanto era homem? Fiquei um bagaço, pois bem que senti seu interesse. Serginho visivelmente se aproveitou da bebedeira para aprontar o que aprontou, nem quis sair conosco. Na volta houve uma discussão nem me lembro por quê e quando parei num sinal fechado você aproveitou e saltou, me deixando sozinha em plena madrugada. Fiquei literalmente arrasada, te procurando pelos quatro cantos da Marginal. Acabei me perdendo por conta dos drinks que imprudentemente bebi. Pedi informação a um cara que trocava o pneu de um fusca no acostamento e quando dei por mim contava a ele toda a história aos soluços. Quanta carência, meu Deus! Sabe o que ele disse? Como alguém pode abandonar dona tão boazinha em local ermo, com risco de ser violentada no meio da noite. Disse bem assim. Me chamou depois para tomar uma última cervejinha num boteco que ele conhecia ali por perto. Só queria me acalmar, ele disse. Depois você teve a coragem de confessar que me viu te procurando e que se escondeu de propósito. Será que existe motivo para tanta crueldade? Perdi todas as ilusões, nem sei por que estou te escrevendo. Acho que esta é mesmo a última carta que envio. Repito que você não precisa se sentir culpado por eu estar com os nervos em pandarecos, sem conseguir pregar olho há uma semana. O que pode restar depois de tudo isso? Por favor responda.

Seda pura

Para Roberto Schwarz

Toda velha errante tem uma esperta de tocaia. Seguida pelo olharzinho apaixonado dos abutres, ela boia com os destroços, mas sabemos que está prestes a afundar. Apoia-se na alça de seu olhar meigo e viscoso: esconde debaixo das pregas sua fome, seu ardor, a violência da velhice.

Lá fora tem trepadeiras bravas e canela madura, enquanto dentro da velha, ah.

Nas fitas e entremeios da velha tudo é umbigo (velha, eu te amo) e o poço do corpo finalmente destampando — o anel no dedo inchado de reumatismo infeccioso e as manchinhas cor de café com leite salpicadas.

Velha é o botão de roupa que está faltando.

Você demonstra sua impaciência — como é interesseira! — no espelho da velha: quer a qualquer preço sua herança de ouro e os ovos gordos da vida devassada. Por isso é difícil ver que o discurso da velha é sempre de vanguarda: os pedaços arcaicos do casarão boiam nos vestidos brancos do futuro. Toda velha é uma tocha. Toda velha é de terra e cota de malha. Os peitinhos da velha são água que passarinho não bebe. Porque os lábios (grandes e pequenos) dela respiram ininterruptamente, no choco.

Faz capotinhos, sapatinhos para os netinhos, mas por dentro a velha galopa. É uma ébria inveterada. Não é só o escritor, como afirmou Clarice, mas, se há pessoas que costuram para fora, toda velha costura para dentro. Toda velha exerce o seu sim. Do lado de lá da terceira margem do rio, a velha (querida) já voou. Já afundou na boca movediça da terra.

O ardor da velha é a namoradinha agarrada pelo namorado no banco de trás do automóvel — puro ardor místico.

Escrever sobre a velha, você tem de abrir a porta e deixar a chuva e seus detritos entrarem até o colo do útero.

Se você não interrompe a velha, ela não termina nunca. Velha é orgulhosa demais para morrer, embora só morra de propósito e me deixe no escuro do corredor, sozinha.

Toda velha devia se chamar Excalibur. Mesmo as mendigas, as cuspidas e as estropiadas de guerra. A velha não dormita, viaja: diariamente toma sua overdose de pornografia. É uma máquina de patinhas obscenas. Na opereta do amor, a velha é um ponto que berra sem cessar. Mesmo assim todo mundo erra as deixas.

Como a galinha, a velha tem muita vida interior. O rosto é riscado no vento do tempo, mas o olho dobrado é o espelho do rosto.

Toda velha pode ser dente de ouro (bem na frente), flor de papel crepom em castiçal, carapinha, criancinha, ave que se coça na frente de todo mundo, num lugar em que mulher alguma se coça. Se não, não é velha, é moça e boba.

Velha é um cheirinho de barata na iguaria do banquete. Vê a cidade com os olhos do subúrbio. Por isso, a profissão verdadeira da velha é fazer das tripas coração.

Não se engane, contudo: essa seda pura (pele plissada, entremeio, renda fria e sianinha de cabelo) veste uma boneca de louça. Virando de cabeça para baixo ela diz: mamãe!

De susto, você pode abrir a mão e derrubar a velha. Não tem a menor importância. Toda velha é uma desdenhosa de nascença.

Deixou a memória de seu rosto quebrado, já se foi embora há muito tempo.

Aos trancos e relâmpagos
(1988)

Para os meninos mais novos:
Francisco e Alexandre

Uma menina fininha tentando passar pelos inter-
valos das sílabas.

Berta Waldman

A cor do amor é transparente.

Virgínia Peixoto

Prefácio

Quando me pediram que apresentasse Verônica, quase desanimei. Como explicar? Eu a conheço tanto! Pelo direito e pelo avesso, como um bordado que a gente vira para examinar o capricho do acabamento. E como tem fio solto!

A Verônica é geniosa, apaixonada, respondona e muito distraída. Tudo misturado. Por princípio, é do contra.

Pois um dia cismou que eu escrevesse sobre ela. Ficou com aquela cantilena enjoada: "Ah, escreve, escreve..."

Eu disse: "Não me amole".

Ela respondeu, furiosa: "Vou te rogar uma praga".

E rogou.

Daí em diante, tudo o que eu escrevia saía com a cara da Vê (ela detesta que a chamem de Vê).

Embora muito tempo já tenha passado, pra mim a Verônica continua com treze anos, descobrindo que o amor é transparente (misturado com corações de cera e besteirinhas), desconfiada do feitiço da poesia (e do corpo), às vezes dando a vida pra falar umas porcarias, pregando uma mentirinha de vez em quando, querendo saber a que horas crescem os cabelos, ciumentíssima, perplexa com o equívoco do namoro de certos peixes, negando-se a fazer parte do Grupo das Menstruadas (pra ela, "baixo nível"), procurando relâmpagos debaixo das tintas... o que mais?

Cá entre nós: mil coisas não posso dizer aqui, pois ela ficaria furiosa. Finge que não liga, mas só quer aparecer bem bonita nas fotografias.

É, ela continua com treze anos. Felizmente já descobriram, para nosso alívio, que a vida não é cronológica. Se fosse, não tinha o menor suspense. Quem não conhece o Fausto Alvim, a Graciema de Andrade, o Amarito Áreas, a Nise da Silveira? (Esta até já cuidou da cuca da Verônica, quando Mal-Me-Quer morreu.) Pois bem, todos esses estão chegando aos oitenta e aos noventa anos, mas no fundo, no fundo, têm, no máximo, dezessete.

E a Berta? Quem entende uma pessoa de rosto prateado em seu jardim de feltro? E o Chico, com suas decomposições? O Grande, o Íssimo, o Teo, o João, quem jamais entenderá?

Podem anotar o que vou dizer: um livro é como as pessoas. Meio furta-cor. Essa é a beleza do jogo.

Pois depois da tal praga, levei anos e anos escrevendo sobre a Verônica. Saiu isso aí, meio parecido com a garota. Meio arrepiado, meio tagarela, meio aos trancos e relâmpagos e, às vezes, bem chatinho. É a vida...

Depois de pronto, vi que não foi apenas sobre ela que escrevi. Pessoas amadas, antigas e presentes, também teimaram em aparecer e invadiram a história. Todas de verdade e todas de mentira, como personagens que se prezam. E todas com o rosto formado por pequenos espelhos, nos quais vemos o nosso quando pensamos nelas e topamos a imaginação do afeto.

O penúltimo tranco

Se eu tivesse tempo, tentaria encontrar a Berta. Lá, com seu vestido de rendas amareladas, de muitos, muitos colchetes, arrumando os frascos. De todos os tamanhos e feitios (eu gostava dos azuis profundos), abertos, cheios, fechados (com uma sainha de papel plissado em cima), vazios, só com algumas gotas no fundo.

Ela sorriria para mim:

— Vem cá, Pampolinha.

O sorriso debaixo do véu ruivo, ruivo, ruivo do cabelo...

Mas era preciso muita concentração para encontrar a Berta.

Primeiro, ficar de bruços no chão, reparar no avesso das coisas: parafusos, pedaços de cola, encaixes e remendos, desenhos finos no assoalho (peixes, olhos parados...).

— Credo!

Depois, ficar mirando a rosa cor-de-rosa da parte do tapete debaixo da cama, onde ninguém pisava. Porque as outras rosas, os pés já tinham desmanchado, indo e vindo sem parar, e a poeira já tinha transformado a cor em bege sujo. Mas essa outra (eu enfiava a cabeça debaixo da cama, o olho a um palmo da rosa)...

Não, não tinha tempo de procurar a Berta.

Então tentei outra coisa que sempre me distraiu: ficar olhando o desenho da rachadura da parede. Lá vem ela, um fio delicado, depois se abre numa grande mão, tremendo cada dedo, um bem em cima do criado-mudo. (O que seria um criado-falante, meu Deus?) De noite, desaparece na escuridão. De dia, deixa ver a cor do avesso da parede.

— Um dia a casa cai!

Palavras da minha avó. Mas ninguém liga. É difícil acreditar num prédio de doze andares desabando. Agora, porém, eu queria que ela tivesse razão.

— Um dia a casa cai!

Fiquei olhando a mão trêmula da rachadura, sem piscar, até o olho se encher d'água.

— Me diga, há quanto tempo você não chora? Cortando cebolas não vale. Muito menos chorar de rir.

Palavras agora da Mag, redondinha e suadinha como uma fruta.

(Não adianta. Nada me distrai. Não quero me olhar no espelho: sei que estou arrasada, torta. Deve ser porque o espelho treme levemente. Com o vento? A que horas vai acontecer? Ouço um zum-zum na sala. Conversam... A reunião dos generais antes do ataque. Um chorinho fino, fino como cabelo. Só pode ser a chata da Candinha. E o Teo?)

A porta abriu escancarada e ali estava ela.

— Sei de nada não, mãe.

— Fala, menina!

Bem-Me-Quer começou a latir, me defendendo. O Íssimo, onde estaria?

Vendo as coisas pretas, tentei um último truque: caí para trás me fingindo de morta. Esse golpe era infalível, antigamente. Mas talvez já estivesse meio grandinha para o papel. O fato é que não convenceu.

Quando a bofetada estalou, a Candinha soltou um grito agudo. Caí com certo cuidado. Fosse eu lá bater a cabeça na ponta do móvel!

A mãe começou a me sacudir como se ela fosse um liquidificador e eu, a massa. Berrava que queria morrer, que era a maior vergonha...

— O que é isso, Célia...

Voz do Teo?

Todo mundo na porta do quarto. Vi de relance o Cara-Pálida, agarrado ao batente, de olho arregalado.

— Perdão, perdão, peço perdão...

Não era isso que ela queria? Eu sabia que não ia segurar, sou uma frouxa.

Depois de um tempo que se arrastou por quilômetros de mal-estar, a mãe deu a última palavra:

— E não quero saber de Nanicas nem Mané-Nanicas, Verônica é que é nome de gente, e se fizer outra dessas...

A porta bateu e todo mundo se mandou.

O relâmpago

Levei mais de uma hora sem abrir o olho. Mas era de raiva. Não suporto levar um tranco na vista de todo mundo. Ainda mais gritando.

— Perdão!

Abri o olho. Ali estava a mão da rachadura. Às vezes ela parecia uma folha. Mas agora, pensando bem, era tal e qual um relâmpago.

— Socorro!

Socorro a quem? Antigamente era fácil.

— Socorro, meu Super-Homem do coração!

Eu achava uma pena que esse cara fosse fajuto. Pensando bem, até hoje acho, principalmente se eu fosse a sua favorita, entre trilhões de fanzocas frenéticas.

Pois mesmo de mentirinha, quebrou o maior pau aqui em casa por causa do filme.

Meu pai gritava:

— É a maior alienação!

— Pai, o que é alienação?

Aí, o Teo.

— Hipocrisia vocês não gostarem. O filme é o maior barato!

— Pai, o que é...?

Desisti. Quando eles brigam, não ouvem mais nada. Me vi de novo implorando perdão, todo mundo na porta.

O pior é que o ódio passa. Já sei disso. Isso é o que me põe fora de mim. Li-te-ral-men-te.

Shazam! (me ajuda, Senhor Relâmpago!) A *Mulher-Ódio-Puro* vai atacar.

Tá-tá-tá-tá-tá-tá-tá...

Comecei a chorar outra vez.

Voz do Teo.

— Você exagerou, Célia! Ela não passa de uma menina!

A mãe.

— Menina o quê! Treze anos são treze anos. É por essas e por outras que as coisas estão neste pé.

Frase portátil da mãe. Pra tudo vinha com seu "é por essas e por outras...".

Mas agora sou eu que digo:

— É por essas e por outras que eu não suporto mais, t'ouvindo? Pego o raio da parede e fulmino vocês todos de morte matada, dos pés à cabeça, dos pés à cabeça!

Todos

Sem sobrar nenhum. Até o Cara-Pálida, que não tem nada com a história. Será que ele estava mesmo com aquela quadrilha invasora do meu quarto? Pronta a me arrasar? Porque ele é um cara estranho, fechado feito uma carta. Quer ver correu para a área dos fundos. Finge que nada é com ele, nada dessa vida.

O Teo, claro, parecia até um general, orquestrando as raivas e os palpites de guerra. Fingia pena, claro, era do papel de dedo-duro.

Bem-Me-Quer, o cara mais chegado da casa, sacudia o rabo. Esse é o único que vou poupar.

Mamãe ia ser a primeira a ser fulminada. É deprimente que ela nunca esteja do meu lado.

O coroa também não está nem aí, sempre na ilha deserta dos jornais.

Prima Clô, ai, que pobreza! Acho que ela nem nunca transou com ninguém. Acho, não, boto a mão no fogo. Toda enrolada naqueles fios, bordadinhos, entremeios, passamanarias da vida. Passamanaria... Taí um nome que o Cara-Pálida ia curtir escrever naquelas composições dele, sem pé nem cabeça. Só mesmo o Grande pra gostar.

Prima Clô é a verdadeira culpada de tudo. Não se pode confiar em solteirona. Depois, ela é mesmo meio sonsa. Foi por isso que tive a ideia de inventar a história e liquidar com o inimigo.

Ela é a única culpada, pensa que não vejo aquele olhinho de charuto apagado? Mas é só chegar perto uma brasa e — tenho certeza! — ele acende inteiro, vermelho como um farolete!

Todos não

Pensando bem, não ia liquidar, além do Bem-Me-Quer, o Íssimo, lá no seu poleiro junto da janela. E a janela, com sua floreira.

O Íssimo é um espanto! Saca um embrulhinho coberto de penas verdes, um bico e uma voz rouca?

— *Xexéu!*

(O Teo é que ensinou.)

Depois, o Íssimo não é da minha família, graças! É da família dos psitacídeos. Vi no dicionário.

— Papagaio! — diria a minha avó.

Pois ele é mesmo um papagaio.

Mas o detalhe não é esse. Íssimo é o cara mais tranquilo do planeta. Só tem a neura da chuva. Dois dias antes de chover ele começa a passear de um lado para outro, de colete e relógio de corrente, pre-o-cu-pa-dís-si-mo, como um homem de negócios quando os negócios vão mal.

Com os primeiros pingos da chuva ele pira, ninguém segura. Fica irritadíssimo, louquíssimo, griladíssimo. Daí o nome: Íssimo.

Um dia (um dia, não, uma chuva) ele devorou todas as flores da floreira, aos gritos e solavancos.

Sabe qual foi a minha surpresa? Comeu flores e cagou igual, nem um pouco colorido. Parece que estamos todos condenados a essa desgraça, por mais flores que se coma.

Não é chocante?

Mas o outro vivente que eu ia poupar, claro, era (é) a Berta. Ela continua sempre lá, prende o cabelo ruivo com o arco-íris, arrasta um vestido longo cor de abacaxi, tem uma lágrima clara (dentro, um pingo de sangue) pelos muros daquela casa.

Ah, mas eu sei que ela também pode ser uma tremenda pantera, sacolejando o esqueleto no maior rock pauleira, na Treze de Maio, sexta-feira à noite. Nem do mister Drácula ela tem medo! Duvida?

O Cara-Pálida

A porta entreabriu-se, apareceu a carinha de meu irmão. Ressabiado.

— O Grande ligou.

Fiquei de costas pra ele. Não queria que me visse de olho inchado e lustroso.

— E daí?

Silêncio.

Repeti:

— E daí?

— Nada. A mãe não deixou te chamar.

Dei de ombros.

Ele acrescentou:

— Tem mais.

— Mais o quê?

Silêncio.

— Poxa, Cara, desembucha. Que mania você tem...

— A mãe não quer mais que ninguém me chame de Cara-Pálida.

Se não estivesse ar-ra-sa-da, soltaria a maior gargalhada do mundo. A mãe se preocupando com aquelas titiquinhas de problemas... Não tenho nada com isso.

— Não tenho nada com isso.

— Mas ela não quer.

Quem não sabe que o Cara-Pálida é o Chico? E que o Chico é o Francisco, meu irmão de oito anos, o mais desligado do planeta? Se ele não estiver na escola, está vendo TV, se não estiver vendo TV, está desenhando com lápis de cor, se não estiver desenhando com lápis de cor, está escrevendo aquelas composições que o Grande... Meu Deus, que vida maluca!

A culpa foi do Teo

Foi, sim, sem a menor dúvida. Porque ele tinha a mania de chamar todo mundo de Cara-Pálida.

— Ei, Cara-Pálida!

— Onde é que tu pensa que vai, Cara-Pálida?

— Quem você acha que é, Cara-Pálida?

Etc. e tal.

O apelido só pegou no Chico, acho, porque ele é mesmo muito branquinho. E muitíssimo distraído, como se fosse de outra tribo ou de outro planeta.

— E o Grande?

— O Grande?

— Será que ela também vai implicar?

Silêncio.

Eu dava gargalhadinhas interiores, pensando no terror que seria chamar o Grande de Alexandre.

Mas o Cara disse, com o maior bom senso:

— Acho que não, ele não é filho dela.

Dito isso saiu, fechando a porta sem ruído.

Não é filho, mas é vizinho, ora! E amicíssimo do Cara. Embora tenha mais dez anos que ele. Como é que pode um rapaz de dezoito anos ter o maior pique com um pivete de oito? E acha ele inteligentíssimo, e lê as composições e não sei o que mais. Vive aqui em casa. Ele e suas várias espinhas e seus óculos de tartaruga.

Pensando bem, a culpa foi mesmo do Teo.

Alexandre, o Grande

Um dia ele se virou para o nosso vizinho e disse, de supetão:

— Oi, meu, e o Egito?

O outro respondeu na hora:

— Venci.

— E Alexandria?

— Fundei.

— E a esperança?

— Reservei aqui pro papai.

Caíram na gargalhada. Será que foi combinação? De qualquer modo, fiquei boiando e com cara de idiota, o que, na verdade, sou. Mas disfarço. É bem chato revelar ignorância nesse nível.

Daí, o Teo passou a mão na cabeça do Alexandre e sentenciou:

— Você é mesmo o Grande. É bem capaz de passar no vestibular logo da primeira vez.

Como eu continuasse com ar apalermado e de queixo caído, eles me explicaram o mistério.

O Chico é que nem se incomodou. Continuou a desenhar foguetes interplanetários, que é uma das suas manias. Mas, a partir daí, começou a chamar o Alexandre de Grande. Foi então que percebi que ele tinha ouvido tudo. Como pode um cara ser tão disfarçado, difuso, deslambido? Dizei-me, espelho meu...

Porões, escadarias

Não tenho saída, estou arrasada.

Quarto, corredor, quarto do Teo, do Cara, quarto do pai e da mãe, cozinha, banheiro, quarto, corredor, cozinha, o *porão* da prima Clô, cozinha, área, poço do elevador. Íssimo, Íssimo, Íssimo.

Pedir perdão na vista dos outros me arrasa.

Olho o corisco da parede, o relâmpago parado.

Vem o barulho da rua.

— Todos ficarão surdos um dia — diz o coroa.

Também é o que afirmam os médicos.

Mas quer saber de uma coisa? Quando estou numa boa acho o barulho da cidade um troço legal. É só você entrar numa. Às vezes parece o mar. É. O barulho dos carros que passam, passam, passam.

Às vezes finjo que a minha cama é uma barca.

Ziiiiiiuuuuuuupppm!

Essa buzina sú-bi-ta é o silvo da ventania.

Essa foi demais, não é?

Mas um dia caí na bobagem de comentar com o Grande essa curtição, nos intervalos de suas conversinhas com o Chico. Aí ele me olhou por cima dos óculos e disse, como se fosse um professor ou qualquer coisa do gênero:

— Você é incapaz de dizer a verdade.

Se não me segurassem eu tinha voado pra cima dele. Que audácia! Se eu digo que curto o barulho da cidade, é porque curto o barulho da cidade. Não vou discutir. Tenho mesmo horror desse papo de reclamar de tudo, de suspirar pela vida campestre e outras tolices.

Na verdade, a única coisa que me grila é apartamento não ter porão. Porque porão é um barato. Tudo acontece num porão. Você vai ler uma história e se tem coisas escondidas, troços empoeirados, segredos de matar, entra em cena o porão. *Pes-so-as em-pa-re-da-das!* UAUUUUU!

Tentei chamar o quarto da prima Clô de porão, mas não deu, o apelido não pegou.

Depois, ela ficou meio com raiva, não curtiu. Achou que é porque costura para fora e o quarto fica cheio de fiapos, que eu queria dizer que era tudo uma bagunça, não sei o que mais.

Ela é assim mesmo, bem chatinha, cheia de fricotes.

Tem outra coisa também decepcionante: o edifício engoliu as escadarias. E quer coisa mais bonita que escadaria? Tenho uns sonhos às vezes bem debiloides (aqui entre nós, lindíssimos!) Lá vou eu descendo de saia comprida uma baita escadaria com tapete vermelho... Fico até com pena quando acordo.

Elevador, ora, não é a mesma coisa. Não tem o mesmo charme. Você aperta um botão, lá vem ele, é um saco.

Um dia estava sonhando com escadarias etc. e tal, o sapato (de vidro, claro) derrapou, caí de cabeça e... acordei debaixo da cama. Custei a entender, quando entendi custei a aceitar. Fiquei de olho fechado, na maior frustração. Virei de bruços para chorar melhor, mas chorei só pouquinho, não estava com muita vontade. Aí abri os olhos. O tapete debaixo da cama, poxa, estava novo em folha, as rosas pareciam rostos sorridentes. Amanhecia debaixo da cama, tudo cheio de cor. As rosas pareciam rostos. Olhei melhor, já esquecida de tudo. Foi então que vi a Berta.

Pampolinha

Ela estava lá, de vestido comprido, da cor do mar com todos os seus peixinhos e luvas lilases, brilhantes como se estivessem molhadas.

Fiquei tão admirada, que comecei a pensar:

"uma, duas angolinhas,

bota o *pé* na pampolinha..."

Foi aí que ela sorriu para mim e disse:

— Pampolinha!

Fiquei logo em paz, esqueci tombo e frustração de escadaria. Reparei que suas luvas tinham uma infinidade de botõezinhos de madrepérola, que brilhavam ao menor movimento.

Debaixo da cama tinha um cheiro de guardado, um pouco de pó, neblina. Como se fosse um baú.

Disseram que me procuraram durante horas, pensaram que eu tinha me evaporado naquela manhã, perdi a hora do colégio. Mas nem me incomodei. Pensei, pensei e concluí que a Berta existe para isso mesmo: para me chamar de Pampolinha e sossegar meu coração.

Agora, por exemplo, penso na Candinha, com certeza fungando no ombro do noivo, no Teo, naquele tranco à vista de todo mundo, mas penso também no jardim de feltro da Berta e as coisas ficam melhores. Melhores porque mais distantes, talvez. Não sei explicar. É preferível olhar o relâmpago na parede e imaginar vinganças.

Um tranco antigo

Parece uma mão desmanchando... Mas também parece folhagem... Me lembro das mangueiras do sítio.

Não posso falar em mangueira e pé de manga, que me lembro de uma composição que fiz no primário e que secou a veia de minha inspiração poética. Se bem que naquela época eu era uma boboca total. E tema de redação sempre foi superchato. Ou é o óbvio, "Férias à beira-mar", "O último livro" etc., ou coisas vagas, "Sou uma nuvem", "A cor azul" etc. etc. etc. Isso quando a professora é avançadinha.

De qualquer maneira é sempre besteira.

Sei que o Grande e o Cara-Pálida não vão concordar, pois são capazes de escrever sobre qualquer coisa, a mais idiota, ou melhor, são capazes de blefar a respeito de qualquer assunto. Depois eu é que sou a mentirosa!

Pois o tema que me deram foi "O último dia de férias".

Falei do meu cachorro Bem-Me-Quer e comecei de estalo a descrever o pátio do sítio.

Aí é que entrei bem. Dona Áurea leu alto, de óculos vingativos (bem semelhantes aos do Grande) soltando chispas:

— No quintal da minha casa tem um pé de manga, um pé de caju, um pé de goiaba.

Fez um suspense danado e berrou:

— *PÉ DE ZERO!*

Morri de raiva. Aquilo não era mesmo justo.

Só de vingança tola fiquei esculhambando ela por dentro, reparando como o nome dela era horrendo! Áurea é nome de lei, não de gente! E como eram ridículos aqueles óculos espelhados! Dona Áurea! Igualzinho à tela da TV. Fuja da Áurea, sabor insucesso! Dona Áurea! Só para quem *não* sabe o que quer! Qualidade muito mixa! Um sabor que *não* corresponde! A infelicidade é feita de coisas complicadas como a Áurea!

Eu poderia ficar horas inventando isso, no duro.

Ela perguntou assim:

— Dona Verônica, isso lá é português? Diga lá.

Sou perita em me fingir de distraída.

— Hum?

— Pé de manga? Pé de caju?

— O que é que tem?

Ela repetiu, para minha completa humilhação, enquanto a classe espremia risinhos:

— No quintal da minha casa tem um pé de manga...

Ora, dona Verônica! Francamente! Quando a senhora for apresentada à dona mangueira, ao cajueiro e à excelentíssima goiabeira, venha falar comigo, ouviu?

Foi a primeira vez que tirei zero e o coroa nem se incomodou. Disse que era ignorância da dona Áurea. Então ela não conhecia o pé de milho do velho Braga?

Nem me aprofundei. Quem seria o velho Braga?

Mas se ele estava do meu lado, tudo bem.

Dormi em paz.

Bem-Me-Quer, Mal-Me-Quer

Falei em Bem-Me-Quer várias vezes, então tenho de falar em Mal--Me-Quer.

É até bom porque me esqueço do Teo, da Candinha e de toda essa chatice.

Presta atenção ao que eu vou dizer, hein?, porque é difícil pra caramba:

— Mal-Me-Quer *é* antigamente meu gato!

Explicar é que complica, mas vou tentar: digo antigamente porque ele não está mais aqui. E *é* porque eu não me esqueço dele, nem nunca vou esquecer.

Aliás, a dra. Nise é que está certa. Ela diz que gato ninguém tem. É um bicho independente demais. Ela afirma que a gente, no máximo, convive com ele. No máximo!

Diga lá: alguém consegue domesticar gato como cachorro? De jeito nenhum. Alguém consegue levar gato pro circo como cavalo, elefante e outros bichos muito maiores? Negativo. Isso é realmente impressionante. Fico boba. E tem coisa mais bonita que andar de gato, pulo de gato, gato bebendo água, virando a língua pra baixo? Não tem.

Pois é, Mal-Me-Quer convivia comigo.

Eu me amarro em ler. Então, quando o livro estava aberto, ele punha a patinha em cima e esperava até eu acabar. Quando eu virava a página, ele levantava a patinha, com a maior seriedade, de bigodes e tudo, e depois colocava novamente. Mal-Me-Quer era gênio! Dormia numa cestinha ao lado da minha cama, feito minha sombra.

Aí, um belo dia — eu moro no quarto andar — um belo dia ele escorregou da janela e caiu lá embaixo.

Pensa que morreu? Que nada. Caiu numa boa, todo mundo ficou embasbacado.

Então, de vez em quando ele se arriscava. Tinha espírito aventureiro. Tudo bem. Mas numa tarde qualquer se esborrachou.

Poxa, foi a coisa mais séria que me aconteceu, juro por Deus.

Mamãe me levou à psicóloga porque fiz greve de fome contra o mundo, essas coisas.

No começo eu não curtia a doutora, mas depois achei ela bacana, bem esperta.

Acabei arranjando outro bicho. Me lembro muito bem. Mas gato não, era demais. Ainda estava com Mal-Me-Quer incomodando cá por dentro. Aí papai me deu um cachorrinho bem pequenininho, cor de amora. Pensa que é brincadeira? Vermelhinho da silva.

Eu nem queria olhar, mas quando arrisquei um olho e vi aquela coisinha... não resisti.

Achei no começo que era uma espécie de traição, mas na verdade aprendi que as dores não duram. No máximo se transformam.

Pensei, pensei e acabei batizando ele de Bem-Me-Quer. Assim ele ficou meio parente do meu gato.

O tempo passou, coisas aconteceram. Aconteceu até o Íssimo, trazido pelo Teo numa tarde de chuva. E putíssimo da vida, como qualquer um pode imaginar.

O Íssimo bem que precisa de se psicanalisar. Que história é essa de neura de chuva?

Candinha

Se eu espichar o pescoço, acabo vendo a Candinha, sentada debaixo da cara de Getúlio Vargas. É isso mesmo.

O Teo é que dizia:

— Perto do ano 2000 e esse pessoal ainda sonha com Getúlio. Será o benedito?

Mas isso era antigamente, como sempre. Antigamente vivia gozando *aquele pessoal*. Agora...

Candinha é a pior de todas, eu acho. É muito boba, ninguém aguenta. Ela bem que quer disfarçar que não vai ficar parecida com a mãe quando virar coroa. Mas vai, ah, se vai. Bem gordona e de bigodes clareados com água oxigenada. Um monstro!

Por enquanto ela é toda dengosinha, toda magrinha, vestida de organdi, olho arrastando pestana comprida pela cara, como saia de baile. Alguém já viu pestana como saia de baile? É isso aí.

Está sempre bordando, sentadinha no divã da sala.

Até a mãe sacou:

— Candinha está louca pra casar.

Claro, quem é que não percebe? Doida pra casar. Toca a bordar, preparando enxoval. Isso nem se usa mais. Baixo nível. E não é só isso. Toca a ler *Capricho*, *Sétimo Céu*, aqueles romances complicados, encharcados de traições e maldades. Os namorados, coitados, têm de sofrer o diabo antes de se casarem.

Ainda tem o nome: Maria Cândida. Acho supercafona. Cândida é apelido de água sanitária, sai por aí corroendo tudo o que é legal. Candinha, por sua vez, parece canja de galinha, comidinha de doente.

Candinha, Candinha, canja de galinha! Além do mais é bobona, vive chorando com os desfechos de todos esses romances. Parece um dia de chuva essa tal de Candinha, deixa só o Íssimo sacar! Escorre água pela cara, faça sol ou trovoada.

Qualquer dia invento uma mágica total, mando o relâmpago da parede me vingar. Mágica total: solto o relâmpago, invento o porão, desço escadarias e...

Se eu me chamasse Candinha, não era nem uma rima, nem uma solução: desistia dessa história e ponto final.

Tranquinho

Esqueci de contar um detalhe daquela tarde em que o Mal se esborrachou.

A Mag, que estava comigo, não concorda muito com minha interpretação, salva a minha pele.

Foi o seguinte: a Mag não estava acreditando muito naquela história de saltos mortais do Excelentíssimo Senhor Meu Gato e eu acabei estimulando o Mal a dar uma prova de competência. Como é que eu ia adivinhar que aconteceria um erro de cálculo?

Mas não foi fácil segurar essa. Parecia que eu tinha empurrado meu próprio gato janela abaixo.

É melhor mudar de assunto. Senão, vou me sentir culpada de novo. E se entro nessa, apesar de toda a terapia, sou capaz de pedir a meu próprio relâmpago pra desabar na minha cabeça.

A culpa (de novo) foi do Teo

A mãe disse que não queria mais saber de Nanicas. Mas quem sempre me chama assim, sempre chamou, é o Teo. Que culpa tenho eu?

— Verônica é que é nome de gente.

Claro, quem é que não sabe? Mas o que é que eu tenho com isso?

Tinha havido uma discussão ter-rí-vel! Mamãe acabou até dizendo que o Teo não era boa coisa. De fato. Era um tal de dormir de madrugada, acordar à hora que bem entendia, pílulas para o emprego. E emprego arranjado graças ao pai, que era homem respeitável, pontual.

Teo caçoava, era tão engraçado o Teo!

Eu me amarrava em ouvir as coisas que ele dizia. Porque aqui em casa é o único que gosta de brincar realmente. (Nas horas de raiva digo isso à Berta e ela só fica rindo, sem afirmar nada.) Além disso, o Teo tem olho cor de capim novo, desse que ninguém pisou ainda. Novinho... Qualquer luz, qualquer coisa que acende perto, acende no olho dele. Eu sempre reparei nisso.

Quando ouvi a discussão fiquei tão triste e tão chateada como se o teto fosse desabar na minha cabeça.

Ouvir conversas dos outros é um horror! Eu nem me amarro nessa. Mas não pude evitar. Eles falam alto e todo mundo sabe como é parede de apartamento. Se o vizinho se emociona, a gente ouve o tum--tum-tum do coração dele.

— Se continuar assim, vou dizer pra ele arranjar outra pensão — ameaçou o pai.

— Também não exagera — ponderou a mãe.

— Não é exagero nenhum, minha filha.

— Você só diz isso porque ele é meu irmão.

— Ora, que bobagem, Célia.

— É, sim. Você nunca gostou muito de minha família. Pensa que me esqueci daquele dia...

Daí em diante, parei de ouvir.

Eles começaram a discutir essas besteirinhas, só porque estavam cansados e com sono.

Mas eu fiquei morta de preocupação com aquela história de mandar o Teo arranjar "outra pensão".

Mag

Lá está ela me dando adeusinho da janela. Redondinha e suadinha. Mesmo sendo irmã da Candinha, gosto muito dela. São um bocado diferentes. A mãe, implicante como sempre, acha que ela é meio sapeca. Deve ser porque o olho dela brilha muito. Também é suadinho como a dona.

Respondo ao adeusinho só por responder, bem chocha, depois dessa tragédia.

Mas não posso deixar de pensar numa coisa engraçada. Mag é abreviatura de Magnólia. Já imaginou se o Íssimo descobre o mistério e topa com essa excelentíssima flor em noite de chuvarada?

— *Xexéu!*

Ainda o Teo

Todo o dia, a mesma coisa:

— Teo, já são oito horas. Às nove você tem de estar no banco.

Teo de pijama, sentado no chão da varandinha da sala, tomando sol a meu lado.

— Nanica, banana nanica, cara de Natal.

— Cara de Natal! O que é isso, Teo?

— Cara de boneca de Natal. Bochecha redonda, olho redondo, cabelo redondo.

A melhor coisa do mundo era montar em sua perna, ele fazendo pocotó, pocotó, pocotó. Desde que eu era neném andava a cavalo na perna dele.

— Eta cavalinho porreta!

— Olho de bola de vidro de Natal.

(pocotó, pocotó, pocotó.)

— *TEO-OLHA-A-HORA!*

A mãe, furiosa.

— Boca de estrelinha de Natal.

Bem-Me-Quer aprovando com o rabo, igual a um ponto de interrogação, pra lá, pra cá.

Íssimo, de bom humor com o sol.

— Pé sujo, de raiz de árvore de Natal.

(pocotó, pocotó, pocotó.)

Às vezes eu ficava até tonta e puxava outro assunto.

— Teo, olha aqui, nasceu outra rosinha na floreira.

— Outra vitalina.

— Oi, Teo, que palavra é essa?

Depois a gente fazia competição de espirros. Simplicíssimo! Só olhar pro sol e espirrar.

Um dia ele perguntou:

— Nanica, quais são as coisas que você mais gosta no mundo?

— Deixa ver... Sal, canto de galo, coração de galinha, doce de abóbora com coco...

— Assim carrega o mundo todo.

— E você, ora essa!

— Gosto de moça e mosca.

— Oi, Teo, como é que é isso?

Gargalhadas.

Eu ficava reparando que o olho dele se apertava na risada e espremia o verde todo.

— Nanica, mosca porque tem asa, moça porque tem cacho.

Eu comecei a roer um pouco as unhas para disfarçar.

— Uai, Teo, eu não tenho...

Teo, uns olhos bem lépidos.

— Juro que você é meio birutinha e que de hoje em diante é a princesa Nanica-dos-Rabichos.

E um dia, bem sério:

— Não quer me contar quem é seu namorado?

Mag entrava naquele momento.

— Vocês não acabam esse papo? Venham cá ver o Grande fazendo a cabeça do Chico.

Conversinhas

Dizia o Grande:

— Pô, Cara, acho uma beleza!

— Mas tirei nota baixa!

— O que é que tem? É que ela não entendeu!

— Mas tirei mesmo nota baixa!

O Grande falava e enfiava a cabeça num caderno meio amassado de propriedade de meu irmão menor.

— De que se trata? — perguntou o Teo.

— Deixa pra lá — implorou o Chico.

Os óculos faiscaram.

— De jeito nenhum! Mas de jeito nenhum!

Entregou o caderno ao Teo.

— Leia essa composição.

Teo pegou e leu.

— "O homem louco".

O homem louco

O homem louco acorda de manhã, toma o café e vai pro trabalho. Chega lá, conversa com seus amigos e depois trabalha. Depois do trabalho toma uma bebidinha, conversa mais um pouco com os amigos e volta pra casa. Depois descansa e assim vive feliz. Esta é a história do homem louco.

Fazendo a cabeça

Quando o Teo acabou de ler, o silêncio era tanto que se ouvia uma mosca voar.

— Não é uma maravilha? — gritou o Alexandre, correndo os olhos por nossas caras apalermadas. Eu olhava o rosto vermelhíssimo do Chico, que pedia socorro mudo à Mag, que olhava o Teo, que só pôde balbuciar, mirando o caderno:

— Aqui está "totoma uma bebidinha" em vez de "toma uma bebidinha"...

— Detalhes — vociferou o Grande. — Detalhes! A concepção é que é uma maravilha!

— "Detalhes tão pequenos de nós dois..." — cantarolou a Mag, para bancar a sabida, acho.

O Grande nem se tocou:

— A concepção é que é uma maravilha!

O Teo, mudo.

— Mas que concepção? — exclamei por minha vez, decidida a enfrentar o sabichão. — Que concepção? O homem louco. Que homem louco? Esse aí é o homem normal. Todo mundo faz isso, meu! Só faltou a televisão depois do jantar.

— Você tocou no ponto crucial, no nó da questão, Vê.

(Odeio que me chamem de Vê.)

— Aí é que está. O homem normal é o homem louco.

— Como é que é?

O verde do olho do Teo escorria pela risada:

— Mas é claro, Grande, você tem toda a razão. O cara que se julga normal, mas que na verdade já enlouqueceu nessa rotina sem saída, massacrante, no trabalho sem sentido...

E tome de blá-blá-blá.

— Vocês querem parar com isso?

Eu estava fora de mim. Mas, na verdade, ninguém se incomodava comigo. Todos falavam ao mesmo tempo, no maior dos entusiasmos. O Teo chegou a prever que o Cara seria um grande escritor no futuro.

— Tem talento, tem! — afirmou o Grande.

— Tirei nota baixa — insistiu ainda o Chico, que era teimoso como ele só.

— Que importância tem isso? Não entenderam. Você fez um texto inesperado, não souberam ver o que está por trás dele.

— E você acha que ele teve a intenção...

O Grande me interrompeu, na maior impaciência:

— Que importância tem isso? E você? Está tendo a intenção de ser tão desagradável?

Saí batendo a porta. O Alexandre não é Grande coisa nenhuma. Não passa de um grosseirão!

Uma competente em geral

O Cara pode ser muito inteligente, mas eu também não sou tão burra. O meu único mal, até hoje, é que eu sempre finjo saber de tudo. Sei que é besteira e que nunca funciona. Mas não sei fazer diferente.

Na escola é o mesmo.

Senti um golpe terrível quando a dona Áurea — sabor insucesso — declarou, por intermédio dos óculos-TV:

— O céu não existe.

Chocante!

Pensei: "Mas como, se eu estou vendo? Bruxa velha, por aí você não me pega".

— Existe, sim, estou vendo ele — disse um menino com uma cara de pinto que acaba de sair do ovo.

— É a massa de ar que dá a ilusão da cor.

Eu tinha começado a roer (escondido) as unhas que já estavam um pouco sujas. Eu era bem pequena, não tinha argumentos e estava morta de raiva.

Nunca vi, dona Áurea parecia uma mágica às avessas!

Pegava um troço bonito, com aquela cara de balão de soprar, e estragava sem a menor hesitação.

— Por que as flores são coloridas? Quem adivinha? Quem? Quem?

Meu coração disparou. Eu gostava tanto da minha floreira, suas flores e seus verdes que... só podia ser! Eu nunca tinha pensado naquilo, mas vamos e venhamos... As flores só podiam ser coloridas porque eu gostava delas coloridas. Elas eram coloridas para me agradar. Isso mesmo: elas eram coloridas para me agradar! Como eu não tinha pensado nisso, nunca?

E lá estava eu meio vermelha de emoção (meu Deus, como eu já fui debiloide há alguns anos!...) e achando que a dona Áurea ia me jogar um sorriso dentro de um raio de sol. Mirem-se nesse exemplo, as flores...

— As flores são coloridas para atrair os insetos. Vocês sabem, os insetos...

O céu desabou sobre minha cabeça. Nesse dia desabou mesmo.

Fiquei esmagada com a indiferença do mundo, das flores e de um céu que não existia.

Tentei não dar a perceber, hein? Me reconstruí o mais depressa que pude, sentada entre um menino e uma menina.

Fiquei insuportável em casa, por mais de um mês. Minha mãe, impaciente, quando me via chegar, ferida e descabelada para o banho:

— Você é uma menina, não um moleque.

— Sou como quero.

Mas o mundo tinha ficado diferente e cheio de segredos.

Uma coisa muito incômoda.

Dos besouros e das flores eu achava que sabia tudo. *Tudo*. E o resto?

Podia perguntar ao meu pai, não podia?

Claro, mas em vez disso ficava roendo unhas e fingindo um ar de competente em geral. Eu era uma competente em geral!

Um dia tentei conversar com a prima Clô. Lá estava ela no *porão*, pedalando sua máquina de costura.

— Prima Clô, o céu existe?

— Claro.

— Dona Áurea disse que não.

O cabelinho crespo estremeceu.

— Não?

— Disse que é massa de ar.

— Ora, mas atrás desse tem outro.

— Que outro?

— O verdadeiro. Onde tem os anjos e os santos.

— Acho uma besteira. Se esse que a gente vê é mentira, o azul nem existe!

— Não tem nada uma coisa com outra, Verônica.

— Como é que não tem? Uma coisa puxa a outra.

— Ora, Verônica.

— Quer saber o que eu acho? Para mim, anjo e santo são também de ar engarrafado.

Os cabelinhos tremiam em pânico.

— Verônica, Verônica, olha sua mãe!

— E eu estou falando alguma besteira? Aprendi na escola, prima Clô, não tenho nada com isso.

Ela ficou reclamando, sacudindo a cabeça e prometendo ir falar com "a sua mãe".

Até hoje eu acho ela um bocado burra!

Antes

Nem sei se foi há muito ou há pouco tempo. Acordar e sentir o sol escorrendo pelas frestas da janela... O sino da igreja dando a hora...

Levantar pé ante pé, arrancar a camisola e ficar um pouco nua, morrendo de frio.

Verdadeiro barato!

A primeira coisa que eu fazia era investigar minha floreira na varanda, bem longe do poleiro do Íssimo.

Mamãe achava (e acha) que eu era meio biruta, porque naquela floreira tem de tudo: dois tufinhos de violeta, uma roseirinha anã, capinzinho de enfeite.

O Teo é que não perdia oportunidade:

— Rosa tem ar de solteirona. Assim, princesa que não arranja príncipe pra casar. Também, não vai nem ao cinema...

— Oi, Teo, e rosa e princesa vão ao cinema?

— Aí é que está o erro. Rosa é toda molenga, não aguenta um sambinha.

Ah, o Teo, como é engraçado! Sempre foi! Minha avó contou que ele é assim um brutamontes de grande, porque mamava leite de qualquer mulher parida, quando era neném. Ninguém aguentava com a fome dele. É possível uma coisa dessas?

Mas ainda tem mais coisa na minha floreira. Quer saber? Se segura aí: tem um pé de salsa e um pé de boldo.

— Boldo!

Todo mundo se espanta. É isso aí.

Mamãe embirrou, que salsa e boldo não se misturam com flor, é coisa de quintal.

— E a gente tem quintal aqui?

— Não, mas...

— Nem mas, nem meio mas.

Não refresquei. O negócio é o seguinte: não sei por que não se mistura.

— Querem me dar uma boa razão?

Salsa também tem perfume, cheiro ardido, boa petalazinha de se enfiar no nariz, bom talo de mastigar e, depois, todo delicado, recortado cuidadoso, igualzinho ao meu relâmpago.

— Não sei por que não se mistura.

E o boldo? Todo aveludado, peludinho, verde fechado.

— Ora, deixa pra lá.

Agora, o fato nu e cru é que já arrancaram um pouquinho de salsa pra botar na comida, no dia em que esqueceram de comprar na feira.

E até mamãe, que reclamou tanto e que se desculpa com todas as visitas (ah, são coisas da Verônica...), até a mamãe já andou sentindo pontada no fígado. E onde foi que se agarrou? No meu pé de boldo. Fez um chazinho daqueles bem amarelinhos, bem amarguinhos, e bebeu tudo fazendo careta. Papai até brincou:

— O que arde cura, meu bem, o que aperta segura.

Bem que eu gostei, hein?

Ela também. Ficou boa da pontada.

Teo de novo

— *TEO-OLHA-A-HORA!*

— Por isso é que não para em emprego. Pudera...

Eu me enfiava pelo corredor até o quarto do meu tio e montava logo a cavalo no flanco duro.

— Oi, Teo, oi, oi, oi, oi...

Ele bem que acordava, fingia que não.

— Teo, que sai na rua sem chapéu, sem chapéu, sem chapéu...

Puxava seus cabelos (os cabelos são as rédeas), esfregava a mão na barba espetada (a barba é espinho que eu plantei no caminho da cara dele...).

Isso desde pequenininha.

— Teo, que tem cheiro de... que tem cheiro de...

Ele arregalava logo o olho verde, igual caldo de cana.

— Diz, se tu é homem.

— Não sou homem. Sou mulher.

— Diz, se tu é mulher.

—... que tem cheiro de...

Corria até a porta e, antes de sumir pelo corredor, gritava:

—... de xexéu...

— *Xexéu!* — Íssimo repetia.

Saía correndo e ele atrás.

Assim é que era antes. Uma coisa do outro mundo!

— Verônica, olha o café. Tá na mesa.

A gente sentava junto e mastigava pão com manteiga. Eu sempre adorei esfregar um lábio contra o outro, cheio de manteiga, como quem espalha batom. Café com leite. A manhã já estava sacudida à janela.

Cheiro de cozinha, Bem-Me-Quer lambendo seu leite, mãe penteada, prima Clô, cabelinho crespinho de menina, pedalando sua máquina, pai saindo pro trabalho, muito limpinho. As queridas coisas de sempre. As queridas coisas de sempre.

Relampsético VIII

Olho pela janela e lá está a Candinha, no sofá. Bordando. Só pensa mesmo em bordados. Só fala em entremeios, em sianinha, em crivos e pontos-cruz. Até parece a prima Clô. Duas passamanarias. Só pensam nisso. Pois se agorinha a Candinha estava aqui soltando gritinhos... Agora lá está, como se nada tivesse acontecido. É uma falsa! Tem até passarinho preso. Dá alpiste, dá água, quer que o bicho cante, como é importuna! Acho um horror. Passarinho é pra ficar solto, não tem nada a ver. Fingida! Sei que é uma fingida!

O pior é que ela é bonitinha. É. Bonitinha ela é. Ninguém pode negar. Nariz fininho, olho franjado. Um saco! Mesmo bonitinha, um saco! Tem medo de trovoada, dá pulinhos, até de Bem-Me-Quer tem medo. É possível? Isso é pra arranjar namorado.

— Ai, que medo!

Aí vem um bobalhão qualquer, como o Teo, e começa logo a proteger. Será o benedito?

A próxima vez que ela entrar no meu quarto, se eu não tiver jeito de impedir, mostro o meu relâmpago. Conto uma história in-crí-vel de um relâmpago egípcio, mortal, que foi mumificado e conservado... adivinha onde? Ora, na parede do meu quarto.

— É esse aí mesmo, minha filha, não adianta fugir.

Posso até arranjar um nome pra ele. Deixa ver... Ramsés Relâmpago II. Ou Ramsético III? Ou Relampsético VIII? Gostei desse.

— Apresento, a todos os patetas, o *cruel*, o *desalmado*, o *encantado*, o *feroz* RELAMPSÉTICO VIII!

Se ela chorar é que vai ser bom.

— Esse relâmpago era tão mortal, *tão* mortal que os egípcios, horrorizados, deram um jeito de mumificar ele.

E se ela perguntasse com aquela vozinha de funil: como é que ele veio parar aqui?

— Viajou milhões e milhões de anos, minha filha, através do galope de uma estrela cadente, saída de uma rocha superencantada.

— Como?

— Ora, são coisas da deusa Ísis.

— Oh!

(*Oh!* é ótimo!)

— Ele acabou parando aqui na parede do meu quarto. Mas um dia ele vai sair. Não resta a menor dúvida.

Digo isso tudo pra ela e não fico esperando a reação. Pode ser que ela se controle, hein? Mas sei que já lancei a semente da dúvida naquele coração encharcadinho de novelas lacrimejantes. Encharcadinho como uma esponja de detergente, que é preciso espremer com força para fazer funcionar.

Outra competente em geral

Mag continua lá na janela. Faz uns sinais, não entendo. Talvez queira vir aqui. Mas não estou a fim. Gosto dela, mas agora estou com um pouquinho de raiva. Também que ideia ser irmã da Candinha!

(Mergulho embaixo da cama, me perco no jardim de feltro, ah, que bom se a Berta fosse bem velhinha, com aquele colo fofo que as velhinhas têm, aquele cheiro de guardado.)

Também já estou meio grande para colos. Podia até fazer parte do Grupo das Menstruadas, mas acho o maior baixo nível. Ficar aí pelos cantos contando coisinhas, fingindo a maior competência. Ainda tem umas pirralhas que inventam que já são, só pra ganhar importância. Mas eu não vou nessa. Elas mal têm sobrancelhas, quanto mais o resto.

(A Berta passa ao longe, meio distraída, entre duas rosas vivas. Será que ela desconfiou que eu precisava do colo de uma velhinha? Se aperto os olhos, vejo dois caracóis úmidos atravessando um fio de bordado.)

Mesmo a Mag, que finge ser a maior sabichona. Me lembro que no outro dia arranjou um namorado fora do colégio. Todo atlético, cafonérrimo. (Ah, que raiva!) Tinha de esconder ele tão escondido como pulga na barra da saia, senão a mãe fazia um escarcéu.

— Imagina! Só porque ele é mais velho e mais experiente! — ela me disse toda suadinha.

Pois um dia chegou pálida, tão ocupada com seu susto que nem tinha tempo de fazer o joguinho da esperta. Acho que só porque não faço parte do Grupo é que ela teve coragem de confessar.

— E eu que não sabia que usava língua!

— Língua?

Diante do meu espanto, ela se recompôs rapidamente.

Juntou os caquinhos. A competência brilhava de novo, redondinha como ela.

— É, minha filha, língua. Lín-gua. Não sabe o que é?

Esticou a própria meio palmo pra fora. Rosada feito um presunto.

Tinha sido beijada, *de verdade*, confessou. Pela primeira vez.

Historinha chata

Não dei a mínima para a confidência. Primeiro, porque estava preocupadíssima com a *minha* vida. Como é que as coisas todas começaram? Depois, porque, para uma competente em geral, outra competente em geral e meia. Dei de ombros.

— Ora, o que tem um beijo demais?

A minha indiferença deixou a Mag meio espantada, percebi. Talvez ela pensasse que eu... Melhor ainda. Descobri que o silêncio tem às vezes um efeito arrasador. Aquela historinha chata, com línguas rosadas como presunto, ficara rodeada por todos os lados por meu ar de pouco caso e perdera toda a importância. A Mag foi saindo meio ressabiada.

Mas como é que tudo começara? Ah, bom...

Namoros

Tudo por causa de uma muda de roseira.

Sol rolando devagarinho pra trás dos prédios, inchando proporções, cada qual com um ar belo e bom no rosto ao sol.

Eu tinha acabado de tomar banho e estava na cadeira de balanço, lendo. Estava me sentindo cheia de ásperas responsabilidades. É sempre assim quando estou limpa.

Bem-Me-Quer estava deitado aos meus pés, no chão.

Aí a campainha tocou.

— Dá licença, dona Célia.

E ali à porta, docinha e mansinha, vestida de organdi.

— Como vai, Candinha? Como vão todos?

Meio encabulada, as pestanas arrastando pontudas.

— A senhora me prometeu uma muda daquela roseira amarela.

— Ah, Candinha, é mesmo, vamos tirar.

A mãe não gostava muito de vizinhos, mas no final agradava, quem é que entende?

Parará, parará, parará.

Conversinha entremeada de risinhos amáveis.

Eu estava chateada. Quem é que pode ler em paz com essa bagunça?

Acabei indo pro lado das duas e comecei a reparar nas unhas rosadas de Candinha, na fita vermelha que prendia os cachos escovados atrás das orelhas.

— Vaso não adianta, Candinha. Se você tivesse uma floreira grande...

Demoraram tanto que os homens foram chegando pro jantar.

— Oi, Teo, oi, oi, oi, oi...

— Oi, minha princesa Nanica-dos-Rabichos!

Rodou comigo no abraço, como sempre fazia.

Mas em seguida parou, encabulado, na frente da Candinha.

Um homão daquele tamanho e todo sem jeito.

— Alô, Candinha...

— Alô...

Fiquei olhando um e outro, sem gostar, achando chata aquela falta de graça.

O sol já sumira há um tempão e, no escurinho da varanda, o rosto de Candinha era todo um requebro de denguice.

— Vim buscar uma mudinha de rosa amarela.

— Teo, oi, Teo, você não sabe o que Bem-Me-Quer fez agorinha...

Olharzinho de trinados, mansamente.

— Amarelo é cor de desprezo...

E a voz do Teo, inchada num machucar de emoção:

— Não diz isso, Candinha! Você falando em desprezo...

Mensageiro

A porta abriu de novo devagarinho e apareceu o Cara.

— Oi.

— O que é que você quer?

— O Grande está lá na sala, mas a mãe não quer que ninguém fale com você.

Então eu era uma prisioneira.

— O que é que ele quer?

— Sei lá. Acho que ele quer dar uma força.

Tive uma imensa vontade de chorar.

O Cara estendeu a mãozinha fechada. Abriu os dedos. Era um papelzinho dobrado.

— Pra mim?

Quase caí pra trás. Era um bilhetinho do Grande.

O que é que você acha?...

Concha

> *A lua cheia*
> *veste uma camisa de ar*
> *à alvorada ao crepúsculo*
> *os lobos cantam seu grave coral*
> *azul é o sol invisível*
> *na fechadura peluda*
> *do seu olhar*

Embaixo, a pergunta: *o que é que você acha desse poema meu?*

Pontuações

Perplexa. Literalmente perplexa. O coração batia, batia, porque eu não estava entendendo nada do tal poema e tenho horror de me sentir burra. Isso era dar uma força?

Humilhar uma pessoa, de graça?

— E aí?

— Sei lá. Sei lá.

Vontade de chorar de novo. Juntei todas as forças e encarei o Chico.

— Quer saber de uma coisa? O que é que tem esse tal poema com o título? E o título com o poema? Não tem rima, não tem nada.

O coração batia de horror.

— Não tem nem pontuação.

O Cara, impassível.

— Sai, sai, sai — fui empurrando ele pra fora do quarto. Será que não percebiam que era melhor mesmo eu ficar sozinha?

Sentei na cama e comecei a chorar.

Negro

Se eu pudesse procurar a Berta e se a Berta fosse uma velhinha...

Mas sei que assim tão arrasada não posso. O jardim está forrado de preto, as aleias cobertas de carvão em pó, o laguinho está cheio de tinta e os passarinhos cantam uma marcha fúnebre.

(Mesmo arrasada, achei essa ideia demais!)

Implicâncias

Quando fico triste assim, penso em Mal-Me-Quer, penso no céu que não existe e o mundo fica uma barra!

Às vezes, só pra ficar ainda pior, procuro a prima Clô. Mas não é pra conversar. Ela quase não fala. Fica pedalando sua máquina, o pano vai entortando aos pouquinhos pro outro lado, como se fosse água lenta.

Pra mim ela faz uns vestidos legais, embora antigamente fosse um horror. É que a minha mãe tinha uma teoria:

— A Verônica vai crescer e engordar.

O resultado era que os vestidos eram sempre mais compridos e mais largos do que deveriam ser, quando novos. Conclusão: eu saía sempre como uma maria-mijona, e só quando o vestido estava aos pedaços de velho é que ficava legal no meu corpo.

Problemas de economia boba.

— Economia é a base da porcaria!

Minha avó de novo.

Agora melhorou. Prima Clô acabou concordando comigo.

Mas também não ligo tanto pra essa história de roupa. A mãe acha que tenho mania de ser original. Original! O que penso é que tudo isso não tem mesmo nada a ver.

Ela fica lá, quieta. Põe a fazenda debaixo da agulha da máquina, alisa a bainha com o polegar antes de passar a costura. A agulha anda como uma barquinha, às vezes sobe e desce em mar bravo, às vezes vai que é uma beleza!

Pra me distrair pergunto coisas que ela nunca responde.

— Por que é que você não casou, prima Clô?

— Hum, hum...

Gosto de arrumar as gavetas da máquina. Tem montes de botões, fitinhas e cadarços de todas as cores.

— Prima Clô, você acha que o Teo é malandro?

— Hum, hum...

Que coisa, que mutismo!

A única vez que topou um papo foi com aquela história de céu. Também é carola como o quê!

Depois descobri um assunto que punha ela nervosa. Quer dizer, ela nunca se lembrava do final e por isso não evitava o assunto de saída.

Eu começava sempre do mesmo modo:

— Prima Clô, você se lembra daquela vez que eu fui anjinho de procissão?

— Hum, hum...

— Era um vestido lindo, hein? Todo de cetim que brilhava que era uma beleza. De que cor mesmo?

— Azul-claro.

— Isso. Azul-claro e cheio de estrelinhas...

— De purpurina. Tinha também pérolas ao redor da gola e dos punhos.

— Ai, era lindíssimo! Tinha até asinha de pluma. Você é quem pregou, não é?

— É.

— Nunca vi. Anjo de asa com goma-arábica.

— Ué. Não tem importância nenhuma. O que vale é o que o anjo sente por dentro.

— É. Mas o que eu sentia por dentro não era nada católico, era?

— O que era?

— Ora, eu só pensava em ser o anjo mais bonito, mais importante pra poder coroar a Virgem.

— Coisa de criança, Verônica.

— É, mas acabei não ganhando. E você sabe por quê.

A essa altura ela começava a ficar chateada.

— Ora, isso foi invenção de seu pai, que é um herege.

— Herege, nada. O caso é que anjo tem de ser lourinho e de olho azul. Como menino rico.

— Cala a boca, Verônica, mas que coisa!

— Papai é que disse e ele tem razão. É um absurdo! Ainda mais no Brasil, que todo mundo tem sangue negro e índio.

— Eu não, minha filha, eu tenho sangue português, para com esse negócio.

— Prima Clô, acho que você é racista.

Era a gota d'água.

— Sai, sai, sai.

Levantava da máquina e ia logo me empurrando para fora.

— Mas que coisa! A gente está trabalhando direito e vêm vocês atrapalhar falando bobagem.

Deixa estar, prima Clô, vou mandar a minha múmia de relâmpago descarregar em cima da sua cabeça.

Eia, avante, sus, Relampsético VIII!

Um copo de ***

— Verônica! Olha a hora do colégio!

—... nunca mais disse nada, um bocado distraído, comendo depressa, comentando emprego com papai, nunca foi disso, o que é que há? Nunca mais cara de Natal, princesa Nanica, nem nada. Agora anda barbeado, essa é o máximo! Todo seboso, todo...

— VERÔNICA!

—... antigamente...

— Você não está ouvindo?

— Estou, mas não quero responder.

Mamãe ficou tão espantada que nem disse nada, foi logo saindo do quarto. Será o benedito? Não se pode nem ficar em paz, meu senhor! Seria uma delícia se a gente pudesse, no sufoco, morar num cofre, numa concha, sei lá, mas tudo com fechadura bem recortada. Era bom. Ninguém entrava e eu não saía. Quando passasse o horror, tudo bem.

Eu sabia que tinha umas nuvens negras se amontoando bem em cima da minha cabeça.

Tentei tudo.

Dei até pra conversar com a Candinha, fingindo ser amiguinha, olhando os bordados e tudo. Conversei muito, não me lembro nem da metade. Até contei a ela uma brincadeira que eu e o Teo fazíamos. Mas era escondido, senão o pessoal danava.

Era assim. Ele chegava com uma cara bem séria e dizia:

— Querida, vamos comer ferida?

Eu sorria docemente e respondia:

— Não, amor, prefiro chupar tumor.

E ele, horrorizado:

— Cruz! Prefiro um copo de pus.

Um segredo e tanto!

Mas Candinha nem se abalou. Fez uma cara de nojo e só comentou:

— Que mau gosto!

A gente não se entendia mesmo. Mau gosto! Candinha já nasceu chata.

O barulho da cidade agora cada vez mais se parece com um temporal. Recortado pelo grito de Íssimo.

— *Xexéu!*

É isso mesmo. O maior bodum.

Berta me chamava de Pampolinha, mas a voz vinha de muito longe.

Eu falava com as pessoas, mas no duro, no duro, só sabia que olhava aquela rachadura na parede, meu inocente relâmpago, e que saía do quarto, passava pelo corredor, cozinha, quarto de Teo (sempre vazio, agora vive trabalhando), prima Clô, o Cara escrevendo composições, sala, corredor, sala, cozinha, corredor, quarto, quarto, elevador, poço do elevador.

Bem-Me-Quer vem e lambe meu pé. É uma língua quentinha e úmida, durmo com ele perto, parece um bombom com um coração batendo dentro.

Pensando bem

Ele quis ser solidário, não há dúvida. Mas que o poema não tem pé nem cabeça, não tem. E, quis ser gentil. Sabe que me amarro em histórias de lobo, nunca tive o menor medo. Acho bonito! Os bichos fortes, meio selvagens. (Ai, Mal-Me-Quer!) Vivo lendo histórias de lobos. Os homens liquidaram com eles. Eram verdadeiros reis das florestas, deixavam o leão no chinelo. E aquela história de delimitar seu território com a própria urina, de saber pescar (não é incrível?) e de ter sede o tempo todo!... Acho um bicho super-romântico. São fiéis. Pra mim, basta. E têm vozes diferentes, cantam num verdadeiro coral... Epa! O Grande escreveu essa imitação de poema por causa de um papo que tivemos.

Zoológico

Os papos eram sempre assim: ao redor das redações do Chico. Não tenho nada contra, de jeito algum, mas às vezes enchem. Alexandre acha todas geniais. Aquele dia era uma intitulada "Sem título" e que dizia o seguinte:

De repente um peixinho chamado Zumbi falou:

— Zitrua zazim o zo.

Daí a baleia acordou e mandou o peixinho morrer.

Fiquei esperando o resto, já achando aquele começo muito esquisito.

— Não é genial? — perguntou o Grande.

— E o resto?

— Que resto?

— Não vai me dizer que acabou!

Pois tinha acabado. Alexandre achava aquela bobagem "uma verdadeira poesia".

— Aposto como tirou nota baixa — disse para o Chico.

Ele baixou a cabeça.

— É.

— Claro, é e-vi-den-te! O título é "Sem título", começa com *De repente*, a gente não entende o *antes*, Zumbi não é nome de peixe, o que ele diz...

— Chega! — berrou o Grande. — Você não tem sensibilidade. A poesia é um estado de espírito.

Não admito que gritem comigo. Gritei mais ainda.

— Ah, é? Se é estado de espírito, prefiro os estados de espírito do meu amigo João. E bicho por bicho prefiro os lobos. Pelo menos não são mudos.

— Lobos? — o Grande esqueceu a irritação e se aproximou todo interessado. — O que é que você sabe sobre os lobos?

— Tudo!

— Tudo o quê?

— Já disse que tudo.

— O quê, por exemplo?

— Não pense que vou te dar aulinha particular. Só te digo duas coisas, essas sim é que são poesias: os lobos são fiéis e têm sede o tempo todo.

O Grande ficou me olhando com uma cara intraduzível, acho que ele estava meio espantado com meu nervosismo.

— E tem mais: são cantores. Cada um tem uma voz, formam um verdadeiro coral, cantam juntos, isso sim é que é bicho. E amam a lua cheia. São super-românticos.

O Grande chegou bem perto.

— E você, é romântica?

— Claro que não, só acho bonito. Também não tenho boa voz. Mas uma coisa eu te digo: eu tenho sede o tempo todo. *Eu tenho sede o tempo todo.*

— Não grite — falou o coroa, que entrava naquele momento. — Que mania vocês têm! E que história é essa de sede o tempo todo? Quer ver que essa menina está diabética?

Linhas cruzadas

Não adianta, eles nunca entendem.

— E fiel? — o Grande insistiu.

— O que é que tem?

— Você é fiel?

— Sei lá, não sei de nada disso, afinal não sou um lobo.

— Também não é amiga do João.

— Sou.

— Ele é muito mais velho. É amigo do seu pai.

— O que tem isso? É muito mais novo que meu pai. E sou amiga dele.

— Não é.

— Sou. Você não me manda.

— Que história ele te contou?

— Não digo. Você não vai entender. Só entende mesmo essas composições idiotas do Cara. Composições, não. Decomposições.

Relendo

É, ele quis ser solidário. Lendo de novo, o tal poema fala em coral de lobos e em lua cheia. Talvez queira fazer as pazes. Mas o nome do poema não tem nada a ver. Sol também não é azul, "camisa de ar" acho uma invenção idiota e "fechadura peluda" dá aflição. A Berta era capaz de entender isso, ou pelo menos ia ficar sorrindo, ela não se incomoda muito com nada. Se distrai docemente. É isso. Fala baixinho. Um dia armou para mim uma casa toda de papel no canto do jardim. O vento inchava e desinchava as paredes como um balão.

— Como um coração! — ela disse.

Eu era pequena, fomos passear. Ela pingou no meu peito uma gota daqueles frascos coloridos: Era perfume. Fiquei olhando a gotinha molhada até ela desaparecer. O pano ficou meio enrugadinho no lugar.

É, com certeza ele quis dar uma força. Ficou dias querendo saber a história do João, mas eu não contei. Só ele é que entende de poesia? Pois para mim aquilo, sim, foi um estado de espírito.

Papos de anjo

Ele chega, depois leva meses sem aparecer. Aos cochichos com meu pai, enquanto a mãe torce o nariz e reclama "dessa mania de política".

Mas um dia veio conversar comigo, querendo saber dos estudos, esses leros um pouco enjoados. Aí perguntou se eu acreditava em Deus.

— Ah, sei lá, mas santo e anjo eu acho que são de ar comprimido.

Contei pra ele as implicâncias com a prima Clô.

O João deu a maior gargalhada.

— Pois você sabe, Verônica, quando eu era garoto tinha a maior bronca de Deus. Essa história de me ver o tempo todo, até no banheiro, sabe lá o que é isso?

— Um saco — concordei, deliciada.

— Mas com essa de bronca eu ficava pensando em Deus o tempo todo, querendo descobrir alguma coisa que fosse só minha, sem intromissão de nada, sem nada no meio. Eu ficava na roça, trabalhava, trabalhava, trabalhava e matutava num jeito de me livrar daquela vigilância.

— E você conseguiu?

— Vou te contar um segredo. Promete que não diz a ninguém?

— Prometo, prometo, mas diz logo.

— Consegui.

Deu aquele lindo sorriso dele e explicou:

— Uma bela tarde eu estava na porta da cozinha, chupando uma laranja. Era uma laranja maravilhosa, dourada, redonda. Primeiro eu brinquei muito com ela, tinha a casca meio irregular, umas partes um pouco rugosas, outras absolutamente lisas. Depois cheirei a laranja bem devagar, imaginando como ela estaria doce por dentro, um pouco fria, sentindo seu perfume ligeiramente acre. Por fim, abri o canivete, tirei a casca toda com o maior carinho e comecei a chupar a laranja. Era um prazer tão grande, eu estava tão feliz, que pensei o seguinte: aquela laranja era minha, completamente, e aquele prazer era também completamente meu. Nada podia existir entre mim e aquela laranja. Nem Deus.

— João, que história linda! Por que você não escreve essa experiência?

— Um dia ainda escrevo. E sabe do que mais? Qualquer coisa difícil ou dolorosa que eu tenha de viver, penso no prazer daquela laranja e pronto. É um santo remédio. Na tortura, quando fui preso, eu pensava nela. Ela crescia, crescia, crescia...

De repente tive um arrepio.

— João, será que você colocou essa laranja no lugar de Deus?

Outra risada.

— Só escrevendo pra descobrir. Mas que ela era e é muito mais doce, disso não tenho a menor dúvida.

— Nem fica te vigiando.

— Mas de jeito nenhum.

— Nem ficará.

— Nem ficará.

— Nem...

— Nem.

Estados, espíritos

Isso eu chamo um "estado de espírito". Nosso papo, idem. Tinha um clima. Contei pra Berta, que ficou sorrindo, podando uma roseira. Contei pro Teo, que arregalou o olho verde, ele ficou meio amarelado, tal e qual uma laranja. Contei até pro Íssimo, pro Bem-Me-Quer, pro pezinho de boldo. E levei semanas conversando com os meus botões sobre o assunto. Se você está calmo, não há nada melhor no mundo do que conversar com os próprios botões. Mas se pinta a neura, os botões conversam com a gente e costuram nossos miolos com fio duplo. Como agora.

Mistérios

Bem-Me-Quer saca logo quando estou mal. Deita perto, fica me olhando com olho comprido e molhado, acho que entende tudo. Mas imagina, eu que sei um bocado de coisas sobre lobos, não consigo descobrir nada sobre esse cachorrinho. Eu, não, os verdadeiros pesquisadores. Nas minhas andanças li e levei um susto:

A história do cão doméstico, que é muito antigo, permanece desconhecida. Pensa-se que o cão doméstico descende do lobo e do chacal e talvez também dos cães selvagens da Ásia.

Ora, vejam. Um bicho tão próximo, tão sentimental e brincalhão tem esses ancestrais selvagens. Talvez. Não sabem direito. É mais fácil saber do lobo, que sempre morou longe, do que do cão doméstico, que sempre morou perto. De qualquer maneira, para ele ficar manso, deve ter sofrido um bocado. Será? Treinado pacientemente. E tome de relâmpago na cabeça.

Acho a vida complicada, não entendo quase nada. Não se trata nem de coisas bobas como aquele poema do Grande. Eu não entendo o óbvio. Por exemplo, água. Não entendo água. Não adianta explicar que é H_2O. Não entendo a maneira de ser da água, acho uma loucura, essa história de lavar, de escorregar... Não entendo água. Isso para não falar do telefone, elemento "absolutamente nocivo ao bem-estar comum". Acho...

Uma resposta

— Oi.

— Era o Chico de novo.

— O que é que você quer?

— Eu, não, o Grande.

— Está bem. O que é que ele quer?

— Uma resposta.

— Resposta como?

— Uma resposta, ué. E por escrito.

Meu Deus, meu Deus, não, minha Laranja, que coisa maluca. Eu entendo lá alguma coisa de poemas?

— Eu não entendo nada de poesia, meu. Leio outras coisas.

O Cara já ia saindo.

— Ei, espera aí, também é uma questão de educação.

Reli o tal poema. Dizer o quê? Ele perguntara muito claramente: "o que é que você acha desse poema meu?". Eu não podia dizer a verdade: achava a maioria das coisas sem sentido, a começar pelo título.

— Diz a ele que é interessante.

— Ele quer por escrito.

Que coisa, que complicação. Uma mentirinha de vez em quando não faz mal a ninguém. Mas mentira por escrito não dá pé, é superperigoso.

Mordi a ponta da caneta, pensei, pensei; ai, que enjoo, acabei escrevendo: *Muito obrigada por ter se lembrado do lobo*.

Bom não estava, afinal eu não comentava o poema (e comentar o quê?), mas também não me comprometia. Ele quis ser solidário, merecia pelo menos um agradecimento.

Visitinha nº 1

Um dia ela chegou, sentou-se na beiradinha de minha cama e ficou um tempão com cara de idiota, rindo aquele risinho que não queria dizer nada. Pelo menos para mim. O Teo, com certeza, achava a maior graça no risinho, com uma covinha de cada lado. Toda bem vestidinha, fivela combinando com o cinto e o cinto com o sapato. Acho idiota essa combinação evidente.

Quis encaminhar o papo para o relâmpago, de acordo com meu antigo plano, mas ela começou a falar da prima Clô.

— Como ela trabalha, hein?

— Quem?

— Prima Clô.

Já vem com intimidades. E a prima é dela?

— Evidente. É sua profissão.

— Ela tem jeito, não?

Nossa, que papo chato!

Sorrisinho com duas covinhas.

— Se bem que costura é complicado. Tem a confecção bem-feita e tem o charme da roupa.

Nossa, não é que a moça é sofisticadinha?

— Às vezes uma roupa muito bem terminada não tem o menor charme, ao passo que outra...

— Você quer dizer que a prima Clô não tem boa confecção, ou que não tem charme?

— Credo, Verônica!

Dois olhinhos no meio do leque das pestanas. Dois olhinhos laqueados de verniz cinzento.

— Credo, Verônica, que desconfiança. Não é nada disso. Falei só por falar, falei em geral, nada a ver com a prima Clô. Aliás, acho ela esforçadíssima. Esforçadíssima!

Defendeu-se tanto que tive a certeza de que mentia.

Visitinha nº 2

Chegou, sentou-se na beiradinha da minha cama, como sempre bem vestidinha, como sempre com as duas covinhas, sacudindo o pezinho.

— Que idade será que ela tem?

— Ela quem?

— Ora, prima Clô.

Olhei bem pra Candinha. Por que será que ela tinha encanado na prima Clô? Aquela era uma personagem exclusiva, feita direitinho para a minha implicância. Não ia permitir interferências.

— Ué, pra que você quer saber?

Seria minha imaginação, ou a Candinha estava meio pálida?

— Nada, nada, puro interesse. Afinal ela é prima de sua mãe...

— Do meu pai.

—... Então, do seu pai, mora aqui, não é?

— É. Há anos. Desde que eu era um bebê.

— Que idade ela deve ter?

— Sei lá, é a maior coroa. Deve ter no mínimo quarenta anos...

Pronto, acabei falando.

— E daí? O que é que você quer?

Candinha olha as unhas rosadas, como se estivesse muito interessada em seu esmalte.

— Ora, Verônica, não se pode conversar com você. Fica logo irritada, desconfia. Não quero nada, ué. É que agora sou namorada do Teo, nada mais natural que eu me interessar pela família. Você não acha?

Com aquelas palavras eu achava que era um alfinete me espetando o lado esquerdo do peito. Se eu pudesse arrancava esse alfinete e o enterrava na cabeça da Candinha. Todo mundo pode adivinhar o desfecho: ela se transformaria numa pombinha e voaria pela janela. Até encontrar as mandíbulas certeiras de um gato. Isso mesmo. As mandíbulas certeiras de um gato.

Um sonho esquisito

Por essa época tive um sonho pirante: Candinha era uma sereia, sentadinha em cima da cômoda, cantando "eu fui no Tororó beber água, não achei". Toda verde. Os olhos, de um verde nítido, engastados entre pestanas verdes; o rabo comprido, enroscando-se entre as gavetas da cômoda, brilhava seu brilho de escamas molhadas, verdes como alface. Seus cabelos pareciam de algas e notei que os bicos de seus seios brilhavam verdes como vidros.

— Não ouça, não ouça! — eu gritava para Teo, que entrava naquele momento, navegando num barquinho de papel, todo banhado da luz verde que vinha do corpo de Candinha. Mas ele ia diminuindo, diminuindo dentro do seu barquinho, que navegava em direção à sereia. Essa, ao contrário, ia aumentando, aumentando até tomar conta do quarto inteiro. Teo naufragou entre duas escamas verdes e eu já estava sufocada quando acordei.

Rolei pra debaixo da cama e solucei no jardim morno da Berta. Chorei tanto que o próprio jardim pareceu, depois de certo tempo, feito de água, com rosas de água, árvores torcidas de água e até a Berta, ao longe, cintilava líquida como uma safira, muito azul e muito fria.

Tentativas

— Mãe, você não acha esse namoro do Teo uma tolice?

— Ué, por quê? Ele até melhorou, acorda cedo pro emprego.

— Mag, você não acha esse namoro baixo nível?

— Por quê?

— Candinha só pensa em casar.

— Natural, meu. Ela não quis estudar, quer ter filhos, é isso aí.

— Prima Clô, você não acha...?

— Pai, você não acha...?

Mas ninguém achava nada. Deixavam ele ir caminhando para o abismo.

Tranco definitivo

— Teo, tive um sonho bem esquisito, qualquer hora preciso te contar, depois a Candinha é bem chatinha, acho que ela vai ficar bem parecida com a mãe dela quando envelhecer, você sabe, com aquele bigodão clareado com H_2O_2, bem gordona, se abanando com uma ventarola quando faz calor, não tem o menor papo, também só fica lendo aqueles romances idiotas, fica só pensando, aí bem, então pensei...

— Corta essa, Nanica, que papo mais careca, gosto muito da Candinha, acho que sempre estive meio amarrado nela. Afinal um homem precisa de uma mulher.

Mulher, nada!

Mulher, nada! Uma lambisgoia, diria a minha avó, metidinha, idiota, cafonérrima, toda enfeitadinha, o bigode dela já começou a crescer, ainda está invisível, mas já começou, e ela tem bunda grande, por enquanto disfarça, mas vai ficar o maior bundão, mulher uma ova, bem interesseira, perguntadeira, farofeira, bem kitsch, diria o Grande, que não é igual, claro, mas é outro, todo pedante.

Visitinha nº 3

Tinha lavado a cabeça e apareceu no meu quarto assim mesmo, de cabelo molhado e tudo. Foi aí que percebi sua ansiedade, porque a Candinha é tão vaidosa, que só bota a cabeça fora de sua concha toda arrumadinha, boca besuntadinha de batom e cabelo com seus cachos. Agora, o cabelo molhado, escorrido, tirava a moldura de seu rosto, que aparecia mais forte do que eu julgava, mais largo. Até nisso... Quer dizer que ela fingia ser fraca o tempo todo, mas por dentro...

Estava bem ansiosa e então eu cozinhei ela em fogo lento, fingi que estava interessadíssima no meu caderno de ciências.

— Oi, Vê.

— Oi.

Silêncio respingado de tossezinhas sem graça.

Esticou o braço com sua penugem dourada, duas argolas de prata tilintaram.

— O Teo que deu. Fizemos dois meses de namoro.

Dei uma olhadinha rápida, segurando a curiosidade, e voltei a enfiar a cabeça no caderno.

— Legal.

— Fomos ao cinema, aquela reprise de *Casablanca*, eu estava louca pra ver, todo mundo falava. Mas fiquei decepcionada com a Ingrid Bergman, ela não é lá essas coisas. Não sei, todo mundo dizia que ela era linda, não sei o que mais...

Dei uma olhadinha rápida no rosto sem moldura. Não resisti à tentação de espetar aquele coraçãozinho.

— Mas ela é mesmo linda.

— Eu não acho.

— Não se compara com ninguém hoje em dia...

— Ai, que exagero...

— Aquele charme, aquela simplicidade...

Houve um silêncio ressentido. Fui mais longe.

— Mulher bonita, mas bonita mesmo, não precisa se enfeitar, tem classe, as bonitinhas, por outro lado...

Enfiei de novo a cabeça no caderno, mas dei uma olhadinha para ela, que estalava as unhas e tinha corado ligeiramente com minhas palavras. Uma luz começou a brilhar no fundo do túnel da minha nojenta imaginação. A Candinha, será? Mas tão, tão, mas aquele ponto...?

Como que respondendo às minhas suspeitas, ela perguntou:

—Você sabe, Verônica, se o Teo teve muitas namoradas antes de mim?

Na mosca

Era isso, era isso, ela não passava de uma grande ciumenta. Com mania de grandeza, além do mais. Tinha de ser a mais bonita de todas, a grande estrela, a única. Igualzinho à madrasta de Branca de Neve. Era bem capaz de sair por aí cortando pescoços para manter a exclusividade do trono.

— Muitas namoradas?

— É, antes de mim.

Outra olhadinha.

— Ora, você sabe como é homem...

— Você conheceu alguma?

—... inda mais da raça italiana.

Candinha estava pálida. Eu tinha acertado na mosca. Estava mais eficiente que meu próprio relâmpago.

Ainda as sereias

Tive até certo alívio.

— *Xexéu!* — gritei para o Íssimo, que me respondeu seriíssimo:

— *Xexéu.*

Fui regar o *meu* canteiro, cantarolando. E quando o João apareceu à tardinha, pra esperar o meu pai, contei a ele o sonho da sereia, sem muitos detalhes. Bem assim:

— Imagina, sonhei com uma sereia toda verde, sentada em cima da cômoda.

— Não diga! E ela era bonita?

— É. Mais ou menos. Tinha uma cauda de peixe toda verde.

João sorriu.

— Sereias são um perigo. Cada hora aparecem de uma maneira.

— Como assim?

— São histórias, Verônica. Ora são aves de plumas vermelhas e rosto de anjo, ora são metade mulher, metade peixe.

— A *minha* sereia era assim, metade peixe.

— Vou te contar outro segredo. Quando eu era garoto, tinha a maior vontade de pescar uma sereia e domesticar a pobrezinha num aquário do meu quarto.

— E elas são tão selvagens assim?

— Imagina! Claro que são! Enfeitiçam os homens cantando em sua ilha no meio do oceano. Ulisses que o diga.

Dei uma gargalhada.

— Isso eu sei, vi o filme com o Kirk Douglas todo maravilhoso, amarrado no mastro. Mas a minha sereia, João, estava cantando "eu fui no Tororó..."

— Ora, então era uma sereia mansa, Verônica, não devia ter feitiço algum.

— Também acho. Feitiço algum.

Não foi minha

Não foi. A ideia não foi minha. A própria Candinha, pouco a pouco, começou a me dar elementos, a me sugerir, a desatar minha imaginação. Em última análise, ela *exigiu* que eu fizesse o que fiz. Mas quem é que pode acreditar numa loucura dessas?

Depois daquela terceira visitinha particular, outras vieram. Sempre perguntando coisinhas. Eu sem dizer que sim, que não. Só quando era muito evidente. Como no dia em que ela me perguntou sobre as camisas do Teo. As questões eram tão idiotas, que no começo eu custava a sacar.

— É a prima Clô que faz as camisas do Teo?

— Claro. Ela faz a roupa de todo mundo aqui em casa.

— Ele gosta?

— Claro que gosta. Ela costura superbem.

— Não, não é isso.

Ela esfregava o pezinho no tapete. Era por isso que só debaixo da cama o jardim ficava colorido.

— Ele gosta da prima Clô?

— Claro que gosta. Nós todos...

Então atinei com o sentido da pergunta.

— Ora, Candinha, que história é essa?

Ela estava meio emburrada.

Aquela tarde fui lá para o *porão* e fiquei olhando bem a prima Clô. Os cabelinhos frisadinhos, dedos pinicados de agulha, corpo de menina. Quase não tinha peito. Corria na família a história de um célebre noivado que não dera certo e um célebre anel de brilhantes que fora roubado. Eu nem sabia se acreditava direito naquilo.

— Prima Clô, por que você não casou?

— Ora, Verônica...

Então a Candinha estava com ciúmes! Imagine se fosse a Ingrid Bergman! A fascinante Clô-lngrid-Gonçalves-Bergman!

Entremeios

As visitinhas cessaram, mas aí a Mag começou a aparecer mais do que nunca.

— Você acha que devo deixar o cabelo crescer?

— Sei lá, mas que papo.

Aproximava bem a cara do espelho, levantava a franja, aparecia uma testa desconhecida, muito mais branca que o resto do rosto, ligeiramente abaulada.

Gargalhadas.

— Como você fica engraçada, Mag!

— Pois é, tenho de ir à piscina só com a testa de fora pra queimar igual.

Mais gargalhadas. Depois seriíssima.

— Você não acha esquisita essa história da prima Clô?

Fiquei logo em guarda.

— Que história?

Ela também estalava as unhas, como a irmã.

— Sei lá, essa história, sempre de conversinhas com o Teo, camisas, uma porção de coisas...

— Você acha?

Agora tinha certeza de que ela estava ali para sondar, a mando da Candinha.

— Eu acho. Por exemplo, a gente nunca conheceu uma namorada do Teo...

— E a Candinha?

— Pois é, agora tem a Candinha. Mas antes? E o Teo é um rapaz tão novo, o maior gato...

— Isso é.

— Imagina que ele disse à Candinha, com a maior cara de pau, que ninguém sabe preparar seu café da manhã como a prima Clô.

— Isso é. Quem arruma a mesa pra ele é a prima Clô.

— Você acha isso tranquilo?

— Ora, o que é que tem? São parentes, moram na mesma casa.

Olhar vitorioso.

— Parentes, não, minha filha. Ele é irmão da sua mãe, ela é prima do seu pai.

A comichão na ponta da língua era irresistível.

— Mas eles se gostam muito, ué. Agora é crime?

— Quer dizer que eles se gostam muito?

— Claro, é evidente.

— E ele não teve outra namorada antes? E ela não casou? E moram na mesma casa? E se gostam muito?

Eu ia balançando a cabeça, concordando.

— E você acha isso direito?

A carinha suadinha estava a um palmo da minha.

— Ora, os dois ainda são solteiros, não são? Crime algum. Mesmo quando ficam até tarde conversando no *porão*. Crime algum.

— Conversando até tarde?

A Mag abalou para fora do quarto. Para contar tudo à Candinha, com toda a certeza. E ainda iam vazar informações para o Grupo, esfomeado por notícias quentinhas, recém-saídas do forno.

Babados

... Mas é claro, minha filha, isto não está certo, eu bem que desconfiei, desde o início, que história é essa de café especial?, eu não contei antes porque não tenho nada com isso, tenho horror de me meter na vida dos outros, mas você fez bem, o casamento afinal é um assunto sério para uma jovem, mas toda noite?, toda santa noite?, bem eu não sei o que eles ficam fazendo lá no *porão*, a luz às vezes fica acesa, outras, apagada, A-PA-GA-DA?, eu não queria te chatear, Candinha, é um troço grave, mas, afinal, você é irmã da minha melhor amiga, uma vez até, mas diga, Vê, a Mag contou que você viu eles se beijando, ah, eu não queria entrar em detalhes, detesto esses papos, todo mundo tinha saído, entrei de supetão e eles estavam lá, igualzinho a Ingrid Bergman e Humphrey Bogart em *Casablanca*.

Chichichichichichichichichichichichichichichi.

— Que cheirinho é esse de queimado? Dizei-me, espelho...

— São os miolos da Candinha atingidos em cheio por Relampsético VIII.

Trégua

Fiquei tão contente com aquele cheirinho que mal acabou o papo corri para baixo da cama, ao encontro da Berta. Ela estava linda e o farfalhar de seu vestido de seda era mais doce que o vento. Os ramos desenhavam no chão extraordinárias flores de sombras. As nuvens pareciam espuma.

— Pampolinha! Está bem contente!

Estava.

Saí do jardim, rolei no chão com Bem-Me-Quer, tão vermelhinho, parecia incendiado.

— *Xexéu!* — gritei para o Íssimo.

— *Xexéu* — ele respondeu educadamente.

Cantei, esgoelada, em altos brados.

— Viu passarinho verde? — perguntou a prima Clô, que passava com uma sacola de retalhos.

— Verdíssimo! — respondi.

— Dia de muito, véspera de nada! — sentenciou a mãe, indo atender à porta. Era Candinha, de olho vermelho.

— Verônica, quero falar com você.

Senti um frio na espinha e o coração, frio, virou um cubo de gelo.

Pratos limpos

Buda imaginou uma tartaruga no fundo do mar e uma pulseira a boiar. A cada seiscentos anos, a tartaruga punha a cabeça fora d'água. Seria o máximo da coincidência se a cabeça entrasse exatamente na pulseira. Eu devia ter meditado mais nessa história.

Primeiro, ela chorou um pouquinho. Depois levantou um rosto vermelho e decidido, os olhos brilhando de determinação.

— Verônica, vou colocar essa história em pratos limpos.

— Como assim?

— Vou falar com todo mundo! Vou fazer um escândalo!

— O que é isso? Calma, Candinha, olhe o nosso segredo.

— Que segredo? Que segredo?

Levantou de repente, tropeçou numa prega do tapete, o corpo descreveu uma curva fechada, quase se estatelou. Mas conseguiu equilibrar-se e berrou:

— Isso não vai ficar assim. Quem ele pensa que é? Abusou da minha confiança, prometeu que ia casar daqui a seis meses, que história é essa?, afinal não sou uma qualquer, tenho pai e tenho mãe, graças a Deus, isso não fica assim, que história é essa?

— Que história é essa? — perguntou a mãe, abrindo a porta do quarto, atraída pela gritaria.

Dilúvio

Impossível descrever o temporal se você está no meio dele, tirando água do barco para não afundar.

Parecia que as janelas estavam todas fechadas e que o apartamento nem respirava.

— Credo, parece que tem defunto...

— Menina, o que foi que você disse a Candinha?

— Sei de nada não, mãe.

Chegou todo mundo, fiquei olhando o tapete velho, tinha um buraquinho perto da janela, acho que dessa vez não escapo, meu relâmpago nunca funcionou mesmo.

— Fala, menina!

— Nada, não, mãe...

Candinha contando tudo em altos brados, reparei de relance a prima Clô esfregando os olhinhos de pardal, cabelinho cada vez mais trêmulo. De repente, gemeu alto, será que espetaram ela com um alfinete?

— Um monstro, um verdadeiro monstro!

Candinha ensaiou um desmaio, mas desistiu, porque ninguém estava olhando.

Também tentei o meu desmaio, que não funcionou, todos de repente ficaram inteligentíssimos.

Bofetada, presa no quarto, enumeração de castigos, pede perdão, o último círculo do inferno.

O relâmpago, apagado naquele dilúvio de lágrimas e absolutamente covarde diante de tanta gritaria.

O inferno

O que mais me chateia na raiva é que sei, por experiência, que ela passa. A raiva, sim, é um pássaro selvagem: você tenta amansar, ganhar confiança, mas quando menos se espera ele bate as asas e foge.

A gente fica então com uma fraqueza no peito, no corpo todo, como depois de uma febre. Querendo colo. Mas o pior é o período antes dessa fraqueza, todo mundo com os nervos inflamados, à flor da pele. As caras que por acaso rompiam a barreira do meu quarto eram todas de tragédia. Menos os inocentes: Chico, Íssimo, Bem-Me-Quer.

Embora fosse antigamente uma princesa (isso o Teo dizia) eu me sentia um sapo. Haveria algum dia um beijo salvador?

Pensava na Berta. Talvez ela...

Mas era cedo ainda. Eu estava muito cheia de raiva (no fundo, vergonha) e, embora tivesse gritado "perdão" à vista de todos, eu não queria me arrepender. Por isso estava ainda naquele inferno. No inferno, isso eu sei, é proibido o arrependimento. Continuamos fiéis aos nossos erros.

Devaneio

A conclusão é que era impossível ferir aqueles monstros, mastodontes ou bisontes. A couraça que usavam era à prova de bala. A minha ideia não era mesmo má. Se o Teo se casasse com a prima Clô, que mal fala, não ia ter problemas futuros. Enquanto a Candinha...

Deitava na cama e fechava os olhos. Queria morrer só para dar remorsos, queria que eles sofressem.

Me via espichada, de branco, a Berta soluçando ao longe, abraçada a uma estola de gaze negra. Bem-Me-Quer se recusaria a comer, morreria de inanição em cima de meu túmulo. O pai e a mãe definhariam. O Cara...

Era difícil passar desse ponto, porque a essa altura eu já estava supercomovida com a minha própria morte. Chorava.

Ventres vermelhos & ventres dilatados

Tem um peixinho de água doce chamado esgana-gato. Quando o macho inicia o namoro com a fêmea, constrói um ninho debaixo d'água. Só depois é que parte para a noiva, que tem de "ser receptiva", isto é, estar com o ventre dilatado. O macho, por seu turno, comunica seu interesse exibindo um ventre vermelho. Depois realiza uma complicada dança em zigue-zague. O difícil é que ele, ao mesmo tempo, tem de dançar e defender o ninho de outros esgana-gatos, também de ventres vermelhos.

Pensei que isso era romântico demais, um peixe vê uma peixa e...

Pois não é nada disso. Os cientistas, que estragam tudo, mergulharam na água uma peixinha de mentira, com o ventre inchado. Não era nem muito semelhante à noiva real. Pois o futuro noivo fez a mesma corte, sem tirar nem pôr, como se se tratasse de uma peixa verdadeira. Além disso, quando os pesquisadores mergulharam também bonecos-peixes com o ventre pintado de vermelho, o ciumento macho partiu pra briga, ameaçadíssimo.

(Proibida de sair do quarto, a não ser para a escola, eu ficava lendo sobre bichos.)

A experiência era digna da sacanagem de dona Áurea, dos meus áureos tempos do primário. Estragava tudo. Manchava qualquer sentimento. Mas o sentimento... Eu estava meio confusa com a história dos ventres inchados e dos ventres vermelhos. Mais confusa ainda com o engano do apaixonado peixinho. Será...? Algum dia acho que vou entender. Por enquanto, bico calado.

De prata

Em boca fechada não entra mosca.

Palavras da minha avó.

E ainda:

— O silêncio é de ouro, a palavra é de prata.

Sem os vestidos brilhantes da Berta, ela me ensinou a pilar café lá no sítio. Eu era tão pequena que ela punha um tijolo para dar altura. E segurava o pilão junto comigo. E cantávamos ao mesmo tempo, ritmadas pelo golpe das mãos:

"Pé de pilão,

carne-seca com feijão!"

Às vezes eu implicava, de pura felicidade.

— Pilamos café e falamos de feijão. Vamos inventar outra?

— Menina inventadeira!

Eu, já às gargalhadas:

"Pé de chulé,

pão, manteiga com café!"

— Mas que menina inventadeira!

Mas ela é que era inventadeira: sexta-feira não se podia cortar unhas porque dava azar, vassoura detrás da porta espantava visitas, almas penadas podiam virar vento nas janelas, se a gente olhava muito os brotos novos eles não cresciam e, em certas ocasiões, se a gente falasse, dava quebranto.

— O silêncio é de ouro, a palavra é de prata.

Mesmo assim contou uma história esquisita, que até hoje me dá arrepios:

"Era um homem sozinho, entre as árvores. E ali ficou. Sozinhos, seus olhos se fecharam rente às pedras. Suas mãos esfriaram, sem ninguém, no barro, sobre as folhas secas, perto dos caroços de frutas, das conchas quebradas, das formigas andarilhas. Seu corpo caiu sobre a terra. Sua boca morreu no chão, como fruto."

— Como era o rosto dele?

Eu perguntava cheia de angústia.

— Nunca tirou retrato. Para não morrer.

Também é uma história complicada. Não é só a poesia. Será que o Grande tem razão? E o Cara com aquelas composições...?

Azul e preto

Eu estava assim, na desconfiança dos textos — de repente eles tinham uma porção de sentidos, como a cauda de um pavão —, quando um dia, ao sair da escola, topei com o Grande.

— Oi, que coincidência.

— Pois é.

— E as coisas?

— Sem novidades.

Tirou do bolso um papelzinho. Reconheci minha letra: *Muito obrigada por ter se lembrado do lobo.* Senti um calor no rosto. Que ideia me humilhar com aquela bobagem.

— Deixa isso pra lá.

— Mas você não disse o que achava do meu poema.

Comecei a chutar umas pedrinhas para disfarçar.

— Ora, Grande, eu não entendo muito dessas coisas.

Tirou outro papelzinho do bolso. Era o célebre poema.

— O que é que você não entende, pombas? Está claríssimo.

— Claríssimo também não.

Relemos juntos, embora fosse difícil ler e caminhar. Começamos a esbarrar um no outro. Nossas alturas também não combinavam.

— Está bem, vá lá. A lua e os lobos cantando, tudo bem. Mas que história é essa de sol azul e de fechadura peluda?

O Grande guardou os dois papeizinhos no bolso.

— Ora, Vê, não dá pra ficar explicando assim. Mas repara bem. O olhar tem uma fechadura cheia de pelos e um sol azul...

— Então é um olho?

Ele sorriu, os óculos brilharam.

— Certo, garota, matou na mosca. É um olho.

— Olho azul.

Sério de novo, com aquele ar de cientista.

— Azul, não, preto.

Dei uma gargalhada. A primeira, desde a "tragédia". Saltei para o ônibus que já vinha chegando e dei adeus com a mão.

— Tchau. É demais para a minha cuca.

Ele acenou sorrindo de novo.

— Tchau. Depois eu explico.

Saída do inferno

Aos poucos eles foram se chegando, bem lentamente. Uma noite a mãe perguntou se eu queria ficar vendo televisão na sala, mas eu não aceitei. Eu queria que eles insistissem. O pai insistiu. Aceitei. Com ar meio desinteressado.

O Teo também se reaproximou, mas sem nada da antiga intimidade, afirmando que eu já era "uma moça", "uma senhorita" etc. e tal. Nem liguei. Mas com a noiva (só rindo!) era completamente diferente.

Ela passava a metade do dia com a cabeça encostada no ombro dele. Arranjou um travesseiro portátil. Que se lixem! Aposto como agora nem lê mais nada. Agora tem o *seu* romance.

Prima Clô foi quem custou mais. Ficara muito ofendida e me olhava como se eu fosse uma bruxa do outro mundo.

Mas, uma bela tarde, ela me entregou um livro que tinha comprado especialmente para mim. Tinha uma dedicatória que falava nas "lições de moral cristã" que eu ali encontraria. Meu! Era uma coisa extraordinária, chamando a família de "ninho de amor", citando a três por dois o "recato feminino" e que a cauda comprida do vestido de noiva significa a necessidade de "numerosos filhos".

Se eu não estivesse tão esgotada com aquele tranco, ia tirar um sarrinho dela.

Não, não era só isso. Eu estava começando a sair do inferno, isto é, estava começando a ficar muito arrependida. Foi chato ter ferido tanto a pobre da prima Clô, com seus cabelinhos treme-que-treme. Claro, o arrependimento não passava pelas "lições" daquele livro, assim era demais, mas passava pelo meu afeto por ela.

A Berta é que... não sei... estava meio distante. Custava a vir de seu jardim, ficava a maior parte do tempo ao longe, entre os canteiros.

O vento mexia levemente em seus vestidos. Mas ela estava sempre parada, o cabelo molhado de luar, prateado.

O azul é o preto

Ele custou a cumprir a promessa, estava estudando para o vestibular. Mas, uma bela noite, apareceu. Primeiro, claro, foi direto falar com o Cara, a perguntar pelas composições. Depois veio sorrindo para mim.

— Como é, já descobriu?

— Como é que pode? Você fala em "sol azul", que já é uma doideira, depois diz que o azul é preto!

O Grande me contou que estava lendo um romance incrível, em vários volumes, que ia levar anos para terminar, mesmo porque lia devagarzinho, de tão bom que era.

— Que livro é?

— Depois eu digo.

Bem, o livro descrevia com grande minúcia o encontro de um jovenzinho com uma menina, entre as sebes de um jardim perfumado e úmido. Ela parecia voltar de um passeio e tinha na mão uma pá de jardinagem. Seus cabelos eram de um louro avermelhado e seu rosto era salpicado de manchinhas cor-de-rosa.

O menino ficou vivamente impressionado com o fulgor de seus olhos, que eram profundamente negros, mas que ele, levado pelo fato de ela ser loura, achou serem azuis.

— Eram negros, mas ele achou que eram azuis?

— Isso. Porque a impressão que a menina causou nele foi tão forte, que ele não pôde pôr seu espírito de observação pra funcionar. Recebeu um grande impacto. E durante muito tempo, todas as vezes que pensava nela, a lembrança do fulgor de seus olhos (negros) surgia em sua mente como se fossem vivamente azuis.

— Que coisa meio pirante!

— Claro que não é. O autor explica muito bem: se ela não tivesse uns olhos tão negros, ele não tinha se enamorado de seus olhos tão azuis.

Atirei a revista que estava folheando na cabeça do Grande e comecei a rir.

— Para, Grande, você está inventando isso só para complicar o seu poema. E por que o olho que aparece lá não pode ser azul, assim como está escrito?

— Porque são olhos pretos — ele afirmou rapidamente.

Eu estava enganada, ou o Grande parecia meio sem graça?

Uma flor

Mag foi se reaproximando, desmanchando aquela carinha de enjoada que passara a fazer para mim, durante e depois da "tragédia".

Vinha, discutia coisas do Grupo ("Imagina quem a Inesinha está namorando!"), falava do tempo, das cores dos esmaltes e dos batons, dos gatos da rua, do último filme, detalhezinhos do namoro da irmã ("eles estão a-pai-xo-na-dís-si-mos!"), confidências de suas cólicas menstruais. Eram um inferno! Um dia chegara a colocar o mochinho da penteadeira em cima da barriga, de puro desespero.

Quando tudo já estava bem normalizado, resolvi atacar o assunto que latejava na minha cabeça.

— Tudo bem, Mag, fiz a maior sujeira, mas vocês também foram responsáveis. Concorda?

Carinha redondinha imediatamente em guarda.

— Como assim?

— Vocês acabaram quase pedindo que eu inventasse um romance entre prima Clô e Teo. Acho que a Candinha adora esses enredos, ficou viciada de tanta novela besta que lê.

Ela não se deu por achada.

— Não vem, meu, que não tem. Não vai agora querer tirar o seu da seringa. Você foi a única responsável. A minha irmã...

— Tá, tá, tá, não adianta.

Ela já ia saindo, quando eu não resisti a uma pequena implicância.

— Oi, Mag.

Virou os olhinhos brilhantes.

— Hum?

— Não se esqueça que você é uma flor, hein? Cuidado com o Íssimo em noite de chuva!

Ela deu de ombros e se mandou.

Vênus

No corredor que vai dos quartos à sala, a mãe pôs um sofá antigo, salvo do dilúvio da história familiar, e encheu a parede de retratos, uns antigos, outros apenas com as molduras imitando velharias. Existem também reproduções de quadros famosos. Entre estas, uma cópia d'*O nascimento de Vênus*, de minha preferência.

O pai caçoa, essa história de juntar cacarecos para fingir importância familiar ou antiguidade:

— Tudo falso, pedantismo pequeno-burguês.

— Que mania você tem de me diminuir!

Não entro nessas discussões bobas, tapo os ouvidos e vou m'embora...

Mas daquele quadro eu gosto mesmo. O João andou me explicando alguma coisa sobre as cores, porque é delas que eu gosto mais. E do vento que sopra. Tudo parece estar voando, as flores soltas, os mantos, os cabelos. Menos a cara de Vênus, completamente sonhadora.

— Será que ela sonhou o próprio nascimento? Veja, ela já é bem grandinha.

O João riu.

— Você tem cada uma!

— Mas a cor que eu mais gosto é a do corpo dela. Não parece de madrepérola? Talvez por causa da concha...

— Possivelmente por causa do manto rosa-escuro da personagem do lado. Uma cor isolada não tem o menor sentido; o manto empalidece o corpo de Vênus...

— E as flores voando, do outro lado.

— Isso.

— João, você sabe de cada coisa! Foi sua Laranja que ensinou?

— Claro que sim. É uma laranja cheia de sumo. Sumo saber, hein? Não é o que você está pensando.

O papo acabou em gargalhadas.

Perto desse quadro de Vênus, está o retrato de minha avó.

O retrato

À noite tive outro sonho. Eu andava à beira-mar com uma câmera, procurando motivos para fotografar, quando, de repente, vi a minha avó. Estava na mesma posição de Vênus, só que, em vez de flutuar sobre a concha, estava de pé sobre a água.

— Tira o meu retrato — pediu — Que eu te dou esta conchinha.

Soltava o cabelo e me estendia a mão.

— Não! — gritei eu, absolutamente apavorada.

— Tira o meu retrato! — insistiu com voz lastimosa.

Tinha o mesmo rosto distante, meio prateado, da Vênus. Parecia louca. De repente, começou a cantar baixinho:

"Uma, duas angolinhas

bota o pé na pampolinha..."

Aí percebi que a figura de manto rosa-escuro era a Berta com suas flores douradas e azuis.

— Berta! — chamei. Mas ela não olhava para mim e parecia não ouvir.

— Berta! — insisti. — Como é o resto da cantiga?

— Tira o meu retrato... — implorava a minha avó.

Não posso, não posso, não posso, o vento ia soprando a minha avó para longe, enquanto ela ia cada vez mais envelhecendo, envelhecendo, um rosto de papel queimado pelo sol que já ia nascendo no horizonte...

Despertar

O sol, que já ia nascendo, bateu no meu rosto. Acordei em prantos. Chorava tão alto que todo mundo acudiu.

— O que foi que houve? Uma aguinha com açúcar pra acalmar, diz, minha filha, o que foi que aconteceu? Não fica assim...

Eu só gritava.

— Não posso, não posso, não posso!

— Não pode o quê? — perguntou meu pai, me abraçando forte.

— Não posso tirar o retrato dela, não posso...

— Retrato de quem, minha filha? E por que é que você não pode?

—... senão a avó vai morrer, não posso...

Aí acordei de vez. A família toda à minha volta, meio alarmada. Queriam que eu contasse o que tinha acontecido.

— Ora, foi só um sonho! — disse a prima Clô.

Mas o pai e a mãe estavam com uma cara preocupada, entreolhando-se. Ele ainda estava me abraçando.

— Está bem, Vê, não se preocupe, está tudo bem agora.

Eu estava me sentindo fraca, fraca, fraca, mas bem que aproveitei aquela preocupação pra ficar toda rodeadinha de carinho.

O resto do dia foi uma delícia. Até o Cara me segredou depois do almoço, como se soubesse de tudo.

— Quem é que pode te obrigar? Se você não quer tirar o retrato, não tira e pronto.

— Retrato de quem, Chico? — perguntei encantada.

— De quem você não quer tirar — explicou ele, com sua lógica especial.

De prata

À tardinha senti necessidade de falar com a Berta, contar o sonho. Mas estava muito difícil a concentração, eu estava nervosa, acho.

Comecei:

"Uma, duas angolinhas

bota o pé na pampolinha..."

Eu nunca passava desse pedacinho.

— Pampolinha...

A voz dela estava mesmo ficando cada vez mais distante. Mas fiz uma coisa que há muito tempo não fazia: remexer nos armários daquela casa. Aquela casa com seus muros flores e, dentro de cada flor, aquele pingo de sangue.

— É por isso que elas se chamam lágrimas-de-cristo — explicou-me Berta.

Mas mexer nos armários era um prazer antigo. Tinha gavetões imensos com tudo amassado. Quando estava com paciência, ela me deixava desdobrar tudo: cortinados de renda, com galões de ouro se soltando, vestidos de faille, de tom um pouco sujo pelo guardado, lantejoulas, tafetás furta-cores, uma multidão de sedas e cadarços, salpicados de traças. Camisolões de cambraia bordados com rendas de crivos.

— Todos falam, Berta, de suas mãos de fada.

Ela sorrindo, o cabelo brilhando.

— Mas prefiro dizer mãos de prata — confessei. — É bonito.

À escuta

Não gosto mesmo de ouvir conversas dos outros, mas às vezes não dá para evitar.

Por exemplo, fui beber um copo d'água à noite, quando surpreendi uma conversinha dos velhos.

Dizia a mãe:

— É, Mário, parece que ela ainda não se conformou.

— É. Isso às vezes demora.

— Eram muito agarradas.

— Claro, a vida também mudou completamente.

— Será que é algum aviso?

— O quê?

— O sonho.

— Ora, Célia, lá vem você com superstição. Isso é bobagem.

— Não sei, não.

— A história do retrato é que é meio misteriosa.

— Não estou te dizendo?

Fui pé ante pé para a cama, sem entender direito. Talvez falassem do meu sonho, mas aquela seriedade não tinha nada a ver. Fiquei pensando que sonho também é como qualquer escrito. Cauda de pavão. Cada um espichava para um lado e escolhia o tom preferido. Ou aquele que via melhor. Mas algumas pessoas não escolhiam nada e faziam a maior confusão. O Grande, por exemplo, com aquela história de olhos negros que são azuis e vice-versa.

Ao espelho

Acendi a luz e sentei-me no mochinho da penteadeira.

Olhei o meu rosto. Nada de especial. Aproximei bem a cara. Olho bem preto. Cabelo castanho.

— Castanho rico.

Palavras do Teo, antigamente.

— Ué. Rico como?

— Castanho metido a besta.

Gargalhadas.

— Como é que é isso, Teo?

— Ora, Nanica, é fácil. Tem cabelo que é castanho honesto, isto é, castanho castanho. Pode chover, fazer sol, bater lua ou ventania, ele não muda. É castanho mesmo.

Risadinhas.

— Tem outro, por-ou-tro-la-do, que é castanho meio furta-cor. Se faz sol, fica meio vermelho. Ou dourado. Se acende luz de vela, fica meio dourado. Ou vermelho. Se está escuro, desaparece.

— Ora, no escuro, tudo desaparece.

— Mas desaparece diferente. Esse, Nanica, é o castanho rico. Mas devia ser castanho fingido.

Mais risadinhas.

Isso era antigamente.

Ainda doía um pouquinho, mas já começava a esfarelar. Será que não fica nada neste mundo?

Tinha lido na aula de português uma frase do Padre Antônio Vieira, que me enchera de horror: "Atreve-se o tempo a colunas de mármore, quanto mais a corações de cera".

Será possível?

Aproximei bem os olhos do espelho. Pretos. Ou azuis?

Ainda Vieira

Manhã chuvosa, jardim ensopado, melancolia.

— Um tostão por seus pensamentos.

O João, que chegava com um embrulho para o velho.

— *Xexéu!* — respondeu Íssimo por mim.

— Tive um sonho...

— Outro?

— Complicado...

— "*El sueño, autor de representaciones, en su teatro sobre el viento armado...*"

Teatro armado sobre o vento. Fiquei mais triste ainda.

— E o que mais?

Falei-lhe do texto de Vieira, sobre o tempo e o amor.

— Mostra lá.

Entreguei-lhe o livro, ele leu em voz alta, saltando um trechinho e outro:

"Tudo muda o tempo, tudo faz esquecer, tudo gasta, tudo digere, tudo acaba... São as afeições como as vidas, que não há mais certo sinal de haverem de durar pouco que terem durado muito. São como as linhas que partem do centro para a circunferência, que quanto mais continuadas tanto menos unidas. Por isso os antigos sabiamente pintaram o amor menino, porque não há amor tão robusto que chegue a ser velho..."

Eu já estava chorando.

— O que é isso, Verônica?

Me deu um abraço.

— Não é tão grave assim.

Mas eu copiava a chuva: chorava cada vez mais.

— Garota, garota, você tem tanto tempo ainda...

Segurou meu queixo com a mão, obrigando-me a olhá-lo.

— Vou te contar outro segredo.

— O terceiro?

— O terceiro. Esse negócio de amor e mudança. Presta atenção, hein?, porque é meio complicado.

— Diga.

— É o seguinte: o amor só continua amor porque se torna diferente com o tempo; se fica igual, desaparece.

Parei de chorar, porque já estava meio distraída.

— Só continua porque muda.

Ele sorria.

— É.

— Meu, isso é ainda mais estranho do que os olhos do Grande, que são azuis porque são muito pretos.

Verdes

— Os homens são misteriosos, não, Verônica?

— Eu queria ter olhos verdes! — confessei de novo com vontade de chorar.

— Ora, os verdes e os azuis são tons muito complicados.

— Por quê?

— Nunca estão fixos. Duvida? Se você acende uma vela, o verde puxa para um azul-falso; se for verde-escuro, quase fica negro; se for verde-pálido, a luz expulsa o azul e só guarda o amarelo, um amarelo meio turvo.

— Você e suas cores.

Quando o João partiu, desenhei um grande olho verde no centro de uma folha de papel, fiz com ela um aviãozinho e joguei ele pela janela. A chuva logo ensopou o papel, que se desfez e foi arrastado pelo vento.

Preparativos

O casamento seria dali a seis meses. Candinha agora vivia aqui em casa, discutindo modelos com a mãe. Até da prima Clô ela agora está bem amiguinha. Não tenho nada com isso. Continua bem chatinha, eu acho, mas é bem bonitinha mesmo. Não linda, como a Ingrid Bergman, *of course*, mas bonitinha. Misturando com o Teo, vai ter filhos bem jeitosos. Aí já vai começar a ficar gordona. Não tenho nada com isso.

O mais legal são os riscos dos bordados. Desenhos no papel cristal, põe-se em cima do pano, vai-se passando o lápis-tinta pelas linhas... Tem de ter a mão bem firme. Eu tenho. Até já ajudei num jogo de lençóis e fronhas. Monogramas: M. e T.

— Por que vocês não fazem a coisa mais completa?

— Como assim?

Olhinhos com sua saia de baile arrastando.

Impliquei:

— M. e T. se amam loucamente...

— Ora, Verônica!

—... dentro de um coração vermelho, atravessado por uma flechinha e com umas gotinhas de sangue pingando.

— Para com isso, menina! — era a mãe, que entrava com uma fôrma onde tinha feito pudim de laranja, uma das minhas paixões.

— Vai lamber pudim, em vez de lamber sabão.

Fui mesmo. A mãe às vezes é bem espertinha.

Risadinhas

Mag também agora não sai mais daqui. Sempre gostei dela, embora tenha ficado certo mal-estar depois da "tragédia". Mas ela é bem diferente da irmã.

— Sapeca.

Esse é o veredito da prima Clô e, às vezes, da mãe. Bobagens. Sapeca nada. São artimanhas das competentes em geral.

Cheguei na sala e ela estava em risadinhas com o Grande. Nem me viram. Comecei a brincar com Bem-Me-Quer e eles continuaram a não me dar a menor atenção. De repente estavam sérios, debruçados sobre as próprias mãos.

Como estavam de costas, eu não podia ver direito. Dei uma volta disfarçada. Brincavam de cama de gato. Quase caí pra trás. Dois marmanjos daqueles com tolices de criança. Ainda se fosse o Cara!

Fui para o quarto. Que dia mais chato! Nada para fazer, relâmpago desencantado, Berta muito longe.

Dou um empurrão em Bem-Me-Quer que me olha espantadíssimo. Me arrependo e fecho ele no maior abraço do mundo.

— Deixa pra lá. Hoje estou impossível.

Deu um latidinho. Por incrível que pareça, Bem-Me-Quer compreende português completamente. Em se tratando de um cachorro, talvez seja melhor dizer: compreende de cabo a rabo.

Mais conversinhas

Estou lendo sobre mimetismo animal e ela telefona.

— Venha até cá.

Ou então:

— Vou dar um pulo aí. O que é que você está fazendo?

Mas a maioria das vezes nem telefona. Vai entrando por meu quarto, comentando coisas do Grupo, detalhes do enxoval da irmã, ou planos para o casamento.

— Ele quer passar a lua de mel no Rio, mas ela acha Campos do Jordão mais chique.

— Que besteira.

— Como, besteira?

— Baixo nível.

Um dia desses mudou de assunto. Cruzou as pernocas bem grossinhas e os olhinhos brilharam.

— E eu que não tinha reparado que o Alexandre é o maior gato.

— Gato?

— É. Você não acha?

— Sei lá, só vive com o Cara. Depois aqueles óculos...

— Acho que tem um jeito de intelectual, o maior charme.

Saiu e eu fiquei sem me concentrar no livro. O maior charme, ora que bobagem. Esse negócio de cama de gato, eu bem sei como é que acaba, mão pra cá, mão pra lá... Essas irmãs vivem enchendo o meu saco. O melhor a fazer é parar de falar com o Grande.

Decomposições

— Esta é revolucionária.

O Grande chegou perto de mim, com o Cara atrás, de ar todo compenetrado. Leu:

Era uma vez um castelo muito arrepiante!

Todos que entravam lá saíam morrendo de medo.

Aí eles derrubaram o castelo.

Eu estava de mau humor, me balançando na cadeira de balanço com o máximo de força.

Será que o Grande não parava de crescer? O cabelo, impossível de pentear, parecia palha seca. Perna fina de varapau. Sempre um ar estranho de animal que andava à caça, farejando mil e uma coisas. Imagina, o maior charme...

— Você não diz nada?

— Ora, não me amole.

— O que é isso, Vê?

Dei um pulo da cadeira, que ainda ficou balançando sozinha.

— E não me chame de Vê, que detesto. E não me venha me perguntar coisas sobre essas bobagens do Cara. Quem é que entende isso? Três frasezinhas muito sem graça, começa e acaba de repente, não explica nada. E o título?

— Também é sem título — explicou o Chico, impassível.

— Aposto como vai tirar nota baixa.

— E o que é que tem isso?

O Grande estava também meio enfezado.

— Você é bem interesseira. Só pensa em nota.

— Eu, meu filho? Não sou cu, não, vá lá perguntar pros coroas o que é que eles acham quando a gente fica sem média.

— Não quero entrar nessa discussão boba, você às vezes parece criança. Está emburrada com quê? Você faz questão de não entender. Não tem a menor paciência.

— Está me chamando de burra? Pode me chamar mesmo. É isso que você acha...

— Não estou chamando você de burra. Estou chamando você de impaciente.

Saí batendo a porta.

Mais tarde, ouvi o Grande conversando com o Teo a maravilha que era aquela composição do Cara. Primeiro o adjetivo *arrepiante*, raro no vocabulário de um guri da idade dele; depois o imprevisto do final.

A última frase não só derrubava o castelo, como "derrubava o encaminhamento dado pela primeira frase".

Para minha surpresa, o Teo também gostou muito.

Acabou elogiando os dois.

— Não sei qual a melhor: se a composição, se a interpretação. Você vai ser um ótimo crítico literário, Grande.

— Vou, sim — respondeu ele com simplicidade. — Vou fazer o vestibular para literatura, que é a coisa mais séria que eu acho na vida.

Ora vejam só. Literatura! E vai ser ótimo, mas que exibido! Minha avó mais uma vez tinha razão:

— Pretensão e água-benta, cada um toma o que quer.

Coisas sérias

E literatura é coisa séria? Quem é que entende esse negócio de poesia, ficar interpretando, uma coisa quer dizer outra, não sei o que mais? Prefiro mil vezes minhas histórias de bichos. Vou estudar zoologia, não tem a menor dúvida. Crítico literário, imagina só. Quer é ter nome no jornal, te manjo, Grande. Um texto em prosa é diferente, aquele do Vieira, por exemplo, me amarrei, que coisa triste... E verdadeira. Mas imagina esses textinhos do Cara. Textinhos, não, textículos. Qualquer texto muito mixo deve ser batizado de textículo. Um cabelo sempre despenteado, parece palha amarela, todo comprido, gato uma ova! "A lua cheia veste uma camisa de ar", imagina. "À alvorada ao crepúsculo os lobos cantam seu grave coral", isso é o único que se entende. "Azul é o sol invisível na fechadura peluda do seu olhar", mas pelo amor de Deus! Pelo amor da laranja do João! Só rindo. Isso tudo sem pontuação. Fosse eu escrever assim no colégio! Seria outro pé de zero, era só desenterrar dona Áurea. E o título? Concha. Concha, minha gente, concha! Não faz o menor sentido. Mania de ser diferente, bancar o inteligente, até quando quer ser solidário tem de complicar, humilhar o outro com aquela per-so-na-li-da-de, aquele bom-gos-to. E ainda tem a história do olho preto que é azul, pra confundir. Se literatura é coisa séria, minha avó é bicicleta, ela que me desculpe.

Opiniões

Eu acho, prima Clô, o maior baixo nível essa história de per-so-na-li--da-de, bom-gos-to, não sei o que mais. Não quer dizer nada disso, quer dizer que alguém está a fim de sacanear. Eu tenho muita personalidade, e tome na cabeça. *Eu tenho muito bom gosto* quer dizer que o seu é cafona elevado a n. Maior baixo nível. Mania de grandeza, de ser diferente, eu detesto. Essas poesias sem pé nem cabeça, como os textículos (desculpe) do Cara, aí começam a elogiar porque *ele* disse, porque *ele* entende e todo mundo quer bancar o espertinho, como o Teo, por exemplo. Eu, não, eu vou logo dizendo, não entendi nada, o que é que essa merda (desculpe) quer dizer? Não quer dizer nada, esta é a minha opinião, quer dizer que fulano de tal tem muita per-so-na-li-da-de. A Mag mesmo tem mania de bancar a brilhante, ah, que coisa interessante, ah, que original. *Original* é uma palavra igualzinha à palavra *irônico*. Quando uma pessoa não sabe o que um autor quis dizer, diz que é irônico. Agora me explica, o que é irônico e-xa-ta-men-te? Você não entende, acha que é outra coisa e tome de irônico. Na escola é assim, mas eu não vou nessa. O que é que tem dizer "não entendi", "boiei nessa" ou qualquer outra coisa? Tem mesmo muita coisa que eu não entendo, o que é que tem? Não sou como a Mag, que finge o tempo todo a sabidinha, acho que é mal de família, não tem jeito. Agora, não entendo mesmo, mas de jeito nenhum, essa história de bom gosto, de personalidade, de irônico ou de original. PT, saudações.

— Hum, hum...

Mais opiniões

— Verônica, minha filha, quero falar com você.

A mãe entrava, sentava-se a meu lado na cama. O jeito era fechar o livro.

— Acho que não está certo, afinal você já está grandinha, uma moça, anda toda desgrenhada, cabelo parece que nunca viu pente. Depois, tem de parar com a mania de só usar uma roupa até ela ficar em frangalhos, aquela malha já foi até remendada pela Clô, e essa boina, que foi de sua avó, imagina, já está arrepiada e azulada como um... sei lá o quê, como um ninho... O cabelo...

— Quero deixar crescer.

— Tá bom, mas como está não pode nem trançar, nem enrolar, tem de dar um jeito, fica batendo no olho, pode até fazer mal. E ainda tem os modos. Você se lembra o que disse do M do monograma da Candinha. Ora, você está cansada de saber que o nome dela é Maria Cândida, nada mais natural do que escolher o M. Não era para você fazer aquela cara de inocente ou desligada, mas eu te conheço muito bem, e dizer: "Gente, o nome é Candinha e a inicial é M, só se for Meleca", isso lá é coisa que se diga! Não tinha ninguém por perto, mas eu ouvi e não gostei, onde já se viu? Isso não são modos. Depois ainda tem essa mania de ficar horas embaixo da cama, às vezes falando sozinha, parece louca! Como se não bastasse conversar com o cachorro, com o papagaio, até com o pé de boldo...

Quando a mãe começa assim pode levar horas. O melhor é ficar quieta e deixar o barco correr...

Jardim desbotado

Parecia feitiço. O jardim empalidecia, a casa voava com suas flores, suas lágrimas-de-cristo, seus vaga-lumes. Tive vontade um dia de cantar como a avó ensinou, "Santa Bárbara passou por aqui, com seu cavalinho comendo capim", fórmula mágica para encontrar objetos desaparecidos. Cantei, mas não adiantou. Anoitecia debaixo da cama. A Berta não vinha mais, ficava talvez arrumando seus velhos armários, transparente, transparente, ela transparente.

Canção meio acordada

Laranja! grita o pregoeiro.
Que alto no ar suspensa!
Lua de ouro entre o nevoeiro
Do sono que se esgarçou.
Laranja! grita o pregoeiro.
Laranja que salta e voa.
Laranja que vais rolando
Contra o cristal da manhã!
Mas o cristal da manhã
Fica além dos horizontes...
Tantos montes... tantas pontes
(De frio soluçam as fontes...)
Porém fiquei, não sei como,
Sob os arcos da manhã.
(Os gatos moles do sono
Rolam laranjas de lã.)

Maravilha! Vou dar de presente pro João, que vai adorar, tenho certeza. É poesia, mas eu entendo. Achei no meu livro de português. Também, o Mario Quintana é um poeta de verdade. Não é como o sr. Alexandre Massi ou o excelentíssimo sr. Francisco Guimarães. É um po-e-ta.

Só de implicância, antes de copiar pro João, mostrei o poema ao Grande.

— Muito bonito!

Não me contive:

— Esse eu entendo.

Ele, acertando os óculos:

— É, o próprio título já explica tudo. Alguém está acordando junto com a manhã que desponta, mas está ainda meio sonhando. É... o grito do vendedor de laranjas na rua é que ajuda o sonho do sonhador, é formidável! Aí o sol vira uma laranja dourada...

Ele continuou falando e eu fiquei olhando para ele, perplexa.

Será o benedito? Será que algum dia eu vou entender o Grande? Ou a poesia? Ou as duas coisas?

Concha

Parece que ele ouviu os meus pensamentos, porque logo em seguida perguntou:

— E o título? Você já entendeu o título?

— Que título?

— Do meu poema.

Sacudi a cabeça, os cabelos espetaram meus olhos, a mãe estava com a razão, era preciso tomar uma providência.

— Não.

Ele sorriu.

— Não? Se você pensar um pouquinho...

— Acho que não entendo nada de conchas. E parece que elas me perseguem, Grande! Até no sonho com minha avó.

Pediu que eu lhe contasse o sonho. Contei. Explicar a Berta foi meio complicado, tive de fazer uns rodeios. Ele me olhava muito sério. Comecei a sentir o rosto arder. Depois comecei a parar de entender todas as coisas e tive vontade de chorar. Acho que ele percebeu, segurou a minha mão.

— É, é uma barra!

O corpo ardia, estava com um pouco de vergonha.

— Mas acho que te entendo.

Comecei a franzir os olhos para evitar as lágrimas e a contrair o rosto, a boca virou um traço apertado.

— Pode confiar em mim, sou muito teu amigo.

Retirei a mão, comecei a mirar as unhas para disfarçar a falta de graça.

— Não entendi mesmo aquele título.

Bilhetes

Comecei a achar papeizinhos por toda parte, até debaixo do travesseiro.

O primeiro: "do latim *concha, ae* = concha; também molusco donde se extrai a púrpura".

O segundo: "pérola. Também concha marinha que serve de trombeta aos tritões".

(Fui ao dicionário ver o que significava *tritões*.)

Dentro da gavetinha do criado-mudo: "Concha que serve de carro a Vênus — olha aí o gancho pro teu sonho".

(Meu, como ele é complicado!)

Dentro do bolsinho do casaco: "o pavão tem a cauda em forma de concha ou leque, *conchata cauda, pavo*. Você não diz que literatura é como cauda de pavão?".

Mas como é que ele conseguia...?

Surpreendi o Cara enfiando um papelzinho dentro do meu livro de ciências.

— Ah, eu já devia ter desconfiado! O Grande tinha de ter um capanga!

Arranquei o bilhete de meu irmão.

"Verônica, Verônica, está tudo relacionado."

Ora!

Mas por que é que ele repetiu o meu nome? "Verônica, Verônica" era esquisito, dava uma aflição.

Fiquei me olhando no espelho, pensando que, se olhasse bem, bem, bem, ia ver o cabelo crescendo. A que horas ele crescia?

Sonhei com pavões, tritões, Vênus e com o Grande, que engolia pérolas flamejantes e que me dizia: "Verônica, Verônica, não quer umazinha?".

Mais bilhetes

— Mãe, você disse que a minha boina era azul como um ninho.

— Eu disse isso?

— Disse. Não entendi, juro.

O Grande estava à porta.

— Azul como um ninho! Puxa, que ideia mais maravilhosa!

— Lá vem você!

Mas ele sorria.

— Você quer entender tudo em linha reta, Verônica.

Me estendeu a mão, apertou a minha e dentro dela deixou outro papelzinho dobrado.

A mãe olhava com ar divertido.

— Pode ler agora.

Meu rosto estava quente.

— Leio depois.

Assim que pude, corri para o quarto, abri o bilhete. Nele estava escrito: "Lobo, do latim *lupu* = *lobo*, animal, certo tipo de peixe, espécie de aranha, freio armado de pontas etc. etc. etc. Viu como as coisas são complicadas?".

Ora!

Trancos e relâmpagos

— Você parece que está ferida!

Eu amarrara um pano branco ao redor da testa para evitar o cabelo entrando no olho.

A chuva lavava a janela de alto a baixo, os relâmpagos iluminavam a Terra toda.

— Esse apartamento assim não parece uma barca?

— Uma arca?

Eu estava estudando para a prova de matemática e ele sentou-se ao lado.

— Não quer conversar?

— Tenho prova.

Pegou numa folha em branco, começou a rabiscar. Quando partiu, fui bisbilhotar no papel. Ali estavam desenhados uma turbina, a hélice de um avião, um lobo, com a palavra *fiel* escrita no corpo; no centro da folha estava um imenso v maiúsculo, que ia se deformando, deformando, até compor um olho rodeado de cílios curvos. Ao lado, estava escrito: "olhos pretos, tão absolutamente lindos que chegam a ser azuis. Esse pedacinho você já entendeu?".

Íssimo andava cada vez mais louco com qualquer chuvinha, Bem-Me-Quer cada vez mais ruivo, meu canteiro esquisito transbordava, prima Clô, atarefadíssima com o casamento que se aproximava.

— De que cor você quer o seu vestido?

Escolhi o feitio de um vestido da Berta, rosa pálido, de organdi, saia rodada até o meio da perna, peitilho de renda, mangas bufantes.

Gritei, gritei com o Chico, que mexera na minha gaveta da escrivaninha à cata de clipes.

— Minha filha!...

Foram me encontrar soluçando em cima da cama.

Teo me trouxe um lindo bracelete de marfim.

— Pra você usar no meu casamento e ser uma verdadeira princesa.

João adorou o poema que eu copiei pra ele, disse que o colocou numa moldura, pendurado ao lado de sua cama.

Alexandre, meio sombrio, atrás da poltrona, sempre que estou conversando e rindo às gargalhadas com o João.

Dançamos um pouquinho na festa do aniversário da Mag.

— Eu danço mal.

— Então empatamos.

Mag parecia vestida de fada, brilhos prateados e tule azul, uma fada gordinha, de olho bem molhadinho.

Não chovia, mas eu estava ensopada, pesada, o corpo de terra cheia d'água. Água ardente.

— O que é que você tem? Anda tão calada!

— Ora, Célia, é a idade.

O pai sorrindo por cima da fumaça.

As palmas suadas, uma contra a outra, uma espécie de torpor.

Cada vez mais impossível mergulhar debaixo da cama, em busca da Berta. Ela não vinha mais.

— Mas por que é que você está chorando?

Sei que não entendo nada de cores, mas tenho de ouvir meus pensamentos, que são todos misturados, corações de cera e besteirinhas.

— Eu também estou triste, não é só você.

Lá vem o Chico caminhando pelo corredor, também tem olhos escuros, com certeza pensando naquelas composições, me olha muito sério. Existe coisa mais difícil que traduzir em palavras um olhar?

— Não — concordou Alexandre. — É por isso que inventaram a poesia.

O pai mandou pintar a casa toda, por conta do casamento. Discussões sem fim sobre cores e preço de tintas. Escolhi meu quarto bem azul, vou colar no teto aqueles adesivos brilhantes, planetas e estrelinhas.

Quando tudo ficou pronto, o *meu* relâmpago tinha sumido.

— Não sumiu. Está debaixo da tinta — disse o Grande, quando lhe contei a história.

Desenhou com lápis de cor um quadrinho dividido ao meio; na primeira metade, um túmulo todo desengonçado, "aqui jaz Relampsético VIII", na segunda, um longo relâmpago bem vermelho, "viva Relampsético VIII, o inesquecível".

Por trás dos óculos, o Alexandre tem olhos cinzentos, que às vezes se iluminam sem mudar a expressão do rosto.

Festa

Quando apareci na sala, pouco antes do casamento, toda pronta, a família deu um gritinho de espanto.

— Meu Deus! — exclamou a mãe. — Como você está parecida com a sua avó!

— Igualzinha! — concordou o pai. — Até o cabelo está ficando ruivo, como o da Berta.

— Como o da Berta! — murmurei.

— É — disse o Teo, lin-dís-si-mo, vestido de noivo. — Antigamente era furta-cor, mas agora está mesmo puxando pro ruivo.

— O vestido também ajuda — explicou a prima Clô. — Ela quis o modelo igualzinho ao do retrato.

O Alexandre me puxou pela mão até o corredor, com o sofá antigo, *O nascimento de Vênus* e o retrato de minha avó.

Berta, pensei, sem dizer nada.

— Que idade ela tinha nessa foto?

— Quinze.

— Você está quase chegando lá.

Fiquei olhando o rosto prateado, atrás do vidro da moldura. Tive um sobressalto.

— Alexandre! — gritei. — Me lembro agora da cantiga inteira.

Comecei a cantarolar baixinho:

"Pé de pilão,

carne-seca com feijão!

Uma, duas angolinhas,

bota o pé na pampolinha.

O rapaz que jogo faz?

....................................."

— E o resto?

— A gente só cantava até aí.

— Reparou que sempre falta um pedacinho?

Ficamos olhando o retrato. Tive vontade de roer as unhas, só um pouquinho, de pura emoção.

— Já entendeu?

— O quê?

— O título do poema?

O Chico apareceu nesse instante na porta iluminada.

— Acho bom parar com esse namoro, que já estamos saindo.

A Candinha desceu a escadaria da igreja de braço com o Teo e estava linda, tive de admitir.

Mas também estava lindo o vestido cor-de-rosa da Berta, de organdi e peitilho de renda. Da Berta só, não, também meu vestido de saia rodada, transparente, com forro de tafetá frio.

Pensei nisso enquanto roubava uns docinhos pro Bem-Me-Quer e retirava de uma *corbeille* uma flor toda viva, pro Íssimo devorar na próxima chuvarada que desabasse sobre a cidade.

Partidas
(1976)

Prólogo

1 — Por corrigir os dez mandamentos, embelezar o Sumo Sacerdote e mudar-lhe as fitas — 170 rs.

2 — Um galo novo para São Pedro e pintar-lhe a crista — 80 rs.

3 — Dourar e pôr penas novas na asa esquerda do Anjo da Guarda — 120 rs.

4 — Lavar o criado do Sumo Sacerdote e pôr-lhe suíças — 160 rs.

5 — Tirar as nódoas ao filho do Tobias — 95 rs.

6 — Uns brincos novos para a filha de Abraão — 245 rs.

7 — Avivar as chamas do inferno, pôr um rabo novo a um diabo, fazer vários consertos aos condenados, limpar as unhas e pôr uns cornos ao diabo mais velho — 370 rs.

8 — Fazer um menino ao colo de Nossa Senhora — 210 rs.

9 — Renovar o céu, arranjar as estrelas e lavar a lua — 130 rs.

10 — Retocar o purgatório e pôr-lhe almas novas — 335 rs.

11 — Compor o fato e a cabeleira de Herodes — 30 rs.

12 — Meter uma pedra na funda de David, engrossar a cabeleira do Tobias e alargar as pernas de Saul — 93 rs.

13 — Adornar a arca de Noé, compor a burrica do Filho Pródigo e limpar a orelha esquerda de São Tinoco — 23 rs.

14 — Pregar uma estrela que caiu ao pé do coro — 23 rs.

15 — Umas botas novas para São Miguel e limpar-lhe a espada — 225 rs.

Soma tudo 2.474 rs.

(Cópia da fatura que um mestre de obras apresentou, no ano de 1853, de uma reparação que fez na Capela do Bom Jesus de Braga/ Arquivo da Torre do Tombo, Lisboa.)

A
de adocicada (a memória)

Porque em necessidade o homem foi feito para ficar tranquilo na pupila do observador, no entanto, e por isso, o cais, o barco nas vértebras da amada aparentemente às gargalhadas, mas silenciosa sobre o vinho rosê
a amada cega e murcha, com que direito partes,
porque o homem tinha de ficar quieto em minha pupila, eu um homem que observa um homem com as nádegas escurecendo como as maçãs que lentamente apodrecem esquecidas dos pássaros que místicos jejuam
principalmente tu, um homem com todos os cacos colados: o nariz de A. *plus* a ira de O. *plus* o cabelinho crespo de minha irmã que enlouqueceu toda instalada na feroz sinceridade que recusei

> [enlouqueci a minha vida e
> tu o que fizeste da tua?]

— contudo, a esquizofrenia é apenas um problema químico, o variável índice de adrenalina no sangue etc. etc. etc., —
ah, cuspi esta necessidade: tinhas de ficar quieto porque não te amo porque não me amo, porque não tenho nada com a tua tristeza, o teu desespero foi consumido para me distrair, pois como fazer sem o teu desespero dentro de minha completa indiferença?
VIVA PORTUGAL a amada berrou modernamente — assim é que se parte de um país que perdemos — e todos os amigos ficaram muito

satisfeitos com o savoir-faire da amada, mesmo dentro de sua velhice muito prática: se chorasse a lágrima circunspecta seguiria o sulco na carne aberta, o caminho macio forrado de creme Nivea, porque faz pena uma lágrima rolar muito tonta num rosto liso

não ficas e o barco iluminado embala suavemente o mar.

Mas, como eu ia dizendo, o que fazer de minha indiferença é o que me preocupa, ninguém receberia a minha indiferença e eu sou apenas ela-inteira; preciso do teu desespero por esta exata razão, preciso que fiques por esta exata razão, preciso que fiques inteiro em minha pupila porque te vais e só preciso disto porque só podes ir. Sem tal minúcia, como cumprir o que juramos em coro: "viver é muito difícil" (sic)?

[meu amigo D. me desculpe, não posso tirar
o tom confessional do discurso: é para
esta tarefa que não enlouqueci]

o olho da amada: recolhi o carvão que restou e ocupei-me, muito belo é possuir por instantes uma grande dor, as dores não duram mesmo que as reguemos aflitivamente, não duram, é preciso toda a atenção, flui estreita em nosso pensamento oscilante, ficamos para sempre pobres e estupidamente felizes, juro.

Tomemos agora por hipótese que não haja rostos lisos: então os sulcos da amada são perfeitamente razoáveis e além do mais ela não é amada — é só uma mulher com dois pequenos peitos e um nariz fino como uma gilete e disse um VIVA PORTUGAL muito honesto e todos os amigos deram adeus do cais fingindo que não estavam sentidos demais para não exibirem atitudes antiquadas, mas estavam, ah, os amigos são amorosos, bebemos o amor ao semelhante com o primeiro leite de nossa mãe anunciada eis que

— Minha pobre, o barco está cheio de religiosos. Terás uma freira por companheira de cabine.

— Não, que horror, não me digas

tal coisa é indispensável para uma atitude ingênua em face do amor

quieto, és muito frágil e eu velo por ti, teu ventre de porcelana, as fibras de vidro de teus olhos, teus olhos,

o amor é seco, não tens competência para atravessar o deserto

eu iria tecendo sem saber o quê, nem quando acabaria — suponhamos que eu morresse de fidelidade? — as teias por definição ameaçam o mundo, sufocam as plantas verdes, eu com uma insuportável atenção que não saberia onde e como

em vez disto tuas coxas entrevistas, mulher no snack bar, tua língua que recorta rubramente as palavras — o amor é esta ingenuidade que escolhemos, ela se veste muito bem, minha úmida pontezinha por sobre a areia ardente que recuso

— Uma freira em minha cabine?

Todos ficam muito satisfeitos com um espírito tão moderno, posso tomar essa mulher sem susto, encharca de laquê os pelos pubianos, defende a entrada do corpo, lá não tenho de arriscar meu pênis, não morrerei de sede, minha amada, isso é uma promessa, não morrerei nunca de sede, sei quanto tempo resisto porque estudei biologia, só tenho de acolher tua úmida ingenuidade e cuspir teu osso

quieto, quieto, não és meu semelhante. Iguaizinhos entre si são os lados de um quadrado: a geometria é uma abstração.

... ah.

Tinhas de ficar quieto.

Diante do meu grito.

Quieto espetado em meu dedo desconfio que me roubas — claro que não mas é preciso —

uma confissão e um medo: fingindo isso posso me agarrar a tuas orelhas e ver onde começo e acabo. Porque eu tenho princípio e fim e Deus não.

Fico pensando: foi uma grande oportunidade — o cais por onde se caminha mastigando um vento salgado, as barraquinhas cheias de souvenirs, os funcionários olhando indiferentes as partidas de cada um.

B

**de biografia notável:
"infincou-lhe um alfinete,
e a moça virou numa pombinha
e avoou"**

No dia 25 de novembro de 1965, quando completou quarenta anos, começou a abrir os cabelos das amadas a procurar.

Com o passar do tempo sua atenção redobrava.

A princípio as mulheres se divertiam.

Depois esqueceram de fazer saltar os seios como as rolhas dos vinhos.

Finalmente amarraram os cabelos com lenços e gritaram-lhe que não eram sujas, que não pisasse mais ali, que, afinal, elas tinham a sua obrigação.

Com dedos suados ele passou a abordar mulheres na rua: separava fio a fio com minúcia. Elas se admiravam e lhe dificultavam a tarefa: ele tinha de fazê-las calar de qualquer modo.

Perseguido pela polícia estadual que defende o povo, ele voltou para sua casa, tendo decorridos quinze anos.

A mãe fez um jantarado.

— Filho.

Entregava-lhe todas as manhãs um pratinho com uvas — era louco por elas desde pequenino.

Durante uma semana ele devorou as uvas e deixou os caroços alastrarem-se pela barba.

No sétimo dia, com aparência de extremo cansaço, ele debruçou-se sobre a mãe e começou a procurar entre os cabelos brancos.

— É natural — conclui a velhinha — afinal sou sua mãe.

C

de coração (hipótese do Chico)

Lucinha é de carne espiando a morte de Zi.

— Que horror!

Mamãe falava com cuidado para não engolir os alfinetes diante do espelho.

Zi sentava-se na lata de lixo.

— Que horror!

Prometia meu pai.

Na testa de Lucinha cresciam bolinhas de suor.

— Quem está aí?

— Huuuuuuu...

— Sei que é você, sei que é você.

— Vou arrancar teus pés à noite. Ninguém vai ouvir.

— Sei que é você.

— Sabe que não sou eu.

Ia para o colégio, voltava, o sol tinha um cheiro enjoativo, uma cabeça de lã.

Lucinha brincava de comidinha. As pernas eram feitas de queijo cru.

— Não grita que eu conto.

Vivia de manchas roxas nas pernas.

— Não grita.

Zi chegara impassível, duas trancinhas na saia de organdi. O olho dela é feito de óleo?

O pião e seu grito, o sol e seu grito: quebrei meu arco e a minha flecha.

— Mas o que é que você está fazendo?

— Vou te arrebentar, sua metida.

Zi ficou com a boca borrada, minha saliva virou verniz.

De madrugada, em vez do sol vinha a lua, mas o cheiro enjoativo era o mesmo.

O olho dela brilha no escuro?

Lavei a boca com sabão e dentifrício, mas o gosto de verniz não saiu.

Com a tesourinha de unhas cortei um fio da trança. Amarrei no indicador e dormi sentindo o dedo latejar.

— Come, menino.

É insuportável o gosto debaixo da língua, fiquei uma semana sem lavar a mão esquerda para não molhar o nó amarelo: escrevia torto, o dedo incomodava.

— Lucinha, quero te ver tomando banho.

— Conto pra mamãe.

— Conta que te arrebento.

Passei sabonete na língua, o laço já caíra.

Ela estava sempre sentada entre o armário e o sofá debaixo de um quadro de moinhos parados.

Dentro da perna dela tem capim? Tem pó de arroz?

— Esse menino, meu Deus.

Com a ponta da esferográfica eu furei a perna dela. Não saiu nada, mas ficou toda de carocinhos azuis.

Não tinha coragem, medo de que ela chorasse. Depois descobri que era muda, a boca cada vez mais borrada.

Acho que quando me decidi estava tão distraído que não vi meu pai e ele contou tudo à minha mãe.

Zi ficou sentada na lata de lixo, os joelhos encostados na cabeça. E a serragem dela escorria pelo cimento manchando tudo.

D

de Duarte Cabral de Mello:
"é preciso arrumar esta cidade"

Uma situação errada, não.

Situações certas são o vazio admitido entre duas situações erradas.

Situações certas existem por hipótese, para que se entendam as situações erradas.

Situações certas existem por hipótese, para que existam situações.

Existem como prova irrefutável: existem, logo existo.

É preciso construir uma personalidade coerente todos os dias.

Paciente todos os dias.

(Carta de 13-VI-68: "crescimento incontrolável — de relações — é cancro".)

Mas

é equívoco.

Equívoco é não arrumar.

Evitamos os gestos equívocos.

É PRECISO ARRUMAR ESTA CIDADE — minha ferida no teu ombro esquerdo.

—... embora haja certas contrariedades que por vezes te tiram o sono...

EXIJO QUE NÃO ENTENDAS

—... está reservado para ti...

EXIJO QUE NÃO ARRUMES

—... no caso de tua sina não falhar de todo...

A CIDADE

Porque o equívoco é a distância mais curta de estar próximo.

E a ambiguidade das relações, o nosso pensamento delas.

CHAMA-SE OPÇÃO A ESCOLHA ENTRE VER — que não podemos —
E VIVER — que não ousamos sem ver — Feriram o teu olho para que
proclamasses o que todos concluímos:

— A mão direita daquele homem é uma mancha pálida e sua face é
outra mancha pálida.

/ONDE VOU COLOCAR NISTO A REVOLUÇÃO DO POVO É O QUE ME
PREOCUPA/

Não se pode determinar ao mesmo tempo a posição e a velocidade
de um corpo no espaço

"Onde estiver o corpo, aí se ajuntarão as águias" — cf. Cristo. —
Mas

está provado cientificamente

onde estiver o corpo

perderemos o corpo

por indeterminação.

E

de estatística elementar

ARROLAMENTO:

1.

Ele tem os olhos azuis como os cactos, com todos os seus dez espinhos.

Negros como as estrelas.

Dirige o carro, os dentes iluminam-se com os faróis, ele.

Eu sou muito inteligente, interessante mulher.

Cruzo as pernas com meias douradas, ouço e mastigo o talo do cravo coral.

Teamoteamoteamoteamo, quero dizer, mas não digo: ele é homem, deve se declarar primeiro.

Já me mostrou a propriedade cheia de macieiras, o grande cão amarelo, o rio sem água, o moinho sem grão, mas o fogo crepita na lareira, ferve o vinho.

2.

Tudo isto + a mãe dele consentirá no casamento?

3.

Seis diálogos entremeando a narrativa:

— a —

— me amas?

— não digo isto.

— sou importante pra ti?

— não digo isto.

— diz.

— não digo.

— o que é que dizes?

— não sei.

— diz, por favor.

— digo não sei.

— não sabes o quê?

— não sei, é o que digo.

— b —

— viverias sem mim?

— claro.

— claro o quê?

— que viveria sem ti.

— c —

— não te amo.

— que grande novidade. Eu também não te amo.

— eu sei. Mas há uma grande diferença: A TI POSSO DIZER ISTO.

— d —

— NE ME QUITTE PAS. Que linda música!

— Mas como? Se o problema é justo este: QUITTE!

— e —

— vou embora.

— acho perfeitamente natural.

— natural o quê?

— que vá embora.

— e se eu ficar?

— pode ficar.

— f — (último):

— como te chamas?

— Mercedes.

— que gozo!

— gozo, por quê?

— nome de caminhão.

4.

Ele tem os olhos azuis se o dia é nítido, cinzentos, se vem o vento sul, negros quando está com raiva, cegos durante o sonho. As mãos, o cão, o fogo, a fantasia: fazemos um interessante jogo — ele caminha a passos largos, na areia ficam pegadas, tento pisar nas pegadas. Rimos muito.

5.

Fazemos outro jogo: ficamos de frente um para o outro, a dez metros de distância. De olhos fechados, tentamos nos encontrar. Foi impossível, fiquei triste, embora não demais e ele me explicou que quando há espaço suficiente não tem a menor importância errar o caminho. Rimos muito.

6.

Fazemos ainda outro jogo: ficamos de frente um para o outro, sem nem um metro de distância, deitados na cama. Não rimos nada.

F

de feitiço da fábula

O jardim era imenso e úmido.

As flores nasciam e morriam nas estações certas.

Os esquilos arranhavam as nozes atentamente.

As árvores estavam cobertas de folhas espessas durante todo o ano; as folhas, cobertas de teias. E o outono e as aranhas cuspiam sua claridade lenta.

No centro do jardim havia um lago com um sapo verde.

Pela manhã os meninos olhavam os esquilos e seguiam aborrecidos. Tentavam, por distração, acompanhar a saliva prateada dos caracóis, mas esta alastrava-se em todas as direções.

O jardim tinha um dono — era o que sugeria o espaço defendido com sua flor, seu sapo, sua estação certa.

Não se sabe como, um dia as pessoas descobriram o jardim. Por todas as ruas que corriam sob os edifícios, entre os carros, os ônibus, defendendo os ouvidos das buzinas e sirenes, dos gritos dos jornaleiros, as pessoas vinham exaustas abater-se nos bancos do jardim. Sob o sol ardido elas se misturavam às folhas, molhando os pulsos no lago. Sob a chuva, tiritavam cintilantes. À noite adormeciam cobrindo a cabeça com os dedos.

Uma tarde o jardim começou a estalar com o peso das pessoas. Os esquilos não tinham espaço para arranhar as nozes, os caracóis foram esmagados, as flores ficaram lívidas antes da estação certa. À proporção dos crimes cometidos, as pessoas emagreciam: os seios das mulheres rolaram como lágrimas.

Horrorizado com a morte, um homem perguntou a outro homem agonizante:

— Por que o dono não planta uma árvore frutífera?

O segundo homem morreu antes de responder e o primeiro homem morreu antes de ouvir a resposta.

Supõe-se que o dono tenha ouvido a pergunta e visto a morte do primeiro homem e do segundo homem. Porque entre os desempregados sobreviventes muitas palavras foram espalhadas, discutindo a diferença entre o como se vive e o modo por que se deveria viver; outrossim, a distância que separa a preocupação com o que se deveria fazer do que se faz; nessa trilha (e ao contrário) aprender-se-ia antes a própria ruína em vez do modo de se preservar. Deus não pode (e não quer) fazer tudo — afirmaram — para não nos tolher o livre-arbítrio e parte da glória que nos cabe...

As pessoas nunca mais foram vistas no jardim.

G

de Gigi (a nota sol)

Um pai era pescador. Tinha três filhas e precisava alimentar a família.

Foi pescar e apareceu um boi.

— Homem, queres pescar 220 peixes?

— quero.

— então me dá tua filha mais velha em casamento.

O homem deu e pescou 220 peixes.

Mas os peixes acabaram e ele teve de voltar a pescar.

Um passarinho trinou.

— Homem, queres pescar 221 peixes?

— quero.

— então me dá tua segunda filha em casamento.

O homem deu e matou a fome.

Quando os peixes foram devorados, ele voltou ao rio.

Duas luas passaram e ele pescou um peixinho prateado. Quando ia retirá-lo do anzol, o peixinho gargarejou aflito.

— vais-me matar?

— é a minha obrigação.

— sou muito pequeno para alimentar a ti, a tua mulher e a tua filha mais nova.

— assim é, mas não tenho culpa.

— e se eu fizer com que pesques 222 peixes, tu me darás em casamento tua filha que sobrou?

— sim.

O homem soltou o peixinho.

Quando jogou a rede pela terceira vez, ela veio carregada de peixes, todos prateados.

O homem cumpriu a promessa.

Sua filha mais nova morreu afogada, porque não estava acostumada a respirar dentro do rio.

Mas as outras duas foram felizes para sempre, com o boi e o passarinho.

H
de hera (uma vez)

A velha durava.

As lembranças geladas nos cabelos, durava.

Coçava-se, descansava ora num pé, ora noutro, como as aves sonolentas, mudava de pouso, mas não morria.

Lá fora era uma vez uma cidade tingida de crepúsculo, o sino batia às seis horas.

Era úmido e tinha uma pasta de processos entre as mãos postas, o príncipe. De segunda a sexta passava, de esquina a esquina, seguido pelos ásperos olhinhos de madeira de Sofia. Enquanto, dentro do estômago, revolvia: ela não morre,

mesmo sábado, que trazia a outra filha e a neta, os olhos e unhas roídas, roubando biscoitos no lenço da velha, a boca desdentada indo e vindo no mastigar apressado,

na cadeirinha baixa de palhinha, costurando a manhã de bainhas inúteis para sempre, Sofia fiava, fiava o olhar, desmanchando nela seu ofício de vigilante,

a olhar, dobrada há tempos sobre a terra, procurando alguma coisinha na terra, que crescera a corcova como bolha de sabão, de todas as cores, nascendo o sol.

O príncipe se liquefazia, ano após ano, vermelhíssimo de crepúsculo.

Os lustres de louça tinham florzinhas de louça, os tapetes tinham pelos, as trepadeiras bravas da varanda coavam o cheiro de frangos e poeira do quintal.

— Mamãe!

Os olhos azuis giravam entre as tábuas do corredor.

— Mamãe, não quero saber de jogo de bicho!

Os grandes ossos de égua estalavam, a língua sibilava entre os dentes como uma asa.

E ela, os pensamentos batiam nela como os ventos que vêm do céu, fatais: era eterna.

Mesmo de olhos fechados via a velha acocorada na terra, pois ó meu amor, aqui estou eu e nos meus seios gira um sangue doce, em cruas taças de carvão, cavacando a terra do quintal com capricho, riscava na terra a carne riscada de caminhos como um mapa que não levasse a caminho nenhum.

Entre a janela e o casarão, não reparou que um dia os olhos azuis arrebentaram no chão. Sofia distraía-se no dever.

— Meu pai, meu pai...

— O que é isto, mamãe?

— Acabou de morrer, moça, acabou de morrer.

Mordendo o ar com as gengivas furiosas.

— Onde estão meus brincos de brilhante que deixei na cômoda?

Agora, adolescente, lambuzava-se de batom dentro dos espelhos.

— Uma voltinha, querido?

Os caixeiros ruborizavam-se, por gentileza apalpavam-na enquanto conferiam o troco.

Num sábado a outra filha não pôde engolir o lanche, porque tinha morrido.

Agora eram duas meninas: uma roubava biscoitos. Outra erguia a saia à vista de estranhos, numa homenagem. Esta, choramingava o dia inteiro:

— Quero a minha mãezinha.

A outra ecoava, divertida:

— Quero a minha mãezinha...

Tapando os ouvidos, tapava o grande grito do sino, os passos do príncipe, olhinhos corridos, impedida de vigiar — ela: devora a vida pela própria cauda, finge apenas que não dura, que Deus leve a minha mãe, a minha mãe, por obséquio.

Mas a velha só morreu quando já era um bebezinho, esperneando e molhando a cama a toda a hora.

Cobriu-a de cravos depressa, porque eram quase seis horas.

De volta à casa, escancarou a janela pela generosidade da velha ave, que libertara o sangue pela garganta cortada.

Debaixo da janela havia uma pocinha rubra de crepúsculo, do feitio de um príncipe.

I

de íris ou espectro
solar, digo, exemplar,
dos cristalinos da Marlene

Cecília Maria Broomfield da Silva tem um cão — que é preciso levar a urinar duas vezes por dia —, um gato de louça sobre o armário, um urso de pelúcia com um olho perdido, uma boneca automática que o tio trouxe dos U.S.A., duas caixas de lápis de cor, roupinhas (a saia de voal esvoaça com o vento sul), um pai, uma mãe etc.

Cecília Maria tem uma franjinha e dois lábios apertados escondendo os 36 dentinhos.

O colégio é perto, ela vai sozinha no bonde, com ordem de não falar com ninguém.

No último banco, um homenzinho de boné fatídico. O motorneiro vem, ela abre a mãozinha suada e exibe a moeda diária.

— A sua já está paga, senhorita.

A primeira vez torceu o pescoço e imediatamente resumiu a carinha sob o boné, um olho feroz, uma boca feroz, nariz arranhado pelo gato.

Faz que não, não, não, com a franjinha.

— Pode devolver.

Durante todo o primeiro semestre, as cicatrizes nunca saram sobre o nariz.

— A sua já está paga, senhorita.

Um dia bateu os cílios, deslumbrada.

— Diz que obrigada, que aceito.

Nunca mais ele pagou. Até o fim do curso.

J

de jiboia de mocotó

Sou breve como um suspiro. Sou absorta. Por isso, tive de confessar ao caderninho, quando captei os olhares do príncipe: dissolveram-se meus castelos de gelo, altos, na fronte... Tal não poderia relatar ao meu senhor. Nu, ele parecia uma tartaruga sem a sua casca, um caracol sem a sua concha: a carne triste... Aí o equívoco. Amava-a rapidamente, com grande labor, o suor pingando-lhe da testa em sua testa parada. Amanhã vou fazer uma sobremesa de biscoitos e ele, nos píncaros da exaustão, cai com um ronco sobre o meu peito, mortalmente ferido. Em penhoar e antes do café, luva tardiamente lançada em solitário combate consumado, a decisão é dolorosa: se o amasse poderia vê-lo, todo nu e de cigarro aceso? Quem vai ao banheiro em primeiro lugar? O sexo entre as coxas, como uma folha sacrificada: gostou? A pontinha do lápis na pontinha da língua, não caminhei a vida inteira para tal amor difícil, de estertores mortais e consciências de sobremesa! A carne fechada é cheiro de água funda. Cabecinha repousada como um pássaro, ouço a noite carpir seu pó sobre os móveis. Meus olhos são dilatados e profundamente míopes, dissolvidos na taça das lentes, como as pérolas reais. Assim dedilho meus dias de fingida lascívia... Sobretudo, não me traga flores. Não suporto cadáveres de corolas em minha sala. Ah. Os olhares duros tinham um fogo doce como os figos. Nos líquidos da valsa, o polegar do príncipe crava-se duramente em minha palma aberta. Tenho o direito de saber, pois sou uma mulher muito jovem e não há espaços onde erguer um cadafalso. Mas eram duas e meia em ponto. Ele também usa óculos, maciço como a terra, de repente desmanchando-se como uma boca sem dentinhos. Uma senha, rápidos, colhemos no vento que passa, meu casamento foi um equívoco. O meu também. O caminho de um céu de seda branca, mas o príncipe me conduz apressado demais. Preciso de mais algumas palavras. Não quer tirar os óculos? A proposta é obscena como se ele me pedisse gentilmente para tirar as calcinhas. O mesmo embaraço. Os olhos nus, cercados de muitos fios como os besouros mansos. Dois indecisos, ficamos a mirar as rendas dos ramos, salpicados do crepúsculo ali por perto. Os botões por toda a roupa abotoavam-lhe as carícias e, de repente, com grande alvoroço, me descubro pensando irresistivelmente em sobremesas. Apressadamente vermelha, feche os olhos, por favor. Como! Pouquíssimos minutos depois o príncipe se abotoa e era mais um caracol de casca partida. De quatro, tateando furiosamente as folhas. O que foi? Meus óculos. Estavam aqui. Recoloco rápida os meus. Merda, botei bem aqui. Tive de sacudir as folhas secas do vestido e peço baixinho. Veja se tem mais alguma atrás. Não tem não. Tem certeza? Que coisa. Não tem nada. Fico conclusivamente feliz quando percebo que meu senhor está certo: debatia-se como devia debater-se e morria como devia morrer, caindo sobre meu peito delicado. Quero confessar isto ao caderninho, pontinha do lápis na pontinha da língua. Mas estranhamente foge-me a inspiração nesta tarde primaveril.

K

de know-how

Entrava pelo banheiro, saía pelos tapetes da sala, escorria ao longo do corredorzinho, submergia aos pés do aparador.

Elas miam atrás do andor: tacões, cachos selados, unhas no trançado dos pés, a velha, a moça, por turnos, as gengivas atrás dos lábios.

— Uma xicrinha de café?

— Um biscoitinho?

— Uma Cibalena?

A velha põe os óculos de louça, a moça separa os cílios, um a um.

Saindo, exaustas balançaram os corpos, a moça de cabelo liso, a velha sentando-se nos fios finos. Fluíam das têmporas ao pescoço, ocultando-se sob o vestido.

A moça sacudia a cabeça, enjoada: o morno campo de sangue e merda.

— Passei tão mal a noite, mamãe!

Os pontos caíam um a um de agulhas repletas.

— Reparou? As olheiras...

— Claro, ele devia se alimentar melhor.

— Quando eu morrer...

— Ora, mãe, deixa disso. Eu tomo conta dele!

— Não é a mesma coisa.

— Coitado, como tem sofrido!

— Ele puxou a mim.

— As olheiras...

— São as decepções.

— A moça protege os olhos, apanha um álbum sobre a mesinha.

— Olha quantas mulheres lindas!

Com ar sonhador.

— Não tem temperamento!

— Isso é.

— Ana como era linda!

— Deixou até o marido. Nem assim ele casou.

— Tinha coxas bem lisinhas.

— E a Bebê?

— A Cidinha?

— A Maria Aparecida?

— Era doutora...

A moça fecha o álbum, espanta os dedos da velha para longe.

Podiam relaxar a vigília quando vinha a noite e as sombras mexidas nas poltronas: tomavam chá.

— Olha, mãe, olha, mana, vou casar.

Convidam a noiva para um almoço.

As mulheres marchavam pela calçada, tacões altos, tesas. A noiva será de boa família, ascendência italiana.

Visitavam os parentes, solenes.

— Ele vai casar!

Marchavam ríspidas nas calçadas em branco.

— As mulheres italianas são tão lindas!

— Pode ser que desta vez...

Estacam de frente uma para a outra, brutas, braços caídos; as axilas estão rodeadas de umidade, manchando as blusas.

Depois do almoço moviam-se cuidadosas, a despeito da precipitação.

O anel de noivado!

Ele transpirava, tranquilo.

— Uma safira para combinar com os olhos de Marinela.

— Brilhante é que é anel de noivado — insistiu a moça perigosamente, amparando os cílios.

— Desta vez quero uma safira.

Foram a Paquetá, ele alisava os seios italianos sobre a blusa, no aperto da barca.

— Não respeitas tua noiva? Quando a gente casar não te dou sossego, mas agora...

— Marinela, me dá um retrato teu.

Toda encantada.

— E para quê? Já tens o original!

— Um com dedicatória.

Mão pregada no peito, com dificuldade a velha tricota, mas pouco a pouco adquire rapidez; o novelo acelera aos arrancos do coração. A moça lambe minuciosamente as cantoneiras, prega o retrato no álbum.

— Marinela! Como era linda!

— Muito linda! A mais linda de todas!

Os olhos pesam, pesam, pesam, como as corolas encharcadas de luz.

L

de loo, um jogo

Jo ao espelho: tão dura, tão brilhante, tão tenra, tão morena, tão terna, tão dolorosamente sedutora...

Josefa: as rugas dos crisântemos, os quantos espinhos da rosa à esquerda do último ramo sob a mais estreita cratera da lua cheia; e os dois fios corridos do paninho de organdi sobre a penteadeira; e quatro caspas, alucinadamente claras — como as lâmpadas! — sobre a gola do pai a comer.

A mãe,

— Ora, Jo, não é tão desagradável assim!

Tinha visto muitas belas em muitas revistas: semicerrando as pestanas, os braços estirados imediatamente cheios de urzes e de sinos.

— Mas era o nome de tua avó!

— Oh, por quê!

Sobre as xícaras e os bules acendo a fogueira, asso as falanges, falanginhas e falangetas da avó.

— Pois se caçoam de mim no colégio!

Enquanto o professor volteia o rabo embriagado, se chamarem por mim não respondo, se me perguntarem o caminho não respondo, se gritarem por socorro, por socorro, cento e oitenta vezes por segundo não respondo.

O príncipe masca chicletes no banco do jardim, ao peso do encanto irresistível. Não podia ficar de olhos fechados durante a exata duração do beijo, como via no cinema, como devia ser. Estragava tudo.

Os lábios imóveis e cerrados contra seus lábios imóveis e cerrados, como poderia respirar livremente?: o céu sobre os copos de luz enfileirados sobre a grande nuvem que amaciava a árvore sobre a mancha dos cabelos encaracolados que iluminavam a espinha sobre o nariz do príncipe! E o nariz do príncipe estava sobre o seu!

Assoprando a fogueira onde o cadáver da avó se consumia pela milésima vez e em vão, trançou as pernas, comeu devagarinho o bico dos dedos.

— Sabe... Não sinto nada quando me beija.

— Nada como?

— Nada. Nadinha.

Reparou o rubor indignado do príncipe que, lançando o dicionário de sinônimos e antônimos no chão, esmagou duas formigas.

Esqueceu-se então de que se chamava Josefa. Seu príncipe sofria, e ela sentia um doce sabor de sangue banhando-lhe os dentes. Contra isso, nada podiam as unhas generosamente roídas.

— Diga-me, avó?!

Para devorá-los, sem dúvida. Todos os príncipes estalariam entre seus dentes como as cerejas.

O lobo cintilava às quatro horas da tarde, dentro do jardim.

Josefa-pela-primeira-vez, decifro o segredo, respondo sem rancor antes de se escoar o primeiro segundo, antes mesmo que me perguntem ou que me chamem:

M
de medida

Nasceu.

E fechando sua mãe as pernas cheias de sangue, enquanto o pai distraído resolvia problemas e o cão estremecia três vezes a orelha esquerda,

— correu,

porque precisava alimentar as aves dentro da manhã, a saliva fria do riacho que crescia e farfalhava, precisava sopesar na palma aberta o ovo claro, lacrado: era mulher.

Soletrava e cresciam as flechas de vidro do canavial,

soletrava e silvavam os cabelos,

soletrava experimentando no fogo o dedo logo dolorido,

e varria a casa,

e equilibrava no alto da cabeça um coque inábil,

por tentativas.

Sobre a terra os bichos comem em sua mão, com a doçura dos que vão morrer ou simplesmente envelhecer rapidamente, na vida breve dos bichos.

Os seios nascem e se põem muitas vezes, sob a chita, sobre as flechas em flor enquanto vem vindo o cavaleiro com o sol que lampeja no chapéu, noite fechada.

— a janta, mulher.

Os bolsinhos do avental cheios das coisinhas inúteis, senta-se para ouvir o ruído do homem a comer.

— água.

Em cada dedo uma unha que nasceu, de cada semente enterrada.

No banho as espumas se abrem macias de carne e ele se deita na cama, a perna para fora do colchão — a poder saltar do sonho no momento exato,

que por certo sonha o homem, com ruído de quem mastiga.

Aberta distraída como uma porta, pelo vento,

enquanto os bichos dormem cobrindo as cabeças cheias de asas, e o sonho cresce como uma gota — de lágrima, no canto de um olho.

Quase pronta,

bate as roupas do homem nas pedras do riacho, raspando com as unhas o sangue endurecido das pernas da mãe e,

pai morto: problema resolvido.

O terceiro cavaleiro não lhe deu a mão:

atrapalhada, deixou ir rio abaixo a camisa que lavava e rolou enfim o coque inábil pela garganta — como saliva que se engole.

— ordinária! ordinária!

O terceiro cavaleiro gritou do alto de seu cavalo, suando como um homem exposto.

— Sobretudo não conte.

de longe, enxugando a boca:

— Pois a culpa é sua.

Sem roupa lavada, o que fazer da manhã já passada! — de volta à casa, varrendo o terreiro e o dia repleto, rolado, brotava dela, de suas obrigações cumpridas e não cumpridas, com a naturalidade e lentidão com que crescem os cabelos, como um dente que surge na gengiva,

como o sangue de um talho.

Lendo correntemente,

quando dorme o homem — e talvez sonhasse, com a perna para fora do colchão — ela aspira o cheiro forte do cavalo adormecido no pátio,

abre a porteira que range — rangia sempre do mesmo modo, sob qualquer mão.

Ganha a estrada.

N
de nacional (o hímen)

O equilibrista não sabe se nasceu para um destino de desafio, ou se a tanto fora obrigado pelo acaso.

Tem uma sala, inumeráveis filhos absortos em sua sorte — da qual depende a sobrevivência de todos — e uma mulher de longos cabelos, que correm sem cessar.

O fio, ele o fabrica intestinal, como as aranhas. Mas evita cuidadosamente o lustre, cuja queda abalaria o silêncio dos condôminos: depois das vinte e três horas tem-se de prever o desastre das lâmpadas explodindo.

É bem provável que, de tanto observarem, respiração suspensa, os anciãos da tribo tenham morrido de tédio ou de angústia.

Erguendo uma perna calada nas malhas, a sapatilha a tiritar no pé suspenso, por tantos anos reteve entre as suas as mãos dos mortos anciãos, que os pulsos endureceram. Só a custo pôde retomar a posição, cuidando para que o peso das lágrimas não o lançasse de vez ao abismo do tapete da sala.

Levaram para longe os cadáveres descompostos, de pés convictos e mãos plantadas de rosas.

É a vez dos filhos que crescem e partem, impelidos talvez pelo desprezo do exercício infindável.

Mas o cabelo da mulher amadurece à lei das estações: de prata farfalha sob as lâmpadas, fio a fio.

O equilibrista tem de se ocupar com muitas coisas.

Por exemplo, tenta variar de risco: entre os telhados da cidade estende sua estrada aérea. Por anos, os cães policiais buscaram suas pegadas no asfalto, sujando de pez os focinhos úmidos.

— É a guerra, é a guerra — gritava uma multidão contrita, entre as traves dos carros.

Mas o equilibrista, antes de ouvir, tem de acumular certezas:

a) a mulher do sr. Fulano é a mulher do sr. Fulano e não a esposa.

b) a mãe é a mãe e não a genitora.

c) abraço não é amplexo.

d) hospital não é nosocômio.

e) quem volta não regressa.

A mulher implora, cabelos quase parados.

"A recíproca também é verdadeira" — pensa com dificuldade o equilibrista — "a importância de saber que a recíproca..."

— Desce.

Cobre o abismo da sala com almofadas.

— Ah. Desce.

Diz pela última vez e denuncia.

— Antes que façam explodir a casa inteira.

O equilibrista tenta a suavidade de remar no vento com o grande guarda-chuva dos antepassados, dedos dolorosamente abertos, flexionando as pernas nas malhas de seu invólucro, as plantas dos pés fundamente cavadas na certeza de que destino é decisão.

Irritada diante de tanta teimosia, a mulher morre de propósito.

Os cabelos estancam de chofre.

Como último gesto, ilumina profusamente a sala, alvo certo aos projéteis.

O

de origem (Fernanda)

Meu pai a matou. Como não fui arrolada como testemunha pela pouca idade, calei-me. Além disso, estava ocupada, em vigília: sobre o barro vermelho viajavam bois condenados, cavaleiros de largas abas, cães vadios urinando nas raízes, meninos à escola. E os operários, cuja pobreza minha mãe amava.

Era engraçada, embora pouco me lembre dela entre os muros, cabelos entrançando-se de mato, as mãos mergulhadas na cal das paredes.

Meu pai morreu cedo, lendo o jornal, enquanto meu irmão chegava um dia. Ancorou em seu berço, sob a janela.

Havia uma torneira quebrada, pedras pálidas de pó e verdes de limo. Havia aquele janeiro, opresso e suspenso sobre as árvores como um selo. Algumas hirtas espadas-de-são-jorge. E as rosas, no vento.

Mas eu notava apenas que ela não as regava. O janeiro serrado aos pedaços pelas cigarras. As chuvas oblíquas. E o sol sem perdão. E quando o sol se demorava alguns dias, as formigas, vertiginosas, carregando o mundo para seus buracos. Sepultando o mundo para ser comido durante o inverno. Sim, muito doce parecia o mundo, maduro e redondo, levemente enjoativo.

Um dia, as formigas descobriram as rosas, a roseira com seu exército de espinhos.

Abriu os olhos, riu muito, me tomou pela mão e nos sentamos as duas nos degrauzinhos da varanda. Aquela procissão de pétalas sob as formigas invisíveis nos fazia rir às gargalhadas. Éramos cúmplices de uma sentença de morte sobre a cabeça das rosas.

Mas numa bela manhã as pétalas desapareceram. O jardim estava deserto.

Minha mãe perdeu-se pela porta e por muitos anos não a vi.

A casa, porém, tinha outros encantos: a mangueira do quintal, suada de polpas maduras. Os moleques pulavam o muro à noite para roubar mangas. Ela ria, não permitia que os perturbássemos. A nós, ensinava como pareceria nauseante comer os próprios frutos. No entanto, depois das chuvaradas de verão, íamos, minha mãe e eu, colher os pássaros que caíam com o sereno da noite e com a canção do vizinho alfaiate.

— Mas as formigas também cantam! — descobriu ela, contente — Como as cigarras!

Subiu numa cadeira para avistá-lo. Ele interrompeu o canto que oscilou levemente antes de outra voz saltar o muro.

— Olá...

— Continue — pediu minha mãe.

Tudo começou do princípio.

Um dia o alfaiate foi à casa pedir ovos para uma omelete. Pagaria logo.

Eu o olhava fascinada, como alguém que possuísse um mico amestrado ou um cão dançarino. Uma voz que cantava! Onde se esconderia, quando a outra voz pedia ovos?

Meu pai, dentre sua agonia de morte, exigiu:

— Não te quero ver conversando com vizinhos à toa!

— À toa!

— À toa, sim. Não sabia? A casa vive cheia de rapazinhos.

— Ah... — fez minha mãe com um sorriso encantador. E repentinamente irritada, defendendo os filhotes:

— O que tem isso?

— O que tem? — vociferou meu pai — O que tem? É um pederasta sem vergonha.

— Não tenho nada com isso. — Minha mãe sacudia os cabelos entrançados no capim.

Meu pai tremulou o corpo magro, acima das trincheiras do jornal.

— Você é uma inconsciente e eu não quero, ouviu? Não quero. E acabou-se.

E acabou-se.

Olhava, olhava, as formigas ausentes na roseira nua, olhava os bois, os cavaleiros, os cães, olhava os operários. Mas nunca falava comigo. Acho que eu era tão pequena e seus grandes pés faiscavam cheios da terra onde tombavam os pássaros inteiros.

Meu pai a matou porque ela o irritava imensamente.

Enquanto esperava e talvez para se distrair, apontava os urubus.

— Tal e qual uma dança de aspas. Você dava grandes adeuses, quando nem sabia falar.

— A quem?

— Ora, aos urubus.

E ralhou duramente quando me viu, ao amanhecer, gritar junto às onze-horas espalhadas no capim.

— Está maluca? Todas vão acordar sem entender.

Foi então que meu pai ressuscitou de seu jornal e o atirou longe. Faiscaram os olhos que, percebi, eram de carne.

— Vamos acabar com tantas tolices! Bagunça esta minha casa. Nem hora disto nem daquilo! Qual urubus, qual formigas, que diabo.

Socava a mesa como um possesso.

— Vamos ter ordem daqui por diante. E progresso! E vida em família!

Soavam os tambores e dançavam as tintas na cara de meu pai.

Minha mãe então morreu, sem dizer uma palavra.

A casa ganhou mesmo uma grande ordem.

Meu pai passeava sua nova vida entre canteiros bem cuidados, ausentes de formigueiros. E tivemos hortênsias no lugar das onze-horas. Acabou-se o capim. E os moleques não podiam mais pular o muro para roubar mangas, que passamos a saborear como canibais.

Minha mãe morreu.

Seu cabelo foi cortado junto com o mato e das paredes e dos muros desprendeu-se a trama de seu corpo, para dentro das salas.

Também cresci e meu irmão saltou do berço e começou a dar adeus aos urubus.

Mas esta já é a mesma história.

P

de Pedra, a educação pela

Quando entrou, empurrando as folhas do portão, o buquê-de-noiva caiu, veio correndo o cão, comeu os botões de laranjeira, deixou os talos. O pai solevou o que restava do buquê, limpou-o na manga do esmôquim de veludo prateado e só pouco a pouco se esgueirou para dentro dos óculos dela, envergonhado de já ter um cão, havia muitos anos.

Mesmo no dia seguinte, Zezé fez um círculo na terra e começou a cavar. Tinha de ser um buraco grande, para comportar, pelo menos, dez baratas deitadinhas.

O cão tinha por hábito comer as flores. Devorou várias ao lado do esquife e arrancou com os dentes, suavemente, uma dália atrás da orelha da falecida. Quando acudiram, era tarde. Ele se chamava Sultão.

Um dia Zezé viu o buraco onde meteram a mãe, regado com as lágrimas do pai, às pazadas de cal. Se regasse bem, ia nascer uma árvore com a cara da mãe e a cicatriz que brilhava contente no supercílio esquerdo.

Regou, mas em vão.

O pai com certeza cansou de esperar e se casou com outra.

Zezé nunca mais teve tempo: cavava no quintal, enquanto o choro cicatrizava.

Corria para disfarçar:

a) para a cozinha

b) para a casinhola verde de Sultão, com a palavra CÃO, numa tabuleta.

Mal o buquê acaba de murchar, a outra escolhe laranjas às refeições, com seios surdos.

— Pra você, Zezé, a mais bonita.

O caldo escorre por trás dos óculos, com certeza os olhinhos...

— Pra você, amor, a mais, a mais... — era ao pai.

Segue-a pelo cheiro ou por curiosidade, um dia se enche de coragem:

— Tira os óculos.

— Por quê?

Os óculos eram muito grossos, por isso não deixavam ver que, dia sim dia não, os olhos dela escorriam um pouco. Dentro de algum tempo — talvez no Natal — ela estaria andando às apalpadelas!

Sultão sabe de tudo, tudo inspeciona de sua casinhola verde, enquanto ele arranca a terra com uma tampinha de sal de fruta.

O portão de ferro abre e fecha e ela esmagando as baratas com os chinelinhos da lua de mel. As baratas estalavam e da barriga saía um recheio vagaroso como doce de leite.

Depois da sessão de cavar, a cada dia cobria o buraco com folhas de bananeira. Sultão vinha cheirar. Como não era flor, não comia.

Mas a professora apontou o caderno todo sujo de tinta e terra fresca, exigindo uma razão.

— Minha mãe morreu.

Todas as crianças da segunda série primária desistiram: ninguém tinha uma mãe morta para competição e Zezé virou chefe do bando, mesmo tendo tirado zero no exercício.

Aos sábados fica com mais tempo de cavar, porque não tem escola.

Sultão está contente, sábado: as flores são substituídas das jarras.

O pai cochicha com ela por muito tempo, trancados no quarto, aos sábados. Quando sai, o pai está de bom humor — enfeita o lábio inferior com dois dentes. Com raiva ou com alegria, o pai enfeita o lábio inferior com dois dentes.

— O que você está cavando, Zezé?

O pai intrigadíssimo.

— O que está cavando, Zezé?

— Quando ela morrer, o buraco já está pronto.

Os dois dentes desapareceram.

Floriram aos tapas na cabeça de Zezé, apesar do grito e do espanto.

Q
de quatro (cantos)

Quando me disseram que eu tinha de partir, porque o tempo se cumprira, evitei os olhos do guarda, que sabia verdes e brancos como as calçadas da cidade (mas é mentira, pois eu nunca os olhara, de cara vendada).

Me deram a metade de um dia para que me arrumasse, o que possivelmente me magoou: não se envergonhavam, pelo contrário, faziam questão de exibir minha penúria. Pois eu não possuía de meu nem mesmo um desejo de pranto — o que talvez fosse natural.

No entanto, quando me vi na rua — e os portões se fecharam com seu grito — me lembrei da cidade: os homens e o ruído no rosto das mulheres.

A última lembrança me fez parar, me fez olhar o próprio peito, à cata de qualquer coisa (foi aí que notei que as cicatrizes brilhavam ao sol como medalhas). À cata de qualquer coisa — que por certo seria ele, ou a casa, ou as infantas, como ele gostava de chamá-las. A princípio lhe escrevera notas apaixonadas da prisão. Como nada tinha a fazer no intervalo dos castigos, repetia mil vezes as mesmas frases, que acabaram por se empilhar pelos cantos.

Sofri um desastre irreparável.

Sofri um desastre irreparável.

Ou:

É inútil.

É inútil.

É inútil.

Às vezes tinham um ar filosófico:

O homem deve provar a verdade
como o lobo prova o cordeiro.

Ou ainda essa outra, que me agradava muito pela sutileza.

Não te ver
é um ato de confiar sem crer.

Com os anos, desisti de repetir as mesmas frases — possivelmente me esqueci de alguma — e as pilhas se esfarelaram na cela.

Respirei-as com o suor.

Agora penso nele, no seu silêncio e no cabelo enrodilhado como as moedas.

A casa por certo existia, entre as folhas, entre o voo dos pombos que abriam sombras na luz dos canteiros.

Ou talvez não existisse mais: escadas inventadas, porão sonhado, guarida que tomba como as cartas.

As crianças alimentavam os pombos diante da nossa alegria e os gatos emergiam dos tufos à volta do lago. Então a puta mais antiga da cidade vinha, com os lábios de papel de seda, o cabelo de papel crepom, os cestos repletos. Seu vestido roxo e dourado brilhava na relva, contra o pelo e a língua dos gatos.

Abrigadas da chuva — quando chovia —, as crianças se angustiavam com a sorte dos bichos.

— Viverão — prometia ele.

Da calçada, observo a sombra da água na ponte, no feixe de caras dos homens mais cegos e no cuidado da menina maior, alimentando os pombos no meio da cidade, atenta e quase imóvel, com a concentração de quem enfia a linha numa agulha.

Possivelmente a casa estará tomada e o porão, salgado, como é tradicional. A puta de papel com certeza estará alimentando as dálias a esta hora. As crianças possivelmente não estarão à espera. Ele, possivelmente são e salvo. Ou não.

Um dia me contou uma história: sua mãe aprontou os filhos planejando matá-los todos.

— Então? — perguntei.

— Morri — confessou.

Lembro de repente o motivo de minha longa prisão e lembro também uma das frases empilhadas:

Vejo a janela,

vejo a poeira,

mas há muitas coisas que não vejo:

eu não vejo que te amo.

Mas a frase é muito longa para ser repetida muitas vezes, de sintaxe muito difícil e não ver significa não se salvar.

R

de Roberto (Fernando)

O Barão sempre foi um jovem tranquilo: a baronesa era suave e os três filhos varões tão dedicados, que lhe ressecaram na memória a nostalgia de uma filha.

O uniforme de ombreiras douradas era usado nas ocasiões apropriadas. Além disso, tinha bom gosto e hábitos exemplares: seus olhos negros amavam a revoada das pombas ao entardecer, riscando a terra de franjas velozes.

Prezava os amigos.

Por seu turno, a família o admirava imensamente. Era comovente a finura com que o Barão iniciava os filhos no arabesco dos comportamentos da casta, fosse diante do correto uso de um guardanapo de linho, à convicção graciosa — mas nunca complacente — da existência de Deus.

O rosto glabro no fundo das bandejas de prata, no bojo dos bules de prata, nos cálices de cristal, no vinho rubro de espelho e aço — aquele rosto foi se transformando imperceptivelmente — achavam os familiares, achava a chorosa baronesa a deitar os filhos antes da hora, achavam os marqueses, os condes, os viscondes, taciturnos. Agora, o resultado da transformação lenta revelava-se abruptamente na sombra azul que contornava o queixo do Barão, no brilho dos olhos que embaraçavam os cílios, antes escassos, na carne crua dos lábios, soltos como os de um plebeu.

O jantar que ordenou para os seus trinta anos foi minuciosamente planejado, com a ajuda de todos os inocentes. As rosas mal ousavam respirar diante da cintilação das baixelas nos dedos carregados de anéis. O príncipe herdeiro em pessoa fez a saudação do aniversariante que — agora lembravam — modelava estrelinhas com o miolo do pão e depois as devorava a goles de vinho, enquanto, a cada elogio do orador, uma pequenina onda de sangue quebrava nas transparentes faces da baronesa. Mal o príncipe se sentava sob a ovação colorida dos convidados, ergueu-se o Barão — devorada a última estrela. A voz era estranhamente poderosa, tão crua quanto a carne desalinhada de sua boca. Erguendo uma taça de vinho com a mão direita, dentro do silêncio de um amor feroz, insopitável e insuportavelmente cheio de gozo, abjurando trinta anos de tristeza e negação injustificáveis, trinta anos de palidez e de pavor da estonteante condição de ser um animal de carne e da terra, o Barão declarou gentilmente aos convidados:

— Senhores — eu cago.

Ficou dois anos encerrado numa clínica de recuperação, sob a vigilância do mágico da corte — que esparzia pombas mortas nos tapetes — observado por cinquenta psiquiatras e pelo analista particular do próprio príncipe herdeiro.

— Dei a eles uma hóstia, que foi tomada por merda!

Gritava o Barão nos longos meses de revolta. Negava-se a assinar uma abdicação: a descoberta da alegria.

Mas os dois anos abrandaram o seu furor, sendo permitida a volta ao solar. Tudo parecia reinstalado no ameno fluir do tempo passado. Salvo detalhes, afugentados a golpes de lenços de cambraia: a baronesa nunca mais pariu filho e certos convivas finos surpreendiam, nos olhos pestanudos do Barão, um indisfarçável desprezo à palidez diáfana da esposa; de longe em longe embebedava-se na aldeia com pessoas inconfessáveis, que conspiravam contra a coroa e a religião — ocasiões que lhe punham na boca um rubor de labaredas cada vez mais brilhantes. Agora, a sombra azulada no queixo transformara-se numa barba feroz e na promessa de coisas inadiáveis.

Mas era um nobre e teve as idiossincrasias sancionadas.

Quando completou trinta e três anos, houve nova festa, com os mesmos convidados coloridos e nova saudação, feita agora pelo monarca em que se havia transformado o príncipe herdeiro. O instante de risco perseguiu, no entanto, a baronesa, quando observou o Barão a modelar estrelinhas de miolo de pão devorando uma a uma molhadas de vinho. Quando o esposo se ergueu para responder, seu medo tomou a forma do suor gelado que lhe colava a pele aos olhos, possuída pelo furor da barba solta daquele homem de pé. Que, apontando um a um os convidados, berrou numa colérica alegria:

— E vós, Senhores, também cagais!

O mágico, os psiquiatras, os psicanalistas, as clínicas — nada foi, desta vez, suficiente para fazer calar o Barão, que, obstinadamente, à medida que cresciam os cabelos, conjugava o indicativo presente do verbo proibido.

Mais calmo, permitiram a volta a seus domínios, e ele, por sua vez, permitiu que lhe trançassem o pelo negro que lhe crescia agora por todo o corpo, e que enchia o solar do cheiro quente da terra depois das chuvaradas.

Como tal odor fosse incrivelmente inquietante, o Rei rogou, por escrito, aos moradores do solar, que mantivessem cerradas as portas e janelas do mesmo, a fim de impedir o cheiro de se espraiar por todo o reino: temia uma revolução. Todos os familiares do Barão — e os criados de seus salões — usavam, como medida de precaução, algodões perfumados nas narinas. A fim de impedirem também a conjugação, aos brados, do verbo odiado, amarraram fortemente o queixo do Barão com um pano de seda, atado no alto da cabeça.

Quando tudo parecia, na medida do possível, resolvido, o Barão burlou toda vigilância e tomou conhecimento de um livro perigoso, que falava de uma mulher luminosa, que andava despida, e que desenhava nas paredes com um pauzinho embebido no próprio cocô.

O Barão teria soltado um grito de triunfo, não fosse a mordaça de seda, e, pelas paredes do solar, conjugava o verbo descoberto de forma igual, servindo-se dos cabelos amarrados como um pincel.

A corte inteira estremeceu, ao sopro do pânico: se os súditos tomassem conhecimento daquilo — principalmente as antigas companhias do Barão — tudo estaria perdido.

Após uma reunião que deixou a todos pálidos de cansaço, a baronesa, os três filhos varões, o Rei, os criados dos salões, com algodões perfumados nas narinas, fabricaram uma rolha irremovível e com ela arrolharam o cu do Barão. Que, semanas depois, explodiu, escorrendo as portas cerradas, escancarando a terra inteira e que, anos depois, em cela de condenado, fez o Rei lastimar o grave erro de seu escrúpulo: não ter instituído — a partir da primeira estrela devorada — a pena de morte no reino.

S

de sucessão infinitamente oscilante:
$[A_n = (-1)^n \, n]$

1 — O amor, é preciso jurar que não se trata disso. Que se beba para se ousar.

2 — é preciso que se converse sobre outras coisas enquanto se ousa. Por exemplo: política ou música popular brasileira.

3 — é preciso que haja lua e que se comente sobre ela. Contra todas as expectativas, se chover, por exemplo, é preciso que se diga que a cidade brilha de espinhos de água, onde boiam os corpos sem pressa através do voo estridente das ruas.

4 — a delicadeza do amor envolve de ternura os violinistas famintos (pois é preciso que haja violinos enquanto se devoram espinhos de mar).

5 — é preciso que se finja uma grande simpatia para disfarçar a irritação de quem não tem simpatia nenhuma, talvez outra coisa: amor, por exemplo.

6 — é preciso polir os olhos, a pé, no corpo, polir o peito, a pé, no corpo; polir o corpo — em casos extremos.

7 — depois dos nichos ardentes, rodeados de pessoas felizes (hipótese), é preciso sentir que se sente o vento, tentar a travessia difícil (da rua), estudar lâmpadas acesas, varar o túnel e descortinar um homem e uma mulher que acendem velas na relva, mas que desaparecem repentinamente no ar (ou no coche) metálico e profano.

8 — o amor, é preciso saber que, no momento de pânico, a crueldade se instala irremediavelmente. E que se pergunte surpreso: se até o diabo tem medo, o que será de mim?

9 — é preciso que se jure, dentes contra dentes, que certo é se estar como se está, dentro de uma casa, sobre as quatro patas da organização, a cidade além, a amamentar sua cria.

10 — é preciso que se deitem um sobre o outro, por turnos, fingindo ser prazer o que buscam, para evitar qualquer risco.

11 — o amor exige que se comam pipocas e que se percorra uma cidade de oito milhões de habitantes em busca de um café, para disfarçar o tiro desfechado no peito, em plena via pública, e a fuga, sem olhar para trás.

12 — é preciso que se converse sobre a ética dos companheiros ausentes, fazendo-os presentes, já que assim estão por um fato cientificamente comprovado.

13 — no amor, é preciso que se chame um táxi e que não se ouçam, absolutamente, as últimas palavras, porque os olhos estão cheios de sono e de sal.

14 — há uma exigência de recapitulação de cálculo infinitesimal no amor. Por exemplo: "uma das descobertas físicas mais antigas foi a de Heron de Alexandria: um raio de luz AP que parte de A e se reflete em um espelho segue uma direção tal que o ângulo Alfa é igual ao Beta. Porque qualquer outra direção representaria um caminho mais longo entre A e B e *a luz percorre o caminho mínimo*". (grifo nosso)

15 — no amor é preciso, em resumo, que se seja inteligente.

T

de teorema

— Entra — disse uma mulher à outra.

E transpuseram o umbral da escuridão.

— É você?

A voz perguntou.

— Sim — disse a 1ª mulher.

De mãos dadas, piscaram, ofuscadas pela treva.

A cadeira de balanço ia e vinha, sobre a escuridão da madeira.

— Bom dia — disse a 1ª mulher.

— Como vieram até aqui? — perguntou a velha.

A 2ª mulher sentiu-se decifrada.

— De carro, depois de ônibus, depois a pé — respondeu a 1ª mulher — pode imaginar a estrada em julho, na madrugada, a névoa e o chão invisível. Tentamos achar a casa, mas só vimos uma árvore e a névoa perto dela.

— E um quadrúpede — confessou a 2ª mulher.

— Esperamos o sol lavar tudo. E encontramos a casa.

— Você sempre vem quando tem medo — afirmou a velha.

— Pensei em você quando observei a beleza da madrugada — continuou a 1ª mulher — e fiquei absolutamente feliz. A névoa, a árvore e uma lua estreita na clareira.

— O quadrúpede — lembrou a 2ª mulher — tinha o flanco comido de orvalho.

— Quando o sol veio e lavou tudo, achamos a casa.

— Quem é a sua amiga? — perguntou a velha.

A voz escorre da moenda, as rodas da cadeira — pensou a 2ª mulher — porque ela já tem um rosto devorado de não poder ver. Forçou em demasia os olhos sobre a madeira, para lá e para cá...

— Venho para me despedir — disse a 1ª mulher — porque vou me matar.

— Tem medo que eu sinta solidão de dez em dez anos, quando você não virá? — perguntou a velha.

— Já marquei a data — continuou a mulher — e me decidi quando observei Y. dar adeus ao amado, de pé numa cadeira, junto à janela, contra o sol. Ainda posso vê-la, mesmo agora que está morta e mesmo agora que está morto o amado. O cabelo preto contra o sol, a linha funda do corpo contra o sol, a mão direita sobre os olhos, a mão esquerda erguida numa saudação.

— Limite, ameaça, sinal de não — sussurrou a velha — vê se adivinha antes de se matar.

— Desde aquela época me decidi. Tinha esperança contudo de que viveriam. Mas agora, pela milésima vez, leio os avisos: os ambulantes, as prostitutas e os soldados se levantam de cada árvore e em cada esquina.

— Eles sempre virão como vêm todos os anos, até não virem mais — disse a velha — Sabe disso. É só ter paciência.

— Não sei. Porque agora todos os que eu amo estão mortos ou quebrados nos quatro cantos da cidade. Não posso achá-los. Por isso me despeço de você.

— Laço, abraço, ilharga, sal — murmurou a velha — veja se decifra antes da morte.

— Não tenho medo da morte — afirmou a 1ª mulher — não preciso me distrair. Já vi a morte demais na morte dos condenados. Já me acostumei com a morte. É só parar de respirar. Mas o que resta depois da morte de todos...

— Não é só parar de respirar — disse a velha.

— O quê?

— A morte.

— Às vezes é mais difícil — assentiu a 1ª mulher — obrigaram ele a beber dois copos: um de querosene, outro de cachaça. E lhe deram sal para comer. Depois amarraram seus pulsos. E o mataram com um cacete de domar potros.

— Ele foi domado? — perguntou a velha.

— Ele parou de respirar — disse a 1ª mulher — Vem! — rogou à companheira. Levou-a para junto da cadeira, no meio do quarto.

— Esta mulher é a minha amada.

Tomou a mão da cega e a colocou sobre o ombro da 2ª mulher.

— Perceba como são delicados os seus ossos.

— Está grávida — sussurrou a velha, correndo os dedos pelos seios duros e o ventre pesado.

— Sim — disse a 1ª mulher — Pela primeira vez não foi por medo que vim. Só quero me despedir de você.

— Então adeus — disse a velha.

— Adeus — disse a 1ª mulher.

Quando saíram do quarto, era o campo sem fim e as sombras iguais das árvores.

— Não parta antes de decifrar o que ela disse — pediu a 2ª mulher, deitada entre a umidade do rio.

— Sabe — disse a 1ª mulher a seu lado — penso que se você ficar muito tempo aí deitada, seus cabelos vão se prender como as raízes e nunca mais...

Deu de ombros.

— Não, os sinais são muito claros.

Beijou o ventre nu da companheira.

— Você vai sempre continuar, não é?

Riu, de repente.

— Assim grávida, você é uma carta fechada.

A 2ª mulher chorou longamente sobre seu corpo, cega pela luz vertical que caía do sol parado.

Quando a 1ª mulher partiu, levou na mão dobrada um punhado de lágrimas, entre as unhas e a carne.

Chorou por mim, ou por si, ou por todos nós — pensou — não tenho tempo também de compreender isso — pensou — a amada.

U
de um mil novecentos e setenta e três

Daqui (de onde estou) te vejo chegar: primeiro é um recorte preto contra a luz crua da porta; pouco a pouco, com teus passos, a seda vai se colorindo das flores dos teus vestidos — teus braços boiam na minha camisa, sinto minha mão na tua cara (à superfície), falamos sem parar a fim de que se cumpra o fino intervalo entre uma cadeira e outra, um dedo e outro, porque assim penso: penso que a única maneira de trepar contigo é (seria) encostar meu olho no teu, melhor que te vasculhar por dentro, o útero que se curva com a docilidade das madeiras encharcadas, quase podres sob o dedo, retendo-o, meu olho (sem o intervalo do olhar) no teu, esfarelando as máquinas da sedução. Por isso é inútil e eu fico tranquilo; é inútil tirares os espelhos, os teus presentes; as histórias, os livros, as histórias que me dás com os espelhos onde finjo me buscar, mas quando um cara fica preso muito tempo entende tudo sobre a liberdade e eu fico olhando a mentirosa liberdade dos teus vestidos

(acho que já falei sobre isso)

por isso me pergunto por que é que vens (embora eu insista) já que o dia chegou há muito e estridentemente anunciado (como um leproso) vigiando a saúde e a liberdade do mundo inteiro (embora isso seja uma mentira e por isto estou aqui).

Repentinamente ficas em silêncio — permite que se infle o livre espaço entre uma cadeira e outra, um dedo e outro, como uma leve lua de borracha, amarela, ao anoitecer.

De dentro, o que se vê (fora) balança como um navio: o dia: o ruído umedecendo as soleiras com sua saliva morna, o veneno triste que cola uma às outras as penas finas dos pássaros, no fio.

Ao anoitecer as rolinhas entram pé ante pé na cela, rolam sem ruído como se fossem (mas não são) pequenas bolas cobertas de cola e (por sobre a cola) a penugem. Quieta, quieta, penso — mas não digo nada. E tu diz (possivelmente por gentileza): são lindas as rolinhas.

Digo: não gosto (porque estou convencido de que não entendes nada dos pássaros em liberdade ou dos pássaros na prisão e estou convencido principalmente de que não entendes nada sobre a ração dos pássaros, cotidiana).

Tu dizes (provavelmente por amor à literatura): as rolinhas parecem monjas. Com isso viras para mim um rosto meio comido pelo anoitecer, o crânio que cintila suavemente (imagino) sob a pele dos cabelos.

Imagino: se os caras tivessem chegado sete horas depois, não me teriam encontrado dormindo, não me teriam encontrado absolutamente e eu estaria agora com a minha mulher (outra) num perfeito país, não de merda como este, mas forrado de plumas quentes como a garganta (por dentro) dos pássaros.

Encosto a mão em tua cabeça (à superfície), sinto os cachos duros como se tivessem secado ao sol, por dias e dias.

Da porta a luz tem um visgo enervante sobre a carne — na pata do bicho (pássaro) preso.

O silêncio é tão grande (o dia às costas) que o ruído da cela me faz ver a festa (e antes da festa, você, como o friso claro que é a moldura dela). Mas vejo a festa pelo avesso, da cozinha (longe da cela), de dentro da boca das mulheres e dos homens que mastigam os doces, os bolos, de dentro dos vestidos das mulheres, da pele, entre o pique invisível na extremidade de cada pesponto, de um lado e de outro.

A festa (aos domingos) cria um espaço nu e brilhante onde a poeira se deposita lentamente, sem descanso, por dentro do avesso da festa (a outra face do combate).

Embora eu tenha vontade de ficar quieta (porque, aos arrancas, toda mentira se constrói) no leve quadrado de luz da soleira, o espaço acaba por se definir, fino, entre uma cadeira e outra, um dedo e outro.

Digo uma história de amor. Digo uma segunda história (de amor). Sabendo que amor é, juntos, (e fora da história) o campo cheio das canções alegres de quem trabalha (embora o trabalho invisível do grão e da criança — que o outro apenas prepara — se faça por si mesmo, às cegas, na escuridão) na terra (outra que não esta), na cidade: a gente se debruça amoroso entre dois paralelepípedos para ver crescer a planta (seu incompreensível amor de silêncio dependente do vento e do acaso (entre dois paralelepípedos) dependente da fome dos pássaros).

Digo uma terceira história de amor, misturando os nomes (tu, misturando os nomes), sabendo que a história correta seria assim: uma vespa com as patas pesadas de pólen.

(Nos inclinamos e recolhemos os mortos de cada dia, nas calçadas.)

De costas para o quadrado de luz, estudo o chão (embora o chão da cela não me diga nada), as paredes, os arranhões das paredes, os quadros das paredes, pergunto: aquele quadro de quina não esconde um microfone?

Recito para você (em silêncio): meu coração calabouço número qualquer coisa etc.

(antigamente, quando você morreu, te busquei nos teus carcereiros, visitei tuas celas, tentei decifrar o que possivelmente você tentou escrever na memória que se depositara por anos nos cantos das celas; tentei adivinhar tua esperança, tua justiça, tua alegria (anterior). Olhei o rosto dos teus carcereiros e tentei olhar como você deveria ter olhado, com olhos minuciosamente feridos, mas não consegui suportar a dor inventada. Tentei ver o que se via através das grades das múltiplas celas para medir tua esperança ou o traço imperceptível do que pensaste no que viste. Só compreendi tua morte quando me participaram tua fuga (suposta). O mundo engoliu teu rastro (suposto) e te esqueceu).

Me calo deixando que se infle o leve espaço entre uma cadeira e outra, um dedo e outro. Para sossegar o silêncio, penso que poderíamos talvez falar despreocupadamente sobre a situação política de Buenos Aires (mas quem habita os porões não sabe nada disso, tanto faz imaginar).

— Você vai saber — te digo finalmente.

— eu não, você — corriges.

— eu vou saber — repito, enquanto as rolinhas que entram pé ante pé anunciam o dia morto sem saber (já que entram para roubar a ração dos outros pássaros) morto: com a manga (rasgada) da camisa enxugo o sangue que jorra (por dentro) de tua testa (isto é uma história de amor) a longa franja de areia entre um conhecimento e outro, um dia e outro, dentre todas as possibilidades (na história).

V

de vaticínio:
"mãe
veneno com guaraná"
(poema de Jorge)

Era uma vez um príncipe muito tímido. Queria comer uma princesinha que morava no castelo ao lado, mas não sabia como iniciar o papo. Imaginou então o seguinte estratagema: começaria por pintar seu alazão de verde e sairia passeando pelo bosque como quem não quer nada. Ao passar pelos jardins da princesinha, ela exclamaria encantada: "Oh! Um cavalo verde!". Ele apearia num gracioso meneio, lançando a capa de brocado ao solo.

— Vamos, gentil princesa, vamos dar uma volta no meu cavalo verde!

— Como é que se pode ser verde!

— Ah, gentil princesa, venha comigo. Isso é uma longa história...

Cavalgariam então pelos bosques, conversando de flores e ocasos. Aos pouquinhos, distraidamente, ele a conduziria em seu cavalo verde a seu próprio palácio, onde os aguardaria uma preciosa refeição, com uvas, chávenas e begônias.

— Vamos lanchar, gentil princesa?

Evidentemente ela recusaria no início. Mas por fim cederia aos encantos do convite. Uma vez no salão e reclinada nas almofadas, ele lhe daria a beber um líquido perfumado contendo uma pílula dissolvida de Usempax — 100 miligramas. A princesinha desmaiaria sem sofrimento e sem de nada desconfiar. Em seguida, ah, seria tudo tão bom que ele só poderia morrer, com um zumbido na cabeça.

O príncipe exultou com o próprio plano, sem a menor falha, de acordo com seus cálculos. Desceu aos saltos as escadarias reais, providenciou tintas e pincéis e no mesmo dia iniciou a pintura de seu alazão. Na tarde seguinte, saiu passeando pelo bosque, como quem não quer nada. Ao passar pelos jardins da princesinha, ela exclamou encantada.

— Oh! Um cavalo verde!

Ele apeou sem disfarçar o olho peludo de lobisomem.

— Vou tirar sangue — gemia agarrado como uma ostra aos folhos e babados — Desta você não escapa!

— Pare com isso! — gritou a princesinha. Mas ao ver-lhe a expressão medonha — Vamos devagar!

X

**de xeque-mate:
"posição em que o rei
não pode ser defendido por outra
pedra nem se mover sem ser comido"
(dicionário *Caldas Aulete*)
(conversinha no xadrez)**

A caça é a primeira atividade humana socializada.

Sobretudo a caça aos grandes animais.

Tal fato exige a participação de um grande número de homens.

E tal grande número de homens só é conseguido se se mantiver um permanente estado de alerta.

Dizia assim o mágico Oswinn aos aprendizes da cerimônia, que cabeceavam de sono: não entendiam tantas palavras e um raciocínio tão oblíquo. Não precisavam de retórica para fazer estalar o fogo dos sacrifícios, na pira onde ardiam os grãos colhidos à madrugada e que grandes navios vinham carregar.

Cabeceavam porque lembravam-se dos cem mil lagos da terra bárbara onde moravam. E porque a tranquilidade sempre reinara em toda a extensão da pátria — herança de todos.

Cabeceavam, por fim, porque já sabiam utilizar os arcos de ouro. A caça era necessária. Todos sabiam caçar. Por que não dispensar a complicação do mágico Oswinn?

Mas a caça — continuava ele — a caça transforma-se em caçador para fugir da morte. Aprende uma linguagem. Maneja seus instrumentos que, no final, se igualam aos nossos. Para fugir da morte.

Diminui muito a voz e pequeninas gotas brilharam de repente em sua fronte.

Sei que é uma falta minha não ter ainda descoberto o filtro da vida eterna, como exigiu o Rei. Sei que serei posto à morte se não descobrir até a próxima aula. Mas todos sabemos que o Rei não estipulou a rigorosa referência da palavra "próxima". "Próxima" quer dizer "seguinte". Seguinte a quê, ainda não se estipulou, ora, pois, não se estipulou. Bem.

Os aprendizes adormecem de vez, sonhando com os lagos e os navios grandes.

E, meninos, há uma tática. Sempre há e terá de haver uma tática. Tanto mais perfeita quanto móbil e transparente.

Transparente, isto é, a caça — o que caça ou o que é caçado — não vê a tática. Quando consegue vê-la, ela terá de ser outra. Indubitavelmente outra.

Não entendo muito bem — murmurou um rapazinho recém-desperto.

Ora, um exemplo. Claro! Um exemplo, por que não pensei nisso antes? Olho pela clareira e não vejo nenhum animal de grande porte. Que chatice! Nenhum grande animal. Como te explicar?

Ah, bem: se a caça vira caçador, se aprende uma linguagem, se maneja armas e ouros, ah, bem, podes perfeitamente servir de exemplo. Eu e tu. Isso! Vem cá. Isto será extremamente útil para um exemplo de tática a todos vocês, futuros regedores da cerimônia mágica.

O rapaz aproximou-se de Oswinn, que se dirigiu à assistência sonhadora.

Agora, todos vocês fechem os olhos. Lembrem-se. A tática é transparente. Terá de ser transparente: vocês não a poderão ver. Só os resultados. Que traduzem o desejo de Deus. Meu rapaz, suponhamos que sejas a caça e eu o caçador. Ou vice-versa. Isto é importante: ou vice-versa. Segundo: suponhamos que eu seja o mais forte, ou tu o mais forte. Terceiro: suponhamos que, para te dominar, ou tu me dominares, eu te roube, ou tu me roubes, uma coisa importante. Olha, olha esta laranja ainda toda molhadinha de orvalho. Suponhamos que ela seja minha, ou tua, e que eu ou tu a roubemos para forçarmos a que tu ou eu consigamos um do outro o que desejamos. Até aí está claro?

O rapaz passou a seguir com os olhos o caminho penoso de uma tartaruga, rumo às folhas amontoadas.

Bem, o roubo está feito. Eu ou tu fazemos uma exigência para entregarmos a laranja. A multidão, fascinada, segue o jogo e, claro, fica do lado do mais fraco: eu ou tu.

Negociações são feitas à socapa. Darás ou darei a laranja se permitires ou se eu permitir.

A tartaruga desapareceu.

Negócio feito, eu entrego ou tu me entregas o fruto.

Entendeu? Eu entrego ou tu me entregas.

Nada disso é novo — arrisca o rapaz, inteligente.

Claro, pois claro, claríssimo. Mas nesse momento, aparece o mais forte, o verdadeiro caçador. Do momento, hein? O caçador do momento, nunca esqueçamos. O fraco vira forte e o forte vira fraco etc. etc. etc. Já expliquei exaustivamente. No exemplo em pauta, o forte aparece como forte no momento em que faz desaparecer o rastro de tática, por um passe de mágica. A tática ficará então transparente: o fato será a palavra divina. A multidão segue a palavra de Deus, no que está certíssima. Recapitulando, para uma conclusão da transparência da tática, tu me entregas ou eu te entrego o fruto. Então, aquele mesmo que tivera o fruto roubado, tu ou eu, come o fruto, mastiga o fruto, engole as sementes, os talos, as folhas do fruto e proclama — mentiroso e ladrão cumpri a minha promessa e tu não cumpriste a tua. Ora, multidão não ama os mentirosos e os ladrões, no que está certíssima. A ética é importante. Ah, meninos, a ética é muito importante! Naquele verdadeiro instante, tu ou eu tomamos o legítimo lugar de caçador ou de caçado. O forte é o caçador. O fraco é o caçado. Meninos, meninos, entenderam?

Os aprendizes dormiam a sono solto.

Abram os olhos agora. Agora já podem ver a tática, porque eu já a expliquei.

Os aprendizes não puderam obedecer. Sonhavam cada vez mais fortemente com os cem mil lagos verdes da pátria. O rapaz que interpelara Oswinn dormia de pé, como as palmeiras. O mágico sentou-se nas folhas amontoadas e, tentando não se deixar submergir pela alegria infinita do dever cumprido, começou a devorar metodicamente a laranja.

W
de weekend

O pai chegara à véspera do Natal.

Eu estava atarefadíssima a esvaziar o castelo: no correr dos trezentos e sessenta e cinco dias, as pessoas se acumularam pelas salas — havia cachos de cabelos até mesmo nos ralos do jardim! — O amor de um ano inteiro umedecera os botões de ferro dos colchões. E uma enrugada membrana de pó no cristal das ogivas não deixava ver as hastes do gramado em toda a sua limpidez.

Eu estava totalmente adequada para uma véspera de Natal: as boas intenções e o coração aquecido. Nem mesmo o peru, recheado de ameixas, se ajustava melhor à data pela sua morte.

Lembro-me de que, na esquina de um dos balcões, onde se enroscavam trepadeiras mansas, parei e olhei — que horas da noite seriam? — e olhei para o jardim. A escuridão era tão pesada como se uma pesada pata tivesse pousado na terra. Eu sabia, no entanto, o lugar de cada coisa, as árvores e as pedrinhas e os atalhos rasgados à mão.

Então o vi. Inteiramente e num só instante.

O normal seria tê-lo percebido pouco a pouco, imagino: o fumo no ar claro do horizonte, o peito, a flanela das calças. Mas não! Surgia como se tivesse pousado de uma só vez à entrada de nosso lar, com a mala na mão, completo.

No momento seguinte eu o encarava, no salão maior do andar térreo, encarava-o enquanto varria ruidosamente todo o salão, desviando-me apressada dos móveis e das chamas da lareira, onde o pó se enroscava, dourado.

Olhava-o nos olhos e varria e endireitava o torso com que amarrava os cabelos, para que não ficassem embaraçados no dia de Natal. Varria e achava os anéis das pessoas sob os móveis, as fitas das meninas, até pequeninos pedaços de unhas, roídas em noites de angústia maior. As pessoas são verdadeiramente assim, pensava, enquanto olhava os olhos do meu pai, e ajuntava os pertences das pessoas, em trezentos e sessenta e cinco dias, espalhados por todo o castelo. Pena que eu não pudesse falar tranquilamente com ele — havia tanto a fazer! Além do mais ele parecia extremamente cansado e ambos tossíamos por causa da poeira.

Mas o importante é que ele estava ali — pensei — e era preciso chamar os empregados a levá-lo ao seu quarto, a fim de descansar, pousar a mala. Sim, verdadeiramente era preciso chamar os empregados — e me lembrei, repentinamente contrariada, enquanto tentava polir com a saliva um banco de madeira, que lançara fora todos os empregados, até mesmo o menino que costumava regar o jardim três vezes ao dia, se não chovesse.

Pois era preciso ou não uma casa verdadeiramente limpa e brilhante num dia como o de Natal?

— Olhe... — sussurrou meu pai. Pelo menos parecia, mas quando olhei para ele, pousando por um instante a vassoura, assoando-me no avental, seus lábios finos e fechados como um rasgado olho cego estavam apoiados um no outro, firmes. Só o braço que sustentava a mala estremecia um pouco.

Na verdade — me abaixava para apanhar os anéis, alguns ainda com pequeninos dedos murchos como os caules — na verdade eu não podia esperar a sua volta, depois de tantos anos.

Quantos seriam? Partira como o sol a cada manhã, natural. Mas talvez não fosse melhor perguntar-lhe alguma coisa? Eu estava tão emocionada que mal me concentrava nas pessoas mortas que o sopro da vassoura fazia voar! Por exemplo: não seria agradável um banho morno, um lanche com sanduíches pesados de manteiga e recendendo a mel e queijo? Talvez um pouco de vinho, sim, por que não? Eu poderia até me vestir de acordo: o longo vestido de seda vermelha — não estava certa se o teria ou não jogado fora com a

faxina do guarda-roupa — de qualquer maneira talvez fosse prudente perguntar qualquer coisa àquele homem ali de pé na sala maior do
andar térreo do castelo.

Se eu tivesse adivinhado a sua volta, talvez, quem sabe, teria guardado algumas pessoas para seu convívio delicado e familiar, ao redor
da lareira, os criados antigos a caráter trazendo e retirando os pratos, enquanto as camélias brancas e rosadas brilhavam, ligeiramente
tontas com a tepidez das chamas. Se soubesse pouparia ao menos o
sineiro que, à sua chegada, faria gritar alegremente o grande sino de
prata no alto da torre maior do castelo, por sobre a terra verde. Ao
menos a mãe, que ficaria satisfeita talvez com a sua volta, mas a mãe,
como descobrir seu rastro ao fim de trezentos e sessenta e cinco dias,
no meio de todas as pessoas? Havia até mesmo cachos de cabelos nos
ralos do jardim!

Tinha ainda de varrer a área dos fundos e fiquei comovida por ter
de dar as costas àquele homem que acabara de chegar com sua mala
e seu silêncio.

Mas depois naturalmente haveria tempo.

Apenas, no Natal, as coisas têm de estar limpas e polidas como convém, antes de qualquer conversa sobre recordações de viagens e de
lembranças comuns e passadas, que teriam a sua hora, claro, teriam a
sua hora, depois da obrigação cumprida.

Y

[Mat. = símbolo da segunda quantidade incógnita]
[*retro vocare*]

Para Yedda Salles

1.

Quando a polícia derrubou a porta e entrou de arma em punho, ela amamentava o filho caçula, sentada no sofá da sala. Um dos homens arrancou o bebê de seus braços e o atirou com violência no assento do móvel. A criança começou a chorar, atraindo o irmão que o acompanhou aos gritos.

Ainda de pijama ela avançou para o militar em defesa do filho, mas uma bofetada a colocou fora de combate. O outro riu.

— Quem você pensa que é?

E o primeiro.

— Pare de lero-lero e mude a roupa. Você vem conosco.

Ela ainda conseguiu sussurrar para a empregada, que levasse imediatamente os meninos para a casa dos avós, no interior.

Pouco depois fui ver as crianças. A família me recebeu angustiada e ao mesmo tempo orgulhosa da filha, militante contra a ditadura.

Levei os meninos à praia e, quando íamos voltando, percebi que o mais velho tinha uma das mãozinhas bem fechada.

— O que é isso, querido?

Ele parou de andar e abriu os dedos com cuidado, para não entornar um punhado de areia apertado na mão.

— Vou levar de presente pra mamãe.

2.

Quando afinal enfrentou o processo e saiu da prisão, ela estava diferente, meio distante. Para se acalmar começou a procurar "coisas vivas", como dizia. Plantava sementes que brotavam em pequenos vasos, enchendo o apartamento de cores. Ao entardecer regava as plantas, à noite vigiava os pulgões que comiam e rasgavam as folhas. Depois aprendeu a usar joaninhas, pois elas comiam os pulgões que devoravam as folhas, em contínua ciranda.

Como também amava os pássaros, comprou na feira duas rolinhas castanhas, cortando a ponta das asas para que não fugissem, mas que pudessem passear pela casa longe das gaiolas. Da poltrona admirava as rolinhas caminhando de um lado para outro, ao som da 5ª sinfonia de Beethoven.

Um dia uma das rolinhas estendeu o passeio, foi até o banheiro, caiu na privada e morreu afogada.

Desconsolada, pensou concentradamente durante toda a manhã. Depois estrangulou a outra rolinha. A consternação foi geral. Então ela disse que a liberdade não era uma invenção e que não conseguia proteger os desamparados que ela mesma sem querer criara.

O marido arrumou às pressas as malas e partiu, porque mulher que estrangula rolinhas castanhas — quantas rolinhas cabem num corpo de homem? — o que não faria com um homem?

3.

Estávamos numa praia onde eu passava o verão com minhas filhas pequenas.

Havia uma jaca madura sobre um prato em cima da mesa da cozinha. A porta aberta deixava ver o areal brilhando à beira-mar.

Estávamos sentadas uma em frente a outra, arrancando os favos doces da jaca com os dedos, comendo e conversando a tarde inteira.

As crianças dormiam. Havia um grande silêncio ao redor.

Não me lembro do que conversamos. Mas não esqueço os risos e o contentamento banhados pela doçura da jaca.

4.

Agora ela está de biquíni diante da janela aberta, recortada pela luz da manhã.

Parece feita de papel de prata.

Quando se vira para nós, a mancha dos cabelos doura as sardas.

Cantarola.

É de manhã

É de madrugada é de manhã

Mesmo assim parece distante ou distraída.

Um punhado de sombras flutua contra a vidraça, antecipando a noite.

Z

de Zenão, o método e um modelo de requerimento

Para Nilza Maria Leal Silva

Quando recebeu, pelo correio, o envelope lacrado com o sinete real, e tomou conhecimento de seu conteúdo, gastou inutilmente longas manhãs enrolando as unhas nas fitas do roupão, pensando na forma de responder, preenchendo satisfatoriamente os quesitos.

As manhãs e as tardes giravam imperceptíveis, e estrelas de seda branca levantavam-se sobre o que julgava ser o seu melhor raciocínio. Até deixá-lo por outro.

Arrumou-se muito difícil diante da mesa, como um trapezista.

Mas o diário não prosseguiu. No entanto, o próprio cunho íntimo de uma confissão desfiada dia a dia teria todas as possibilidades de verossimilhança:

11 de junho: o que seria considerado "trivial": sonhei com ratos tépidos como bocas. Os ratos etc. etc. etc.

11 de junho: o que seria considerado "trivial": observações como esta: os lábios têm um brilho cheio como um olho raso d'água.

Nesse ponto desistiu do diário e achou mesmo que não era a melhor forma de responder aos quesitos, todos muito claros e incisivos. Se o primeiro método escolhido preenchia o item da organização, furtava--se a qualquer tentativa de sinceridade. Enquanto enrolava as unhas — que grandes meias-luas tornavam alvacentas — tentou pensar no remetente. Mas o máximo que conseguiu extrair da imaginação foi um soberano sobre almofadas tecidas com cabelos vivos, devorando peixes transparentes, nos intervalos da única ocupação da realeza:

transformar pombos em mulheres e mulheres em pombos, pela contínua ação de enterrar ou desenterrar alfinetes em suas cabecinhas.

Dois anos depois, havia mudado de casa, de cão, de homem amado.

Como a intimação perversamente não exigia uma data de término de pesquisa, a cada dia recomeçava e levava às últimas consequências o exercício do método: eliminou a família e alisou com as mãos o quintal forrado de areia onde deitou a comovida infância.

Na última casa vazia, reclinada languidamente numa poltrona, com o roupão manchado de vinho e da nicotina dos cigarros, observou os carregadores que tiraram penosamente o piano da bisavó, os cabides com as mágicas cartolas onde se aninhavam coelhinhos mortos, os quadros, restos de flores e de porcelanas. Tossiu com o pó levantado pelos tapetes enrolados; finalmente foi jogada ao chão pelos carregadores que, cumprindo a ordem da véspera, levaram a poltrona onde estava reclinada.

Do chão, passou a seguir a rota das formigas, enquanto raciocinava com grande minúcia (sabia que, se usasse torrõezinhos de açúcar, modificaria a rota das formigas, mas não o tentou por uma questão de ética).

Vagando pelo campo, tempos depois, chegou a uma enigmática conclusão, aparentemente óbvia. Difícil é abdicar do ardor — murmurou, rasgando a barra do roupão nas flechas das canas novas encharcadas na torrente das chuvas ou do orvalho. Finalmente despiu-o, pois o roupão não era necessário, e, quando os cabelos cresceram demais, arrancou-os fio a fio, lançando-os ao campo sem plantá-los. Relendo a ordem real, concluiu que o campo também não era necessário, muito menos as luas iguais, o sol igual e os bichos que nasciam encharcados e morriam inconscientes.

Derrubou as paredes da última casa e deixou apenas o cômodo com a rota das formigas, contra a qual não quisera se aventurar. Nele se instalou com o grande envelope real de selo violado, cujo tom de ouro esmaecia pelo muito girar em sua mão. Examinando os dedos manchados de nicotina, lançou fora os cigarros; depois, por uma questão de exagero, os dedos e as unhas, que se dobravam ao fulgor das meias-luas.

Derramou o vinho, de um último odre a um canto do aposento; como consequência lógica, a garganta que deglutia o vinho e todas as glândulas salivares sob a língua.

Parecia-lhe repentinamente que acertara quanto ao método e que, assim, cumpriria todos os itens da intimação, pondo-se a salvo de qualquer suspeita de rebeldia: atirou às formigas o sistema nervoso, o digestivo, o linfático, o respiratório etc. etc. e depois atirou ao vento as formigas junto com a sua cabeça nua e sem fim.

Se bem que eu julgara a minha missão, eu julguei que a minha missão — escreveu em resposta aos quesitos — fosse proteger as coisas que crescem para além da minha vigilância, absolutamente sem motivo de tristeza ou de espanto para mim. Tentando evitar qualquer erro motivado pela distração — e, se assim o for, dou logo o dito pelo não dito — eu vos explico, vos suplico, enquanto espero a vossa decisão, apesar de tamanha distância, subscrevo-me atenciosamente...

Epílogo

Para Fausto Cupertino,
há muito tempo

Ela:
   mas as histórias, que se contam, são todas variações de uma casa
tomada: a rota que vai da repartição dos pães (tomemos o amor como
metáfora) à evidência do milagre (o desterro).

   Aquilo que se escreve com estilo é apenas a falta de clareza
   para escrever sem ele.

                                                    (Duarte Cabral de Mello)

Ele:
   entretanto, na antepenúltima vez, flutuando a música e a escuridão como uma neblina ao redor do cavalo em pleno voo, eu sentia a
alegria dura de amar na penumbra o rosto e afirmei: proclamo o fim
do desterro.

   Quando se fala, isso fica com a gente, não passa. Então comece imediatamente.
   Comece a gritar.

                                                    (diário da personagem)

Ela:
   eu sempre morei no beco e talvez o que me encantava era a casa.
Minha casa era uma mentira: os livros que se amontoavam não eram
lidos, as pedras tinham sido arrancadas dos caminhos ou do fundo

das lagoas, inutilmente. Eu as experimentava como quem compra sapatos. Porque eu sempre gostei daquela casa, concretamente sem dono, mas a pique de ser habitada. Daí seu ar de promessa, como a visão do cavalo em pleno voo.

Me lembrar não significa nada. A lembrança é uma traição à integridade das coisas, daquele homem nu, daquela água cheia de buracos. Me lembrar de um homem nu é condenar todos os outros a só existirem vestidos.

(diário da personagem)

Ela (sonhadora):
aquele cavalo tem um ar de intervalo...

Ele:
aquele cavalo está solto.

Na versão do romance barato a expressão literária é o resultado de não poder ter expressões literárias por razões simples.

(Duarte Cabral de Mello)

Ela:
por outro lado, compreendemos que os irmãos sejam expulsos da doçura do quarto para o calor das calçadas (versão de todas as histórias). Entre a fachada (da casa) e o espaço que ela esconde, está alguém que provavelmente desde a infância se senta numa pedra à flor do charco (como uma rã no verão) e te confia o canto triste — te diz que te vê e que não precisa (ou não pode) evitar o fato. Por isso, como Brahms ou sem ele, todos os amantes são irmãos.

Ele:
não posso. Pensar nisso é como imaginar este quarto sem as suas paredes.

Ela:
todas as paredes deste quarto têm portas e janelas.

Ele:
menos uma.

Ela:
menos uma.

E porque o amor é bom e porque não te via desde há muito e porque dormimos juntos não me apareça mais aqui.

(Duarte Cabral de Mello)

Como último gesto me sento e olho a geladeira. Alheia a ela (à geladeira) penso no telhado verdadeiro das casas ou nos cabelos verdadeiros das pessoas.

(diário da personagem)

Ela:
poderíamos confessar — se nos obrigassem — que o encontro não é (não foi) necessário, porque este se dá (por hipótese) sempre no lugar de outro; mas uma vez acontecido (ou pensado) não pode mais ser retirado, como um raciocínio a que se supõe chegado depois de grandes tropeços.

Me sento e não sei o que fazer das palavras, sabendo que não há o que fazer sem elas.

(diário da personagem)

Querer o grande amor ou O amado é o mesmo que cobiçar aquele automóvel amarelo e não o transporte.

(Duarte Cabral de Mello)

Ele:
que bom que você está feliz.

Ela:
é.

se eu não posso construir a alegria, acolho a dor na bainha da camisa —
como um piolho.

(diário da personagem)

Ela:

primeiro nos víamos tragicamente (por herança romântica) depois com grande alegria. A memória perdera aos poucos qualquer sentido, e éramos dependentes do vento como se possuíssemos moinhos.

Os maus romancistas são maus romancistas não porque escrevem enredos,
mas porque ao escrevê-los não produzem qualquer conhecimento.

(Duarte Cabral de Mello)

Mesmo a traição é seca: com o algodão você estanca o sangue que jorra pelos
sete buracos da cabeça.

(diário da personagem)

Ele:
quando eu te chamo de meu amor, você sabe o que isto significa?

Ela:
sei sim. Não quer dizer nada. É uma maneira de dizer.

Ele:
é.

Quando se nota a emoção sem esperança no rosto próximo, vira-se o próprio
rosto, porque isto é verdade (nunca foi testado e nunca será).

(diário da personagem)

Ela:
Minha casa era aquela. O vento tinha uma língua quente e áspera.

Penso em tudo de novo, recordo, reconciliando-me com o que é inevitável, tentando compreender em que a decisão de não morrer tem um convívio com a morte que a própria morte extingue.

(diário da personagem)

Nunca mais teria de escrever as duas linhas que lhe faltavam para acabar o texto definitivamente adiado. A vida passou a ser a capacidade de deixar o texto aberto.

(Duarte, um ano depois)

Nota sobre os textos

Os textos de *Tigrão* são inéditos, à exceção de: "Estrela do mar" (revista *Morel*, n. 3, maio-jun. 2022), "Ponto de mira" (*Contos brutos, 35 textos sobre autoritarismo*. Org. de Anita Deak. São Paulo: Reformatório, 2019) e "Vestidos de palha" (*Cândido*, nov. 2018).

EDIÇÕES ANTERIORES

Um beijo por mês. São Paulo: Luna Parque, 2018
Vento sul. São Paulo: Companhia das Letras, 2011
Trouxa frouxa. São Paulo: Companhia das Letras, 2000
A terceira perna. São Paulo: Brasiliense, 1992
Aos trancos e relâmpagos. São Paulo: Scipione, 1988/ Iluminuras, 2013
Partidas. Rio de Janeiro: Francisco Alves, 1976

Créditos das imagens

Um beijo por mês (2018)
p. 153: Desenho de Zuca Sardan

Vento sul (2011)
p. 160: *Fragmentos de um poema de Vilma Arêas*, de Gerty Saruê
p. 228: *Fausto*, de Sérgio Sister, 1983, técnica mista, óleo sobre tela, 1,70 x 1,50 cm

Trouxa frouxa (2000)
p. 310: Acervo pessoal da autora

A marca FSC® é a garantia de que a madeira utilizada na fabricação do papel deste livro provém de florestas gerenciadas de maneira ambientalmente correta, socialmente justa e economicamente viável e de outras fontes de origem controlada.

Copyright © 2023 Vilma Arêas

Copyright *Tigrão* © 2023 Vilma Arêas; Copyright *Um beijo por mês* © 2018 Vilma Arêas; Copyright *Vento sul* © 2011 Vilma Arêas; Copyright *Trouxa frouxa* © 2000 Vilma Arêas; Copyright *Aos trancos e relâmpagos* © 1988 Vilma Arêas; Copyright *A terceira perna* © 1992 Vilma Arêas; Copyright *Partidas* © 1976 Vilma Arêas

Agradecemos a todos os artistas pela cessão das imagens deste livro.

Todos os direitos reservados. Nenhuma parte desta obra pode ser reproduzida, arquivada ou transmitida de nenhuma forma ou por nenhum meio sem a permissão expressa e por escrito da Editora Fósforo.

EDITORA Rita Palmeira
EDIÇÃO Juliana de A. Rodrigues
ASSISTENTE EDITORIAL Millena Machado
PREPARAÇÃO Andressa Veronesi
REVISÃO Geuid Dib Jardim e Andrea Souzedo
DIRETORA DE ARTE Julia Monteiro
CAPA Luciana Facchini
TRATAMENTO DE IMAGENS Julia Thompson
PROJETO GRÁFICO Alles Blau
EDITORAÇÃO ELETRÔNICA Página Viva

Dados Internacionais de Catalogação na Publicação (CIP)
(Câmara Brasileira do Livro, SP, Brasil)

Arêas, Vilma
    Todos juntos (1976-2023) / Vilma Arêas ; organização e apresentação Samuel Titan Jr. — São Paulo : Fósforo, 2023.

    ISBN: 978-65-84568-92-1

    1. Contos brasileiros I. Titan Jr., Samuel. II. Título.

23-159273   CDD – B869.3

Índice para catálogo sistemático:
1. Contos : Literatura brasileira   B869.3

Eliane de Freitas Leite — Bibliotecária — CRB-8/8415

Editora Fósforo
Rua 24 de Maio, 270/276, 10º andar, salas 1 e 2 — República
01041-001 — São Paulo, SP, Brasil — Tel: (11) 3224.2055
contato@fosforoeditora.com.br / www.fosforoeditora.com.br

Este livro foi composto em GT Alpina e
GT Flexa e impresso pela Ipsis em papel
Pólen Natural 80 g/m² da Suzano para a
Editora Fósforo em julho de 2023.